中国古典文学名著丛书

雷峰塔奇传

[清] 玉山主人等 著

华夏出版社
HUAXIA PUBLISHING HOUSE

图书在版编目（CIP）数据

雷峰塔奇传／（清）玉山主人等著. —北京：华夏
出版社，2013.01（2024.09重印）
（中国古典文学名著丛书）
ISBN 978 - 7 - 5080 - 6394 - 2

Ⅰ．①雷… Ⅱ．①玉… Ⅲ．①章回小说 – 中国 – 清代
Ⅳ．①I242.4

中国版本图书馆 CIP 数据核字（2011）第 083264 号

出版发行： 华夏出版社
　　　　　　（北京市东直门外香河园北里 4 号　邮编 100028）
经　　销： 新华书店
印　　制： 永清县晔盛亚胶印有限公司
版　　次： 2013 年 01 月北京第 1 版
　　　　　　2024 年 09 月北京第 2 次印刷
开　　本： 670×970　1/16 开
印　　张： 17
字　　数： 248.9 千字
定　　价： 33.00 元

本版图书凡印制、装订错误，可及时向我社发行部调换

篇 目 目 录

雷峰塔奇传

前　言

神魔小说，是中国古典小说的形式之一。明清时期，这类小说表面上看是在描述怪力乱神，其本意却是影射时事世情，或借以宣扬宗教思想，或反传统精神。神魔小说最初的提出者是鲁迅。鲁迅先生曾把明清时期兴盛一时的《西游记》、《封神演义》、《镜花缘》等优秀作品，归为十大神魔小说。据考证，这一流派小说的作者，因为不被当时社会承认并屡遭封杀禁止，因此大多或以名号隐去真名，或以无名氏而掩人耳目。有幸留存至今的一些著述书籍，其真正作者早已湮灭在历史尘埃中。《雷峰塔奇传》就是根据传奇《雷峰塔》改编而成的一部清代神魔小说。

白蛇与许仙的故事在民间流传甚广，清朝之前就已有多种版本。这部小说的作者根据清代雍乾时编撰的传奇小说《雷峰塔》，改编成这部《雷峰塔奇传》。刊发时曾风行一时，对后世戏剧曲艺的改编创作产生了很大的影响。

《雷峰塔奇传》原书作者署名为玉山主人，其真实姓名及生平已无可考证。小说共十三回，所描写的是白蛇降凡在西湖与书生许仙邂逅，后遭金峙僧法海的百般阻挠，并与白蛇青蛇多次斗法，法海最终将白蛇收伏封于塔下，将许仙度入寺中取名道宗，其子汗梦蛟考取状元，回乡祭祖，救出生母白蛇。父许仙（道宗）与白蛇二人飞升，并归仙班。

《雷峰塔奇传》虽然宣扬的是邪不压正、因果报应的思想，而且还将白蛇写成惑人害人的蛇妖，但在全篇中却表达了对真挚爱情的赞美。小说中对社会现状以及官场黑暗也有所揭露，所以虽离奇而不荒诞，虽写妖却富有情感，在假托历史中兼及世情，在描写神怪中警喻世人。

本次再版《雷峰塔奇传》，我们对原书中的笔误、疏漏、疑难字词，分别进行了更正、校勘和释义,对原书原来缺字的地方用□表示了出来。便于读者阅读欣赏。对于仍遗存的疏失之处,还望专家学者予以指正。

编　者
2011 年 4 月

序

　　盲史有曰：妖由人兴也，人无衅其妖不自作。又曰：天之所兴，谁能废之。是岂特晋郑之事为然哉，即如汉文之被惑于珍娘，梦蛟之能震乎法海，亦犹是耳。倘使许仙不因玩景而赠伞，则白氏之妖氛无由纠缠；奎星未尝下界而投胎，则浮屠之锡杖必不遽止。审是，则雷峰塔之事洵足为痴情自肆者之戒，违天逞忿者之惩矣。惜乎！世远年湮，几于磨灭。虽古塔屹立，歌咏流传，然皆存其略，莫得其详，著于近弗彰于远，真令人怅怅也。

　　余友玉山主人，博学嗜古之士，新过镇江访故迹，咨询野老传述，网罗。放失旧闻，考其行事始终之纪，稽其成败废兴之故，著为雷峰野史一编。盖有详而不冗，曲而能达者也。

　　书既成，持示余。余览而叹之曰："是书也，岂特记许仙、梦蛟之轶事已哉，盖将史后之人见之而知戒，虽遇艳冶当前，不必目逆而送之，以启妖氛之衅，因此而自惩。即当愚蠢可怒，不必心疾于顽，以违所兴之天。盖此编信可昭垂鉴戒，流传久远，其有功于世道人心也。亦几与盲史并著不朽矣。是为序。"

　　时嘉庆十有一年，岁在丙寅，仲秋之月。作此于西湖官署之梦梅精舍。

芝山吴炳文书

目　　录

第 一 回
谋生计娇容托弟　思尘界白蛇降凡

诗曰：

素精思世受恩深，酬却生前百赎身。

诞育贵嗣超升去，雷峰塔畔永标名。

话说元朝浙江杭州府钱塘县有一书生，姓许名仙，表字汉文。父亲许颖号南溪，经商为业，母陈氏。汉文生才五岁时，父母染病，相继去世，留下些少家业。亏他有一胞姊名唤娇容，嫁与本县李公甫为妻，这公甫在钱塘县当一县役，家中颇称去得。汉文父母亡后，娇容即将汉文挈在家中抚养。

光阴迅速，日月如梭，汉文不觉长成一十六岁，生得眉清眼秀，丰神俊逸，公甫与娇容十分爱他。一日，公甫因衙门无事闲坐，忽思汉文年已长成，须寻一件事业与他去做。夜间，便对娇容说道："汝弟从幼在我们家中，今已长成，须当寻觅一件技艺与他去做，不可虚度光阴。"娇容道："妾身父母早年弃世，舍弟从幼多蒙官人抚养照顾，今幸长成，官人若肯周全，妾身不胜感激。"公甫道："贤妻不须烦心，愚夫现有个相好朋友，姓王名明，字凤山，他现在此县前怀青巷口开药行，十分闹热。等我明早去见他，将汝弟送他行中学习药道便了。"娇容大喜，一宿无词。

到得天明，公甫梳洗已毕，出门一直来到县前王员外药店中。员外笑脸相迎，同入店中，分宾主坐定。员外开言道："李兄今早到敝铺有何赐教？"公甫道："好教员外得知，小弟有个妻舅名唤许仙，字汉文，为人颇称谨厚，向在小弟家中株守斗室，经纪无路，意欲将他送在员外贵铺学习药道，俾供驱策，未知员外肯容纳否？"员外道："小弟近因店中货物颇多，正在缺一谨慎帮手之人，李兄若果不弃，足见相知之雅，妙！妙！"公甫见员外应允，忙起身称谢，作别出门。

回到家中，将员外应允美意向许氏及汉文细细说明，二人喜不胜言。公甫就往日家拣个黄道吉日，将汉文送过王家药店来。临出门，许氏不免叮咛几句话儿。到得店中，员外接入，叙坐，公甫开言道："向日蒙员外盛情,今日吉日,小弟特送妻舅前来,祈员外训迪教诲,将来若有成就,感佩员外大恩,没齿不忘。"员外看见汉文人才出众,色貌超群,心中大喜。答曰:"令舅天姿俊逸,将来必成大器,小弟并藉荣光。"公甫即命汉文过来拜见员外,员外答以半礼。公甫辞别了员外出店,回家对许氏道明,不在话下。

这边,汉文在员外店中,员外见他言词伶俐,做事周详,十分爱他,比别人不同。公甫亦时常来到店中看视点缀,此话慢表。正是:

　　若无一番寒彻骨,怎得梅花扑鼻香。

且说四川成都府城西有一座青城山,重冈叠岭,延袤千里。此山名为第五洞天,中有七十二小洞,应七十二候,八大洞按着八节。自古道:山高必有怪,岭峻能生妖。这山另有一洞,名为清风洞,洞中有一白母蛇精,在洞修行。洞内奇花竞秀,异草争妍,景致清幽,人迹不到,真乃修道之所。这蛇在此洞修行一千八百年,并无毒害一人,因她修行年久,法术精高,自称白氏,名曰珍娘。究是畜类,未能超成正果。

一日,在洞游玩,心中忽思:我在此修行多年,至今未得正果,不如往别处名山游玩一番。猛思:浙江杭州号繁华之邦,西湖擅名,虎邱驰胜,待我前去观看景致一番,多少是好。主意已定,遂将洞府封闭,即时驾起云头,升在空中,哪消片时光景,遥望杭州不远。

不防,这日却值真武北极大帝朝拜天阙驾回武当仙山。在云中,运开慧眼,忽见一股妖云从西而来。大帝喝道:"何方孽畜,妄起妖云!"白蛇见是大帝,惊得魂飞魄散,忙跪在云头开声叫道:"小畜乃是青城山清风洞白蛇精,修行一千八百年,并不敢毒害生灵一丝半粒。至今不能成正果,今要往南海求见观音菩萨,叩问根缘。不知圣帝驾临,小畜有失回避,死罪!死罪!"大帝微笑道:"你这孽畜,若果真心要往南海,须当发下誓愿,吾方放汝过去。"白蛇遂即跪下发誓道:"小畜若有谎言,无去南海,异日必遭雷峰塔下压身。"大帝见她发誓,令随驾神将记明,驾回仙山。

白蛇见大帝已去,满心欢喜,遂腾云到了杭州,按落云头,要寻一幽僻的园院安身。这杭州乃天下最繁华的去处,王侯第宅、名园古刹不计其数,而城东仇王府的花园更是名胜,台榭环云,拟于上苑,因年久无人居住,是座空园。白蛇看见这园旷丽,心内大喜,随即闪身进去。不料此园深邃得紧,内中已有一母青蛇精在醉春楼中作巢,此蛇亦修行有八百余年,亦能飞腾变化。那日,看见白蛇进来,忙出来阻住道:"何方妖怪,擅敢进吾花园来,不怕我的宝剑厉害么!"白蛇笑道:"小青不必逞能,细听吾言:吾乃青城山清风洞白蛇洞主是也。因在洞中修道一千八百年,未能成却正果,故此驾云来游中华,寻访仙道。今暂借此间花园安身,且你我均是同气,何必嗔怒。"青蛇听罢,喝道:"此间乃我的仙府,你系方外野怪,何敢恃强占我花园。你若有法力,敢共我斗上三合么?"白蛇微笑道:"小青,你听吾言,你要与我斗法,我念你均系一体,亦不伤你性命,但赌法力,高者为主,卑者为婢,何如?"青蛇怒道:"你有多大本领,敢夸大言!"就将身边一口宝剑掣起,往白蛇脸上砍来。白蛇不慌不忙,把腰间双口宝剑拔起,劈面架住。斗不上数合,白蛇本事果然高强,不知口中念念什么,喝声"疾!"青蛇手中宝剑不知不觉早被她收过去了,只剩两手空空。青蛇大惊,慌忙跪下,口称:"娘娘,休要动手,小青愿作丫环服侍娘娘,乞饶一命。"白蛇笑道:"我不过略施小术,服你之心而已。既愿作婢,就罢了,岂肯害你的命。"青蛇大喜,遂向白蛇拜了四拜,口称:"娘娘在上,婢子小青叩见。"白蛇扶起,同进花园。自此,二妖栖宿在此园中,主婢称呼。正是:

　　同声相应同栖止,淡妆巧扮待情郎。

　　再表许汉文在王员外药店,员外爱惜他,如同父子。看看过了腊景残冬,又值春光明媚,时届清明佳节,桃李芳菲。汉文坐在店中,看那路上纷纷皆是要去祭扫坟茔。汉文不觉触动心怀,想道:自从父母弃世之后,蒙姐夫照顾,今已长成,从未曾到父母坟墓省视。今值清明,你看人人皆去祭扫坟茔,我不免禀过员外,明早前往父母坟上祭奠一番,稍尽人子之心。主意已定,即时入内,正值员外在厅闲坐,看见汉文进来,问道:"贤侄进来有何事情?"汉文道:"启上员外得知:小侄自幼失却父母,投靠姐夫家中,蒙姐夫抚诲成人。每念奉养既亏,祭奠又缺,兹值清明,小侄意欲明早往父母坟上祭奠,稍尽人子寸心,未知员外允否?"员外笑道:"你要去祭扫父母坟茔,乃行孝之事,理所当然,我焉有不允之理?"汉文大喜,谢别员外,仍往店中料理药材去了。这员外就叫家人王端前去买办钱纸牲物,明早挑往墓上祭扫不提。

　　汉文这一去,有分教:

　　眼前平定,顿起风波。

　　要知后事,且听下文分解。

第 二 回

游西湖喜逢二美　配姑苏获罪三千

诗曰：

红粉青娥映楚云，巧思欲订凤凰群。

芝兰气结同心侣，一朝祸至叹鸾分。

再表汉文次日清晨起来，梳洗打扮停当，王端挑了祭物。临出门，员外叮咛："祭了就须回来，不可在外边耽搁。"汉文应声："晓得。"一直出门，王端挑担随后，望西关城外而来。到得墓所，王端将祭物排列，汉文跪下哭拜一番，祭奠已毕，将钱纸焚化，王端收拾祭物，二人一路回来。汉文心中忽想：此去西湖不远，乘此机会前去游玩一番，观看景致，岂不妙哉！遂对王端道："你将担先挑回去，我要顺道往姊夫家内探视姊姊，随后就来。"王端道："官人须当早回，免员外在家悬念。"汉文道："晓得。"王端将担先挑回去了。

汉文遂望西湖而来，走上一程，到得江边，搭船径到西湖。早见湖光荡漾，延阁重楼，画舫鳞集，雕槛朱窗，游人纷纷，来往不绝。汉文心中大喜，顾接不暇。正在观看之间，忽见二个女子在桥中闲观景概。汉文凝眸一看，不觉魂荡神飞。你道这二个女子生成如何，有诗为证：

敛雾低鬟体态娇，沉鱼落雁号细腰。

分明王嫱西施女，更胜江东大小乔。

二人主婢打扮，而主者姿容尤胜。汉文此时犹如向火狮子一般，软作一团，跟来跟去，求依不舍。看官，你道这二个女子是何等人家，原来就是仇王府花园内的青、白二蛇精。这日，也来湖中游玩，正是五百年前的缘债，相遇自然开离不得。二妖看见汉文丰神秀丽，度态生姿，亦斜波频顾，以目送情。两下里正在留恋之际，蓦然，乌云四合，风雨骤至，各自避雨分散了。

汉文心中难舍，想道：可爱两个娇娇，不知何处人家女子，可惜天公降下这场无情雨，不得跟她前去细问贯籍。如今天色将晚，不如渡过钱塘，到姊夫家中歇宿一夜，明早再来寻访便了。此时也顾不得王员外在家悬望，心头思，脚下走，不觉来到江边。看见一只小船泊住，就叫："船家，渡我过江，小生送钱与你买酒吃。"梢子见说，遂即将船摇到岸边，接了汉文上船。刚才开缆，忽听岸上有女子声音，唤声"搭船"。汉文举头一看，正是西湖桥上遇见的两个妖娇，心中狂喜，忙叫："船家，岸上有两个女人要来搭船，快快将船摇转，渡她过江，多趁些钱买酒也好。"梢子见说，带笑将船摇转，到得岸边。

小青扶了白氏下船，口称："小姐慢些。"白氏装出娇态，假意含羞坐在船边。小青看见汉文，微微含笑。汉文忍不住开言问道："姐姐，你们何方人氏，高姓尊名，今来搭船，要往何处？"小青微笑应道："奴家小姐，钱塘县人家，住双茶巷。先老爷在日，做过边关总制，单生小姐一人。老爷同夫人相继去世，因为清明佳节，同小姐上山祭奠老爷、夫人，回来顺路观看西湖佳景，却遇大雨，路上淤泥难行，因此特来搭船回家。请问相公仙乡何处，高姓大名，乞道其详？"汉文答道："小生亦是钱塘人氏，姓许名仙，字汉文。今年十七岁。父母弃世，只有胞姊一人，嫁与本县李家。蒙姐夫过爱，送在怀青巷王家药店安身，今日也来祭扫父母坟墓，顺便闲步西湖。不期天降大雨，路上难行，特来搭船，亦要回家。"

二人问答之间，不忽，船已抵岸，大家上得岸来，取钱与了船家。梢子称谢，收了钱，将船摇往柳荫树下泊住了。正是：

> 自家扫却门前雪，休管他人屋上霜。

汉文看见细雨霏霏，兀自未止。叫声："姐姐，小生带有雨伞一把，借与姐姐，遮小姐回府。"遂将伞递与小青。小青接过道："感谢相公。但是雨尚未晴，怎好教相公光头冒雨，将伞借我们遮回，我们过意不去。"汉文道："小姐金莲短窄，行路艰难，我们男人行走快便，且此处离我姐夫家下不远，不妨。"小青道："多蒙相公盛情，我们感佩不尽，但恐小婢明日送伞造府，相公不在，怎生是好。"汉文道："姐姐不须送去，明日天晴，小生造潭来取就是了①。"小青喜道："相公主意不差。"遂将住址细细说明，叫声"请了"，小青左手擎伞，右手扶了小姐，临行时又把秋波频盼几回。汉文的魂儿早已被她们先勾摄回去了，直望至二人去远，方始回头转身。

---

① 造潭——造，到，往；潭，尊称他人府第。

不表二妖回去，且说汉文心中着迷，一路踱到姊夫家中。许氏看见，问道："贤弟今日怎得闲暇回来？"汉文道："姊姊，弟因今日清明佳节，禀过员外，上山祭奠爹娘，顺路来家请安姊夫共姊姊。"许氏见说，喜道："足见贤弟孝思，汝姊夫因衙内有事，清早出门去了，贤弟请坐。"忙到灶下烹煮酒菜出来，排在厅上，姊弟二人同饮，谈些细务，汉文并不提起遇见女子、搭船借伞之事。吃完，许氏收拾明白，打发汉文入房去睡。汉文倒在床中，思想二美，一夜翻来覆去，再睡不得，此话慢表。

再说二妖回转园中，白氏开言道："小青，你看今日许郎看见你我，依依不舍，明日一定会来讨伞。我见他姿容翩翩，言词温存，是个情种，意欲与他结为夫妇。只是他家道清寒，无可动用，我们又无银两相赠，怎生是好。"小青道："娘娘主见与小婢愚意相合。若要赠他银两，有何难事，娘娘神通广大，今夜作法，何患无可赠他。一来夸显我们殷富，方信娘娘宦家小姐，二来又他感激，岂不两全其美。"白氏见说，甚喜道："小青言得有理，待我今夜作法便了。"

到得夜来，三更时分，白氏手执宝剑，踏罡步斗，口念真言，驱召五方小鬼。五鬼闻召，即刻齐到，跪下，口称："娘娘有何法旨？"白氏指道："命你五鬼今夜缴银一千两，违令治罪。"五鬼领命退去，大家商议，即去钱塘县库内偷出库银一千两，转来交与白氏。白氏收下，遂令五鬼散去。二妖打点停当不提。正是：

准备雕弓射猛虎，安排香饵钓鳌鱼。

再说那夜汉文在他姊姊家中，一夜思忆二女，寝不安席。等不得天明，就爬起来梳洗明白，换一套新鲜衣裳，瞒却姊姊，一直出门，问到双茶巷。看见一个老儿立在巷口，汉文向前问道："尊伯，这里可是双茶巷么？"老儿应道："正是。"汉文道："请问尊伯，这巷内有个白总制的府，未知在哪里？"老儿道："老汉只晓得是双茶巷，不晓得白府。"说完，竟自去了。

汉文无奈，只得踱进巷来。举目一看，见一座大花园十分华丽，正在观看，忽见小青开门出来。汉文看是小青，满心欢喜，慌忙向前。叫声："姐姐，小生来了。"小青眼笑眉开，连忙叫声："相公请进。"汉文遂即跨进园门，小青引至聚香亭厅上，叫声："相公请坐，等小婢入内报与家小姐得知。"汉文道："姐姐休要惊动小姐，将伞取还，小生回去就是。"小青道：

"相公不知,昨晚家小姐吩咐小婢,相公今日若来取伞,命小婢报命,家小姐要亲身出来面谢相公哩。"汉文道:"岂敢劳动小姐。"口里虽说,身已坐下,巴不得白氏早些出来,早见一刻也是好的。

小青进内,不一刻,忽闻一阵香风荡人腑肺,白氏轻移莲步步出厅堂,小青跟随在后。汉文看见,慌忙起身施礼,白氏回了万福。叫声:"恩人请坐。昨日若无恩人贵伞相借,主婢几乎不得回家。"汉文道:"小可之物,何劳小姐过奖。"言罢,叙礼坐定,小青捧出香茗吃了,汉文起身称谢,假意取伞要回。白氏道:"难得恩人到此,岂有空腹轻回之理。家厨小酌,不嫌简亵,聊表寸心。"汉文逊谢道:"过扰郇厨①,何以克当。"白氏道:"岂敢。"

不一刻,小青排出佳品,珍肴杂错,筵席丰盛。白氏推逊汉文上座,自设一桌,侧边相陪,小青在旁伺候,殷勤置酒。三杯后,白氏开言,叫声:"恩人,先父白英官拜总制,先母柳氏诰命夫人,并无兄弟,单生奴家一人,取名珍娘。不幸双亲相继弃世,门无五尺②,奴家茕茕幼弱③,恐失身于匪类,日夜忧苦。昨因上山祭奠双亲,中途遇雨,蒙恩人慨然赠伞,足徵盛德。倘恩人不嫌蓬门陋质,自荐为丑,意欲奉侍衣裳④,未知恩人肯俯就否?"汉文如得了一道赦诏一般,假意推让道:"小姐香闺贵体,宦门芳姿,小生单寒下士,飘零书剑,怎敢与小姐缔结朱陈⑤。"白氏笑道:"结亲若论贵贱,乃世态之见,奴家自幼颇精风鉴⑥,观君气宇,福泽正长,恩人不须推辞。"汉文道:"既承小姐美情,怎奈小生四壁萧然,徒手难办,怎生是好?"白氏道:"不妨。"就叫小青:"你去房中金箱内取纹银二锭出来,赠与官人。"小青领命,入内翻身取出白银二锭,重一百两,放在桌上。白氏亲手赠与汉文说道:"官人将此银带回,可作婚礼之费。"汉文喜不胜言,

---

① 郇厨——唐朝韦陟袭封郇国公,厨食奢靡,人称郇公厨。后以郇厨为誉人膳食精美之词。

② 五尺——本意指五尺之童,此为指门无男子。

③ 茕茕——没有兄弟,或泛指孤单无靠。

④ 奉侍衣裳——做妻子。

⑤ 朱陈——古代徐州丰县有一村名朱陈,一村唯有两姓,世世为婚姻。后来用之称缔结婚姻之词。

⑥ 风鉴——相术。

起身接过道："感谢小姐云天高情,小生回去央托姊夫、姊姊前来议亲便了。小姐暂别,后会有期。"白氏叮咛道："官人切不可负却奴家一片真心。"汉文发誓道："小生若有负心,天地不容!"白氏大喜,遂令小青送了汉文出去,不提。

不说二妖入去,且说汉文一路回来,满心欢喜,到得姊夫家中。却值公甫昨夜值班看库,失去库银一千两,被县官打了二十大板,着他缉拿正犯,若无,三日一比①。回来与许氏说知,夫妻二人正在纳闷。忽见汉文进来,脸映春风,面带喜色。许氏叫声："兄弟,你今早出门,在何处吃得面色红红回来哩?"汉文笑道："有一桩美事禀上姊夫并姊姊知情。因昨日上山祭墓回来,顺路闲步西湖玩景,忽然天降大雨,弟搭船回家,遇着两位女子,一主一婢,同来搭渡。弟细问其来由,船中丫环共弟说道,她们住居双茶巷,小姐姓白,今年十七岁,名唤珍娘,丫环名唤小青。及船到岸之时,雨尚未止,弟将伞借她们遮回。今早弟去讨伞,留弟小酌,更蒙小姐高情,不嫌贫素,欲与弟结配朱陈。弟辞以贫,她又赠弟银一百两,今特回来求姊夫、姊姊为弟主婚。"遂将银递与许氏,公甫夫妻大喜。

公甫接银细看,认得火号是钱塘县库银,心中暗想:库内失落银两,害我受责,天幸此银出现在此。就叫："贤舅,这样亲事乃天送来,你且在家坐坐,待我去钱店兑换回来。"汉文道："但凭姊夫主意便是。"

公甫将银袖在手中,一直跑往县堂,跪下禀道："老爷,昨晚库内失落库银有着落了。"说完,即将两锭元宝呈上。知县接在手中一看,正是库银。就叫："李升,这二锭银你在哪里寻出? 贼在何处?"公甫禀道："老爷,小役有个妻弟名唤许仙,从幼在小役家中。今早出门,不知他在哪里与两个女子订下亲事,那女子赠他此银,他拿回家叫小役为他兑换主婚。小役认得是库银,不敢隐匿,骗他在家坐等,特来禀闻。"知县见说,即时出票,差民壮四名,立拘汉文。民壮领命,如飞来到李家,蜂拥入来。汉文看见,不知何事,方欲起问,早被民壮将铁链挂项,锁拿出门,拿到县堂跪下。

知县看见汉文人品端庄,似非匪类,内中必有缘故。乃霁颜问道："你便是许仙么?"汉文应道："小的正是。"知县道："你家住哪里? 今年多

----

① 比——责打。

少年纪？有父母兄弟么？曾婚娶否？此二锭银子哪里来的？本县台前从实供明，免受刑法。"汉文道："老爷，小的家住本县，今年十七岁，父母去世，并无兄弟，只有胞姊嫁与李公甫为妻。小的自幼在姊夫家，蒙姊夫送在药店安身，并未娶妻。此银是朋友相赠，望老爷裁夺。"知县喝道："胡说！朋友叫甚名字，招来！"汉文心中暗想，她是千金小姐，我若招出真情，岂不玷辱她的门风，宁我受责，岂可害他。叫道："青天爷爷，这朋友是外方人，姓名小的忘记了。"知县见说，不觉发怒，全筒掷下，两旁呐喊，将汉文拖翻在地，迎风重责四十黄荆。可怜汉文嫩白肥肤，打得两腿鲜血淋漓，失去知觉，半晌方苏。眼中流泪，叫声："老爷，冤枉小人。"知县骂道："死奴！现有人出首在此，汝尚敢抵赖么？"汉文见说有人出首，心内惊慌，叫声："老爷，小人实遭冤枉！谁人出首？"知县便令公甫出来对证。

公甫出来，叫声："妻舅，你现亲口对我说，白家小姐赠你此银订约婚姻，此银是你交我，要我主婚。因库内失落库银，是我看库，老爷责我追缉，若无，三日一比。我认得此二锭是库银，无奈出首，非我无义，责比难当。我今劝你早认罢，免受刑罚。"

汉文被公甫硬证，面惊如土。心中想道：小姐，非是小生无义，怕死贪生，怎奈姐夫作证，有口难瞒，无奈只得招了。遂将祭墓在西湖遇见小姐，及搭船借伞，到家赠银结亲一段缘由细细供明。知县吩附书吏录供，就叫："许仙，本县库中失了银一千两，应该廿锭，只此二锭，更有十八锭存在何处？"汉文道："她只有赠小人二锭，其余十八锭，小人实不知情。"知县道："既然如此，本县差人同你去拿此二女，追出余银，免你的罪。"遂即出票，差民壮八名，同许仙去拿二女。民壮领命，如飞出衙，不提。

再表白氏自赠银与汉文去后，放心不下，点指一算，叫声："不好了！"小青问道："娘娘何事？"白氏道："我们不该赠许郎的银。此银乃钱塘县库银，他姊夫现当县役，若见此银，许郎必定有祸，你快去打听一遭。"

小青领命，即刻驾云起在空中，果见汉文在县堂受刑，被公甫作证，招出实情，又见知县差人来拿。小青大惊，急转云头来见白氏，细细说明。白氏听罢，沉吟半晌，道："小青，我们暂且避他，库银留下与了他们，免害许郎再受刑楚。"小青道："娘娘主意不差。"

不表二妖躲避，且说差人到了双茶巷，打进花园，各处搜寻，渺无人影，只见十八锭库银放在亭下。问了地方邻右，都说此是王府空园，无人居住，园内常有妖怪出现，无人敢进。差人只得取了银子，带转汉文到堂上跪下，禀道："小的们到仇王府花园拿获女子，并无踪迹，只有十八锭库银在亭下。"遂将银呈上。知县将银收入库内，就叫汉文上前道："若论偷盗库银，罪应拟斩，姑念你年幼，被妖所害，本县从轻拟你徒罪，发配苏州胥江豔。"便叫："李升，你带他回去家里，听候本县办文。"

公甫领命，将汉文领回家中，许氏接着，眼泪纷纷。叫声："兄弟，父母生你一身，今被妖精所害，幸亏姊夫认得库银，前去出首，不然，若被她迷去，性命难保。但愿你一路平安，三年转回。"

二人正是悲伤，王员外闻知走来看视，汉文看见王员外更加悲痛。员外也流泪道："贤侄，老汉不料你有这场祸事，也是你命该如此。老汉几两薄意送你，路上费用。苏州我有个结义兄弟姓吴，名人杰，他在吴家巷也开药材店，我今修书一封与你带去，他见我书，自能照顾你。"汉文道："深感员外大恩，没齿不忘。"员外遂写书一封付与汉文，相辞去了。

不一日，上司发下牌文，限三日内起身，知县当堂发批，差长解二名押解。长解领文来到李家，兄弟抱头又大哭一场。公甫送了解役行仪，汉文无奈，只得同解役出门，公甫送出城外十里亭方别。

这一去有分教：

　　方离虎窟，又陷狐巢。

要知后事，且看下文分解。

第 三 回

吴员外见书保友　白珍娘旅店成亲

诗曰：

> 为妖犯罪又逢妖，夙世姻缘命里召。
>
> 鼓合瑟琴齐唱和，营谋兴利喜逍遥。

话说汉文同解役起身往苏州府而来，路上饥餐渴饮，夜宿朝行，不则一日，到了苏州。解役将文投进吴县，知县接了文书，将汉文发在胥江黉，遂发批回与解役回转浙江，不表。

这汉文到了黉中，参见黉丞，安歇一夜。明早起来，便秤银一两送与黉丞作茶仪，黉丞得了意思，心中欢喜，便不十分拘束。汉文遂取了王员外的书，出门问到吴家巷吴员外药店，将书递进。员外拆开看了，就请汉文入内，分宾主坐定。员外开言叫声："仙官，既然凤山义弟有书到，教老汉照顾，自当照书中所言而行。"汉文起身称谢。员外留住便饭，汉文不敢推辞，座中员外细问始末情由，汉文一一备陈，员外不胜浩叹。

席罢，员外进内取了白银十两，同汉文来到黉中，见过黉丞。员外道："不瞒得尊官，此位许仙官，乃是小老的表亲，小老怜他稚年犯罪，欲求尊官除名，与小老领回，些微薄意，望为笑纳。"说罢，遂将袖里银子递出，送与黉丞。黉丞接过，深心欢喜，忙点头应承。员外写了保状一纸，递与黉丞，就将汉文领回。自此，汉文在员外药店安身，依旧学习药道，不在话下。

再表二妖当日用法避开，及至差人去后，方始回转园中。白氏开言叫声："小青，我们共许郎结下亲事，因念他清贫，是我一时失于检点，将库银赠他，害他受了一场官司。今又问罪姑苏，天南地北，我们终身大事岂不丢开去了。"小青道："娘娘何须挂意，既然许郎发配姑苏，我们再到别处，怕没有俊秀郎君。"白氏道："小青，你有所不知，非是别处没有俊秀郎君，一来我受他大恩未报，二来既与他订盟，岂有再忽别人之理。且他受罪外方，亦是被我们所害，我今意欲同你前去寻他。你可先去打听，看许郎现在苏州何处,回报我知。"小青领命,遂即驾云到姑苏,打听明白,拨转云头,不一刻到了花园。叫声:"娘娘恭喜! 小婢奉命到姑苏打听许郎消息,现在阊门内吴家巷吴人杰员外药店管理数项,如今我们同去寻他,岂不美哉!"白氏见说,大喜。

二妖即时驾起妖云,不片刻光景,早到姑苏。僻静处落下云头,二人来到吴家巷,看见汉文坐在店中。小青向前叫道:"许官人。"汉文抬头一看,看是白氏、小青,心内又惊又怒,骂道:"妖精! 我前世与你无冤,今世无仇,害我官堂受刑,问罪到此。今你二个又来此处寻我作甚!"二妖被骂,满脸通红。白氏开言叫声:"官人,只为当初错许了你,义无更改,因念结发之情,千里路途,间关到此,谁知官人无情,反来喝骂奴家。若是妖精,天下怕没有美貌郎君,何苦特地前来寻你!"旁边之人听见,皆说汉文无情。

里面员外听见店前人声喧嚷,忙走出来,看见二个美貌女子在店前与汉文争论。遂即向前叫道:"娘子,请进里面,有话共老汉说明,何必在路中争言不雅。"白氏见说,忙同小青进入厅内,口称"万福",员外还礼,便叫院君出来相陪①,叙礼坐定。员外问道:"娘子贵居何处? 高姓尊名? 令尊令堂在否? 与仙官何亲? 今来敝店何事与他争论? 望乞道个详细。"白氏流泪道:"员外、院君在上,听奴细陈:奴家浙江杭州府钱塘县人,先父白英官拜总制,先母柳氏诰命夫人,并无兄弟,单生奴家一人,取名珍娘,今年十七岁,丫环小青。奴家命蹇,双亲相继去世,强近之亲既无,应门五尺又乏。因为清明,奴同小青上山祭奠先父、先母坟茔,遇雨,同许郎搭船,蒙他借伞遮回。隔日他来取伞,是奴留他便席,座中细询他家谱世系,自恨女流,胸无见识,比时与他订结朱陈,他姐夫李公甫主婚。奴家因为怜他清寒,不合赠他纹银二锭以作婚费,因先父在日掌理风宪②,遗下钱粮银锭,不知县库失盗,他姊夫冒认出首,屈打成招。知县出票要拿奴家,多蒙邻右报知,主婢二人无奈,躲避别家。县官捉拿无人,将他问罪此处。奴因名节为重,誓无他适,主婢千里跋涉到此,只望夫妇团圆。不料许郎薄幸,不肯相认,反疑奴家是妖是怪。罢了! 他既不肯相

---

① 院君——有地位的夫人,此处称员外的妻子。

② 风宪——风纪、法度。这里指做官。

认，奴亦无颜回乡，不如自尽归阴。”遂立身起来，望阶下触去。员外、院君看见，惊得魂飞魄散，院君忙向前抱住。员外劝道：“小姐不须轻生，此段事在老汉身上，包管你夫妻和谐。”就命院君请小姐并丫环进内安息。

员外踱出店来，便叫汉文上前劝道：“你休怪认了她，她是千金贵体，为你跋涉至此，”就将白氏的话一一述与汉文听道。汉文见说，半信半疑，想道：她若果是妖怪，怕道别处没有俊秀之人，千里路途为我到此，必是夙缘。况兼本慕白氏姿容，心下已有几分动火。员外见汉文不语，不觉怒道：“你这般无情！自家夫妇尚且如此，何况交情。我今店内用你不着，从此绝交罢！”汉文忙道：“员外不须怒气，小子从命就是了。”员外见允，回嗔作喜，叫声：“仙官，老汉劝你亦是好意爱你，夫妻和合，难道与老汉有什么相干？”

员外遂即另寻一座房屋，拨下家器拾物过去，择了黄道吉日，院君吉服亲送白氏过来。二人拜堂后，同入香房，当晚成亲，恩爱异常。有诗作证：

携手相邀入锦闱，罗衣羞解似梅妃。
君须怜惜未经惯，露滴牡丹魂欲飞。

三朝已毕，过来拜谢员外和院君，自此夫妻朝朝寒食，夜夜元宵，连小青亦有分润春光，不在话下。

再说吴员外一日因店中无事，心内忽想：我劝许仙夫妻和合，亦算是一场美事，如今他一家三人，不比从前孤身，必须代他周全到尾，方免他将来受饥寒之苦。主意已定，遂起身出店，来到汉文家中。汉文接到厅上叙坐，员外开言叫声：“仙官贤侄，我因今日无事，代你打算：你今一家三口，不比从前，若不寻些主理，日间费用从何得来。古道：‘家有千串，不如日进一文。’我替你思量，别样生理难以趁钱，唯有药材一道，是你熟路，就此处开一间小可药店，亦可度用。若缺少本钱，老汉自当解囊以助。”汉文喜道：“屡荷员外生成大德，小子将何以报。”员外道：“不过尽我一点心而已，何必言报。”说完，起身相辞去了。汉文送出门外，翻身进内，共白氏说知，夫妻二人欢悦不表，一夜无词。

次日，清晨起来，员外差人送一百两银过来，汉文欢喜，忙即收入交与白氏。就将门首改造停当，拣个黄道吉日开张药店起来，牌名“保安堂”。雇了一个雇工，名唤陶仁，在店相帮。不觉开近一月光景，全无生意。汉文心焦,人来对白氏道:"贤妻,我们开店将近一月,生意冷淡,将若之何?"白氏道:"官人不必忧心。妾自幼随先父在总制衙门,那日偶在花园游玩,忽然空中降下黎山老母,言妾有仙家缘分,命妾拜她为师,传妾法术,能知过去未来之事,驱妖除怪,兼能医治百病。官人明日立出医牌,若有人来请,其病症妾已先知,包管手到病除,怕没钱可费用!"汉文见说,喜道:"难得贤妻手法精高,愚夫何幸,获此贤助。"一宿晚景。

次日,汉文立出医牌,上写道:儒医许汉文精治大小诸症。招牌挂出旬馀,又无半个上门。汉文无奈,又与白氏相商。白氏道:"官人,妾夜观天象,目下此处有一场瘟疫,待妾炼制救瘟丹,每粒卖银三分,应效如神,必有人来买。"汉文大喜,吃罢夜饭,入房先寝,不提。

是夜,白氏叫过小青吩咐道:"你今夜驾云往各处,不论池井,布下毒气,与人吸引,我炼丹以待。"小青领命,到了三更时候,驾起云头,前去各处水面施布毒气,回来不表。

明日清晨,各处人家汲水炊爨,饮着毒气,不数日之间,果然城厢内外疫症大行,十家病倒九家。汉文将救瘟丹牌挂出店前,病家闻知,买得一粒回去与病人吃,即时病愈离床。不觉一传两,两传三,家家户户都道许家药丸神效,尽来求买,店前拥挤不开,每粒卖银三分,不数日之间,药丸卖得精光,病人尽皆痊愈。汉文收获大利,称赞白氏不止,自此汉文药店驰名不表。

时值四月朔日,乃是吕祖先师圣诞,各家男妇,齐去庙内烧香。这日,汉文带四两银,要去吴家买换药料,打从吕祖庙前经过,看见人众纷纷都入庙中烧香,想道:我从这里过,不免也入去随游一番,多少是好。主意已定,遂将身跨进庙来。

这一去有分教:

强中见强,法高更高。

要知后事,且听下文分解。

第 四 回

白珍娘吕庙斗法　许汉文惊蛇殒命

诗曰：

　　蓬莱奇岛别有仙，燕语莺声画堂前。

　　却为多杯露素质，惊断郎体上罗天。

　　且说吕祖庙内新来了茅山一位道人，法号陆一真人，道术精高，能驱妖治怪，遣鬼役神。云游到此，在这大殿上施舍丹药，普济众生。这日，汉文随众入庙，到得殿上，真人猛抬头，看见汉文入来，面带妖气，遂请他到静室中坐下。问道："居士何方人氏？高姓大名？宝眷几人？为何脸上带有妖气？乞道其详。"汉文看见这个道人仙风道骨，状貌清奇，不觉悚然起敬。叫声："法师，小生家住本处，姓许名仙，字汉文，妻子白氏，使女小青，一家三人。小生若有逢犯妖魔，万望法师怜悯，救小生则个。"遂跪将下去。真人扶起道："居士请起，既然要贫道救你，这也不难。"遂起身向盒中取出灵符三道，对汉文道："贫道这三道符，付你带去，切不可与你妻小知道。到今夜三更时候，一道贴在门楣上，一道在灶前烧化，一道带在身上，依我法度而行，妖精便不敢害你。贫道今夜在庙内踏罡步斗，遣令神将拿住妖精，押赴酆都，救你性命。谨记吾言，请了。"汉文感谢不尽，接过灵符，将要兑买药材的四两银子送与真人。真人笑道："我为除妖救命起见，岂要你的银子。"汉文道："此不过聊表小生薄意，法师不收，小生不敢领符。"真人见他意恳，只得收下，送了汉文出庙。

　　不说真人入去，汉文回来，如今且说白氏在家，心血忽然来潮，按指一算，已先知道。就对小青道："官人被茅山野道所愚，现在带符回来，要害我们。官人入门，你须如此如此，何怕他的灵符。"小青点头领会。不一刻，汉文回来，进内见了白氏，果然并无提起此事。白氏问道："官人今早去吴家买药，因何迟缓至今才回？"汉文调谎道："因被员外留住小酌，是以不得就回。"二人问答之间，只见小青捧茶入来，叫声："官人吃茶。"汉文伸手来接，不觉将符露出，已被小青看见，就叫："相公手里什么东西？"

汉文忙道:"是药方。"小青道:"是何药方? 乞小婢观看则个。"汉文道:"你们女流之辈,晓得什么药方。"小青料他不肯挪出,用手一夺,汉文不觉被她夺去,慌忙来抢,早被小青扯得粉碎。白氏假意骂道:"你这大胆贱婢,相公药方,怎敢扯碎。"小青道:"小姐,不是药方,乃是情诗,戏弄小婢的。"白氏笑道:"小青不须瞒我,我已知是吕祖庙内茅山妖道的歪符,官人被他所愚,要治什么妖精,又被他骗银四两。明早待我到庙与妖道理论,并取讨银子。"汉文被白氏道破,吓得默默无言,一夜闷闷无词。

到得天明,白氏梳洗已毕,叫声:"官人,同妾去见妖道取讨银子回来。"汉文无奈,只得同她出门,小青跟随在后,令陶仁看守门户。一程来到吕祖庙中,看见真人正在殿上,白氏开言问道:"陆一真人就是你么?"真人道:"然也。"白氏骂道:"你这妖道是何方光棍,敢来此处骗我丈夫银两,好好献出便罢,如敢半个不字,想你难逃残生。"真人喝道:"你这孽畜,妄逞妖术,迷惑许仙。我劝汝趁早收心回穴,万事全休,不然恐怕汝现原形,悔时晚矣。"白氏大怒,骂道:"野道! 你叫我是妖怪,我试问汝有何法术显来? 娘娘与汝见个高低!"

真人见说,心中大怒,脚踏罡斗,口念真言,瓶中吸口净水喷在空中,霎时天乌地暗,雷雨交加。白氏看见,微笑道:"此乃小术,何足道哉!"遂念咒语,手指半空喝声道:"疾!"即刻云收雨散,太阳当空。真人见他破了法,就将腰间宝剑拔起,擎在空中,只见万道霞光闪闪望白氏头上罩来。白氏看见,遂向身边取出一帕,名为乾坤帕,罩在自己头上,宝剑不能落来,只在半空旋舞。白氏遂即念动真言,手指宝剑,喝声:"落!"宝剑遂落在尘埃,被白氏收去了。随喝声:"黄巾力士何在? 快将妖道提吊空中。"喝声未了,空中来了黄巾力士,遂把真人吊在空中。白氏喝令力士将真人拷打,真人被打,无奈何哀求道:"贫道不知娘娘法力高强,无知冒犯,望祈慈悲,饶恕贫道一命,以后再不敢冒犯了。"白氏笑道:"野道! 我乃黎山老母徒弟,奉师命下山,汝敢乱道我是妖怪,速将银两送出,便饶你命。"真人忙道:"银两现在房中,丝毫未动。"白氏见他哀求恳切,笑道:"我今饶汝这次,速速收拾,前往他方,若仍在此鼓言惑众,狗命难逃!"说罢,喝退了力士,将真人放下地来。真人满面惭羞,进房取出银两,送还白氏,遂即收拾回山,访师报仇,此是后话不表。

这壁厢白氏取了银子,看的人尽皆称羡,夫妻二人十分得意。回到家中,汉文即令小青治酒,排在房中,与白氏同饮。席中称赞贤妻,愈加恩爱,当晚尽欢,汉文不胜酒力,遂先寝。

是夜,小青对白氏道:"娘娘,明日乃端午佳节,家家户户皆要买用雄黄酒。俗言道:'蛇见雄黄酒,犹如鬼见阎王。'小婢若闻此味,腹中疼痛如刀割一般,倘若露出原形,被相公看见,怎生是好。小婢细思起来,不若明早瞒过相公,同娘娘暂往别处,避过了午时再来,未知娘娘意中若何?"白氏道:"小青,我修道年久,岂怕雄黄,你根基浅薄,是以惧怕。我有一策在此:今夜你诈装得病,明日睡倒床中,将被遮罩在身,若现原形,亦在被内。过了午时,神不知,鬼不觉,瞒过了相公就是了。"小青领命,即去装病,不提。

到得明日清晨,大家起来,单单不见小青。汉文问白氏道:"贤妻,今日乃是端阳佳节,小青因何至今并未起来?"白氏道:"官人不知,小青昨夜身上得病,因此不能起来。"汉文见说,即去后房床前问道:"小青,你昨晚身体安好,因何得病起来?"小青故意发汗道:"小婢昨夜身上打冷,因此得病,现甚畏风,相公可将房门为我掩上。"汉文见说,闷闷不悦,遂将房门带上。踱出店前,吩咐陶仁治办酒席,店中伙计的席排在店内,另治一席排在房中,与白氏对酌,同庆端阳。汉文道:"贤妻,今日端阳佳节,愚夫特办雄黄酒一席,与贤妻避邪解毒,同赏佳节。"白氏道:"相公,妾自幼点滴不能,官人自饮几杯,消愁解毒,妾陪坐侍饮何如?"汉文举杯屡劝,白氏哪里敢饮,只是推却。汉文不悦道:"贤妻,愚夫再三奉劝,就不饮多,也该饮少,领我心意也好。"白氏见丈夫不乐,无奈接杯在手,启口轻轻一点,不料被汉文用手一推,一杯雄黄酒尽情灌入腹中。白氏大惊,微觉肚中疼痛起来。无奈,心生一计,说道:"妾被官人灌这杯酒,现在目暗头眩,难陪官人,要去睡倒片时。官人可出去观看竞斗龙舟,消遣心目何如?"汉文道:"既然如此,贤妻请安歇便了。"遂即掩上房门,出去看斗龙舟去了。这白氏被汉文灌这杯雄黄酒,倒在床上,腹内雷火发烧,心肝五脏如刀剜割一般,直挺挺倒在床中,霎时现了原形出来。

这汉文在江边观看龙舟,自觉心神不宁,想道:小姐醉酒,小青偏又得病,倘要茶汤,何人答应,不如回去罢。遂取路回家,进房来望白氏,掀开罗帐,不看犹可,看时,只见床上一条巨蟒,头似巴斗,眼如铜铃,口张血盆,舌吐腥气,惊得神魂飘荡,大叫一声,跌倒在地。眼见得:

　　　气塞胸膛归地府,魂飞魄散丧残生。

　　未知汉文性命如何,且听下文分解。

第 五 回

冒百险瑶池盗丹　决双胎府堂议症

诗曰：

　　堪叹娇娘计百端，生心思欲上金銮。

　　罗浮有梦情空寄，聊向人间种玉盘。

　　且说汉文回来，入房来望白氏，开帐看见床上一条白蛇，惊死在地。此时午时过了，小青已复人形，听见前房惊叫，慌忙起来，步出前房，看见汉文死在地上，床中白氏露现原形，唬得面如土色。高叫："娘娘，快复原形，相公被你惊死，紧些醒来！"白氏魂梦之中，听得此话，翻身复了原形。爬起来看见汉文死在地上，不觉大放悲声，走来抱住汉文身子哭道："妾被官人强灌黄酒，腹如刀割，难顾身体，梦中现出原形，不知官人进房，被妾惊死，是妾害了官人性命。"说罢，哭不住口。小青含泪劝道："娘娘，相公既死，不能复生，哭也无益，不如将他吞咽便了，同娘娘别往他方，怕无可意才郎。"白氏怒道："小青，汝说哪里话，既与官人结为夫妇，岂忍用此心肠，况我是修道节女，焉肯再事他人。官人是我害他，必须设法救他还生。"小青道："娘娘真呆了！人死魂魄归阴，有何法术救得复活。"白氏道："小青有所不知，我今要救官人复生，须当舍命上瑶池偷取仙丹。汝替我照顾官人身体，不可离开。"小青劝道："娘娘，瑶池乃圣母金阙，娘娘你要去偷盗仙丹，徒取亡身之祸。"白氏叹道："要救官人性命，没奈何去走一遭，倘若偷丹不得，就死在瑶池，我也甘心。"说罢，遂打扮作道姑模样，驾起云头，竟到瑶池仙境。看见白猿童子在洞口坐着，白氏不能进洞，无奈向前打个稽首，叫声："师兄请了。妾非别人，乃是黎山老母徒弟白珍娘是也。奉师命下山，与许仙完却前缘，现因许仙得病，危急沉重，无药可救，今将垂毙，不得已特来哀求圣母娘娘，恳赐仙丹一粒，以救夫命。敢劳师兄进内通报一声，感恩不浅。"

　　白猿童子睁开慧眼，看见白氏满身妖气，喝道："何方孽畜！大胆敢到仙山，若是黎山老母徒弟，为何满脸妖气。现今老母在洞同圣母说法，我今拿你进洞辨个真假。"说罢,遂即向前要拿白氏。白氏大惊,暗想道:若被他拿进洞去,性命决然难保。遂即喷出一粒宝珠,向童子面门打来。童子不曾提防,被宝珠打中鼻梁,流出鲜血,叫声:"哎呀!"负痛走进洞去了。白氏收了宝珠,恐怕圣母降罪,驾云要走,已无及了。

这童子走入洞来,圣母看见问道:"你为何鼻梁流血?"童子跪下禀道:"洞外有个妖精,口称黎山老母徒弟,说她丈夫患病,要来求圣母仙丹救她丈夫。弟子不允,反吐毒珠打中弟子鼻梁,望圣母做主。"圣母见说,怒气冲冲,驾上沉香辇,带了童子出得洞来。看见白蛇驾云逃走,圣母喝道:"孽畜,走哪里去!"即布起天罗地网。白氏要走,亦走无路了,早被天罗收在里面,现出原形。

圣母手执斩妖剑,正要行刑,只见正南上一朵彩云如飞而至,叫声:"刀下留人!"圣母举目一看,乃是观音菩萨,遂即收住宝剑,起身相迎。问道:"菩萨何来?"菩萨笑道:"贫道到此非为别事,因这白蛇与许仙有夙缘之分,日后文曲星官应投在她腹中转世,俟她弥月之日,自有人来收她压在雷峰塔下,应她前日对真武大帝发誓之言,待文星成名之后,得了敕封,方成正果。此时却不可伤她性命,望圣母宽恕。"圣母道:"菩萨,若论她上山偷丹,复敢打伤童子,斩罪难免。既是有这段根缘在后,自当遵命,饶她便了。"圣母即拂退了天罗地网,放出白蛇。

白氏依旧复了原形,向前跪下叩谢圣母不杀之恩,转身拜谢菩萨救生之德。菩萨道:"孽畜,此处仙丹汝休妄想,我今指点汝一处去求。汝可去紫薇山南极宫南极仙翁处,去求仙草一枝,可救汝夫之命。"说罢,菩萨起身辞了圣母,驾云回了南海去了。圣母送了菩萨起身,亦上辇回归洞府,不提。

这白氏见菩萨同圣母去了,连忙纵起云头,来到紫薇山南极宫。但见宫府盘郁,瑞气氤氲,夸不尽的奇花异草,道不了的珍果佳禽。白氏无心观玩,忙到宫前,看见守鹿童子在宫门前游玩。白氏向前施礼道:"仙童在上,烦乞通报仙翁一声:贱妾白珍娘,因夫许仙病症危重,无药可救,蒙观音菩萨指示前来,恳求仙翁乞赐仙草一枝,救夫微命。望仙童慈悲,为妾转报,感恩不浅。"鹿童听她言语凄惨,兼是观音菩萨指点她来,遂说道:"姑看菩萨金面,代汝通报便了。"白氏连声称谢。鹿童转身入内,到蒲团边跪下,禀道:"师爷,宫外有个女人自称白珍娘,道她丈夫许仙得病危急,南海菩萨指点她来,要求师爷仙草,现在宫外,弟子不敢擅便,特来禀上,未知师爷钧意若何?"仙翁道:"我已知道了。此妖尘缘未断,业债未满,与许仙有夙缘之分,将来文星要投她腹中转世。既是菩萨指点他来,你可去云房里面取回生草一枝与她罢。"鹿童领命起来,即到云房里头取了一枝仙草。步出宫门,叫声:"白氏,仙翁有命,赐汝回生仙草一枝。"白氏慌忙跪下叩谢,起来接了仙草,鹿童转身回宫复命去了。这白氏得了回生仙草,满心欢喜,急驾起风云,如飞回来救夫。谁料,照命难星又到了。正是:

　　劝君慢把喜颜展,目下灾殃又重来。

　　看官,你道这难星为谁?原来南极仙翁驾下还有一位白鹤童子,这日因内无事,在外云游消遣。忽见一块乌云滚滚而来,带些腥浊之气,鹤童在云中定睛一看,知是妖精,即刻驾云赶上,叫声:"孽畜,哪里走!"白氏听见鹤童的声音,魂魄早已飘散,从空中跌将下来,死在山下。鹤童飞身下来,张开目嘴,正待要啄。不意空中来了白莺仙童,将鹤童拦住。叫声:"师兄,不可伤她的命,是这孽畜应有此厄。弟奉南海佛祖佛旨而来,恐怕师兄不知运数,害了她命,是以命弟前来此处相等,望师兄慈悲,依数而行,饶她去吧。"鹤童道:"弟疾妖如仇,师兄既奉佛旨而来,弟自当遵命,饶她便了。"莺童称谢,鹤童辞了莺童,自回南极宫去了。

　　莺童近前,看见白氏已死,遂即念动起死回生真咒,对着白氏脸上吹口仙气,白氏遂即还魂醒来,慌忙跪下叩谢莺童救命之恩。莺童道:"白氏,吾奉佛旨而来救你性命,汝今作速回去,去救你夫性命要紧。"说罢,遂驾起祥云回南海复旨去了。

　　这白氏拾起仙草,急急纵起云头,不一刻落到家里。叫声:"小青,仙草在此,你快些取去煎汤,来救官人。"小青接过仙草,问道:"娘娘,此草是瑶池来的么?为么去得许久?"白氏叹道:"小青,我为求得这根仙草,险些断送残生!"我到瑶池偷丹,遇着白猿童子守洞,不得进去。我只得对他说明,他要拿我进洞去见圣母。无奈吐出宝珠,打伤童子,被圣母布起罗网,祭剑要斩。幸蒙观音菩萨到来,求过圣母,救我性命。又蒙菩萨指点我去紫薇山南极仙翁处求回生仙草,我只得又去南极宫。蒙仙翁慈悲,赐下仙草。叩谢回来,中途又遇白鹤童子,被他赶叫一声,我即跌死山下。鹤童飞下要啄我身,亏得白莺童子奉南海佛旨而来,拦住鹤童,救我性命。若无莺童吹我仙气，焉能还生。可怜我舍万死一生，方得此草，你快去小心煎好，来救官人回阳。"

　　小青听罢，沉吟不语，立在旁边。白氏大怒，骂道："死贱婢！我为官人，一人不顾生死，舍命求得此草，命汝快去煎汤来救他命，为何迟延不去。亏汝好狠心肠！"小青道："娘娘有所不知，非是小婢狠心不去煎汤，因你饮黄酒露出原形，致相公看见惊死，今若将草煎汤，救他复生，他一定说我们是妖精，许时凭你满身都是口也难洗清，与他无辨了。因此迟延，未敢去煎。娘娘须先寻一妙法，瞒过相公方好。"白氏被小青这一段话说得默默无言，低头一想，叫声："小青，我有计了。"遂向箱内取出一条白绫帕在手，口中默念咒语，吹一口气在帕上，叫声："变！"将白绫帕变作一条白巨蛇，遂取了壁上挂的一口宝剑，将变的白蛇斩作数段，丢在庭中。小青看见大喜，赞声："娘娘果然法力高强，如此瞒得相公过了。"连忙取了仙草，翻身出房。不一刻，汤已煎好，捧进房来。白氏抱起汉文，将口掀开，小青将汤灌下腹去。顷刻，入命门，透丹田，贯泥丸宫，不觉遍身骨节舒动。未有半日光景，汉文早已还魂醒来。叫声："吓呀好睡！"翻身起来，看见白氏坐在床沿，小青立在旁边。开声骂道："原来你们是个蛇精，来此缠我。我一向被你瞒过，今我看明，被你惊坏。幸我祖宗有灵，命未该死，复得还魂。你们早早远去，不必再来害我，不然一剑除了你们！"白氏被骂，满脸泪珠纷纷，啼不住口。小青上前叫声："相公，你真薄幸！因你出门观斗龙舟，小姐酒醒，进入后房看视小婢的病，不知何处来了一条白蛇，飞在床上。小姐在里面听得前房相公叫声，慌忙出来，看见相公倒在地上，床内抢出蛇精要害相公身体。小姐惊慌无措，急擎宝剑将妖蛇斩作数段，丢在天井，救了相公。因见相公被妖蛇惊死，又去黎山老母师父处求得回生仙草来，煎汤与相公吃，救了相公还魂。今相公恩将仇报，反骂小姐是妖是怪，相公若不信，可到天井内去看便明白了。"

　　汉文听罢，想道：小青言得有理，我到天井一看真假便分明了。遂即起身要出，白氏扯住汉文的手袖，叫声："官人，你身体初愈，外边风大，不可出去。"汉文想道：小青叫我去看，白氏扯住不放，明明是二人用计骗我一人。随把白氏推开，走出房门，来到天井一看，果然庭下一条白蛇斩作数段，鲜血满地。汉文心下释然，回转房内，到白氏身边赔笑道："贤妻息怒，愚夫不知贤妻如此苦心，救了愚夫性命，错怪了你，望贤妻恕罪。如今须将此蛇埋掩才好。"白氏笑道："官人若不疑妾身是妖怪就好了,何罪之有。"即命小青将假蛇拿到后边空地烧埋了。

小青烧埋了假蛇,还身回入房内。白氏故意流泪道："小青,我受千辛万苦,师傅处拜求仙草,救活相公,只望夫妻和谐到老,谁知相公薄情,不念我的苦心,反疑我是妖怪。细思起来,总是前生不修致此今生被人轻疑,我今要削发空门,祝修来世去了。"汉文听见大惊,叫声："贤妻,愚夫不知错冒,望贤妻念结发之情,乞赐包涵,切勿提起此话。"白氏道："官人,妾身乃是妖怪,不如听妾出家,免害官人金身。"汉文道："贤妻何必出此言,总是愚夫言词得罪,不免待愚夫赔个不是。"说罢,双膝跪将下去。白氏看见,也慌忙跪下去道："官人请起。男子膝下黄金,不要折杀了妾身,此是妾多言之过,望官人海量勿罪。"汉文大喜,扶了白氏起来。正是:

> 得他心目转,是我运通时。

自此,夫妻二人依旧和好,小青暗地含笑不提。

且说这苏州知府姓陈名伦,字俊卿,科举出身,生平居官清正,爱惜子民。因夫人吴氏身怀六甲,临盆,腹痛三日夜不能分娩,通城医生尽皆请到,均道无法可治。府尊惊慌,无措无奈,闷坐花厅,因精神困倦,不觉覆在桌上瞳矓①睡去。梦见一人身穿白衣,手执彶尾,叫声："陈知府,吾乃观音菩萨是也,念你平昔为官清廉,今你妻吴氏临盆,不能分娩,吾特来指点你:你可差人前去吴家巷保安堂药店聘请名医许汉文,他能医此症,谨记在心,吾去也。"遂驾一朵彩云望空而去。府尊一觉醒来,暗想:我方才睡去,多蒙菩萨前来托梦,指点我去请许汉文,此人谅必能医。即时出衙不表。

看官,你道这托梦菩萨是真的么?原来就是白氏。他知道夫人临盆难产,瞒却汉文,变个菩萨模样去衙内托梦知府,叫他来请。这里长班到门,白氏早已回家几时了。

长班来到店前,将帖投进,说明来由,陶仁接帖入内报与汉文。汉文听罢大惊,对白氏道："贤妻,府尊差人执帖要请我去医夫人产症,但我只知药性,不晓脉理,况她是知府的夫人,不比平常小户,万一错用了药,性

---

① 矓(jiào)。

命决然难保,将若之何?"白氏笑道:"官人不必忧心,妾身已知夫人腹内乃是双胎,故此生产艰难。妾已预制药丸二粒,官人可带去,包管药下胎生,并可得一桩大大谢礼。"遂令小青去箱内取出药丸二粒,递与汉文。汉文喜道:"我妻果然神机妙用,劝我不逮。"遂即袖了药丸,就同长班出门来到府衙。

长班进衙通报,府尊闻知,出堂接入花厅坐下。茶罢,汉文道:"未知大老爷呼召小人端得何人贵恙?"府尊道:"先生,现因夫人临盆,腹痛三日夜不能分娩。久闻先生大名,是以特令长班聘请,望先生开云天高手,救垂危二命,自当重报。"汉文答道:"大老爷免烦天心,小人台下子民,当尽犬马之力。夫人贵症,管取一剂见效。"府尊大喜,就陪汉文进房看病,汉文做样诊视了左右脉理,同府尊仍出花厅坐下。汉文开言道:"大老爷恭喜!夫人腹内是双胎,两位公子,故此分娩艰难。小人带有药丸两粒,进与夫人和汤吞下,包管即刻分娩。"说罢,取出药丸,递与府尊。府尊甚喜,接在手中,遂命丫环将药丸和汤,小心送与夫人吞服。

只因这一剂,有分教:

一莲双带,百恨齐生。

未知夫人服后分娩否,且听下文分解。

第 六 回

狠郎中设计赛宝　慈太守怀情拟轻

诗曰：

> 扶危救孕育双婴，无端结怨欲相凌。
>
> 获罪难逃法网去，报功仁宦忆前情。

且说府尊同汉文在花厅细谈症候，只见侍儿慌忙出来禀道："老爷恭喜！夫人吞下药丸，一阵大痛，遂即分娩，生下二位公子，二人左手俱拿一粒药丸出世。"府尊见说，喜得眉笑眼开，忙对汉文拱手道："先生一剂神效，国手无双。"汉文也觉得过意，逊道："此乃大老爷洪福，夫人喜庆，小人何功之有。"府尊吩咐治筵款待汉文，座中殷勤称赞，不必细表。及至席罢，起身告辞称谢。府尊送出彩缎四端，谢仪千两。汉文辞道："小人些须微劳，何敢叨受大老爷如此隆礼。"府尊笑道："聊表薄意，不必过让。"汉文叩谢出府，府尊令家人二名赍了缎疋银两，吹手八名，汉文坐下轿子，一路迎来，好不荣耀。到家，打发来人回衙，一家欢悦不在话下。

此时，城内各医闻知，一个个怒气冲冲，大家约定明早齐到三皇庙议计，要倾害汉文。到得明日清晨，众郎中都到三皇庙里，大家相见叙坐。内一年少的郎中开言道："列位老兄，这汉文小畜生不过是一个徒犯，配到我苏州府，敢在府衙妄夸大口，灭了我们本地的威风，又白白被他得了一桩大财，实在气他不过。依我愚见，我们大家做得一词，公呈到上司，告他妖言惑众，使他罪上加罪。一来出我们的气，二来显我们的手段。列位以为何如？"内中一位有年纪的姓刘名凤，叫声："不可！不可！目今汉文不比当初，现成本府十分重他，列位就动公呈到上司告他，本府一定会替他出头。且衙门中的事，若有财有势，差鬼亦能点头，恐若输他，反为不美。依我愚见，现在明日乃是祖师生辰，我们派他当头，排设古玩宝器，庆贺圣诞。谅他飘泊异方，有什么古玩之物，许时若无，我们大家辱他一场，公逐出城，不许他在此开店。事出于公，亦不怕本府庇他。你们以为何如？"众人齐道："刘兄此计大妙，我们这刻就行便了。"

当下，众郎中一齐起身，同到汉文店中，汉文接入店内，一一叙坐。汉文问道："未知列位老兄今日光临敝铺，有何见教？"刘凤开言道："许兄，明日乃是三皇祖师圣诞，我们历年公订药朋，每人轮当一次，供献古玩宝器，陈列旨酒佳肴。明日轮当该兄，是以我们大家齐到贵铺通知兄台。"汉文慌道："列位老兄见谅，小弟客居贵地，人地生疏，宝玩难寻，不能循附骥尾。今弟多备香银几两，望列位老兄代弟领办，感激不尽。"众人齐道："许兄，你说哪里话，各人轮着，各人承办，今年该你，哪个敢替你。你若不吃郎中的饭，可以不用承办，若要行医卖药，亦不怕你不当。"说罢，众人怒气出门，汉文只得笑脸相送。

回转房中，长吁短叹，白氏看见，忙问何故。汉文遂将众郎中到店，要轮派当头，排设古玩的话一一说明。白氏笑道："此易事耳，官人何必忧愁。妾父在日，官居总制，怕无奇珍宝器！明早应承他们就是。"汉文见说，改愁为喜，吃了夜饭，安心睡去了。

当下，叫过小青吩咐道："小青，相公明早要庆祖师生辰，苦无宝器可排。余昔游京华，闻知梁王府多珍宝，汝可去京城梁王府内拣得几件稀奇的宝器，星夜盗取回来，以便相公明早庙中排用。"小青领命，即刻驾起妖云，来到京师，闯入王府，偷出四件宝器。哪四件：珊瑚树一座，玉孩童一仙，沉香麒麟一只，玛瑙孔雀一对。拨转云头，回来交与白氏。白氏看见十分欢喜，遂将四件宝玩收入箱内，各去安寝不提。

明早清晨，汉文起来，忙问白氏道："贤妻，宝器在哪里？"白氏取匙开箱，拿出四件宝器。汉文逐一看过，称赞不绝。叫声："贤妻，愚夫不知你箱内有此稀奇的宝玩，如今不怕他们难为了。"就命陶仁去办神前果品。众医又来店中催赶数次。不一时，陶仁备办礼物停当，令人先挑往庙内，随后，汉文同陶仁捧定四件宝器来到庙中。

众人迎住问道："许兄有甚宝玩供献祖师？"汉文笑道："列位老兄，弟无过塞责而已，望列位见谅。"说罢，取出四件宝器，供在桌上，陶仁排列酒醴。众人看见，个个吐舌，暗道：本要奈何他，不料这小畜生却有此稀奇宝玩，比我们往年更胜十倍，罢了。此时众人无颜，各自抽身，陆续转回家里去了。汉文看见暗笑，假作不知，焚了金帛，同陶仁收拾器物，回到家中。与白氏、小青说知，二人欢笑不在话下。正是：

　　饶君逞用云中手，只恐灾殃又到头。

　　且说这边京城，梁王偶患目疾，要取玉孩童来炫目，命王妃到宝玩库去取。王妃领命，到库寻来寻去，端得不见了玉孩童，再将逐件盘查，又失去珊瑚树并沉香麒麟、玛瑙孔雀，计共失了四件。心中大骇，只得回来禀覆梁王。梁王大怒，道："谁人敢盗库内宝器！"即刻发文去府里，立命缉捕赃贼。又行广捕文书，分命家人前往各省，审获正犯，拿交地方官照律治罪。家人领命，不敢迟缓，各接文书，即刻分往各省去了。内中接着差往江南的，遂即取路投江南而来，缘途巡缉不题。

　　且说汉文自从庙中赛宝，惊退众医之后，与白氏更加恩爱，行坐不离。一夜，夫妻二人饮酒闲谈，白氏笑对汉文道："妾蒙官人宠爱眷恋，近来身子颇异，像有梦熊之意①。"汉文见说大喜，道："难得我妻怀孕，但愿诞生男儿，以续许家宗祧。"说完，吃了夜饭，夫妻进房安歇不表。

　　光阴荏苒，一日，偶值汉文生辰，家中不免开筵作贺，吴员外亦到。汉文因白氏有孕，心内欢喜，留住员外，将四件宝器排在厅堂，开了大门，同员外饮酒赏玩。过往的人看见，无不啧啧欣羡而览。一传两，两传三，传将出去，称道许家好宝器。

　　总是汉文又该晦气。这日，适值梁王的家人来到苏州，在街坊上游行巡缉，听得人家纷纷尽道吴家巷许家好宝器，内中一个家人听在耳朵内，叫声："兄弟，你们听见么，众口同声称赞什么吴家巷许家好宝器。我们去到彼处查看，万一是千岁库内失脱的，亦未可知。"众家人道："有理。"大家随即来到吴家巷，在汉文门首张望，果然认得四件宝器，正是库内失落的，遂一拥入去，一齐动手。员外看见大惊，不知为什么事，自己没命跑走回去了。众家人不容分说，将汉文锁项，收取宝器，拖扯出来。骂道："千岁爷的宝贝，汝这死奴怎敢偷盗出来，害我们遍处跑走，汝这颗驴头想难挂在项上了。"汉文惊得魂飞胆散，仓促难辨，已被众家人拿到苏州府衙堂，击起鼓来。

　　里面府尊听见，即刻传令升堂，两边吆喝，陈爷升堂坐定。众家人跪下禀道："老爷，小的们是京里梁千岁府内的家人，因前月千岁库内失脱珊瑚树、玉孩童、沉香麒麟、玛瑙孔雀四件宝器，小的们奉千岁爷钧命并文书，遍处缉拿。今日在吴家巷认出宝器，拿住赃贼，求老爷照律治罪。"说

---

　　①　梦熊——怀孕。

罢,遂将梁王的文书呈上。

陈爷见说,将文书拆看,勃然大怒,即命带进偷宝贼人。众家人答应一声,将汉文带进月台跪下,陈爷举目一看,却是医生许汉文。心内惊疑,暗想:他是端正的人,焉能干此勾当,内中必有缘故,等我问个明白。遂假作不认得,喝道:"汉子,你姓甚名谁? 家住哪里? 几时去偷取梁千岁四件宝器? 同伙为谁? 在本府堂上从实招认,免受刑罚。"汉文诉道:"青天老爷,小人姓许名汉文,住吴家巷,娶妻白氏,使女小青。小人行医守分,分毫不苟,因为祖师圣诞,历年各医轮当,俱要排设玩器。今年该值,小人苦无宝玩,幸妻白氏将岳父四件宝器取出排设。继因今日家内有事,排列厅堂。蓦然,众人拥入,将小人拿扯出来,说什么是梁王的宝器,妄指为盗,小人并不知情,求老爷镜判。"陈爷道:"你妻是此处娶的么?"汉文道:"不是。她是浙江杭州府钱塘县人氏,在杭州与小人结婚后,因小人缘事到此,她来此处寻觅小人,浼媒成亲的。"陈爷想道:此女行踪可疑,我每夜观天象,见有一股妖气照耀此方,莫非应在此女身上亦未可知。遂叫众家人上前吩咐道:"你们且将这四件宝器先行打回,缴上千岁,此案内有委曲,待本府并拿伊妻白氏,审明定罪,另文申覆千岁。"遂取纹银二十两送众家人作路费。众家人跪下叩谢起来,带了四件宝器,先回京城去了。

陈爷令将汉文暂行监禁,遂签朱票差八名军壮来拿白氏。这一去有分教:

潇湘路隔,两地徒劳。

要知后事,且看下文分解。

第 七 回

巧珍娘镇江卖药　痴汉文长街认妻

诗曰：

　　　　几番辛苦为谁劳，错认妖姿当翠蛾。

　　　　九转灵丹施妙用，依然琴瑟共谐和。

　　话说小青那日在屏风后张见汉文被众人拿扯出门，慌忙走进里面报与白氏知道。白氏大惊，随即掐指一算，叫声："不好！官人灾难又到了。小青，又是我们害了他。官人此去一定说出宝器是我与他的，官府必然会来拿我们，你快去打听则个。"小青应诺，即驾云来到府前，看见差人出府来拿，急转回来。叫声："娘娘，果然差人要到了，快些设法要紧。"白氏道："我方寸已乱，无可设策，你将银两细软收拾，暂避他们便了。"小青领命，进内收拾明白。

　　这里军壮到门，打将进来，二妖用了隐身法，同出门去了。军壮入门，各处搜寻，俱扑个空，杳无人影，就将店内陶仁锁挂带回府来。到堂上跪下禀道："小的们奉爷的钧命，去拿白氏、小青二人，家里各处搜获，并无踪迹，小的无奈，带他店内一人来复命。"陈爷令带进来，军壮领命，将陶仁带到丹墀跪下。陈爷问道："你叫什么名字？是许家何人？可晓得白氏与小青逃走何方？"陶仁叩头道："老爷，小的名唤陶仁，在许家店中相帮，小的只是料理店内，不知里面的事。白氏与小青怎样逃走，小人并不知情，求爷爷详察。"陈爷道："他们乃是妖怪，用法遁走，谅你怎能知道，这也难怪你的。本府如今放你回去，安顿生理去罢。"陶仁叩谢出府去了。

　　陈爷退堂来到花厅坐定，想道：这四件宝器，决是此妖盗来的，汉文被她所迷，受累至此。我今若照律定罪，他性命难保，念他前日有救夫人之功，且系被妖所累，从轻发落，救他便了。

　　明日，陈爷升堂，监中取出汉文，令他近前说道："汝被妖所害，受此重罪。本府差人去拿，妖已远刟。律载：偷盗王府宝器，罪应拟斩。本府念你前日救病之功,怜你被妖所累之惨,从轻拟徒,免你刺字,发配镇江。"汉文慌忙跪下,泣道:"深感老爷大恩,小人没齿不忘!"陈爷即点二名解役,领命押解,取出白银二十两赠为路费。另办文书申覆梁王,代他申明被妖受累缘由,出脱重罪。汉文不胜感激。长解领了文,带汉文出府,陈爷退堂入去不题。正是:

城门偶失火,灾殃及池鱼。

汉文同解役出得府来,吴员外早已在府前等待,看见他们出来,员外向前挽了汉文同解役到他家里。叫声:"贤侄,老汉当初不知她是妖精,劝你认她成亲,以致今日受此冤情,这都是老汉害你。"汉文道:"恩人说哪里话,只是侄命里招妖,该受此祸,怎敢错怪恩人。"员外问道:"今配发何处哩?"汉文道:"配镇江府。"员外笑道:"贤侄不须忧烦,镇江我有个表侄在彼,姓徐名乾,青年豪富,而且衙门相熟,常有书信往来。我今修书一封付你带去,托他照应,包管你不致受苦。"汉文谢道:"深荷员外始终成全大恩,小侄不知将何以报。"员外道:"说什么!"遂即写书封好交与汉文,又取银十两送作路费,另送解役二人四两,嘱他路上照顾。汉文万分感激,收拾停当,拜辞员外,随同解役起身出城,望镇江府而来。一路上过了许多鸡栖茅店月,人迹板桥霜,非只一日,到了镇江。解役安顿行李,到府投文,知府接了文书,将汉文发在芙蓉黤当差,解役领了批回,回苏州去了。

这汉文到了芙蓉黤,参见黤丞,送些意思,黤丞得了分上,心下欢喜,便不十分拘管难为他。一日,汉文问黤内的人道:"你们这里有个徐员外么?"那人道:"可是那个少年家讳'乾'的么?"汉文道:"正是。"那人道:"你问他作甚?"汉文道:"他苏州有个亲戚,寄我一封书要与他。"那人道:"他家在东门柳叶街上,那间朝南坐北靠墙朱漆伯大门就是他的家里。"汉文叫声"领教",遂即袖书出门,问到柳叶街,果见朝南坐北一间朱红大厝,谅必是了。遂上前叩门叫道:"这里可是徐员外府上么?"只见一个老儿开门出来,应道:"正是。你是何人? 要寻员外贵干?"汉文道:"因苏州吴员外有书要与你家员外,托我带寄。"说罢,遂即将书递与老儿,老儿接入。

这日,适值员外在家闲坐,老儿来到厅上,将书双手呈与员外道:"苏州吴家老员外要与员外的。"员外接过,拆开看完,忙问道:"送书人在哪里?"老儿道:"在门口。"员外即出门迎接汉文,同入厅内叙坐。茶罢,员外道:"表叔来意,弟已尽知,兄可释怀勿虑。"汉文拱手道:"全仗员外鼎力垂救,感恩不浅。"员外道:"当得！当得！"遂写保状一纸并银十两,同汉文起身出门,来到芙蓉黯。见过黯丞,道明来意,即将保状并银子送上。黯丞接过银子,眼中火出,欢喜应承,员外令人将汉文的行李挑回。别了黯丞,同汉文回来,即令打扫书房与汉文住宿,早夜款待,汉文心中十分感激。自此,汉文安心在徐员外家中逍遥过日不表。

再说白氏当日同小青躲避出门,看见差人去了,门前封锁,二妖依旧用隐身法通入。白氏坐在厅上,心中凄惨,叫声:"小青,官人又被我们所害,问罪镇江,累他受苦,我心何忍。"说罢,悲啼起来。小青劝道:"娘娘,如今哭也无益,依小婢愚见,可将银两收藏在身,我们假扮男装,前往杭州,将银两寄他姊夫家中,然后同去镇江,再行设策与相公相会何如?"白氏忙拭泪道:"小青见解得着。"遂将银两收藏在身,用匣收鋆①。

二妖即时摇身一变,变作男人模样,遂驾起妖云,来到杭州钱塘县。一路问到李家门首,小青向前敲门,公甫出来一看,只见二个俊秀后生,主仆打扮。忙问道:"二位尊兄何来?"白氏道:"弟姑苏来。这间就是李公甫仁兄府上么?"公甫道:"正是小弟舍下。"即请二人进内,分宾叙坐,小青侍立。公甫问道:"尊兄仙乡何处? 高姓大名? 今日到小弟舍下有何见教?"白氏道:"小弟家住姑苏,姓王,贱名天表,与令亲许兄汉文在苏相好。因弟要到贵地公干,许兄寄有书信一封,木匣一个,要交仁兄收入。"说完,将书并匣送与公甫。公甫接在手中,觉得十分沉重。里面递出茶来,吃罢,白氏起身告辞。公甫送出门外,翻身入内,将书并匣持入,与许氏同打开一看,黄黄是金,白白是银,二人梦想不到,欢喜无限。正是:

　　只道一身受罪去,谁疑满贯金宝来。

且说二妖辞别公甫出来,行到僻静无人之处,仍驾起妖云,顷刻来到镇江府。探知汉文在徐员外家中,二妖计议停当,就租二间小厝,在五条街,左畔住家,右畔开张药店,依旧店名"保安堂"。这条街离徐家不远,二妖在店卖药不提。

这里,汉文在徐家中,员外看待如同至戚。谁料,天有不测风云,人有

---

① 鋆(yún)——金子。

旦夕灾祸。汉文因前受了一场惊恐，后在路上冒着风霜，不期迫出一场大病。睡到书房，乍冷乍热，昏昏沉沉，日重一日。请医服药，全然无效。员外十分惊慌，闷坐书房厅上。只见看门的老儿入来说道："员外，近来五条街新来二位女人，同开药店，闻说她店内的药丸十分应效，一粒要五钱银子。员外何不去买一粒回来与许官人服，包管立愈。"员外见说大喜，即取五钱银子，令老儿去买。老儿领命，即刻出门，来到五条街保安堂买药丸。

这白氏已先知道了，即将银子收入，包好药丸，付与老儿，老儿取转回家，呈与员外。员外看了，就令家人煎好，亲自捧到床前，揭开帐幔，只见汉文昏昏迷迷，员外即令家人将汉文扶起，将药灌进腹中，仍行放倒，用被裹盖。未有半刻光景，汉文挣出一身冷汗，叫声："吓呀快活！"员外问道："许兄贵体若何？"汉文道："此会十分轻松了。"员外笑道："此药果然神效，一服就愈。"汉文道："员外请何名医，使小弟霍然。"员外道："医药并无见效，近来五条街有二女人同开药店，店号'保安堂'，闻她店中药丸神妙，因此弟令人去买一粒来，煎与兄服，果然见效。"汉文忙道："员外，这保安堂乃弟在苏开店的牌名，怎么店号相同？何以无男人，全是女子，其中可疑，莫非又是二妖跟寻到此。明早待我同员外前去看个分晓。"员外道："不可。兄体初愈，万一再冒，恐为不美，且再调养几天，俟兄身体健壮，同去方好，何须性急。"汉文道："深感员外救弟残生，金言敢不敬从。"员外道："此乃吾兄洪福所致，弟何力之有。"说罢，遂别汉文入去，令家人看视汤粥。

汉文心中只是疑讶二妖又来寻他作对，放心不下。不觉过了几天，汉文身体痊愈，行走如常，遂邀同员外来到五条街保安堂药店，举目一看，果然又是二妖。汉文骂道："无端妖怪，苦苦相缠。浙江受你们害，问罪苏州；苏州又被你们害，发配此处。幸蒙这位员外提携，免受辛苦，为何你们又寻到此？想必要害我至死方休么！"白氏听罢，泪流满面，叫声："官人吓，今日见妾，口口骂妖，妾与官人结发夫妻，安有相害之理。妾父官居总制，岂无银两宝器，府县不明，浙江冒认银两，苏州错认宝器。妾宦家女流，恐怕出乖露丑，不敢见官分辨，无奈躲避至此，害官人受罪。当日因庆生辰，不知何处来的强徒，见宝动心，妄行抢掠，贿嘱官府，屈打成招。世间的事冤枉尽多，何止妾身一人，望官人详察。"员外在旁劝道："许兄，尊嫂所言似乎有理,兄须俯听。"汉文沉吟不语。白氏又道:"官人,妾同小青千山万水跋涉到此,只因怀孕三月,是你的骨血,恐在苏州无人照顾,是以不惜辛苦前来相寻。因未知官人下落,暂租此处栖身,卖药度日。官人,你不看僧面亦须看佛面,即不念结发恩情,亦须念腹中骨肉,别人尚且怜悯,亏你铁硬心肠。"说罢,放声大哭。汉文被白氏这段甜言蜜语,心已软了,更兼员外在旁劝改,不觉动情起来。叫声:"贤妻,愚夫错怪了你,望贤妻恕罪。"小青道:"相公若肯悔心相认,小姐岂有相罪之理。"汉文见说大喜,即挽员外的手同进店来。白氏与小青入内,烹茶伺候,汉文遂留住员外便饭,员外即令人去家中搬取汉文铺盖回来。酒罢,员外相辞回家去了。这夜,二人被中愈添恩爱。正是:

　　　久旱逢甘雨,他乡遇故知。

自此,夫妻二人仍旧和好,汉文依然行医卖药,不在话下。

　　只因这一认,有分教:

　　　一朝会晤,满腔相思。

　　要知后事,且听下文分解。

第 八 回
染相思徐乾求计

诗曰:

> 风送歌声月影寒,惊回魂梦泪思残。
>
> 蓝桥有路曾通否,姑向明山醉碧丹。

话说徐员外当日因同汉文去五条街药店,看见白氏美貌超群,心中十分爱慕,回家朝思暮想,长吁短叹。院君陈氏屡次询问,只是不答。数日之间,病倒书房,遍身如火,服药无效。举家惊慌,走投无路。内中一个家人名唤来兴,当日曾跟员外同去,颇知其意。立在阶下叹道:"眼前菩萨不拜,要拜西天活佛!"

不防院君出来,听在耳朵内,问道:"来兴,你说什么'眼前菩萨不拜,要拜西天活佛'?"来兴道:"唉,院君,员外此病是自害的。"院君道:"怎么自害,你说我听。"来兴欲说又住。院君怒道:"要说便说,踌躇作甚。"来兴被院君盘问不过,只得道:"院君,员外因为前日看见许官人的浑家白氏生得十分美貌,回来思想,郁出这病,岂不是自害的。"

院君听了,又好气又好笑,步入书房,揭开帐,坐在床沿。看见员外昏沉不省,叫道:"相公身体若何?"员外两眼觑定院君,半晌无言,只是叹气。院君道:"相公,你今到此有甚心事,不妨与妾说明,妾不是悍妒之妇,相公不须遮掩。"员外被院君一语道着根源,料想难瞒,遂叫声:"贤妻,愚夫因为看见许家白氏美貌,朝夕思想,致成此病。贤妻有何妙计,能使我得与白氏相会,不然性命大料难保。"院君笑道:"相公,你真痴了,自家有妻有妾,谅那白氏败柳残花,有何好处,而为她害出此病。今相公既然如此钟情,待妾细思一策,疗救相公便了。"员外听罢,喜道:"贤妻若有妙计,快些为愚夫设法则个。"

院君低头一想,叫声:"相公,妾有一计在此,但须俟相公身愈,方可用得。"员外道:"贤妻既有妙计,我自没药有喜。"遂一跃坐起,要求院君说明。院君道:"现今书房庭中牡丹盛开,假意作我去请她来赏玩牡丹,她若来时,将酒筵排在书房,相公可躲在房中。待酒筵罢,同她入房更衣,我假意出去,许时鱼入网中,不怕她不顺从。只是相公未愈,须待身体壮健方可。"员外见说大喜,道:"贤妻果然妙计,愚夫的病已去有八分了。"院君笑道:"相公宽心些,不用性急。"二人相视而笑。正是:

　　　　宁向牡丹花下死,风流作鬼也甘心。

过了几日,员外身体好了,与院君计议停当,即差来兴持帖去请白氏明早赴席。来兴点头会意,领命出门,来到汉文店中。叫声:"许官人,家院君因书房牡丹盛开,却好员外不在,特令小人奉帖来请白院君前去赏玩,望官人俯允。"说毕,将帖递与汉文。汉文接过道:"怎好要你家院君费心。请坐。"遂即入内,笑对白氏道:"徐家院君差人持帖请你明早去赏牡丹,未知你要去否?"白氏心下已知就里,欣然应允。汉文出来对来兴道:"烦你多多覆上院君,明早造府领情,只是不可多费。"来兴喜诺,忙别了汉文,转回家中回复员外。员外大喜,巴不得即刻就是明早。正是:

　　　　暗备偷香窃玉手,谋取芳姿丽质人。

一宿已过,明早清晨起来,家中排设停当,只见来兴走来报道:"许家院君轿到门了。"员外慌忙躲入房去。院君出来迎接,白氏落了轿,缓步上厅。院君举目一看,果然有沉鱼落雁之姿,闭月羞花之态,暗道:怪不得相公为她想出病来。遂令打发轿夫回去。

二人厅上叙礼坐定,白氏开言道:"拙夫受员外提拔大恩,未曾报答分毫,今妾又蒙院君见召,欲却恐蹈不恭,是以趋赴前来,敬领盛情。"院君笑道:"姊姊言重,使奴不安。奴因员外出门探亲,明日方得回来,适见牡丹盛开,特具杯酒,邀屈姊姊同赏,万祈勿嫌亵渎。"白氏起身称谢。

二人叙话之间,来兴上来禀道:"酒筵已备,请院君赴席。"院君同了白氏来到书房,看那牡丹,果然红白竞秀,称艳争妍,二人赏看一番。使婢催赶入席,院君推逊白氏上座,自己主位相陪。酒过数巡,白氏起身告辞。院君道:"姊姊,我和你入房更衣,消遣则个。"白氏点头应诺,遂同院君进房,脱衣坐定。院君叫茶,连叫数声无人答应。院君假意道:"这些贱婢不知何去,无一个在此伺候,姊姊请坐,待奴去取。"白氏道:"怎好劳动院君去取。"院君道:"当得。"说罢,翻身出房。

此时,员外躲在床后,慌忙出来。白氏看见,假意大惊,立起身来。员外走到跟前,双膝跪下,叫声:"姊娘,小生自睹芳姿,魂梦颠倒,忘餐废

寝,几送残生。今日天赐其便,婶娘在此,万望婶娘怜悯,乞赐小生片刻之
欢,没齿不忘。"白氏双手扶起道:"妾夫蒙员外除名脱罪,夫妇重圆,大恩
未报,百身难赎。员外既然钟爱微躯,敢不从命,稍报大恩于万一。但恐
院君入来撞见不雅。"员外喜道:"既蒙婶娘俯允,小生衔感无尽。至院君
是我的孔明军师,决然无来,不妨。"白氏笑道:"原来你们排下此美人计,
骗我上钩。既然如此,你去掩上房门才来。"说罢,遂先走上床去,将帐垂
放。员外看见,满心欢喜,手忙脚乱,急急关上房门,回身来到床前,揭开
罗帐,不觉惊叫起来。你道为何,原来床上空空,毫无白氏形影。外边院
君并仆妇等听见房中大呼小叫,慌忙走来,看见房门紧闭,大家用力撬开,
入房一看,白氏不知去向,只见员外惊倒在地,目瞪口呆。众人急忙救醒
了员外,院君看见床头一幅字,慌忙取来,递与员外观看。只见上写道:

　　　我是瑶池金阙女,身跨鸾凤游仙台。

　　　因与汉文有夙分,奉师严命下山来。

　　　无端浪子逞奸计,妄想云雨两情谐。

　　　劝你早收猿马念,免将骸骨丧浮埃。

　　员外看了,垂头丧气,院君改劝一番,吩咐众人外边不可声扬,但不知
白氏何去,恐怕汉文家中来寻,未免有些着急,不觉过了数日,竟无见许家
来寻,方始放宽。自此员外收了邪心不题,且听下文分解。

第 九 回

游金山法海示妖

再表白氏当时用法脱身,转回家来,日已昏暗。汉文看见惊道:"贤妻,你怎么徒步回来?"白氏并不提起这事,笑应道:"妾到中途眩轿,因此舍舆步行回来,尚觉开拓心目。"汉文道:"原来如此,快些入房将息。"白氏缓步归房,暗共小青说知,小青不禁失笑。

光阴迅速,倏乎腊景残冬,又值新春时候。一日,汉文因徐员外招饮春酒,要去赴席,白氏叮咛早归,汉文应诺,遂即出门来到徐家。员外邀入,酒席已备,二人坐下细酌,闲谈盘桓些时。员外叫声:"贤弟,此处有座金山寺,是个名胜的所在,近日又修整得十分华丽。寺内有一位长老,法号法海禅师,法力高强,能晓过去未来之事。今日适值我们清闲,兼是阳春佳候,我和你同去游玩一番何如?"汉文喜道:"极好。一来观看景致,二来访僧谈禅,我们即刻同行便了。"员外见汉文说得高兴,立命撤席。

二人整拂衣裳,携手出门,一路上看那春光明媚,万紫千红,二人说说笑笑,早已到金山寺了。二人进了山门,举目一看,果然无双宝寺,第一名山。怎见得,有赞为证:

> 殿阁深幽,楼台高耸,万户玲珑,千门晶荧。法界端宏,映湖光之荡漾;梵宫华丽,抱云气之虚明。列群峰而作障,临万派以纵横。宝钵花香,献一天之瑞彩;菩提路迥,渡众生于蓬瀛。鱼乌皈依于法座,磬钟响彻于桑庭。潮声带经,声以俱震;山色连树,色而齐青。喷四时之晴阴,峰烟锦绣;夸七泽之胜概,江气荡平。锦览兰舟,时凌波而竞棹;名贤佳客,辄投地而同情。果尔无双仙景,信乎第一玉京。

二人观之不尽,玩之有余,转过迴廊,进入大雄宝殿,参拜三宝如来尊佛。里面,法海禅师在云床坐禅入定,已知他二人同来,遂步出大殿施礼道:"二位施主,请里面待茶。"二人慌忙还礼致谢,同进方丈。叙礼坐定,茶罢,法海开言道:"老僧今早入定,已知二位居士光临敝寺,乞道姓眷。"

员外道:"弟子姓徐名乾,本处人氏。这位兄弟姓许名仙,浙江人氏。久闻上刹清幽,老师道法,是以同来瞻仰领教。"法海道:"久仰!久仰!请问许居士,尊夫人可是姓白名珍娘么?"汉文吃惊道:"正是贱内的名字。法师何以晓得?"法海笑道:"居士,老僧能知过去未来之事,且居士尊脸现浮妖气,有甚难晓。此妖非同小可,她原是四川青城山清风洞修行的白蛇精,思凡下杭,在仇王府花园内栖身,更有丫环小青,也是蛇怪。主婢二人迷惑居士,数载恩情,亦系前缘。偷盗库银宝器,致你两番受罪。居士可记得端午日被你强灌雄黄酒,露出原形,惊坏身体,后来被她用法瞒过,依旧同她为夫妻。如今居士切勿回去,性命可保;若不听老僧的话,决丧残生!"

汉文听罢,毛骨悚然。暗想:法师的话句句金玉,言言真切,我若不躲避,定遭二妖亡命。遂五体投地,叫声:"法师,弟子被妖所迷,不能脱身,望法师怜悯,垂救微命。"法海扶起道:"居士请起。老僧出家之人,慈悲为本,居士既然醒悟,要老僧相救,这也不难。今居士可暂住敝寺,料二妖决不敢到金山寻你,等待二妖去后,许时居士方可下山。"汉文道:"弟子被妖纠缠,愿拜法师为师,在寺削发出家。"法海笑道:"居士你尘缘未断,后会有期,不用披剃,暂居寺中就是了。"汉文领命。

这员外在旁听见法师这篇言语,细忆前番的事,暗暗惊骇。又见汉文如此光景,更加诧异,忙辞别了法师并汉文,独自下山回去了。汉文住在寺中,不在话下。只因这一住,有分教:

　　咫尺陆天变成巨浸。

要知后事,且听下文分解。

第 十 回

淹金山二蛇斗法　叠木桥两怪叙情

诗曰：

　　求僧难释许郎还，遂叫名山波浪翻。

　　几度春风情宛转，相逢疑是梦中看。

　　且说白氏当日自汉文出门之后，心神不宁，盼至日暮，不见回来，眼跳耳热，十分着急。叫声："小青，相公今早出门去徐家，因何至今未回，我心甚悬。"小青道："娘娘既然悬念，待小婢去看便知。"遂驾起妖云，在半空中四下观看。徐家寂寂，并无形影，回头望金山寺一看，却在寺中。随转云头回来，叫声："娘娘，原来相公是去游玩金山寺，因此未回家。"白氏听罢，不觉满面愁容，双眼垂泪。小青慌忙问道，白氏叹道："小青，你怎知道，这金山寺有个老和尚，名唤法海禅师，法力高强，十分了得。相公此去寺中游玩，他必然会共相公道破你我的根基，相公一定被他留住，夫妻恩情从此断绝了。"说罢，悲泣起来。小青劝道："娘娘何须悲痛。前年茅山野道妄夸厉害，尚被娘娘所吊，今日何怕金山秃驴。"白氏道："小青，你但知其一不知其二。这法海佛法高妙，非比茅山。如今不可用强，我和你同去金山，哀求禅师，看他肯将相公放出否。"小青道："娘娘主意不差。"

　　二妖即刻驾云来到金山寺，按落云头，行到山门，看见一个小沙弥坐在寺前。白氏近前叫声："师兄，烦你进去禀上老师父，说我们是许相公的亲眷，要来寻许相公回去的。"小沙弥听罢，即到方丈里面禀道："启上师太得知，山门外面来了两个妇女，说是许相公的宝眷，要来寻许相公回去哩。"法海笑道："无知孽畜！好不知死，敢到此间。"遂即头顶毗卢帽，身穿紫袈裟，左手执着龙禅杖，右手捧着金钵盂。法海抖擞精神，移步出了山门。手指白氏骂道："孽畜！我是佛门慈悲，念你修行年久，不忍加害。你们迷惑汉文这也罢了，今日大胆，敢上吾金山。好好退去，饶你性命，不然可惜你千年道行，一旦化为灰烬，悔时晚矣。"

　　白氏无奈，跪下叫声："佛爷，念小畜非是迷惑汉文，与他数载夫妻，皆系前缘,万望佛爷广行方便,放汉文出来,感恩不浅。"法海道:"我岂不知你与他实系前缘,但汝今已经怀孕,不可再恋汉文,趁早回山以待孕期。若还在此饶舌,休怪我不慈悲。"白氏哀求数次,法海只是不依。

小青在旁看见,按不住心头火发,骂道:"秃驴!你既是佛门弟子,方便为先,若拆散人间恩爱,永坠地狱。待我拿你这秃驴,碎尸万段,方消此恨。"说罢,将身畔红绫帕解下,祭在空中,变作一条火龙,望法海面门烧来。法海看见,呵呵大笑道:"你这小可伎俩,亦要班门弄斧。"遂将右手钵盂举起,将火龙收在钵内。

白氏也发了性,叫声:"和尚看宝!"口内喷出一粒宝珠,光华夺目,望面门打来。法海看见,觉得心惊,只得又把钵盂祭在空中。只见霞光万道,瑞气千条,隔住宝珠,随向白氏头上罩来。白氏看见佛门宝贝,惊得魂飞魄散,急急收了宝珠,同小青驾云逃走去了。

法海收起钵盂,转身入寺,到大殿上坐下,命擂鼓撞钟,聚集阖寺僧众。法海开言道:"你们众人听吾吩咐:妖蛇今日共我斗法,看见佛宝,飞身逃去,其心不甘,今夜必然复来水淹金山,溺死镇江无数生灵,总是天数使然。我今付你众人灵符各一道,今夜贴在手中,我将紫衣袈裟罩住寺口,不怕妖蛇水厄。今夜,我镇住山门,看妖蛇怎生作状。你众人亦须小心在意。"大众遵命,领了灵符,各去准备不提。

再表白氏同小青逃回家中,双眼流泪。小青叫声:"娘娘,可恨法海秃驴坚然不肯放相公出来,宝贝又被他收去。小婢今夜同娘娘再去金山拿这秃驴,寻回相公何如?"白氏叹道:"小青,他法力高强,更兼钵盂厉害,是你亲眼看见的,幸得我们走离,不致钵下亡身。今夜再去,唯有拜恳哀求,看他肯回心否。"

看看红轮西坠,玉镜东升,二妖依旧驾云来到金山。看见法海坐在寺前,寺门紧闭,天罗地网布列山门。白氏同小青跪下哀求道:"佛爷,望你大开慈悲,放出许郎,小畜们永戴二天。"法海喝道:"孽畜!许生已削发,在寺出家为僧了,你们再休想他,早早回穴,免丧残生。"白氏见他口气太硬,料他必不放出,同小青立起身来骂道:"残忍秃驴!离我夫妇,与你势不两立。"遂喷出宝珠,向面上打来。法海忙祭起钵盂收了宝珠,随手祭开禅杖要打白氏。幸喜空中来了救星,你道救星是谁?原来是上界魁星。因白氏腹中怀个状元,非同小可,因此被魁星将笔尖架住禅杖,救了白氏。

白氏得命,同小青驾云走了。法海看见,已知就里,收了禅杖,将紫衣袈裟罩住寺门,踏罡步斗,护住金山不题。

这白氏同小青逃归,咬牙切齿恨道:"这秃厮真个可恶!留我情郎,收我宝贝。罢了,一不作二不休,待我下个毒手,淹倒金山,溺死这满寺的秃厮,以释此恨!"小青听见,满口赞颂。白氏遂同小青驾云飞在空中,念动真咒,驱动四海龙王。不一刻,四海龙王齐到,口称:"娘娘有何法旨?"白氏道:"令你们取水淹倒金山。"

龙王领命,即刻率领鱼兵虾将兴云布雨。倏忽,满地滔滔银涛雪浪,淹上金山。法海看见水到,念动真言,将袈裟抖开,众僧将灵符望水丢下,只见水势倒退,滔滔滚下山去。众龙王霎时收束不住,水势滔天,淹下山去。可怜镇江城内不分富贵贫贱,家家受难,户户遭殃,溺死无数生灵。

白氏看见大惊,忙对小青道:"你看,海水不能淹上金山,反溺死镇江无数生命,我今犯了弥天大罪,不如同你逃回清风洞暂且栖身,再作道理。"小青道:"娘娘主意得是。"白氏辞谢了龙王,龙王率领众水族回海去了。白氏连忙同小青纵起云头,竟归清风洞。正是:

此日能招千里浪,他时栖压在雷峰。

再表金山寺僧众忙乱了一夜,到得天明,法海退了法,收起袈裟,回寺进入方丈。众僧问安已毕,法海对汉文道:"你妻小水淹镇江,浸死无数生灵,犯了弥天大罪,如今逃归清风洞躲避。此地亦非你久居之所,且你罪限已满,可以回乡。我有个师弟,在杭州灵隐寺做住持,我今修书一封付你带去,你可在他寺中享清闲之福,免受红尘灾厄。"说罢,遂写书一封,付与汉文。汉文拜谢法海救命之恩,接过书,别了法海,取路下山。遥看镇江,尽是茫茫白土,料想徐家亦必遭此祸,心下好生凄惨。一路上饥餐渴饮,暮宿朝行不题。

再说白氏在洞思忆汉文,终日悲戚。小青近前劝道:"娘娘且免忧愁,待小婢前去金山寺打听相公消息,再行计较何如?"白氏点头依允。小青遂即驾云来到金山,摇身一变,变作飞蛾,飞入寺内,尽知汉文的情由。忙即飞身回转清风洞,将法海令汉文回杭州的情节细细述与白氏知道。白氏听见大喜,连忙同小青出洞,驾云往杭州而来。

二妖在云端,看见汉文行到杭州,地名叠木桥,遂即按落云头,一路迎来。叫声:"官人何往?"汉文举目一看,惊得魂不附体。白氏泪流满面,叫声："官人,你听信邪言,疑妾为妖,妾共官人结发以来,数载经营,赞成家计,纵使妾果是妖,并无害你身体分毫,官人请自三思。"汉文道："我今已出家了,你不须再来缠我。"白氏冷笑道："官人,你真呆了。你要出家,许家宗脉责谁传续奉祀,且腹中孩子是你的骨血,官人纵不念夫妻之情,亦须念父子之爱。"说罢,悲啼起来。

汉文被她抓着根头,半晌无言,又想起数年恩爱,心中有些不忍起来。小青近前叫道："相公不须过疑,小姐因重名节,不肯失身他人。因你游玩金山,几日无见回家,主婢二人放心不下,亲往金山寻访相公。不料水涨,镇江满城受难,幸得我们同在金山,不致葬于鱼腹。但家园崩塌,我们进退两难。因前年相公在苏州受罪时,小姐私寄有数百金在杭州李姑爷处,如今思量无策,要回杭州,且喜天幸此处遇着相公。万望相公转回心意,不可辜负小姐一片苦心。";

汉文听罢,不觉心酸,叫声："贤妻,愚夫一时蒙昧,误听秃驴邪言,错疑贤妻,望贤妻恕罪!"白氏牵住汉文的手,叫声："官人若肯回心,不致妾有白头之叹,就是官人的仁慈了,何罪之有。"汉文大喜,叫声："贤妻,我们如今要栖身何地?"白氏道："官人,我们现有银两寄在李家姑丈处,如今同去他处,将银两图个生计,将来再作商量何如?"汉文道："贤妻主意不差。"于是三人同归钱塘。

这一去,有分教:

　　亲上加亲,仇里添仇。

要知后事,且听下文分解。

第十一回

怒狠狠茅道下山　喜孜孜文星降世

诗曰：

　　避迹名山已有秋，栖云泊雾下兰舟。

　　金公木母冤难解，诞育文星拜冕旒。

　　且说许汉文被白氏小青两妖一敲一击，依旧相认，同归钱塘，搭船来到李家。正值公甫立在门首，汉文走到面前，公甫满心欢喜，连忙进内，叫声："贤妻，你兄弟回来了。"许氏娇容听见，满心欢喜，三脚两步步出厅来。看见汉文同二个标致妇人立在厅前，汉文上前拜见姊姊。许氏道："恭喜兄弟今日回家。这二个妇人是谁？"汉文道："一个是弟妇白氏珍娘，一个是使女小青。"许氏道："原来是妗娘。"白氏小青亦上前见礼。大家坐下，叙了一番离别之情。

　　许氏道："兄弟，自你问罪出门去后，我晓夜难安，幸喜去冬接你消息，寄下银两，方知兄弟在苏如意。后来又闻缘事再配镇江，使我喜变为愁，今日且喜夫妻双双回来，莫大之幸。"

　　汉文正要回答，白氏恐他言语不对，忙向前应道："姑娘，只因前年苏州当值，祖师圣辰，例应供列宝玩，是奴将先父遗下的宝器取与官人排设。继因官人生辰，复排厅中，不知何处强徒见宝动心，冒认引官，屈打成招，问罪镇江。奴只得收拾银两，托寄尊府，追随镇江服侍。官人因元旦游玩金山，被妖僧法海所愚，要削发出家。奴家闻知，同丫环前去金山寻回官人，谁知镇江水涨，满城浸没，幸蒙天庇，奴在金山免获于难。今同官人回来，暂借姑娘尊府权且栖身，再作别置，望姑娘俯允。"许氏道："兄弟，妗娘如此贤德，世间难寻，劝你休作无情之人。只是愚姐屋房狭小，姑且暂住若何？"公甫道："不妨。此隔壁有二间房屋，甚然宽大，现在要卖，待我向他商议定价，以便成交。"汉文听罢大喜。

　　许氏即去治酒接风，分作两席，公甫同汉文在厅上，许氏同白氏、小青在房中。席中言谈，方知王员外已经身故，汉文想着前情，不胜感叹。及至席罢,公甫收拾外房暂与汉文等居住一宿。

天明,公甫取出原寄的银两,递与汉文。汉文道:"姊夫何须取出,可将此银为弟买置房屋家器,若有余剩,可作生计。"公甫道:"既是如此,我且收下,至一应事情,我去料理就是。"汉文道:"全仗姊夫扶持。"公甫笑道:"你我至亲,说哪里话。"遂将银子收入,即去寻问厝主,议论房屋,一说便成,遂即立券,兑交银两明白。公甫又去买置什物家器,办得件件周全,拣个黄道吉日,汉文搬移过去。公甫将用剩过的银两取付汉文,汉文十分称谢,与白氏商量,依旧开张药铺。两家门户相通,时常来往。

白氏因水淹镇江,误害生灵,每到夜间,在花园排设香案,焚香祷祝,冀消罪愆。正是:

　　　　私心满望风浪静,谁料波涛又重来。

按下白氏慢表,再说陆一真人当日被白氏所辱,愤恨归山,修真学道。在山收一蜈蚣精为徒,一日,在洞中修炼,想道:蜈蚣法术已经精通,不免带他下山,前去报仇便了。遂唤声:"徒弟何在?"蜈蚣听见师父呼唤,上前应道:"师父,弟子在此,有何吩咐?"真人道:"贤徒,吾唤你出来非为别事,因我前年在苏州吕祖庙被青城山的白蛇精吊辱,此仇至今未报。如今白蛇现在杭州,我今要带你下山前去杭州,剪灭此妖,以雪前年之恨,你意若何?"蜈蚣踊跃道:"弟子愿同师父下山除妖报仇。"真人见说大喜,即刻同蜈蚣出洞,师徒二人驾云望杭州而来。

不消片刻光景,已到杭州,二人按下云头,就在城隍庙内安身。真人道:"贤徒,你去收除蛇怪,须当小心,相机而前,不可被她逃脱。"蜈蚣领命,驾云来到白氏花园内存身等候不题。

且说白氏看到更阑夜静,又到花园焚香祝祷,正要低头下拜,这蜈蚣看得亲切,飞身出来。白氏忽闻一阵腥风,抬头一看,惊得魂魄悠荡,跌倒在地。蜈蚣伸开嘴正要啄去,不防半空中来了白莺童子,因知白氏有难,奉菩萨佛旨,飞身而来。看见蜈蚣要下毒口,忙飞落云端,望蜈蚣头上只一啄,已啄去了半截身子,其余半截横倒在地。童子救了白氏,自回南海复旨去了。

此时,小青在外,听见园中叫声,慌忙进来,见白氏倒在地上,着了一惊,连忙扶救醒白氏。问道:"娘娘因何如此?"白氏定了心神,方才应道:"小青,我适间入来,正要焚香下拜,不知何处来了一条大蜈蚣,钢牙利嘴,望我啄来,我惊倒在地,你怎生知道入来救我。"小青道:"我听见娘娘惊叫声音,因此入来,蜈蚣想已去了。"遂扶了白氏归房。

再表陆一真人在庙,不见蜈蚣回来,等得心焦,遂即驾云前来探视。忽见蜈蚣啄死在地,十分惊骇。这小青扶了白氏入房,翻身复入花园收拾香案,看见花下草边一条半截蜈蚣,正在惊疑,猛抬头,看见陆一真人立在云端。小青心下明白,纵上云头,骂道:"好泼道!前年我娘娘仁慈,不忍加害,饶你狗命。不思报恩,今日反同此孽蚣要来害我娘娘,天幸孽蚣自毙,不然几乎遭你毒手。"真人骂道:"孽畜!害我徒弟,仇上加仇。"小青大怒,飞剑劈面砍来。真人将手中麈尾劈面交还,二人斗上数合,小青解下青绫帕,祭在空中,化作一条捆仙绳,捆住了真人。遂命黄巾力士将真人丢在东洋大海去了。

小青收了青帕,按落云头,走入房来。叫声:"娘娘,原来是当年吕祖庙的陆一野道,同此孽蚣前来报仇,被小婢用青绫帕丢在东海去了。但不知何人来除这孽蚣,救了娘娘。"白氏掐指一算,叫声:"小青,原来是南海佛祖差白莺童子前来相救。"遂同小青出房,望空拜谢佛祖救命之恩。

白氏因受着这番惊恐,抱病在床,汉文着忙,早夜调治。许氏闻知,亦过来探视。进房坐定,许氏道:"姈娘玉体违和,妾身特来探候。"白氏道:"贱躯偶恙,动劳姑娘玉趾,何以克当。"小青捧茶入房,茶罢。许氏道:"姈娘孕体,今已弥月,须当加意调摄。但愿诞生男儿,接续许家宗枝。"白氏道:"多谢姑娘金言。奴家闻知姑娘尊孕与奴同时,奴有一言奉禀,未知姑娘肯垂听否?"许氏笑道:"你我至亲,有何见教,妾无不依。"白氏笑道:"奴同姑娘孕期均满此月,若两家生男,结为兄弟,生女结为姊妹,倘若一男一女,结为婚姻,未知姑娘意下若何?"许氏喜道:"此乃美事,妾身乐从,一言为定,永无更改。"白氏正要回言,却好汉文走入房来,白氏遂将这段情由对汉文说明。汉文大喜道:"既承姊姊美情,弟有微物作订。"说罢,将手中玉圈脱落,付与许氏。许氏也拔头上金簪一枝,递与汉文,两边均各收下。

汉文留住姊姊,治酒相待。席罢,许氏辞别过去,将两家定亲的事共公甫说道始末,公甫听罢,亦欢喜无限。正是:

　　今朝共结丝罗庆,他日同承诰命荣。

话表白氏因病体未痊,又同许氏谈说多时,动了胎气,捱到夜间,腹痛起来。汉文同小青二人在房服伺,到三更子时,红光满室,文星降世。小青抱起,看是男儿,同汉文十分欢喜,扶了白氏上床,一夜忙到天明。公甫闻知,过来作贺。

到得三朝,家中开设喜筵,汉文请了姊夫并姊姊过来同饮喜酒。孩子取名梦蛟,字应元。座中欢饮,杯盘狼藉。公甫笑对汉文道:"阿妗既举玉麟,未知令姐若何?"汉文笑道:"姊夫,天从人愿,决然生女无疑。"合座大笑。

日暮席散,当夜,许氏过去,夜深腹痛,到得天明分娩,果然生女。公甫、许氏却也欢喜,以为应愿。汉文、白氏闻知,更加欢悦。汉文遂即办花红绫定,三朝送过姊夫家中,公甫收下,遂请汉文过去,同饮喜酒。女儿取名碧莲。席中,汉文对公甫道:"姊夫,弟说姊姊决然生女,今果谐愿。"公甫大笑,席罢散归。自此,两家连婚,更加亲热。谁知这白氏有分教:

才离山虎,旋遭水龙。

要知后事,且听下文分解。

第 十 二 回

法海师奉佛收妖　观世音化道治病

诗曰：

> 玄门寂静碧花香，争奈愆尤透玉堂。
>
> 回首不堪悲欲泪，风清露冷忆刘郎。

话表法海禅师当日打发汉文回去，后来知他在中途又被二妖花言巧语迷惑，依旧相认，同回钱塘，不胜嗟叹。

一日，禅师在云房坐禅，定中，见一位尊者手持黄帖进入云房。叫声："法海，吾乃西方尊者，奉我佛金旨而来，说现今文曲星官出世，将经弥月，令你前去钱塘，将钵盂收了白蛇，压在雷峰塔下，应她当日发誓之言。等待二十年后，文曲星成名得了敕封，回来祭塔，然后放她，方成正果。"说罢，冉冉而去。禅师定中稽首领了佛旨。落下禅床，吩咐大众道："我下山云游，不久便回，你们须谨守清规，不可妄荡。"大众领命，禅师遂即带了钵盂、禅杖下山，纵起云头，来到钱塘，寄迹在灵隐寺不提。

光阴迅速，屈指梦蛟已届满月，家中不免预先整治喜筵，以待亲眷。此夜，白氏正抱梦蛟在怀，不觉心血来潮，遂即掐指一算，惊得魂不附体。忙叫道："小青，我明日有大难临身，将若之何？"小青道："娘娘素明遁甲之术，何不用法改禳①，看能消除否？"白氏叹道："但恐天数难逃，禳亦无益。"小青苦求再三。白氏道："你可去花园内排设香案，待我前来祭禳便了。"小青领命，即去料理停当。白氏沐浴更衣，来到花园，披发仗剑，踏罡步斗，默念真言，焚香祷祝。祭禳已毕，焚化金帛，同小青回归房中。正是：

> 祸福原系前生定，私心祷告亦徒然。

到得明朝，亲朋齐来庆贺，汉文欢迎，忙个不住。厅堂上正在喧杂之际，只见门外来了一位头陀，汉文定睛一看，却是金山寺法海禅师，忙即迎

---

①　禳（ráng）——脏。

入厅上坐定。禅师开言道："居士可记得老僧寺中相劝的言语否？你又被他所迷，如今他大数已到，老僧今日特来为你除妖。"汉文道："老师，纵使她果是妖怪，她并无毒害弟子，况她十分贤德，弟子是以不忍弃她，望老师见谅。"禅师道："既然居士执迷，老僧今亦不管你们的是非，但我道中行来口渴，居士有清茶，可取一杯来。"汉文忙应道："有。"正要起身入内，禅师道："居士，你们的茶杯恐怕不净，老僧带有钵盂在此，居士可持去取罢。"遂将钵盂递与汉文。汉文哪里晓得其中的玄妙，只道是禅师清净，遂接过钵盂翻身持入。

白氏正在窗下梳洗，看见汉文手内拿一个金晃晃的物件入来，方欲起问，不料这钵盂在汉文手中飞将起来，万道霞光，罩住白氏头顶。白氏被佛宝罩住，魂魄飞散，双膝跪下，哀求佛爷饶命。汉文看见大惊，向前抱住，要把钵盂拔起，好似生根一般，莫想动得分毫。白氏珠泪纷纷，叫声："官人，妾身犯罪天庭，如今大难临身，要与你分离了。儿子梦蛟可托姑娘抚养照顾，官人须当保重身体，不可为妾伤怀。"汉文听罢，肝肠断裂，不住悲哭。

小青闻知，跑入房来，跪在白氏跟前哭道："小婢苦劝娘娘改禳，只望消除灾厄，怎知运数难逃，依然受此大祸。"说罢，痛哭起来。白氏也哭道："小青，我已知今日此难难逃，只是蒙你数年跟随，名虽主婢，情同姊妹，今日与你分别，实在难舍。儿子，姑娘自能照顾，你今可收拾归我清风洞去，勿恋红尘，免受灾祸。"小青痛哭一番，叩头起来，别了汉文，驾云回转清风洞，修心苦炼，后来也成正果，这话不表。

这边，公甫同了许氏慌忙过来，看见白氏如此光景，十分骇异。白氏哭道："姑丈、姑娘并官人在此，听妾一言：妾身原是四川青城山清风洞白蛇是也。在洞修行年久，只因游玩，醉卧山下，梦中露出本体，被一乞丐所拿，携往市中要卖，却值官人看见，用钱取买，放生山中，妾感佩在心。因官人今世命该乏嗣，因此下山与官人缔结朱陈，为他传嗣，接续宗枝，以报他救命之恩。因见官人家贫，盗银相赠，致他受罪姑苏。妾同小青跟到姑苏，寻媒结亲，妾炼药制丹，赞助官人。后因庆赏端阳，被官人强灌黄酒，现出原形，惊坏官人，妾出万死一生，前去南极仙山，求得回生仙草，救了官人回魂，因怕官人识破根基，用法瞒过。妾早夜辛苦，助成家计，继因祖师圣诞，众医无良，勒派官人当头，陈设宝器。妾恐官人忧愁，同小青费尽机谋,偷盗王府宝器,解了官人忧愁。后因官人生辰,排列厅中,被王府家人所拿,引官治罪。幸蒙苏州府陈爷仁慈,从轻发落,再配镇江。妾与小青相商,收拾银两,寄搭姑夫府上,又到镇江寻觅官人。皆因受恩前世,被官人三休四弃并无怨悔。后因官人游玩金山寺,被佛爷留住寺中,妾难舍夫妻之情,同小青到寺相寻,水淹金山,误害镇江生灵,犯了大罪。妾原欲俟蛟儿满月之后,回洞苦修,以赎前愆,怎知大数难逃。儿子梦蛟,万望姑娘念亲亲之情,半子之谊,代妾抚养,俾得长成,官人宗枝有赖,万勿以非类见疑。"公甫夫妇听见白氏这篇言语,不胜惊怪,业已道破,便亦坦然。许氏亦凄然道:"姁娘,妾身夫妇肉眼不识仙容,孩儿,妾自加倍照顾,不须挂怀。但愿佛爷慈悲怜念,钵下超生。"汉文道:"贤妻,我和你同去厅上哀恳佛爷则个。"白氏道:"天数已定,哀求亦无益。"两边正在难舍难分。

此时,外面亲友知得这个消息,均各散去,唯有法海禅师独坐厅上。许久不见汉文出来,将手中禅杖在地一敲,房中钵盂遂即盖下,登时不见了白氏形影。汉文顿足悲啼,公甫同许氏亦黯然流泪。汉文将钵盂双手捧起,定睛望内一看,只见一条小小白蛇装在里头,汉文伸手向内去捞,捞来捞去,只是捞不着。无奈,将钵盂捧出厅来,到禅师面前,双膝跪下,叫声:"老师,可怜弟子一家分离,望老师垂怜。"禅师双手扶起,笑道:"居士,这是她的大数注定,老僧不过奉佛旨而行。既然居士如此惨切,待到了西湖,老僧叫她出来与你再见一面罢了。"汉文叩谢。

禅师取过钵盂,举步出门,汉文跟着,一程到了西湖雷峰塔下。禅师将钵盂举起,默念真言,喝声:"白氏出来!"只见钵内一道白光冲出,现成白氏原形。汉文一把扯住,放声大哭。二个正在悲惨之际,只见禅师喝声道:"白氏,好下去了。"白氏慌忙跪下,叫声:"佛爷,小畜此番下去,未知后日还能出来否?"禅师道:"你今下去,若能养性修心,等待你子成名之日,得了诰封,回来祭塔,许时吾自来度你飞升。若不修心改过,即湖干塔坏,亦不能出来。"白氏叩头道:"谨遵佛旨。"禅师把杖向塔只一敲,塔登时移开,下面波水茫茫。喝声:"白氏,快些下去!"白氏涌身望塔下一跳,禅师遂将杖再敲一下,塔立时复盖原地。禅师完了公案,即纵上云端,竟回金山去了。正是:

夫妻原是同林鸟,大限到时各自飞。

这汉文哭得死去活来,无奈,慢慢踱回家中,看见梦蛟,重新又哭起来。公甫、许氏再三改劝。汉文住了哭,叫声:"姊夫、姊姊,弟今已看破世情,如今要往金山寻师,削发空门了。蛟儿全仗姊夫、姊姊抚育,将来若得长成,祖宗有赖,所有家财器物等项一尽交付姊夫、姊姊。"遂带随身衣裳,些须路费,飘然出门,往镇江金山寺出家去了。公甫同许氏十分凄凉,痛哭一场,收拾一应家私,抱了梦蛟回家,尽心抚养,胜过亲生。

光阴荏苒,日月如梭,梦蛟不觉年已成童,生得丰神潇洒,气度端庄。公甫、许氏作亲生的款待一般,遂送他入学读书。十分聪明,过目成诵,问答如流,入学三年,淹博经史,先生看他颖悟异常,甚是爱惜。同学、众朋因先生爱他,个个心怀妒恨,时常寻事与梦蛟口角,梦蛟总付之不理。

一日,先生不在,众朋背地里说说笑笑,一个道:"他不是姓李,是姓白哩。"一个道:"他的娘亲乃是妖精,见说被和尚拿去打死哩。"又一个道:"他是个蛇仔,比不得你我,从今我们不要理他。"梦蛟一一听在耳中,不觉心下忿怒,跑转回家。到了门首,叫声:"母亲开门。"许氏听见梦蛟的声音,移步出来,开了门。叫声:"儿啊,你在书房读书,为何怎早回来?"梦蛟随了许氏入内,双眼流泪,双膝跪下。叫声:"母亲,孩儿有一言冒犯,乞恕孩儿不孝之罪。"许氏惊道:"儿啊,你为何如此?"梦蛟哭道:"娘呵,今日先生不在,众书友背地说儿不是娘亲骨血,什么是妖精生的,万望娘亲与儿说明则个。"

许氏见问,不觉眼泪纷纷,叫声:"儿呵,你要问父母原根,为娘若不说,你怎能知道,说起来好生凄惨。"就将法海始末缘由并汉文白氏前后事情一一说明。梦蛟听罢,大叫一声,昏跌在地。许氏看见,慌忙抱在怀中,含泪解救。梦蛟悠悠苏醒,哭道:"孩儿蒙母亲抚养,父亲训诲,今得成人,此恩此德,粉身难报。只是爹娘遭此苦难,叫儿心肠断裂,怎生能见得爹娘一面,儿就死也甘心。"许氏道:"儿,你不须悲哀,当年见说,和尚有言:后来若得儿你金榜成名,封诰回来,还有见你母之日。儿须奋志青云,将来或得与你母相会亦未可知。"

梦蛟听罢,且悲且喜,半信半疑。自此,日夜思想父母,书亦懒读,渐渐形容枯瘦,不觉病倒在床,十分沉重,日夜叫爹叫娘,就如疯癫一般。公甫同许氏惊慌无措,延医求神,毫无影响。公甫背地埋怨许氏道:"你们女流之人真无见识,不该对他说明根由,致他悲苦成病。万一有三长两短,岂不辜负了弟妗重托,而且我们十载辛勤亦付之流水了,岂不可惜!"
许氏无言可应,只是叹气。梦蛟日夜狂呼乱叫,二人思量无法,唯有日夜
守住房中。正是:

　　　　为慕劬劳成昏瞀,自有神仙活度来。

　　不表梦蛟病症,且说南海慈悲佛祖一日在紫竹林中游玩,偶然有触。
菩萨口称:"善哉! 现今文曲星官有难,医药难治,吾不免前去救他便
了。"菩萨即时出了紫竹林,纵起祥光,来到西湖,化作募缘道人,手持木
鱼,一路来到公甫门首,叫声"化斋"。

　　公甫正坐在厅上纳闷,听得门外化斋声音,步出门来。见一道人身穿
道服,手持木鱼,足踏草履,神气飘然。公甫忙即迎入厅内,叙礼坐下。问
道:"老师何处名山? 何处洞府? 乞道其详。"菩萨道:"贫道从幼出家,在
天竺寺得遇异人,传授仙方,炼制丹药,云游天下,普救众生,偶到贵地,今
造潭府募一善缘。"公甫见说大喜,叫声:"老师,弟子有个豚儿,现得个失
心的病,日夜呼叫,医药无效。老师既有仙方,未知肯相垂救否?"菩萨笑
道:"贫道专一利人济世,既然施主的令郎有病,贫道理当效力。"公甫大
喜,遂即起身请菩萨入房看了病症。菩萨道:"不妨。令郎此症乃是七情
所伤,致成昏乱之候,贫道有丹药一粒,(此处缺十九字)"菩萨说罢,遂
即解开行囊,取丹药一粒,递与公甫。公甫双手接过,满口称谢,将药交与
许氏,遂同菩萨出房,到厅上坐下,治斋款待。席罢,菩萨作辞出门,竟回
南海去了。

　　这许氏将药调好,抱起梦蛟,将药灌下腹去。不一刻,只见梦蛟口内
吐出许多痰涎,随即神气清爽,病势顿消。公甫许氏欢喜不尽,叫声:"儿
呵,你病得天昏地乱,医药无灵,今日天幸得遇高人前来相救,不然我们两
个老人家险些被你惊坏了。儿呵,你今后切须宽怀,不可如前悲戚。"梦
蛟点头领命。

　　看看日渐壮健,公甫遂请一位博学先生在家课读。梦蛟因听得许氏
有说,将来若得成名,会面有期,遂把思忆父母的念头抛开,一味勤读,寒
暑无间。不上三四年光景,早已读得胸罗七斗,学富五车。是年,正值宗
师行文岁试,梦蛟应童子试,就入了泮①。报到家中,公甫同许氏欣喜无

---

　　①　入泮——学童考进县学为生员(秀才),叫入泮。

限,不免簪花拜客,忙乱几时,方得安静。转眼秋闱已近,梦蛟打点上省乡试①,三场已毕,揭晓后梦蛟高高中了第一名解元②,报到,自己亦十分得意。鹿鸣宴罢③,参拜座师、房师,无不羡他青年俊美。公事一完,起身回来,此时亲朋齐来庆贺,家中热闹自不必说。

梦蛟到家,拜见了姑夫、姑母,公甫、许氏满心欢喜。许氏叫声:"侄儿,且喜你今日手掇巍名,不负我们十数载辛勤,但愿你再攀宫桂,许时得了封诰,回来祭母,不负劬劳之恩。但你爹娘当年共我指腹为婚,原物尚在,后我生你表妹,两家结为婚姻。因你母去后,你在我家以兄妹称呼,今你表妹亦已长成,待字闺中,未知侄儿你心下若何?"梦蛟道:"孩儿蒙姑夫、姑母抚养深恩,碎身难报,今得侥幸成名,皆姑夫、姑母教诲成全所致,倘邀天庇,再博微名,务必力恳圣恩,求取封诰,以报劬劳。表妹亲事,蒙姑夫、姑母不弃,父母做主,孩儿敢不从命,俟春闱过后,择吉成婚便了。"公甫点头道:"侄儿所言有理。"碧莲里面闻知,亦暗自欣喜。

梦蛟在家打发诸事明白,遂即料理入京会试。公甫开筵饯行,许氏不免叮咛路上小心,早起晏宿几句话儿,梦蛟领命。公甫择一个老成人儿跟随梦蛟进京。

这一去有分教:

鳌头独占,金榜擅名。

要知后事,且听下文分解。

---

① 乡试——科举时代,每三年各省士子集于省城,由朝廷派主考官进行考试,考中者为举人,乡试都在秋天,亦称秋闱。
② 解元——乡试第一名称解元。
③ 鹿鸣宴——科举考试后所举行的宴会,由州县长官宴请考官、学政及中举诸生。

第 十 三 回
标黄榜名震金街　结花烛一家完聚

诗曰：

　　灿烂卿云绕帝京，幽芳兰蕙达彤庭。

　　九天丹诏遥颁下，步向雷峰度上升。

　　且说许梦蛟别了姑夫、姑母，出门上京会试①，路上朝行暮宿，穿州过县，到了京城，寻寓安歇，揣摩以待。到了场期，随众人入闱，三场已毕，真个篇篇锦绣，字字珠炫。揭晓之期，梦蛟高中了会元。报到寓所，梦蛟大喜，慌忙打发了报人。早有许多执事员役前来伺候，梦蛟遂即换了冠带，吏役拥簇，出门赴过琼林宴，拜座师，会同年，忙个不住。到了殿试对策，天子临轩，百官侍立，三百进士济济，伏于丹墀之下。传胪高唱：

　　　　第一名　　　许梦蛟　　状元及第

以次榜眼、探花。各赐御酒三杯，簪花挂红，敕赐游街三日，十分荣耀。满城人等，看见状元青年秀美，无不啧啧称羡。

　　三月游满，状元三人进朝谢恩，退出午门，梦蛟赴翰林院修撰之任。到任后，遂将父母始末并自己托居李家成立情由做成一本。五更入朝，景阳钟动，天子登殿，百官山呼已毕。梦蛟俯伏金阶，口称："微臣新科状元许梦蛟有事奏闻。"天子问道："卿有何事奏来？"梦蛟将书呈上龙案，天子从头至尾细细一看，只见疏上写道：

　　　　新科状元翰林院修撰臣许梦蛟奏为敬陈微臣父母遭难始末缘由
　　仰祈圣恩俯允吁请封诰事。臣闻君亲一体，臣子原无二致，家国并
　　重，忠孝同此寸心。臣父许仙，自幼怙恃，依姊家而成立。臣母白氏，
　　修道青山，托岩洞以栖身，云游中界，聊作求凰之情。爰遇西湖，遂成
　　无媒之合，结亲五载，负冤两地。臣生弥月，母遭塔下之殃，因悼沦

---

① 会试——科举时代，每三年(在乡试的第二年)，各省举人集于京城，参加礼部的考试，考中者为贡士。会试的第一名为会元。

亡,父作方外之客。臣姑许氏,悯臣孤幼,躬亲抚养,既减损而课读,复许息以为婚。臣蒙圣恩,待罪翰林,父母未蒙诰封,子职既亏,臣道有缺。合无仰恳天恩,乞赐敕命,荣耀先人,俯准告假,回乡祭亲,稍尽子职,无忝臣道。谨奏。

天子看罢,龙颜大喜道:"原来卿家父母有此一段委曲,朕心嘉悦。今封卿父为中极殿学士,卿母为节义天仙夫人,卿姑夫李公甫教诲有成,封为忠义郎,许氏抚养有功,封为贤淑宜人,均赐诰敕。准卿给假一年,回乡祭亲,完娶后回朝供职,钦此。"

状元谢恩出朝,退出午门,慌忙回来别了众同年,收拾起身。车马纷纷出了京城,一路好不兴头,所过州县,文武官员尽皆迎送。

路由镇江,状元猛然思起前因,遂令将车马安顿艓中,自己打扮作秀才模样,只带一个跟随,一路往金山寺而来。到得寺中,无心观玩形胜,进入大殿,焚香礼佛,遂入后殿。和尚出迎,同到方丈内分宾主叙坐,小沙弥献茶入来,吃罢。状元开言问道:"师父可是法海禅师?"和尚道:"法海乃是家师,现在云游未回。"状元道:"师父法号什么? 俗家尊姓? 为么出家? 乞道其详。"和尚道:"贫僧贱号道宗,俗家姓许名仙,字汉文,杭州钱塘人氏。"遂将从幼在李家,后来如何与白氏相会、结亲及两番受罪,并水涨镇江,同归钱塘,生下儿子取名梦蛟,共姊家指腹为婚,到满月法海来家将白氏收在雷峰塔下前后缘由,从头至尾细细说明。"因此,贫僧看破世情,离了红尘,削发金山,拜法海为师,在寺修行。于今十数载,儿子寄托姊家,未知长成与否。"状元听罢,慌忙双膝跪落,落泪纷纷,叫声:"爹爹,不肖便是许梦蛟。"汉文愕然,起来仔细一看,扶起笑道:"居士,你认错了。"梦蛟道:"不错。"就将在学堂读书,被众友背地笑骂,回家见过姑娘,说明根由,因思忆父母悲苦成病,医治平服,后来奋志入泮,连科发解,入京会试,蒙恩取中状元,现蒙圣恩,钦赐父母诰敕,给假回来一段情由,详细禀明。"因此路出镇江,特来金山寻访父亲,同回钱塘,稍伸孝养。"

汉文听罢,悲喜交集,叫声:"儿呵,如此说来,我果是你的父亲。且喜上天垂怜,吾儿金榜成名,只是你母遭塔压身,一念及此,梦魂难安。"说罢,垂下泪来。状元泪流满面,叫声:"父亲不必伤悲,儿现求取敕封,回来祭塔,封赠母亲,望父亲同儿下山。"汉文道:"儿呵,你父今已出家,本不肯再蹈红尘,念你孝思苦恳,如今姑同你去祭了你母回山便了。"状元大喜。

此时，寺内众僧听得梦蛟是新科状元，道宗是状元父亲，一个个惊得屁滚尿流，大家忙披上袈裟，戴了僧帽，齐到方丈跪下道："小僧们不知状元爷驾临荒山，有失迎接，死罪！死罪！"状元逐一扶起道："众师父何须如此，家父在此，蒙众师父不弃，获居宝山，学生感佩不尽。"汉文亦道："你们如此下礼，我心何安。"众僧大喜，无不称赞状元爷大量。汉文对众僧说明就里，众僧合掌作贺。状元令长随取了白银二十两送与众僧为香银之费。众僧忙道："小僧们怎敢受状元爷大惠。"状元道："不妨，请收。"众僧推辞不过，只得收下。状元遂请父亲起身，同出金山寺，众僧送出山门不题。

且说公甫家中已经邮报梦蛟中了状元，家内锣鼓喧天，音乐震地，亲友填门，车马塞户，府县俱来作贺。公甫同许氏就如登天一般，喜得乱跳，碧莲欢喜更不必说。后来探知状元给假回家祭亲完婚，家中预先整治第宅，打点各项伺候。

不多时，状元舆马已到，府县出郭迎接，到得里门，迎入新第，家中又有一番的闹吵。状元拜见姑夫、姑母，公甫、许氏见汉文亦同状元回来，更加欢悦，状元将金山寻回之事一一说明。汉文同姊夫、姊姊相见，彼此乐极，不觉泪下。此时一家聚会，喜溢门闾，大开筵席作贺。汉文已经持斋，另治素筵，饮至更深方罢。

明日，清晨起来，状元全副执事，出了西关城，祭谒祖父、祖母坟墓。回来，请出诰敕，汉文同公甫、许氏一齐冠带起来，望阙谢恩。状元吩咐治办礼物，同去西湖祭塔。一程到得西湖，雷峰塔下安排祭礼，状元跪下读罢诰敕，放声痛哭，汉文亦动悲声，公甫、许氏俱挥泪不止。

大家正在悲伤之际，只见空中来了法海禅师，叫声："好了，状元今日还乡祭塔，老僧今日亦来完却一场善缘。"公甫、汉文等看见，慌忙迎拜，就对状元道："这位就是法海大禅师。"状元见说，跪下拜求法师放出母亲。禅师慌忙扶起，道："状元皇家贵臣，老僧怎能生受得起。令堂夫人今日灾难已满，老僧奉佛旨特来放她出来，与状元相见。"状元听罢大喜。禅师遂即默念真言，将杖望塔一敲，塔登时摇动，移在一边。禅师高声叫道："白氏，快些出来。"只见底下一道白光冲出，白氏已在面前。禅师将杖向塔再敲一下，塔即仍归原处。

　　状元向前跪下，抱住白氏哭道："娘亲受灾，孩儿不能身代，直至今日方识娘面。"说罢，放声大哭。白氏手抚状元，泪流满面。叫声："儿呵，幸喜你今日金榜成名，求得诰敕回来，救出你母，足见孝思。"汉文叫声："贤妻，为夫只道今生不能与贤妻相会，谁知今日再得相逢。"说罢，悲恸起来。白氏不胜咽哽，叫声："官人，妾身冒罪，致官人遁迹空门，今日相见，惚似梦中。"许氏、公甫上前相见，也有一番言语，不必细表。正是：

　　　　人生无限伤心处，尽在生离死别时。

　　禅师听得多时，叫声："白氏，你今灾退难解，不可久恋红尘，老僧度你早归仙班。"说罢，随手取出白帕一条，铺在地中，叫声："白氏，可踏此帕之上，老僧度你成为正果。"白氏忙即跪下，叩谢佛恩，起来踏在帕上。禅师手指白帕大喝一声，只见白帕变作一朵白云，将白氏升上九霄云里。禅师又取出青帕一条，仍前铺好。叫声："道宗贤徒，你可踏此青帕之上，老僧度你并归仙班，同享逍遥之福。"汉文跪下稽首，起来踏在青帕之上。禅师也喝一声，青帕变作一朵青云，将汉文也升上云端。只见满天瑞彩，香气氤氲，二朵祥云冉冉望西而去，霎时不见。当下禅师度了二人飞升，遂即纵上云端，竟回灵山缴佛旨去了。

　　此时，公甫同许氏等一齐跪下，望空礼拜，只有状元哭倒在地。公甫近前扶起，劝道："侄儿，你父母白日升天，世间难得，此乃喜事，何必悲怀，可同回去罢。"状元被劝不过，只得上轿一同回来。状元到家后，追思不已，令人装塑父母二人金身，供养堂中，朝夕礼拜，如同生时。正是：

　　　　惟将朝暮瞻仰意，权作问安视膳时。

　　状元在家住了几时，因思钦限已迫，未完亲事，正在沉思。适值钱塘县来拜，状元大喜，迎接进内。坐定，状元开言道："治弟正有一事要仗托老父母。"知县忙道："殿元公有何事见委？学生自当领命。"状元道："治弟从幼蒙家姑夫不弃，许以表妹缔结朱陈，仰蒙圣恩，赐归完娶。正虑无人执柯①，敢求老父母作伐②，未知肯否？"知县道："原来殿元公有此快举，学生敢不效力。"遂即过去见了公甫，道明来意，公甫欣然，选定八月十五日完婚。知县过来回复，状元大喜，留住知县小酌，饮罢，告辞去了。

————————

　　①　执柯——做媒。
　　②　作伐——作媒。

到了吉期,官员亲友齐来庆贺,金花表礼充室盈庭。状元乌纱帽,大红袍,簪花挂红,身骑骏马,鼓乐喧天,执事仪仗,一路迎来。知县吉服,也来相陪。这边,碧莲金装玉裹,冠带绕围,打扮如天仙一般。公甫、许氏亦穿了冠带等候。

须臾,状元到门,行礼已毕,迎归第中交拜天地,次拜父母神位,同入香房。外面排开喜筵,款待县令与众亲友,大家饮至更深,方各散去不题。这一夜,鸾帏中,一双少年夫妻,说不尽千般恩爱,万种风流。到了次日,亲友又有一番作贺,不必细表。满月后,状元迎请岳父母过来,同居新第,受享荣华。正是:

名遂功成谐素愿,阖家完聚受天恩。

过了些时,状元因钦限已满,打点入都复命,选择了黄道吉日,收拾起身,将岳父、岳母一并搬请入京。路出苏州,亲到吴家致谢员外的前情,到京面圣过,仍赴翰林院修撰之任。后来直做到詹事府正詹事,遂即荣归钱塘,优游林下。许夫人生了二子,状元即将次子承继岳父之后,接续宗枝。后来,公甫夫妻皆跻高寿,无病善终。状元同夫人亦并登古稀,无病端坐而逝。后代簪缨绵绵不绝,人皆以为孝义之报云。

狐狸缘

前　言

神魔小说，是中国古典小说的形式之一。明清时期，这类小说表面上看是在描述怪力乱神，其本意却是影射时事世情，或借以宣扬宗教思想，或反传统精神。神魔小说最初的提出者是鲁迅。鲁迅先生曾把明清时期兴盛一时的《西游记》、《封神演义》、《镜花缘》等优秀作品，归为十大神魔小说。据考证，这一流派小说的作者，因为不被当时社会承认并屡遭封杀禁止，因此大多或以名号隐去真名，或以无名氏而掩人耳目。有幸留存至今的一些著述书籍，其真正作者早已湮灭在历史尘埃中。《狐狸缘》就是一部讲述狐妖与公子相恋、最后结为夫妇的传奇神魔小说。

《狐狸缘》由清代醉月山人所著，作者的真实姓名及生平已无从考据。全书共二十二回。描写的是一只修炼九千年的九尾玉面狐贪慕人间风情，来到凡间，变化成绝色美女胡小姐，与书生周公子相识相爱。先后与道人、真人、天兵对战。最终因情而弃恶从善，舍弃千年道行，甘心与周公子结为夫妇。整部小说通过变幻迷离的虚构故事，表述了爱情战胜天理、人妖相恋结缘的神话传奇。小说构思新颖独到，想象奇特瑰丽，情节富于变化，人物性格丰满，语言通俗，流畅自如，是清代神魔类小说的代表作之一。

本次再版《狐狸缘》，我们对原书中的笔误、疏漏、疑难字词，分别进行了更正、校勘和释义，便于读者阅读欣赏。对原书原来缺字的地方用□表示了出来。对于仍遗存的疏失之处，还望专家学者予以指正。

编　者
2011 年 4 月

目　　录

第 一 回

周太史隐居归仙阙　贤公子祭扫遇妖狐

话说此书乃青石山一段故事。细考此山形势，原在浙西宁波县城外，乃是个清静地方。四面远近虽有些村庄，较那居民稠密、城郭繁华之处，别有一种明秀幽雅气象。因此便引动一位告退的官宦。

此人姓周，名斌，字艺全。年将花甲，夫人已故。膝下只有一子，名唤信，号鸿年，年方十八。生得聪明文秀，体态风流。又有一仆，姓李名忠，因他上了年纪，都以老苍头称之。生有一子，名唤延寿，年方十二，亦在周府伺候公子。这周太史原籍乃金陵人氏，因慕宁波青石山玉润珠肥、山清水秀，便将家眷移在宁波城外太平庄居住，以娱桑榆晚景①。自移居之后，即将宦囊置买田宅铺户，以图久远之计。

迁来一载有余，周公忽染重病。公子侍奉汤药，日夜勤劳，谁知百方调治，总未痊愈。周公自知阳寿不永，大限难免，便对公子说道："我当初移居至此，原为博览此地山川美景，今乃天禄不永！有限时光，大概有愿难遂。我死之后，你须完我之志，葬于青石山侧，我愿足矣。"言讫②瞑目，溘③然而逝。正是：

　　　　三寸气在千般用，一旦无常万事休。

公子见父已终，恸④哭不止。苍头苦劝，依礼成殓⑤。丧事已毕，公子遵父遗言，葬于青石山深林茂树之间。

公子在家守孝，光阴迅速，不觉过了秋冬，又到清明节令。公子即吩

---

① 桑榆晚景——落日余晖照在桑树榆树梢上，喻指人之暮年。也作"桑榆暮景"。

② 讫(qì)——终结。

③ 溘(kè)——忽然。

④ 恸(tòng)——极悲哀。

⑤ 殓(liàn)——把死者装入棺材。

咐苍头买办礼物,好到坟前祭祀。老苍头将物件备妥,公子即更了一身新
素服,牵出坐骑,来在太平庄外。这太平庄虽属青石山的地界,却在坟墓
之南,离茔①地尚有数里之遥。公子乘马,老苍头与延寿相随在后。此时
正是二月上旬,天气不寒不暖,但见花红似锦,柳绿含烟,一路美景令人欣
赏。主仆三人缓缓而行,直奔青石山的路径而来,不表。

从来说深山古洞多住妖魔。这座青石山,虽非三岛五岳之比,亦是浙
西省内一个绝妙的境界。真是高通霄汉的奇峰,横锁烟霞之峻岭。却说
此山有一嵯岈②古洞,因无修行养性的真人居住,洞内便孳生许多妖狐。
有一只为首的乃是九尾元③狐,群妖称她作玉面仙姑。大凡狐之皮毛,都
是花斑遍体,白质黑章④。取其皮,用刀裁碎,便作各色的皮裘。唯独元
狐,通身一色皆黑,如同熏染貂皮一般,故其价最昂贵。这嵯岈洞九尾元
狐就是黑色,股生九节尾,乃是九千余年的道行。将及万载,黑将变白,因
先从面上变起,故名曰玉面。

却说这玉面仙姑,因修炼得有些道术,专在外访那有名的妖魔精怪,
或找在一处,讲些修炼工夫;或访来结作姨妹来往。时常变化美女,在外
闲游。她有两个最好的干姐妹,修的亦有千年道行。一个在四川,一个在
山东,她们三人最是知心,不是你来,就是她往。

这日清明佳节,春光明媚,群狐都动了那素日收敛的春心,强扎挣的
野性。一个个言语癫狂,情思迷离,便勾起玉面狐的一团火性。她心中暗
想,同类者当此春深,尽都神情显露,我在洞中,倒觉不便。这九尾狐乃是
一洞之主,她见群狐修炼的工夫与往日不同,她并不规劝提醒,倒勾起他
的游荡之心,难以按捺,便欲幻化人形,到洞外去消遣。即便吩咐群狐,看
守洞内,慢慢地走了出来,变绝色女子下了山径。

也是她的劫数应然,她见外边花香柳媚,万紫千红,蝶舞蜂飞,鸟声呖
呖,不由得就动贪恋红尘之心,更觉迷乱本性:情思缠绵,呆邪杏眼。正在
思春之际,忽听马蹄响动,抬头顺着声音一望,远远地见有主仆三人:一个

①　茔(yíng)——坟墓。
②　嵯岈(cuó xiā)——高而险峻。
③　元——清人避圣祖(玄烨)讳,改"玄"作元。玄,黑色。
④　白质黑章——白地儿黑纹。

年少的乘马,后有一老一少,担笼执盒,缓缓相随。玉狐知是祭扫坟茔的。细看马上书生,别有一番景象,与那些山野农夫,田园俗子大不相同。她便隐住身形,偷看他仆主三人行路的形景。有赞为证:

> 山背后,狐精偷眼看,只见那主仆三人走荒郊。后面仆人分老少,马上的郎君比女子姣。美丰姿,貌端庄。地格圆,天庭饱。鼻方正,梁骨高。清而秀,一对眉毛相衬那如漆的眸子,更代着两耳垂稍。先天足,根基妙;看后天,栽培好。似傅粉①,颜色姣,那一团足壮的精神在皮肉裹包。青簇簇,方巾小,青带儿,在脑后飘,紧紧地把头皮儿罩。顶门上嵌一块无瑕美玉,吐放光毫。玉色蓝,素罗袍,青圆领,在上面罩。系一条灰色绦②,打扮得,淡而不艳,素里藏娇。方头靴,时样好,端正正把金镫挑。细篆底,用毡包,粉溶溶无点尘泥,不厚也不薄。提丝缰,举鞭稍,指甲长,天然俏,银合马,把素尾摇,稳坐在,马鞍桥。一步步,不紧不慢,走得逍遥。二仆人,跟着跑。一个老,一个少。老年人弯着腰,挎了个纸钱包,为利便,把衣襟儿吊,虽然是步下跑,汗淋漓,偏带笑,抖精神,不服老,走得他吁吁带喘汗透了上黄袍;小儿童,多轻妙,抖机灵,颠又跑,称顽皮,蹿又跳,肩头上,把祭礼挑,他还学那惯挑担子的人儿叉着那腰。主仆三人来祭扫,想不到九尾元狐默地里偷瞧。

且说周公子主仆三人,不多一时早到了那阴宅门首。这些守墓的园丁,已在那里迎接伺候,将公子搀下坐骑,将马系在树上,便让主仆三人到房内,吃茶净面已毕,然后转到阴宅,陈设祭品,供在石桌之上。老苍头划了纸钱,堆上金银锞子③。公子跪倒拜墓,用火将纸焚化,不禁两泪交流。思念先人,癖好山水,一旦天禄不永,故于此处,甚觉可惨可悲,不由愈哭愈恸。苍头与园丁劝解须时,方止住悲声。站起身来,还是抽抽咽咽,向坟头发怔。众人见公子如此,急忙劝往阳宅而去。

谁知这里玉面狐将公子看了个意满心足,乃自忖道:"瞧这公子,不唯相貌超群,而且更兼纯孝。大约是珠玑满腹,五内玲珑,日后必然名登

---

① 傅(fù)粉——搽粉,抹粉。

② 绦(tāo)——丝带。

③ 锞(kè)子——旧时作货币用的小金锭、小银锭。

金榜，为国栋梁。况且，年少英华，定是精神百倍。目如秋水，脸似银盆，足见元阳充足。"这妖狐正看到性至精微之际，主仆与园丁已从面前过去。犹自二目痴呆，直看着公子步入阳宅方转睛。自己叹道："我自居此洞，也时常出来消遣散闷，虽然也见些人物，不是精神暗昧，便是气浊志昏，哪有这出类拔萃之品，温雅齐全之士？倘若与这样人结成恩爱，必定是惜玉怜香。"妖狐想至此处，不禁跃然而动，心旌摇摇，淫情汲汲①，遂将数千年修炼之功，一旦付之东洋大海，安心要引诱周信。

你看她做出千般袅娜，万种风流，竟往园中等候。大约这周公子与妖狐合该前生有一段姻缘事不可解，偏偏周信用饭之后，见天时尚早，又兼爱慕青石山的景致，他便独自一人，步入阴宅后面园内闲玩。但见起造的月牙河石桥，似玉修理的玲珑塔，远映明堂；一带长溪，四围环绕；两旁大树，柳绿松青。树前列石人石马，坟后靠峻岭青山。东有来龙应风水，南风吹送野花香，石牌楼镇西来白虎，内有碑铭，字文俱佳。北有瀑布清泉，水响音清，芳草遍绿。遥看峰峦耸翠，云影徘徊，远黛②含烟，树木密密，真是天然入画，景致非常。

公子游够多时，顺步行来，忽见太湖石旁恍惚有人弄影。紧走几步，仔细一看，乃是个绝色女子。公子一见，不觉吃了一惊，以为深山穷谷，乃有如此佳人，真乃是闭月羞花之貌，沉鱼落雁之容。何以见之，有赞为证：

周公子，凝神仔细观，真个是丽丽娉娉③女娇娥。好风流，真俊俏：髻儿蓬，乌云儿绕，元宝式，把两头翘；双凤钗，金丝绕，排珠翠，带昭君套，对金龙，在左右靠，正中间嵌一块明珠放光毫。碧玉环，坠耳稍。远黛含，新月晓，又宜嗔，又宜笑，黑白分，明星照，水灵灵好一双杏眼，细弯弯似柳叶的眉毛。截筒般，双孔小，如悬胆，正且高，相衬那有棱角涂朱似的小樱桃。榴红衫，花样巧，三山式，把罗裙儿罩。云肩佩，穗子飘。春日暖，翠袖薄，纤纤玉指把春扇轻摇。体轻盈，千般妙，迎风舞，柳杨腰。步相沉，金莲小，就是那巧笔丹青难画也难描。变化得，神形巧，仙家术，天然的妙。一任你慧目灵心，也难辨她

---

① 汲汲(jí jí)——形容心情急地、努求寻求。
② 黛(dài)——青黑色的颜料。
③ 娉婷(pīng tíng)——形容女子姿态美。

是个狐妖。

却说周公子看罢妖狐,不觉心猿动转,便生怜爱之情。这正是:

　　酒不醉人人自醉,色不迷人人自迷。

　　不知周信与玉面狐如何接谈,且听下回分解。

第 二 回

玉面狐幻化胡小姐　痴公子书室候佳期

词曰：

　　天上乌飞兔走，人间古往今来。沉吟屈指数英才，许多是非成
败。祸福由人取，信邪反正堪哀。少年遇色须戒哉，有过切勿惮改。

　　话说周公子正自散闷，以解余悲，不期偶然遇一个美人，立在太湖石
侧，手执纨扇，意静神遐，若有所思的样儿。看来真是翩若惊鸿，宛若游
龙，又搭着这有情有趣的时光，无垢无尘的境界，越显得佳人体态风流。
当此之际，就是铜铸的金刚，铁打的罗汉，也便情不自禁。而况周公子正
在英年，才情无限，知识已开，未免有嘲风弄月之襟怀，惹草拈花的心性。
他便笑吟吟理正衣冠，紧行几步，来至玉狐切近，深深打了一躬，说道：
"荒园小榭，唐突西施，幸蒙青睐，草木增光。甚愧点不堪玷辱佳人
赏鉴。"

　　玉狐闻言，故作吃惊之态，羞怯之形，用春扇遮面，将身倒退两步，方
启朱唇，低声答道："奴家偶尔绣慵，偷闲出户，贪看姣花嫩柳，不觉信步
行来，得入芳园，眺览美景，幸遇主人，有失回避。今蒙不施叱逐，为幸多
矣。"说罢，站在一旁，用杏眼偷看周生。公子听她言语典雅，倍加爱慕，
故意问道："小娘子闲步至此，宝宅定离不远。不然，何以不带梅香①，孤
身来到敝园之内？请问府上贵姓？尊大人何居？小姐芳名？望赐指示，
改日好到宅拜见尊翁，稍尽邻里之谊。"玉狐见周生说话亲切，便知其心
已动，乃含笑答道："萍水相逢，何敢周公子拜访？奴家姓胡，小字芸香，
原籍乃淮南人氏。自去岁投亲不遇，移居此处，至今不过半载有余。家翁
早已去世，现在只有孀居老母，相依度日。今日纱窗刺绣，困倦忽生，丫环
午睡正浓，未肯唤醒令伊等相伴，故自身出外散闷。今乃得遇公子，实是
三生有幸。又蒙俯问，足见长厚多情。公子坟墓在此，一定常来。奴家从

_____

　　① 梅香——旧时小说戏曲中丫环的常用名。后也指代丫环。

此到要不避嫌疑,求公子照顾护佑。则孤弱母女,感情多矣。"这妖狐故逞媚人之术,真是莺声燕语,呖呖可听。

公子又闻这一派言词,更兼妖狐作出许多情态,就似把三魂被她摄去一般,并不详细究问,便把一片虚言当作真事,心内反怜她母女孤单,又贪恋佳人模样,不由得便落在妖狐术内。因忙答道:"小姐既系此处邻居,日后未免常来搅扰。适才所言,足徵①雅爱,幸蒙不弃,小生敢不唯命。"此时周生已是意马难拴,无奈不敢冒昧。因又言道:"小姐立谈多会,未免玉体劳烦。现在我园小轩颇静,请停息片刻,待小生献茶,聊表微意,望小姐见允才好。"此时妖狐虽欲与周生相嬲②,又恐有人撞见,查出她的破绽来,乃含笑答道:"公子情谊,奴家心领。奈奴出门多时,恐老母呼唤不便。速速回去,庶免高堂致问。"周公子听罢,心不自主,心知难以相强,遂带出些许留恋不舍之形。

玉狐参透其意,故意为难多会,方说道:"既蒙公子不弃,奴家应该听从。无奈此时有许多不便,故不能遂相公之意。果然相公不鄙寒微,诚心相待,请暂且回府。至晚遣开贵介③,在书斋坐候,俟④初更之际,奴家侍奉老母,小声与丫环等说明,使瞒老母一人,那时情愿不辞奔波,往相公书斋一会,以作倾夜之谈,岂不胜此一时眷恋乎!"周生尚要再言,只见玉狐已款动金莲⑤,慢舒玉腕,向公子深深道个万福,故意连头不回,竟自去了。

但凡人要遇见美色,迷了心壳,便把"情理"二字不能思想。比如日下,一个闺中民女,黑夜之间独自一人,焉能奔驰五六里荒郊道路,至别人家叙谈?况在此初逢,并没言过门户方向,深宅大院,找到书斋,世界上哪有这等情理? 总而言之,人若入了死心眼的道路,就有人指示投明弃暗,再也不肯回头。此乃人之懵懂着迷不能免的。

故周公子一味被玉狐惑乱,迷住心性,并不细详有此情理没有,眼望

---

① 徵(zhēng)——验证,证明。

② 嬲(niǎo)——纠缠,戏弄。

③ 介——此指书童等仆人。

④ 俟(sì)——等到。

⑤ 金莲——旧指女子足。

着妖狐去后,他便急忙回到阳宅,催苍头叫园丁收拾祭器,备马归家。你看他一边行走,一边思念今日奇缘,实为得意,恨不能一刻至家,打扫书斋,候胡小姐到来,好与她结成恩爱。想至此间,不觉喜形于色。复又暗想,她乃娇弱美女,三寸凌波,夜晚更深,恐不能行走。念及至此,不觉又是发闷。

从来书呆子作事,多露马脚。这老苍头乃是心细之人,见公子回归匆促,在马上又这般形景,未免有些疑心,便暗中低声说道:"延寿儿,你看咱公子来时,祭扫坟茔何等悲泣!你可知他在阴宅遇何事故,回头反这等喜悦?"延寿乃轻轻答道:"适才坟上祭奠已毕,我见园内桃花开得甚好,欲到树上去折一枝。走至树旁,刚要下手,忽听有人细语。猛一抬头,见咱公子与一个极俊的姑娘在太湖石旁边说话呢。哎哟!他们两人真是说得有来有去的。到后来,咱公子作揖,那姑娘也答拜,闹了好大工夫。想是咱公子说话烦琐,见那姑娘竟一溜烟似的走了。剩下咱公子,发了半天愣怔,方回身出离园内。我见到了阳宅,便吩咐速速备马。也不知他们两个有什么缘故。我恐叫他两人看见不便,连花也未折,便忙忙收拾起身来了。想这光景,咱公子必是与那姑娘拌了嘴,那姑娘赌气回去。不然就是和那姑娘题诗论文,叫那姑娘考短了。便是考短了,那姑娘不悦,咱公子也就没趣咧!大约是为这事,在马上又喜悦,又发闷的。"

苍头听延寿一片话,不觉得吃了一惊,说:"此事有些奇怪。现在此处半是荒坊,并无多少住宅。纵有两家守墓的家眷,不是形容丑陋,便是相貌平常,何曾见有绝色姿容、知书识字之女?况且村上妇女,一见生人,早躲得无踪无影,慢说题诗讲文,就是说话尚不知从何处先言,焉能有惊动咱家相公的?即或有之,也不能在人家园内与年少书生盘谈多时、款诉衷情之理。"这老苍头乃是周宅上辈的老家人,周宅之事无一不知。修墓之际,皆他分派,所以这坟地四面居民,未有不晓得的。如今听了延寿儿的言词,满腹猜疑,再也想不出是谁家的女子。一路随着公子前行,也不敢致问。只见公子骑马紧走,已到自家门首,看门的将他搀下马来,竟自进入宅院去了。

你道周宅怎样装修?有赞为证:

　　这所在是周宅的院宇多齐整!看来是匠心费尽了细工夫。芸香院,通幽处,月洞门,便出入,影壁墙,亚似粉涂,汉白玉,厢甬路,四方砖，把满地铺，一步步，成百古。进中庭，楼阁屋，栋梁材，多硬木，安排好，点缀足，真正是修盖得华丽，精而不粗。深深院，幽香馥，假山堆，名太湖，叠翠形，崎岖处，青簇簇，芭蕉叶，相映着，四季花，梧桐树。罩纱窗，多幽竹。玉阶旁，瑶草绿。满庭中，奇葩异卉仿佛仙都。小书斋，似图书府。启帘栊，湘妃竹，翰墨香，散满屋，摆设着，瑶琴古，列七弦，分文武，镌款式，有名目，蔡邕题，小篆书，金徽①灿，玉轸②足，知音者，方能抚。看出处，这物件原来是刻着汉朝的印图。设棋枰③，随着谱，云南子，润如珠，弇手谈④，真不俗。论先后，分宾主。见高低，决胜负。论步位，分心路。得意间，忘情处。学弈术，能开心窍把忧闷舒。启琅函，册页贮。设案架，堆书处。标着签，分名目。好装潢，多套数。芸香薰，怕虫蠹，亿万卷，千百部。校兑清，无讹误。看来是三坟五典⑤、上古的奇书。满壁挂，古画轴。写成章，联成幅。墨山水，美人图。称妙手，笔力足。点缀好，五色涂。配对联，书法古，名人迹，有印图，真正是丹青的妙笔世间无。靠粉墙，桌案处，摆设精，文玩古。控金钩，把床帐铺，兰麝香，锦被褥，鸳鸯枕，碧纱橱，真雅致，不透俗，看来是纵然富贵并不轻浮。

话说周公子回在院内，并不等候老苍头父子来到，他便换了便服，也不用饭吃茶，匆匆地竟奔书斋之内。老苍头后面赶到，忙令延寿儿到书房伺候公子净面，以便用饭。谁知净面已毕，即将延寿遣出，说："你不必在此伺候，如有他事，再行呼唤，无事不必再来。"延寿儿乃系小孩子，乐得躲开，吃罢饭耍去。此话按下不提。

单说玉狐自花园中许下周生夜晚相会，她便匆匆归入洞府。众妖狐一见，急忙卷起湘帘，接去春扇，俱各含笑迎接。玉狐进入内洞，归了坐位，小妖送上茶来。玉狐擎茶在手，遂向群狐说道："今日洞内有何人到？众姊妹

---

① 徽——琴徽，系弦的绳。

② 轸（zhěn）——通"紾"，弦乐器上的轴转动弦线。

③ 枰（píng）——棋盘。

④ 手谈——下棋的雅称。

⑤ 三坟五典——传说中我国最古的书籍。伏羲、神农、黄帝之书（《连山》、《归藏》、《乾坤》）谓"三坟"；少昊、颛顼、高辛、唐、虞之书谓"五典"，即"五常"：父义、母慈、兄友、弟恭、子孝。

等作何玩耍?"群狐答道:"我等并无别事,无非大家闲叙而已。"言罢,众狐又向玉狐问道:"今日洞主下山,我等看脸含春色,鼻放毫光,定有遂心如意之事。不然,何以气象如此? 如有什么奇遇,可对我等一言。"

玉狐闻听此言,满面堆欢,说道:"近来众妹等眼力颇高,灵明百倍。我方进洞,就看出此次下山,定有机缘相凑。我实对妹等说罢,今日愚姐下山,正在郊原散步,忽见坟墓之旁来了主仆三人祭扫。我看其中有一书生,先天真元充实,后天栽培坚壮,满面红光一团秀,真是你我修炼难得的金丹至宝。况且生得品格端正,体态风流。因此我见他们祭祀毕,便隐在花园之内等候着他。可巧,也是天缘,此生又独自在花园内闲玩。我便故意与他撞见,谁知此生更自多情,被我三言两语,说得他实心相信,约定今晚在他书斋相会。"

玉狐从头至尾说了一遍,众妖听说,俱尽欢喜,遂一齐说道:"仙姑若得此人朝夕相会,慢慢地盗他真宝,从此不愁大罗神仙之位。这也是仙姑的福气、缘法,方遇得此等机会,实是可喜可贺。"遂吩咐小妖:"备办筵席,我等与仙姑增添圣寿。"顷刻间,便搬运了许多的佳肴美馔①,摆设已毕,众妖把盏,请玉狐上坐。玉狐说道:"即承众妹雅意,愚姐只得僭②坐了。妹等俱来相陪,咱大家好开怀畅饮。"小妖轮流劝酒,众狐饮宴多时,已是金乌西坠,玉兔东升之候,众狐皆有几分醉意,玉狐恐误相约之事,便吩咐撤去杯盘。吃茶已毕,便辞别众狐,出了洞府,来在青石山高顶之上,对月光先拜了四十八拜,然后张开口吸取明月精华。完了工夫,又到山下涧水之中洗了洗身体,抖净了皮毛的水迹,仍然化成美女,驾起妖云,直奔太平庄周公子的书室而来。

来在窗棂之外,按落云头,轻轻地站住,不敢遽然③进入。乃用舌尖舔破窗纸,以目往里张看,但见屋内高烧银烛,静悄无声。只见公子在那书案之旁坐着发怔,似有所思。看他那模样,借着灯光,比在花园初遇更添了许多的丰采。怎见得,有赞为证:

　　这正是,佳人站立纱窗外,舔破窗纸偷看英才。倚书案,似发呆,

---

① 馔(zhuàn)——食物。

② 僭(jiàn)——超越本分。此处是谦词。

③ 遽(jù)然——匆忙。突然。

看标格,真可爱,借灯光更把那风流衬起来。素方巾,头上带,乌油黑,遮顶盖,正中间,玉一块。宫样袍,可体裁,青布厢,边儿窄,绣团花,分五彩,坎肩儿是一水蓝的颜色俗名叫月白。腰间系,白玉带,透玲珑,生光彩,银纽扣相配着护胸怀。厢云履,地下排,细粉底轻且快,端正正,鼓满充足一点儿不歪。因守制,无缯綵,锦绣服,全更改,哪知道一身青皂愈显得唇红齿白,两颊粉腮。

玉狐隔著纱窗偷看多会,见公子坐在椅上,若有所待。观其美貌之处,真是粉装玉琢,犹如锦簇花团。妖狐此时,不觉淫情汲汲,爱欲滋滋,恨不能一时与他鸾交凤友,乃轻轻地在窗外咳嗽了一声。

　　话说公子自从书斋吃茶净面已毕,并不似每日在前边院内来与人说笑闲叙,也不唤仆人整理书室,将延寿儿遣开之后,竟自己将书室物件安置了一回。至用饭之时,老苍头亲身请问,他便带出许多不耐烦的样儿。苍头摸不着头绪,以为今日祭扫,身上必定劳碌,遂问道:“公子今日身上若不畅快,想吃什么,可吩咐老奴,好派人去做。”问了几次,并不回答。苍头急忙出离书院,令厨役在书斋摆饭伺候。

　　哪知周信一心想着美貌佳人,将饭胡乱用些,便令撤去。厨役将要走时复又说道:“你到前边院内将锁跨院门的钥匙取来交给我,烹一壶茶送来,你们在前边吃饭去罢。我今日身觉乏倦,需要歇息,如有事,候我呼唤再来。”厨役忙答应,将钥匙与茶放下,便自去了。这里剩他一人踱来踱去,顺着书院,绕到跨所门边,将门启放,向青石山望了一回,尚无踪影,复又回至书室坐着纳闷,恨不能一刻太阳西坠。又恐黑夜之间,苍苔露冷,鞋弓袜小,难以行走;又恐其老母未寝,阻住无由脱身。心中无限狐疑,搔手踟蹰①,无聊之至。思虑盼望,好容易挨至初更之后,仍无人影。无奈何,自己点上银烛,倚靠书案,呆呆地在那里相待。正自发闷,忽听有人咳嗽一声,悄低低地说道:“有劳相公久候,恕奴来迟,万勿见怪。”此时周信正在渴想之际,猛听这一派莺声俏语,犹如得了异宝一般。况且,周信又是乍逢美色,其心中之喜真是:

　　　　胜似洞房花烛夜,强如金榜挂名时。

　　不知周公子与胡小姐二人果能可成恩爱不能,且听下回分解。

————————————

　　①　踟蹰(chí chú)——内心犹疑不定。

第 三 回

玉面狐采阳补阴　周公子贪欢致病

诗曰：

　　窗明几净读书堂，斗转星移漏正长。

　　独坐含情怀彼美，相思有约赋高唐。

　　从来国色多怜爱，况遇佳人巧饰装。

　　莫怪妖狐惑周子，嫦娥且爱年少郎。

　　话说周公子一闻胡小姐的声音，不觉心中大悦，急忙离坐，开帘迎接，含笑说道："小姐真乃生人，小生有何德能，风寒月暗，敢劳仙人下降？"玉狐故装体倦身慵，娇模娇样地答道："身在闺中，视一里为遥。今乃奔驰五六里，实在怠惰之甚。"公子一见小姐，此时心内以为天下未有之喜，忙将湘帘打起，说道："书室并无他人，请小姐速进歇息玉体。"玉狐款动金莲，走入书室，见其中粉饰精工，摆设得诸般齐整，便对着公子福了一福，说："恕奴僭坐。"即在绣帐之内靠床坐定，反装出许多娇羞的样子，不言不语。

　　公子此刻不敢遽然相近，偷眼观瞧。常言道，灯下看美人。见其打扮的衣服华丽，借灯光一看，较花园乍见时倍添了几分风韵，真是巧挽乌云，天然俊俏。淡施脂粉，绝世姿容，更兼假装走得香汗津津，带出娇懒之态，更觉妖媚可爱。此皆妖狐作就的幻术迷人，岂知她自山洞之中，原是披毛的畜类。未从欲到何处，驾起妖云，将身一晃，比电还快，顷刻之间能行千里。何况太平庄五六里之遥，便觉不胜受累之理。所以装做这样情形者，恐人看出她的破绽，心生猜疑，便难盗周公子的真元至宝了。

　　哪知周公子贪其美貌，并不究其来由，一见这样光景，怜她走路奔波，心中甚觉不忍，反暗想：胡小姐弱质纤腰，自有生以来，定未受过这等辛苦。而今为我相会，反瞒她老母，悄地而来，更深路远，独自出门，为我用的这等苦心，实在难得。况且月夜之间，倘遇轻薄歹人，不但难免失节受辱，还怕因而废命伤身。如此担惊冒险，真是令人过意不去。常言说，时来逢益友，运蹇遇佳人。况周生自与玉狐相遇，已被她幻术拢住，莫说无人指破，即此有人说她是个妖精，见此等美貌多情，公子亦不相信。故此一心迷住，并不察问如何找到此处，由何处进入，一概不提。

他见玉狐香汗淋漓，就如桃花带雨一般，连忙深深打了一躬，说是："小姐如此多情，小生将来何以补报？"妖狐闻听，故做戚①容，说道："哎哟，我的相公，我母女背井离乡，举目无倚，久仰公子端方朴厚，文雅风流，天幸在园巧遇，得睹尊颜。今夕奴家特来相会，以求公子日后照拂我母女，别无他意。望祈正眼相看，勿为桑中之约，目作淫奔之女，使奴家赧颜一世。不过暂叙片刻之谈，以全园中之信，奴家便告辞。"公子听罢，不禁心内着急，说道："感蒙小姐光降敝斋，足徵雅爱。不意小姐如此说来。想是以小生为不情之人，无义之辈，恐日后忘情负义，有玷小姐，故小姐拒绝如此。倘小姐心中疑虑，我周信情愿对灯盟誓。"

妖狐闻言，含笑说道："奴家非不欲与公子相交，特②恐公子不能做主，日后昌扬出去，众人见疑，倒觉公子许多不便。况奴观自古男女私约，起初如胶似漆，何等绸缪。及至日久生厌，或一时复有外遇，或父母逼迫结亲，到那时，便将从前之人置之度外。纵有盟誓，无非虚设。倒莫若撇却床第之交，结作谈文之友，比那终日被情欲缠之人，岂不更有些意味？适才公子所说对天盟誓，亦无非哄愚人的牙疼咒儿，劝公子不必如此。请公子或是吟诗，或是著棋。奴虽不甚通文，颇愿学之。"周生此时一派欲意，忽听这些言语，不知妖狐是欲就反推，他便认起真来，说："小姐既然如此，莫若两不相识。难道叫小生剜出心来不成？此时小生唯心可表，如恐日后见弃，小生自愿对天设誓。听与不听，任凭小姐尊意。"

妖狐见公子说出急话，知道绝不见疑，复又含笑说道："公子果然见爱，奴家何敢自重其身？但后休忘今夜之情便了。何必如此着急。"公子见妖狐已有允意，将心放下，走到玉狐身边说道："小姐纵然相信，小生情愿诉诉心怀。"言罢，用手将玉狐搀起，一拉纤腕，周生便先跪倒。玉狐趁着此势，也就随弯就弯地跪下。

此刻正是夜深人静，恰好海誓山盟。公子对天达告已毕，二人携手站

---

①　戚（qī）——忧愁，悲哀。

②　特——只，但。

起,并倚香肩坐在绣帐之内。款语温存了多会,公子复又言道:"良夜迢迢,小姐必定行走劳乏。小生有备下的酒肴,请与小姐共酌,不知意下何如?"玉狐并不推辞,说道:"公子盛情,敢不承领?"言罢,二人便酌酒谈笑,自在叙情。此时正是,风声潇洒人声寂,夜色深沉月色明。三杯之后,玉狐酒淘真性,面放桃花。公子色欲迷心,情如烈火。只见玉狐娇滴滴含笑说道:"奴家酒已够了,请公子自饮罢。"公子恨不能有这么一声,急忙将酒撤去,展开罗帏,铺放锦被,二人相携而入,唯恨解带宽衣之缓而已。这一夜你恩我爱,风流情态不必细述。正是:

温柔乡似迷魂阵,既入方知跳出难。

从来欢娱嫌夜短。二人定情之后,堪堪东方将曙,玉狐不待天明,忙着披衣下床,便欲告辞而去。公子说道:"天色尚早,何必如此太急。"言罢复用手将玉狐拉在被内,说:"待我与小姐一同起身,小生好去相送。"常言狐性最淫,她见周生如此重情,复又作出无限风情以媚之。阳台再负,情不能已。这周生以为得了奇遇,唯恐妖狐之不来,再三约定,二人方穿好衣服,又叙了许多情话。

玉狐说道:"东方已明,可放奴去罢。不然被人相遇,羞答答怎好见人。"公子此时不知怎样才好,有心留在书室,又恐其不从;有心叫她自走,又怕路上许多不便。真是恋恋不舍,无可如何,遂向玉狐千恩万谢,说道:"小姐欲归,小生也不敢相留。但独自行去,小生须得多送几步才得放心。"玉狐含笑答道:"公子何乃聪明一世,懵懂一时?我自己行去,即有人撞见,尚不知我是何人,从何处身。若要公子相送,岂不是将咱们的隐事明明告诉别人么?奴虽女流,自有防身主意,公子倒不必担忧。况奴既失身于公子,自当念念在心,乘隙必定早来。只求公子将跨所门虚掩,免得一时惊人耳目可也。公子亦当谨慎防范,守口如瓶,即宅内之人,亦不可令他们窥见。"公子一一答应了,二人方携手出门,又相叮嘱了几句,玉狐方款步而去。

公子回到书斋,日色已明,他也不顾吃茶净面,便仍卧在绣罗帐内,思想胡小姐如何打扮得艳丽,如何生长得娇美,如何夜里的风情款曲。思想了多时,复又昏昏睡去。及至小延寿捧来脸水伺候,方慢慢唤醒。梳洗吃茶已毕,摆上饭来,公子一面用饭,一面吩咐:"从此我要静心用功,尔等非奉呼唤,不必常来书院搅扰。"仆人答应了,对众说道:"公子勤学读书,欲图上进。咱们不可再去混他。每日吃茶用饭,令延寿儿端来撤去可也。"

哪知公子也并不是欲读书,也并不是要上进。白日在书室闷坐酣眠,黑夜与胡小姐贪欢取乐。宵来昼往,堪堪半载有余。世上有两句俗言,恰合周公子心意:宁在花下死,做鬼亦风流。

玉狐与周公子交接已久,妖狐见书斋清静,她便不甚隐藏,轻出轻入,毫不介意。周公子贪恋美色,也就诸事不顾,肆意叙情。岂知人之真元已失,未免精神倦怠,便就不似先前那等充实身体。况又旦旦而伐之,岂有不欲火上攻之理? 所以人之元阳,乃系一身之宝者,不丧失,不但寒暑之气不侵,可以长生寿者。即入修炼之道,体健身轻,亦可容易飞升。不信,八仙之中吕纯阳便可相说。他因自幼不丧精元,故他的道术较别的仙人甚高。这人身的精血,岂不是至宝么? 玉狐与周公子相会,亦为的是采取元阳,容易修成大道的心意。无奈周公子不知,反以为最美之事。哪知夜夜鸳鸯,朝朝鱼水,便是亡身致病之由。前人有四句诗,可以为戒:

二八佳人体似酥,腰间仗剑斩愚夫。

虽然不见人头落,暗里催君骨髓枯。

闲言休叙,且说玉狐自从得了周公子的真元,又遂了他的淫欲,回到洞中不胜欢喜,以为指日即可修到大罗仙的步位。这些大小妖狐,齐来相贺。一日由周公子书斋回洞,正在饮酒谈笑之际,忽见小妖来报说:"蜀中凤箫公主到了。"玉狐闻听,急离坐相迎。

二妖一见,彼此叙礼已毕,玉狐吩咐再整佳筵,将凤箫公主让在客位,众狐侧坐相陪,大家畅饮闲叙。只见凤箫公主笑盈盈说道:"闻听玉姐得一情郎,夜夜欢聚,不但有益修炼之功,而且得遂情欲之乐。今日小妹既来,无别的致贺,借姐姐之酒,奉敬三杯为寿,异日好求姐姐携带,会会得意郎君,不知姐姐意下何如?"玉狐答道:"贤妹离此甚远,何由得知最切?"凤箫道:"前日妹到云罗妹妹洞内,无事叙谈,因思念姐姐日久不晤,我二人轮指卜算,便知姐姐定有如心喜事。故此,小妹特来道贺。"玉狐又道:"现今愚姐正为此事作难,敢请贤妹想一最妙主意方好。"凤箫道:"你们二人正在得意之际,有什么为难之处?"玉狐长吁叹道:"自今年清明佳节,愚姐出洞闲游,得遇此生土坟祭扫。愚姐见他天庭饱满,地阁方圆,更兼身体伟壮,举止风流。我想,此生日后必定富贵寿考。彼时愚姐凡心一动,故意与他相遇,用幻术将他引诱,用言语将他扣住,密定私约,得以往来。哪知与他期会未及一载,便觉骨瘦形消,似有支持不来的样儿。此刻欲要将他丢开,因其情深,又觉不忍。欲要仍与他相缠,又似无益。因此进退两难,故求贤妹为我决断。"

凤箫道:"据小妹看来,此生既已病体支离,可令其潜心保养,大约此际不致亡身丧命。姐姐亦可从此打破欲网,斩断情丝,回洞纯修大道,此乃两不相负之法。若是仍然固结不开,有意逗留,恐其中日久生变,倒招祸患。纵然咱有些道术,不甚要紧,常言说,邪不能侵正。莫若此时以忍情绝痴情,及早回头,尚无妨碍。若今日缠绵不悟,到那时梦醒已迟,岂不悔之晚矣。"玉狐听罢,说道:"多谢贤妹指教。真是良言金玉,愚姐从此见机而作可也。"说罢,仍又酌酒谈笑。

饮至夕阳将落,凤箫道:"搅扰了众姐妹多时,日色沉西,小妹已该回洞了。"玉狐答道:"知心姐妹,何必客套? 不知贤妹此去,何日再会? 如见云罗贤妹,可代愚姐问候。贤妹若再来时,祈转请云妹一同到此作么。大家说笑一日,岂不甚妙。"凤箫道:"谨遵姐姐之命。"言罢告辞,乘风而去。

话说玉狐自与周公子相遇,夜夜得遂淫情,今听凤箫公主之言,欲待不往,心中着实地委决不下。况又被酒所困,事思云雨之情,无计奈何,早将适才所说禁欲之话撇至九霄云外。这也是乐极悲生,循环至理,万不能免去祸患。你看她,仍旧幻化得秀雅娉婷,打扮得清奇俏丽,身驾妖云,直奔周公子的书室。来在窗外,向里窥视,甚是寂静。案上残灯半明,公子尚卧罗帏。玉狐一见,回想初来此处,公子何等精神! 书斋何等齐整! 今日一看,与先前大不相同。妖狐思及于此,未免叹气自忖,然亦无可如何。只得掀帘进去,乐一日是一日罢了。妖狐走进书斋,轻轻将公子唤醒。

不知二人说些什么,且听下回分解。

第 四 回
玉面狐兴心食童男　小延寿摘果妖丧命

诗曰：

> 色作船头气作艄，中间财酒两相交。
>
> 劝君休在船中坐，四面杀人俱是刀。

话说周公子正在梦寐之间，忽听有人声唤，一睁二目，见是胡小姐，便急忙起身说道："敢则贤妹到来，有失迎迓①。"言罢，同携素手，挨肩坐下。常言说，酒是色媒人。玉狐酒兴尚浓，未免春心摇荡，恨不即刻贴胸交股，共效于飞。所以二人并不闲话，即携手入纬，滋情取乐，至五更方止。一宿晚景不必细言。

且说老苍头自从清明之后，因公子吩咐，不奉呼唤不许来进书院。他想，公子必定趁着守孝，要专心诵读，心中甚喜。故每日只令延寿儿询问，送茶送饭，也就不在其意。及至日久，不但说未见游山访友，连前面院内也不见出来。且又从未听得读书之声。虽然甚疑，又不敢到书房察问探询。延寿儿说："咱公子终朝不是闷坐，便是睡卧。先前还在书院踱来踱去，这些日子，我见脸面尖瘦，气喘吁吁，总没见他看文章，听他念诗赋，似先前那声韵儿怪好听的。不知道晚上做些什么，日色老早的，便嘱咐我不必再来伺候，遂将书院前边这门拴上。你们想想，这可是何缘故呢？"

老苍头听罢延寿儿之话，心中甚是惊疑不定。细思公子这等形容，必定有由而起，莫非书室有人与他作些勾当不成？然此村中未闻有这等风声妇女。即或清明祭扫之时，有女子与他说话，却又离此甚远，亦难轻易至此。思来想去，竟揣摸不出头绪。盘算多会，忽然生出个主意来：现在时届中秋，果品已熟，过一两日走到书斋作为请公子到坟祭祀，到那时看他形景如何，再作道理。遂嘱咐延寿儿："不可竟去贪玩，须用心服侍公子。"言罢，老苍头又去查看地亩场园去了。

---

① 迎迓(yà)——迎接。

　　哪知公子之病，尚未至极重，其中便又出生祸来。这周公子自从被色迷住，凡宅中大小之事，不但不管，连问也不问。昼则眠思梦想，夜则倚翠偎红。日久天长，哪禁得淫欲无度。未免堪堪身形憔悴，神气恍惚，便觉有病入膏肓的样子。然而病至如此，犹不自悟。即偶尔想着禁情节欲，静养几日，及至胡小姐一到，见其湘裙下金莲瘦小，鸳袖下玉笋尖长，绰约艳丽，绝世风姿，情欲便陡然而起，仍然共枕同衾。况妖狐淫荡已极，来必阳台三负。所以，这病只有日添、没有日减之理。

　　话说此时，节近中秋，这周宅后面园内有许多果树，枝上果子大半皆熟。这日周公子自觉形体枯槁，心中火热，忽然想着吃几个果品。可巧延寿儿正来送茶，便急忙叫派人摘了送来。公子自用几枚，余剩的赏了延寿儿。哪知延寿儿早就想到园里偷摘果子，因老苍头吩咐过，说："这果子虽然已熟，公子尚未到坟上进鲜致祭，断不准令别人先采摘。"故此令人看守甚严，专候公子吩咐采鲜祭祀。岂知公子被妖所缠，一灵真性迷乱，竟将秋季上坟之事忘了。老苍头候了两日，并无动静。又因听了延寿儿所说之话，不晓公子是何缘故，遂将那看守果品的心意就冷淡了。这延寿儿因先前不得下手，也就罢了。今忽尝着甜头，又见有机会，便想去偷吃。况且这孩子极是嘴馋淘气，天生地爱上树登高。谁知这一摘食果子不大要紧，便从此将小命废去。有延寿儿可以为证：

　　　小延寿，生来是下流。不因孝母去把果偷。这孩子，年纪幼，他的父，是苍头，因无娘，管教不周，才惯成，为王不怕的跳钻猴。而且是，模样丑，长了个诞本儿不够。小辫顶，挽了个鬏，花儿搅的头发往回里勾。那脑袋似蚕豆，顶门儿上，觚觚①头，虽下雨，淋不透。两个眼，往里眍，木儿耳相配着前廊后厦的奔娄。眵②目糊，眼角留；牙焦黄，口味臭；清鼻涕，向下流，不搭不省常往里抽。满脸上，生横肉，不爱洗，泥多厚。有伤痕，疤瘌凑，更兼挫脚石一般的麻子是酱稠。短夹袄，汗塌透，扯去了两管袖，露两只胳膊肘。老鹳爪，两只手。敞着怀，钮不扣。裤儿破，腿肚子露，因何撕？为招狗。他那足下鞋穿着一双踢死牛。真个是，生成的姥姥不疼、舅舅不爱，若说起腌臜之人，

---

　　①　觚（gū）——古代一种盛酒的器具。
　　②　眵（chī）——眼睑分泌出的黄色液体。

属他打头。

且说延寿儿见他父亲看守果品之意松了许多,便留心想着去偷摘。这日天色未明,他便醒来,起身溜下床来,轻轻地撬开门,一直奔了后宅果园。此刻,太阳尚未发红,他便顺着树爬上墙头,用手去摘那果子。

谁知书室的妖狐,此刻也要起身,正欲披衣下床,公子也要随着起来。妖狐急忙拦阻说道:"你这几日身体不爽,需温存将养方好。这外边风寒露冷,欠安的身体,恐难禁受。再者,天光尚暗,我去后,公子正好锦被高卧,安心稳睡,俟晚间再图欢聚。"公子此时正在困倦,乐得卧而不起。今闻胡小姐之言,点头说道:"多蒙小姐体谅,敢不从命!"言罢,玉狐轻轻将门开放,出了书斋。

她见四面无人,便在院中款款而行,一面走,一面低头打算。看官,你猜玉狐打算什么?她原想,当初与公子相交,一者,为窃采元阳,炼她的金丹。二者,公子年少风流,正可常常贪欢取乐。此乃一举两得,方遂心愿。今见公子未及一载,体就受伤,交欢之际,少气无力,觉得不能满其所欲。因此,心内甚是不悦。她不想公子病由何起,反恨他太生得虚弱,无用,不足耐久,半途而废,枉费了一片心机。世间男子,若皆如此,凡我采补者流,几时方到成仙之位?可见妖精禽兽,不与人同。不但不知自反,而且多无恻隐之心。所以妖狐盘算的是,公子既已得病,大略难得痊愈,此刻想将他撇开,再觅相与,又无其人;欲再与他相缠,又不能如意。自忖多会,忽生了个主意,说:"有了,我何不在郊原旷野,寻两个童男,暂且吃了,以补眼前缺陷,候着此生?或是好了,或是死了,再作计较。"

玉狐想罢,走到书院门边,将要启拴开门,忽听有人拉的树枝响声,她当是有人来查他们的行迹,未免吃了一惊,便忙抬头仔细一看,乃是一个小孩子,不觉心中甚喜,想:适才我欲吃童男,不意未曾寻觅,便即撞见,岂非造化? 趁着此处无人,将他诓①下树来,引到暗处,饱餐一顿。妖狐刚要用计招呼,忽又自忖,想这孩子,并非别人,定是老苍头之子小延寿儿。这孩子生得有些机灵,又系伺候书斋的小厮,倘若将他吃了,老苍头必不干休。那时吵嚷起来,公子必定生疑。不如不睬他,作为未见,我走我的路便了。

---

① 诓(kuāng)——骗。

哪知不巧不成话，小延寿儿应遭此祸。这玉狐用手一扯门拴，偏又响动一声，延寿儿以为看果子的到来，几乎不曾唬地掉下树来。他便手扶树枝，站在墙头，低着脑袋，向四面细看。妖狐此刻，正恐怕人看见，听门拴一响，不免也就回首。她见延寿儿已经瞧见，知道欲进不便，欲退不可。你看她，柳眉一蹙，计上心来，袅袅娜娜走至墙下，悄声说道："你这孩子，还不速速下来！登梯扒高，嫩骨嫩肉，要跌着了怎么好？也不怕你们家大人看见，快下来罢！若不听我说，我便告诉你们公子，重重地责你。那时，你可别怨我不好。"

这延寿儿正是一心高兴，扳枝摘果，唯恐看园的撞见。忽听门拴一响，唬了一跳。低头看去，并不是宅里的人，倒是一个绝色女子，立在墙根之下。只见她翠眉未画，乱挽青丝，仿佛乍睡足的海棠一般。小延寿将要发话询问，忽见款步向前，反吆喝了他几句。此时日色未出，小延寿未曾看得亲切，不知是谁。今相离较近，看见面目似曾相识，又想不起来在何处见过。今听她说话，猛然醒悟，说："是了，清明祭扫，与我们公子私自说话的，岂不是这个姑娘么？怨不得公子这等虚弱，必是被这姑娘缠住了。我父亲正查不着这个原由咧！她撞见我，不说安安静静地藏避，反倒拿话吓叱我，岂非自找羞辱吗？"

小延寿想罢，将小脸一绷，说道："你这姑娘真不识羞！大清早起，你有什么事情？门尚未启，你怎么进来的？我想你必是昨晚来了，跟我们公子书房睡的。你打量我不认得？今年清明佳节，我们到坟前祭祀去，你和我们公子在花园太湖石旁，眉来眼去，悄语低言，闹了好大工夫。那时，我瞧着你们就有些缘故，因碍着我们公子，不肯给你吵嚷。倘若我与你扬说出去，你一个未出阁的姑娘，必定好说不好听的。你也应该自己想想，改了这行径才是。谁知你们倒敞开脸皮闹到我们院里来了。我且问你，离着好几里路，是谁送你来的？还是我们公子接你来的？你是初次到此？还是来过几次？我想，你必是跟我们公子睡了，必定不止来过三五次。你们偷着，神不知，鬼不觉，悄不声地走了回去，岂不完了。今儿遇着我，反老着脸，管我上树偷果子吃！难道你偷着跟我们公子勾搭上，就算你是谁的少奶奶，这果子许你管着不成？我是不怕你对我们公子说了呵斥我的。我若恼一恼儿，给你喊叫起，惊动出我们宅里的人来，我看你年轻轻的姑娘，脸上羞也不羞。"说罢，向着妖狐问道："我说的是也不是？"

看官，你论延寿儿这孩子，外面虽生得不大够本，却是外浊内秀。他竟有这一番思忖，有这么几句话语！那周公子乃是斯文秀士，竟一味地与胡小姐偷香窃玉，论爱说恩，忘了严亲的服制。不详妖媚行踪。较论起来，尚不如延寿有些见识呢。

延寿儿一见是个女子，便思想，怎么轻易来在书院之内？事有可疑。无奈，终是未经过事的顽童，虽然猜疑，却未疑到这女子即是妖怪。他想着说些厉害话，先放她走了，慢慢地再对宅里人说明，设法禁止。哪知玉狐听罢，觉着叫他问得无言可对，未免羞恼成怒，怀忌生恨。欲待驾云逃走，恐怕露出行藏①。秋波一转，计上心来，想道："我将他留下，定生枝节。莫若将他活活吞在腹内，却倒去了后患。"遂笑吟吟对延寿说道："好孩子，你别嚷。倘真有人来瞧见我，你叫我是活着，是死了呢？岂不叫我怪羞的。我烦你将门开了，我好趁早儿出去。刚才我同你说的是玩话，怕的是你跌下树来摔着。果然你要爱吃果子，今晚我给你带些个来你吃。你可不要对人说就是了。"

从来小孩子爱戴高帽儿，吃软不服硬。延寿儿见妖狐央及他，说的话又柔顺可听，他便信为真情，倒觉不好意思起来，说："姑娘，你等我下去给你开门。"便连忙顺着墙跳到平地。玉狐此刻不敢怠慢，陡起残害狠毒之心，一恍身形，现出本相，趁势一扑。延寿儿"哎哟"了一声，早唬得魂飞魄散。

看官，你道这玉面狐怎样厉害？有赞为证：

这个物，生来的形相真难看。他与那别的走兽不合群，驴儿大，尾九节，身似墨，面如银，最轻巧，赛猢狲，较比那虎豹豺狼灵透万分。处穴洞，啸古林，威假虎，善疑心，郊行见，日色昏，它单劫那小孩子是孤身。尖嘴岔，似血盆，牙若锯，齿儿匀。物到口，不囫囵，能把那日月光华往腹里吞。四只爪，赛钢针，曲如勾，快若刃，抓着物，难逃遁，常在那月下传丹拳而又伸。眼如灯，睁着堪。臊气味，人怕闻。多幻化，惯通神，它的那性情善媚还爱迷人。这才是，玉面狐一把原形现，可怜那小延寿，命见阎君。

话说小延寿忽见九尾狐这等恶相，早吓得真魂出窍，不省人事。玉狐

---

①　行藏——形迹，行踪。

就势将他扑倒,看了看,四面无人,连忙张开巨口,将顽童衔住,复一纵兽形,越过书院的墙垣,落在果木园内树密林深之处,抛在地下,正要用爪去撕扯衣裳,小顽童苏醒过来,忽然"哎哟"一声,便欲伏身而起。妖狐此时怎肯相容,仍又一伸脖子,在咽喉上就是一口。顽童一阵着疼,蹬蹅了几下,早就四肢不动,呜乎哀哉。谚云:人不知死,车不知覆。

这延寿儿摘果来时,本是千伶百俐、满心淘气的孩子。今被妖狐一口咬死,扯去衣服,赤条条卧在平地,可怜连动也不动。有赞为证:

这孩子生来特吊猴,险些儿气坏了那老苍头。素昔顽皮淘气的很,今朝被妖狐把小命儿休。逢异事,来相凑,冤家路,偏邂逅,灾衬临,难逃走。谁叫你,无故瞒人来把果偷。想方才,在墙头,逗多能把机灵抖。淫邪事,全说透,难免与妖狐结下冤仇。羞变恼,恨难抛,现原形,张巨口,咬咽喉,难禁受,只落得一派蹬蹅紧闭了双眸。赤着身,衣没有,躺在地,无人救。任妖精,吃个够。他的那素日顽皮一旦尽收。魂渺渺,魄悠悠,遭惨死,有谁尤,无非是一堆白骨,血水红流。

这妖狐见顽童已死,忙上前扯去衣裳,用钢针似的利爪先刺破胸膛,然后将肋骨一分,现出了五脏。妖狐一见,满心欢悦,伸进它那尖嘴,把热血吸净,又用两爪捧出五脏,放在嘴岔子里细嚼烂咽。吃罢,将二目钩出,也吞在腹内。真是吃了个美味香。为多一时,将上身食尽。抱着两条小腿,在土坡下去啃。此话暂且不提。

且说老苍头自听公子形容消瘦,几次要到书斋探问,因场园禾稼忙冗无暇。又想着前些日,令延寿儿代行问候,公子尚说过于琐碎;若要亲身找去说话,必定更不耐烦,所以迟滞下了。可巧,这日早晨,见延寿儿不在,便自己烹了一壶浓茶,用茶盘托住,来至书院门侧。复又自忖:我自己送进书斋,公子喜悦,未免招他劳碌、生气。莫若等他将息痊愈,再亲身致问。想罢,手擎茶盘,仍去找寻延寿儿。在宅里喊叫两次,不见踪迹。忽然说:"是了,今日这孩子起得甚早,必定到园里偷果子去了。待我往树上找找他去。"老苍头一径来至果园,扬着脸,满树瞧看,并无踪影。不知不觉来到土坡之下,忽然一阵风起,吹到鼻中,一派腥血气味。不禁低头向地下一看,只见鲜血淋漓,白骨狼藉。猛一抬头,忽见那土坡上面,有一个驴儿大怪物,在那里捧着人腿啃吃呢!老苍头一见,惊得失魂走魄,"哎哟"了一声,身躯往后一仰,连茶盏一齐栽倒在地。

　　妖狐此刻正吃得高兴,忽听"咕咚"一声,仿佛有人跌倒之音。急往下一看,见是老苍头摔在地下。心内想道:"这老狗才,真真可笑。大约来找他那嘴欠的孩子,见我在此吃了他,便吓倒在地。你偌大年纪,难道说还怕死不成!哪知你仙姑不吃这干柴似的老东西。有心将你咬死,于我也无益。不如趁着此时遁归洞府,有谁得知?"它便搽了搽口嘴,抖了抖皮毛,仍驾妖云而去。

　　这里老苍头苏醒了多时,方缓过气来。强扎挣了会子,好容易才坐起,尚觉骨软筋麻。自己揉了揉昏花二目,复向草坡一望,见妖怪已去。这才略略将心放下,两腿稍微地有了主胫骨儿咧。站将起来,慢慢走到血迹近前,可笑条小腿尚未啃完。明知亲生儿子被妖怪所害,不觉心中大痛,复又昏迷跌倒。这也是,命不该死,终难绝气。仍然缓够多时,悠荡过来。你看他如痴似醉,爬起身躯,望着剩下的残骨号哭。

　　这苍头,不由得,一见白骨,心中惨恻,捶胸跺脚哭。代着咕,真可叹,命运乖,从自幼在周宅,到而今,年衰迈,未伤德,心不坏,不妄为,不贪财,不续弦,怕儿受害。非容易,才拉扯起我的小婴孩。为的是,续香烟,传后代。我若死,他葬埋,不抛露,我的尸骸。为什么,顷刻之间逢了恶灾?莫非是皇天怪?又何妨,我遭害。害了他,何苦来。老天爷错报循环该也不该?这苍头,哭了个衰,无指望,犯疑猜。想妖物,由何来?这么怪哉!平空里,起祸胎。思公子,无故病,最可异,事儿歪。看来是妖精一定能变化,日久藏伏在书斋。

　　苍头哭了多会,无人劝解,未免自己纳闷。细思此地,怎能跑出妖精来呢?正在无可如何,猛然间想起公子之病生的奇怪。自从扫墓,遇见什么胡小姐之后,便终日不出书房。我想青石山下,并未闻有姓胡的,亦未见有千娇百媚、通文识字的女子,彼时就觉可疑。适才吃延寿儿的明明是个九尾狐狸,狐能变化,公子一定被她迷住。如今将延寿儿吃了,老汉无了收成结果,这却还是小事。倘若妖精再伤了我家公子,断了周氏香烟,岂不是九泉之下难见我那上代的恩主吗?老苍头想到这里,迷迷糊糊地,也不顾那延寿儿一堆残骨与那茶盘茶盏,一直竟奔了书院,来探公子病势。

　　及走到书斋门首,尚听不见里边动静。站在台阶之上,知道公子未曾睡醒,轻轻地咳嗽两声,指望惊动起来。哪知公子黑夜盘桓,晨眠正在酣际。老苍头心内着急，又走在窗下，大声言道："窗头红日已上三竿，请公子梳洗了，好用饭。"周公子一翻身，听了听是苍头说话，便没好气。坐起来，使性将被一掀，嚷道："有什么要紧的事，也需等我穿妥衣裳。就是多睡一刻，也可候着，你便来耳根下乱嚷，故意地依老卖老。本来我不愿叫你们进这书院，你偏找来惹气。不知你们是何心意?"从来虚病之人，肝火盛。又兼欲令智昏，这周公子一见苍头搅了他美寝，并不问长问短，便发出这一派怒话，辜负了苍头之心。苍头因延寿儿被妖狐所害，复恐伤了公子性命，故将疼子之心撂①开，特到书房，诉说这宗怪事，劝公子保重自爱。不意将他唤醒，反被嗔斥了几句，真是有冤无处诉去。

不知苍头说些什么，且听下回分解。

---

①　撂(liào)——放，搁。

第 五 回
李苍头忠心劝幼主　周公子计瞒老家人

词曰：

> 自古怀忠义仆，人人皆愿谋求。盛衰兴败祗低头，到老节操依旧。抛却亲儿被害，狐缠幼主生愁。冤心受叱总无尤，仍是真诚伺候。

话说老苍头听了公子一派怒语，心中又是悲恸，又是难受。欲要分辩几句，又怕冲撞了，反倒添病。无计奈何，只得低声说道："公子不必生恼，说是老奴故意来此搅乱。因老奴有要事禀报，所以将公子惊醒。公子若未睡足，老奴暂且退去可也。"此时，公子虽一心不悦，然似这等老家人，凤日并无不是之处，若太作威福，自己也过意不去。只得披好衣服，坐在床头，说道："你进来罢，有什么急事？说说我听。"老苍头忙答应一声，走将进来。但见公子坐在床上，斜跨着引枕，形容大改，面色焦黄。看这光景已是危殆不堪的样子。老苍头不觉一阵心酸，失声自叹：想不到我未来书院，并无多日，为何形体就这样各别？

> 精神少，气带厥，两腮瘦，天庭瘪，满脸上皱纹儿叠。黑且暗，光彩缺，似忧愁，无欢悦，比较起从前差了好些。眉稍儿，往下斜；眼珠儿，神光灭；鼻梁儿，青筋凸；嘴唇儿，白似雪。他的那机灵似失，剩了痴呆。倚床坐，身歪列；听声音，软怯怯；衣上钮，还未扣结。看起那两只胳膊，细似麻秸。床上被，未曾叠；汗巾儿，褥下掖；香串儿，一旁撇；绣帐外，横抛着一双福字履的鞋。未说话，喘相接，真可痛，这样邪，大约是眼冒金花行步逸趄。谢苍天，既然绝了我李门后，千万地别再伤了我这糊涂少爷。

老苍头看罢公子，早把痛念延寿儿之心撂在脖子后头。满面含悲，说道："我的主人哪，老奴因公子近来性情好生气，暂且躲避几时。想不到，病至如此危险。请公子把得病原由，可对老奴说明，好速觅名医，先退邪气，再慢慢用心调治。千万莫贪意外奇逢，恋良宵欢会，总以身体为重，方不失公子自幼聪明、生平高洁之志。今若仍为所迷，岂不是聪明反被聪明误了吗？"

这周公子尚不知延寿儿叫妖狐所害，听得苍头之话，句句掇心，有意点他与人私会。他便故将双眉一皱，带怒说道："你真愈发活颠倒了。人食五谷杂粮，谁保不病？这清平世界，咱们这等门第，哪里来的邪气？说的一派言词，我一概不懂。我这病也并没甚大关系的，只用清清静静，抚养两日，自然而然就好了。你何苦动这一片邪说，大惊小怪的。"

公子指这几句话将苍头混过去，哪知老苍头听罢，言道："公子不必遮瞒老奴，实对公子说罢，今早我烹了一壶茶，欲遣延寿儿来送，呼叫了两声，不见踪影。老奴知他必在后边来偷果子，老奴便走到果园找他。刚走至土坡之处，忽见一汪血水，一堆白骨。又一抬头，见极大一个九尾狐，抱着只人腿在那里啃吃，把老奴唬了一跤，昏迷过去。及至醒来，这狐便不见了。我想延寿儿定然被它吃了。咱这宅里，素昔本无妖精，怎么它就特意来此吃人呢？老奴想狐能变幻，倘若它再化成人形来惑公子，岂不是病更沉重吗？老奴所以前来禀明公子，好自保身体。岂知公子沉疴如此，叫老奴悲痛交加，心如针刺。公子既说书院并无妖怪，老奴何敢在公子之前欺心撒谎。只求公子守身如玉，从此潜养身心，老奴也就不便分辨此事了。"

周公子说："我都知道了，你不必再言，用饭去罢。"苍头见公子撵他，知道其心仍然不悟，便自己想道："我家公子，到底年轻。以忠直之言，反为逆耳，恐劝不成，倒与他添烦。莫若顺情说好话，暂把见妖一事先混过去。以后再作道理。免得此刻病中恼怒我。"想罢，复带笑道："老奴适才真是活糊涂了，见得不实，便来说咱宅里有妖怪。复又一想，俗语说得好，见怪不怪，其怪自败。还是公子圣明，见解高。况且咱这官宦人家，纵有妖魔，也不敢入宅搅闹。公子不必厌恶老奴了。常言说，雪中埋物，终须败露。大约延寿儿外边贪玩去了，终久有个回来。老奴一时不见他，心里便觉有些迷糊，两眼昏花，仿佛见神见怪似的。此时公子该用早饭了。老奴派人送来，再去寻他可也。"

这是老苍头一时权变，故责自己出言不慎，把双关的话暗点公子。岂知公子听了，冷笑说道："你如今想过来了？不认准咱宅中有妖怪了？想你在我周家，原是一两辈的老管事，我是你从小儿看着长这么大。你说，什么事瞒过你呢？如今我有点微恙，必须静心略养几日，并不是做主儿的有什么作私之处，不令你知道。你何苦造一派流言，什么妖狐变化迷人咧，又什么鲜血白骨咧，说得如此凶恶，叫我担惊受怕，心里不安。纵然有些形迹，你应该暂不提才是。你未见的确，心中先倒胡想。别瞧我病歪歪的，自然有个正经主意。况延寿儿平日不爱乱跑？不定在何处淘气去呢。假若真是被妖所害，果园必定有他的衣裳在那里。不知你见了什么生灵骨头，有狗再从你身边过，大眵目糊糊着二目，疑是延寿儿叫妖怪吃了，大早晨的你便说这许多不祥之话。按我说，你派长工将他找回来就完了。"

　　看官，你道周公子为何前倨①后恭？他因信了老苍头假说自己见妖不实的话，便趁势将书房私约隐起，说些正大光明、素不信邪之言，好使人不疑。这正是他痴情着迷，私心护短，以为强词夺理，就可遮掩过去了。这老苍头早窥破其意，故用好言顺过一时，然后再想方法。两人各有心意。闲言少叙，且说苍头听公子言罢，说："老奴到前边看看去，公子安心养病要紧。"出离书斋，自悲自叹地去了。

　　公子一见老苍头已去，以为一肚子鬼胎瞒过。也不顾延寿儿找着找不着，仍复卧倒。自己也觉气短神亏，饮食减少，心内虽知从清明以来与胡小姐缠绕以致如此，然此乃背人机密之事，胡小姐曾吩咐，不准泄漏。更兼羞口难开，到底不如隐瞒为是。倘若露出形迹来，老苍头必定严锁门户，日夜巡查，岂不断了胡小姐的道路往来？大有不便。莫若等他再来时，找他个错缝儿，嗔唬他一顿，不给他体面，使他永不再进书院才好。然他大约似参透了几分，适才想他说的奇逢欢会，又什么雪埋物，终要露这些话，岂是说延寿儿呢？定然他想着胡小姐是妖精，因我说宅内并无妖精，他所以用双关的话点我。虽说这是他忠心美意，未免过于啰唣。我想，胡小姐断不能是妖怪。无奈我们二人私会，也非正事，他劝我几句也算应该。况且幼曾受先人教训，宜知书达礼，以孝为先。如今双亲辞世，虽无人管，也宜树大自直，独立成家。回忆寒食扫墓，自己实在错误。我常向人讲，男女授受不亲，需学鲁男子坐怀不乱，方不枉读书，志在圣贤。那时与胡小姐相遇，若能抽身退步，岂不是正理？反去搭讪与她交谈。幸这小姐大方，不嗔不恼，更且多情。倘若当日血口喷人，岂非自惹羞耻，招

───────────

　　①　倨(jū)——傲慢。

人笑话。现在屈指算来，已有半载来往，我又未探听过，到底不知这小姐是甚等人家。此时虽无人知晓，似这么暮隐而入，朝隐而出，何日是个结局？事已至此，有心将话对苍头说明了，但这话怎好出口？况我自己也辨不准她的真迹，若说她是妖精，哪有妖能通文识字、抚琴吟诗这等风雅之理？据我瞧，一定是宦门的小姐，门第如今冷落了。恐日后失身非偶，知我是书香后裔，方忍羞与我相会。这也是有心胸志气的女子。常言说道：

　　旁观者清，当局者迷。

　　这周公子原自聪慧，听了苍头之话，却也觉背礼，自愧情虚。思想了一回，原悟过一半来，无奈见闻不广，以为妖精绝不能明通文墨。又兼淫欲私情，最难抛绝，故此他认准玉狐是个千金小姐。反说果园即有妖魔，断不是胡小姐变化的，胡小姐明明绝世佳人，我与她正是郎才女貌，好容易方得丝萝相结，此时岂可负了初心，有背盟誓？果然若能白头相守，亦不枉人生一世。想罢，依然在销金帐内，妥实地睡去了。

　　不知周公子从此病势如何，且听下回分解。

第　六　回
众佃户拙计捕妖狐　老苍头收埋寿儿骨

诗曰：
　　从来采补是旁门，邪正之间莫错分。
　　利己损人能得道，谁还苦炼戒贪淫？
　　且说老苍头自从离了书斋，却复站在窗外，发闷多时。听了听公子仍又沉睡。自己悲悲惨惨慢步出了书院之门，来至前边司事房内。有打扫房屋的仆人，见老苍头满面愁容，便问道："你老人家从公子书房下来，有什么事吗？"苍头说："你且不必问话，速到外边将咱那些长工、佃户尽皆叫来，我有话吩咐。"这仆人答应一声说："你老人家在此坐着等罢，现在他们有打稻的，有在场里扬簸粮食的，还有在地里收割高粱谷子的。若要去叫，须得许大工夫。莫若将咱那面铜锣筛响，他们一闻锣声，便都来了。"苍头说："这倒很好。"于是，那仆人将锣筛得"当"、"当"声响。
　　此时，这些长工、佃户，一闻铜锣之声，俱都撂下活计，陆续来至司事房外。见了苍头，一齐问道："咱宅有何急事，此刻筛锣呼唤我等？如今人俱到齐，老管家快将情由说明，我等因你老人家宽厚，素日忠直，即便赴汤蹈火，亦所心愿。"老苍头见众人如此相问，乃长叹一声，说道："叫众位到来，并无别事，你们可知咱公子为什么病的？近来外边可有什么风声没有？"众人一齐摇头，答道："并没听见有甚风声，亦不知因何有病。自三月之后，咱公子性情大改，与从前迥乎两样。先前在书房用完功课，有时便遛跶到我们一处，说笑散闷。谁知寒食祭扫回来，反叫人嘱咐我们，不许至书院窥视。从此，他也终无出来，亦未曾与他见面。你老人家大约也知道他有病无病，为何反来问我们呢？"苍头说："众位之话，一毫不错。但公子之病，你们不知。你等可知咱们这里有妖怪没有呢？"这些长工佃户一听问妖怪，便都说道："你老人家若找妖怪，咱们这里可是近来闹得很凶，情真必实的，常在人家作耗。但不知这些妖精俱是由哪里来的。"
　　有一佃户接话说道："你老人家不信，"用手指着一个长工，"问问他，亲眼见的。咱们这村里贾家，那日也是打稻子，雇了几个佣工的，这贾老大的媳妇同她妹子做饭，将掉下一锅米去，展眼之间，一掀锅盖米水俱无，却跑出满锅的长尾巴蝎子来，向外乱爬。姑嫂二人一齐吓得扑倒在地。贾老大的老娘听见，将她两人搀起，从此便似疯了一般，不是撕衣骂人，就是胡言乱语。你们说，这事奇也不奇？"又一个佃户指着个长工道："你们说的还不算新闻，你们听听咱这位老弟家里，更觉奇怪。"只见那个年轻的长工说道："大哥不要提我的家务事。"佃户道："这又何必害羞？言亦无妨。"说道，"他本系新娶的娘子，尚未满月，忽于前日半夜里，闻听'哎哟'一声，他连忙就问，不见动静。及点上灯一看，门窗未开，人无踪影。大家寻觅了许久，并不知去向。谁想天明，竟在乱草堆上找着了。至今还是着迷似的，常自己弄香，对着青石山乱烧。又自己说，还要作巫治病。你们想，这妖怪如此混闹，这还了得吗？"

众人你言我语，老苍头听罢，说道："你们说的这妖怪，虽然搅闹，无非家宅不安罢了，还不至害了人命。似咱宅里，竟被妖精活活地吃了去。"众人听说妖怪吃人，俱都唬了一跳，忙问道："你老人家快说，吃了谁？"苍头道："今日清晨，我因有点闲工夫，煎了一壶浓茶，想给公子送至书房。我自己进去，又怕咱公子见我不悦。无奈，去找延寿儿，及找到果园里边，猛抬头一看，见很大的一个九尾狐狸，在草坡旁边密树之下，抱着只雪白的小人腿在那里啃呢！登时唬了我一个跟头。及苏醒过来，这狐就不见了。至今延寿儿也不来家用饭，一定这孩子被妖狐吃了。但这狐狸如何跑至宅内呢？我想，咱公子这病也来得蹊跷，清明之时，他曾于坟墓之旁遇一个女子。延寿去折桃花，在树上见他与那女子说了半天话。延寿回来对我一说，彼时我就疑惑，那地方离青石山甚近，未免有妖精变化。大约这女子不是正人，况且咱公子从此便不离书院，必是这妖精幻化常来。不然，咱公子何故病到如此。这妖见公子精神缺少，再恨延寿常在书院混跑，冲破了机关，一定趁着今早这孩子去摘果子，妖怪就势将他吃了。故此，我将众位寻来，一者，往四处找找延寿的小衣裳。再者，大家想个法儿，或是请个善降妖的，将它捉住；或是咱大众将它赶离了书院，免得再伤了公子方好。"

众人听罢，俱愤恨说道："这妖精真是可恶，胆敢青天白日，在院里来吃人，这可是要作反。"其中有被妖精搅过的与那胆小的，纵然也是心里恨恼妖精,却无主意。有几个愣头青,便觉无明火起,一齐说道:"你老人家不必害怕。我等有个最妙计策,准可拿住妖狐,与延寿报仇,与咱本地除害。"苍头道:"你等有何妙法,可将妖精擒住?说说,咱先作个计较。不然,这妖精既能变化,定有神通。你等是些农夫,又不会武艺,又无应手器械,何能与它相持,岂是它的对手?倘若拿不住,得罪了它,闹得更凶了,岂不是自增灾祸。俗语说得好,打不倒狐狸惹着一身臊。这可不是儿戏的。"几个二青头说道:"你老不必忒①小心,我等将捉狐狸的家伙先说说老管家听——

　　我们齐心大奋勇,去找那害物迷人狐狸妖。因村中,防贼盗,俱都有,枪与刀。这器具,真个妙,农事毕,便演操。杆子多,铁尺饶;流星锤,短练绕;虎头钩,连碾套;还有那一撒手伤人的生铁标。火线枪,最可怕,狐若见,准心焦,不亚似,过山鸟。铁沙子,合火药,全都是,一大包。谁爱拿什么只管去挑。如不够,莫辞劳,速去找,各处瞧。或木棒,或通条,或拐杖,或铁锹,掏火把,大铁杓,赶牛鞭,还有那个撑船的篙。我等若凑齐备了,管保精灵无处逃。

"老管家想想,有了这些兵器,你老人家率领上我们,将书院先围个水泄不通。它既迷着咱公子,一定还来书室。那时,暗隐在窗棂之外看着,它如若是人,说话行事自然与妖怪不同。候等它来,老管家只消说几句廉耻话,它一害羞,自然就不来了。若看出是妖精,你老咳嗽一声,我等便一齐下手,将它捉拿。但只一件,你老人家可先对公子说了,不然,他现时病着,倘惊动了岂不见罪?那时我等岂不劳而无功。"

苍头听罢,说道:"众位只管竭力擒妖,自有我承当,总不要紧。"于是这些笨汉凑了有二三十个,手执器械,一齐说道:"你老人家领着我们,先到果园,看看何处可以埋伏,就势好找延寿儿衣服。"言罢,有几个性急的便要动身。其中有个多嘴的长工说:"你们不用忙,咱们虽有了家伙,老管家还空着手呢。再与他老人家找一件东西拿着方精。"众佃户道:"你不用乱谈,咱们年轻力壮的,足可与妖精鏖战。何用老管家动手呢?"那长工说道:"我不是叫他老人家擒妖,为的是此刻拿个拐杖,倘咱打了败仗,老管家好跟着跑得快些。不然,走在末后,被妖害了,岂不又是一条人

----

① 忒(tuī)——太,过分。

命。"众佃户说:"未曾见阵,你先出此不利之言,按律应该推出斩首。"苍头不等他再说,连忙阻住道:"你们不可乱说闲话,速跟着我到果园里去罢。"

你看乱哄哄的,你言我语,一直来到鲜血痕迹之处。内中一个佃户道:"你们且莫吵嚷,不要惊走了妖怪。需要依我们的计策,听老管家分派。"只听一个长工说道:"何用等着分派。我先装上鸟枪,点着火线,候着打它。"又有一个长工说:"我先拿这单刀,在宽敞处砍个架子,叫妖精瞧见害怕。"那个说:"我这扎杆子,善能打野兽。将后手一摆,前手一抖,杆子尖滴溜一转,管教妖精躲不及。"众长工俱要卖弄,老苍头说:"你们同我擒妖,也宜养精蓄锐才是。做什么,未见妖怪,说这些用不着的话?依我说,咱这果园虽不甚大,四围也有二三里远近,又兼树木森森,焉能看得周到?莫如大众四散分头去察。如若谁见了妖怪,咱这墙下设着一面号锣,将这铜锣响起来,大众便聚一处,并力捕妖,岂不为妙。"

众佃户道:"还是老管家有见识,说出话来,都有道理,咱们需依令而行。"言罢,一齐散在果木园内,将那邃密隐僻之地,各去搜索了一回,谁也没见妖精的下落。众人复又聚在一处,对苍头道:"你老人家莫非看错了不成,我等找了遍地,也无妖怪的影响。"苍头道:"岂有此理。你们不信,现今这里有对证。适才进来。我因不理你,这极惨,所以先同你们找妖怪。尔等既恐我看错了,何妨齐去一看,以验虚实。"于是,老苍头引着众人一齐奔那妖狐吃剩的残骨之处。

走至土坡之下,老苍头一见,不禁放声大哭,说:"我的儿呀,你死的好苦也!痛煞我也!"一面哭一面说道:"众位可见着这尸骨了?不是我那糊涂孩子是谁?"众佃户也上前看了一回,齐声说道:"此事真来的奇异。"内里有宽慰苍头的道:"你老人家先不要如此悲啼,据我瞧,此处虽有妖精吃人,未必准是延寿儿。若准是他被害,定有小衣裳撇在这里。咱们大众何妨先去找着衣裳,再定真假。"言罢,早有几个年轻的飞也似地各处查看去了。找了一会,并未见着。

众人正在纳闷,忽有一个长工跑到土坡高处,向四外一望,偶然见那密林柳树上,模模糊糊的似有物件在上挂着。连忙走到近前,爬上树一瞧,果是衣服。即便用手拿下来,到众人之前,连叫带嚷地说道:"真是了不的,果然延寿儿叫狐狸吃了。你们众位来瞧瞧。这不是他的衣裳?方才我由柳树上拿下来的。"众人近前看罢，说道："这事果然是真了。幸尔眼快，找着这衣服。不然，到底还是疑信相半。"此时老苍头看了实物，不免见物思人，复又对众哭道："老汉虽是无德，皇天本佑，何必使我断后绝嗣？"言罢，仍是悲哀不止。众佃户等急相解劝，说道："延寿儿既被妖害，论理，你老人家固然心疼。无奈死者不能复生，儿女也是强求不来的。你今偌大年纪，倘若哭得有个好歹，岂不更有许多不便。劝你老人家，先办理正事要紧。凶手既是妖怪，大约清官也无法究治。故此，也不必呈请验。唯先将白骨血迹撮捡起来，买口棺木装好，这果园里都是净土，就在西北角上，按乾向掘个坑将他埋了。然后再想主意，捉拿妖狐报仇，岂不为妙。"

苍头听罢，便擦干了眼泪说："承众位劝解，是怕我为延寿儿哭坏身体。但不知我并非只为延寿儿被妖吃了伤心，所为的咱公子虽然自幼聪明，到底不甚老练。如今病到这等地位，尚不肯自言得病之由。若说是奋志读书，劳累如此，断不能面带邪气，羞吐真情。看来明是被妖所迷。我恐公子再要牵缠不悟，未免将来定有不祥。延寿儿既死，尚是小事，倘若公子再有差错，九泉之下，怎对故主老爷之面？今蒙众位良言相劝，只可将延寿儿残骨衣裳埋了。然后破着我这把老骨，咱们再商议除妖报仇。"于是，众人抬棺材的，刨坑的，登时将延寿儿掩埋已毕。不知老苍头如何商量去捉妖怪，且听下回分解。

第 七 回

痴公子怒叱苍头　众庄丁定计擒妖

诗曰：

　　　　流水姻缘不久长，长忧独卧象牙床。

　　　　床空梦醒推鸳枕，枕冷魂消月满窗。

　　　　窗外妖狐来窃盗，盗他真宝是元阳。

　　　　阳衰阴盛实堪恨，恨把书房作病房。

　　话说老苍头亲眼看见将延寿儿掩埋已毕，不免又悲痛了一回，对众说道："如今亡的亡，病的病，皆由被妖之害。我与妖精势不两立！求众位仍然帮我商酌，如何办理方妥？"众佃户说道："你老不必着急，咱们今晚大家先捉它一次，如若得胜，那就不必说了。倘若不济，咱这里有一个手段最高的，提起来谁都知道，他原本是个老道打扮，善能画符降妖。现在住居迎喜观内，真似活神仙似的。那时将他请来，准保妖精可除，公子之病也可痊愈。"

　　苍头听罢说道："这主意却很好。咱们先到前边司事房歇息歇息，吃了晚饭，再来书院巡察。"于是大众出了果园，苍头说："方才延寿儿之事，多蒙众位扶持鼎力。本该治酒酬劳，但因公子之病，不能得暇。俟过日，定行补情致谢。"众佃户道："老管家何必如此说，这些事俱是我等应该效力的，何谢之有？"苍头道："公子伤了真元，恐其命在旦夕。今晚咱将书院围裹，倘若拿住妖怪，那就不用说了。若是拿不住，你们说的迎喜观最善捉妖治病的，是怎么个称呼？说给我，等明日好找去。"众人道："这方都称他为王半仙。你老若是找他时，他那观外摆着摊子，到那里一探听就可知道了。但这些事，你老也须禀明公子，然后竭诚办去方好。"苍头道："众位说的也是。你们先去用饭，候着我去通禀回来，再作道理。"

　　说罢，一直来到书斋，掀帘而入。见公子昏昏沉沉，在床上仍是和衣而睡。老苍头猛然一看，更觉不堪，真是面如金纸。不禁点头暗叹，一阵心酸，早落下泪来。暗叫："老天哪，老天，我上辈主人世代积善，轮到我这幼主,怎么叫他逢这样异灾,病至无可救处。"老苍头正自默想,忽然见公子似梦里南柯①一般,两眼朦胧着,扎挣起身形,东倒西歪地走了几步,用手拉着苍头,含笑说道:"小姐这等用心,叫小生","叫小生"三字将已出头,老苍头便道:"公子,是老奴进来了。哪里有小姐敢入书房之理。"

周公子这才将眼一睁,方知错误,自悔失言。欲要遮饰,又改不过口来,不觉满脸羞怒,遂拿出那阿公子的气派,发出那娇生惯养的性情,一回身,就赌气坐在椅上,瞪着两眼,大声说道:"我告诉过你没有?我在这里浓睡,你也可不必进来。你偏赶到此时进来扰乱,你还眼泪汪汪,不知你是怎么个心意,难道说你哭,这病便哭好了么!你不想,我此刻身体不比平日,往往胡言乱语,梦魂不定,再加你常来惊吓,我这病可也就快了。从此你倒少要进我书房,我还安静些。"

这周公子梦寐之间,错把苍头当作小姐拉扯,醒悟过来,自觉羞愧。故此先给苍头一个雷头风,拿话将苍头压回去,使他不能开口,就可将这错儿掩过去,免得苍头拿话戳他的心病。谁知那苍头为主之心,棒打不回。见公子这等发怒,并不理论,仍是和颜悦色地说道:"老奴前来,有话回禀公子。适才因众长工佃户至果园去找妖怪,妖怪却无踪影。那柳树上却挂着延寿儿的衣服,可见这孩子实是被妖精吃了。这也是老奴命该如此。众人已将他埋在果木园了,老奴特来回禀。不意公子把老奴当小姐称呼,想来公子之病,也是被妖迷惑。不然,公子万不至此虚危。如今隐微既露,性命要紧。公子倒不必羞口难开,快将这本末原由说明了。咱这里好派人寻找妖精。再者,有个迎喜观的老道,人称他为王半仙,此人善能调理沉疴②,最能驱除妖孽。将他请来调治也可。"

公子听到这里,甚是不悦。心里想着:"若依他们的主意,不用说踏罡步斗、念咒画符地搅乱个坐卧不安,就是明灯蜡烛,昼夜地胡闹,胡小姐也自然不能往来。即便不是妖精,也难至此相会。他儿子叫妖精吃了,说我这病也系妖精闹的,岂不是故意地拆散姻缘。莫若我仍然不吐实话,说些凤不信邪的言词,将老厌物止住,免得胡小姐来不了,不放心。"想罢,便面带不悦,手指着苍头说:"你在我周家一两辈子的人,难道说你连规

①　南柯——喻梦境。典出唐传奇《南柯太守传》。
②　疴(kē)——病。

矩记不清？从来不准以邪招邪，信妖信鬼的。延寿儿虽说被害，你准知是何畜类吃了？难道说这一定就是妖怪。如今你领着头儿无事生非，你这是瞧着我不懂什么，故意不与我相一。这何曾是与我治病，竟是与我追命呢。你这么大岁数，甚事没经炼过？为何将那搂局卖当的老道，弄来诓骗银钱。我耳朵一软，岂不叫你们闹个翻江搅海。我是不能依你的。"

这老苍头，乃是一片实心为公子治病。有妖精也是眼见的实事。况且延寿被害，众人皆知，故老苍头好意来回禀，不料公子仍说出些乖谬①之言，也不查问延寿被害原因，只说一些不信邪的话遮盖。苍头明知他是护短，但是忠心为主。后又勉强说道："公子既以正大存心，谅有妖邪，也不敢侵犯。还是老奴昏聩，失于检点。公子不必着急，待老奴到前边，命厨下或是煎点好汤，或是煮点粥饭，公子好些须多用点饮食，这身子也就健壮得快了。"言罢，老苍头抽身向外而去。

剩下公子，自己暗想，适才机关泄漏，大概被他参透。但他劝我，给我治病，却都是人意，唯有他说我是妖怪缠绕，叫人实在可恼。现在明明如花似玉的美人，偏要说她会变妖怪，在果园吃了延寿儿。据我说，似胡小姐这样娇柔，桃腮樱口，别说一个活人叫她吞了，就是那岔眼的东西，她也未必能咽得下去。况且，我们二人虽说私自期会，情深义重，犹如结发夫妻，如此多日，丝毫未见似妖精样式。纵然真是妖怪，她见我与她这等恩爱，绝不能瞒这等严密，不对我明言。她又并无害我的形迹，怎么说她一定是妖精呢？今晚她来时，我且用话盘问，果然察出她是妖精来，再与她好离好散，免得耳常听琐碎之话。他们不说见我有病疑心，反说我被妖精缠绕，真乃岂有此理！自己想罢，仍仰卧在榻上，闭目养神。

且说苍头来到前面，见众人仍复相聚，便对众言道："方才将请王半仙的话对公子禀明，谁知咱公子执迷不醒，将我呵斥了几句，反说我无事生非。我想，众位吃罢饭暂且散去，将这些鸟枪等物先留在此，候晚上咱再聚齐。"背着公子布置妥当，仍然努力擒妖怪。众人道："这话也可。无奈，就怕捉不着，倒闹大了。又不令请王半仙，将来何以除根？我们倒给你老人家想了个善全的主意：莫若老管家速速托两个媒人，与公子早早定亲。到那时，将公子搬到外边宅里，有了人陪伴，妖精或者也就不敢来了。

---

① 乖谬(miù)——反常，错误。

即使妖精仍然不退，咱公子正在燕尔新婚，娘子若再美貌，公子果然如意，恋着这个新人，也就许将妖精丢开。那时公子心内冷落了她，省悟过来，自然地就叫找人捉她了。况且，公子也大了，也可以结亲了，趁这机会，却倒两全其美。"苍头听罢，"你们众位说得虽然不错，无奈其中仍有不妥之处。咱公子偷着私会的必定十分美丽。倘若定的亲比不上，公子一定怪罪。再者，他们私自期会的，倘若是人，她见另娶了亲，或者恐人笑话不敢明来搅闹，虽然吃醋，不过在心里。看起来，公子所与的明是妖狐幻化，妇人吃醋尚不容易阻止，何况妖精本就闹得很乱，再加上醋，岂不更闹得凶了。到那时，公子果然明白，还觉易处，倘若它再帮着捣乱，这事岂不更难办了吗！莫若众位仍先散去，到日落之后，在书院四面围绕。见着妖精，咱就动手。你们说好不好？"众人说："候晚间，听老管家分拨就是了。"于是众人仍去各人料理各人活计。

　　苍头自己不禁心中想道："延寿儿一死，叫人可怕。这宗事，看来把我害杀。思公子，身长大，淫邪事，破身家。所以我，苦劝他，谁知他反将恶语来把我压。眼睁睁，病势大，无故的，说胡话，呼小姐，情由差，虚弱的身子竟将我拉。兄也无，弟也寡，眼珠儿，就是他。老爷死，有谁查？入邪途，把正道岔，明明的一块美玉有了瑕。一听我，劝的话，使性子把怒发，几乎的，将我骂，真赛过，当犬马，并不管人的委曲胡把错抓。我欲想，把手撒，大小事，全丢下，不当这，老管家，倒干净，无牵挂。就只是，难对恩主付托的意嘉。还得把，主意打。谅妖精，不肯罢。商量个，妥当法，今夜里，防备下，等来着，相袭狎，好令人冒猛出来把怪物拿。"老苍头自己思想了一回，看了看太阳将落，便忙派人将那些庄汉找至宅内。

　　众人俱已来齐，恰到黄昏时候。遂吩咐众长工、佃户说："尔等诸人，今晚需要分作两班，前半夜巡更的，到后半夜睡觉；后半夜巡更的，前半夜先睡。大家都要留心，如若见着妖怪，暗暗俱都唤醒，好聚在一处。"众庄汉个个俱遵调派，一直来到书院，手拿器械，布散了个严密。这正是：

　　　　渔翁抛下针和线，专等游鱼暗上钩。

　　不知众人能伤着玉狐否，且听下回分解。

第 八 回

妖狐吐丹唬庄汉　书斋媚语探周生

诗曰：

　　饱食安居乐矣哉，这场春梦几时回。

　　若还要醒今当醒，莫待藤枯树倒来。

　　话说玉狐，天交二鼓之时，从洞中驾起妖云，早来至周宅墙外。刚欲落地，忽然向下一看，不免吃了一惊。心中想道："今日怎与往日大不相同？往日灭灯息烛，鸦雀无声。今夜为何明灯下烛？莫非公子病重不成？"又仔细一瞧，还有许多的人，手把兵刃，来往巡更喝号。妖狐又不转想，心内明白，说："是了，这必是公子听了苍头之话，心内犯疑，派人提拿于我。但我虽然盗你的元阳，也是同你情投意合，此时你纵然有病，亦系你自己贪欢取乐，大意而为。如今你却生这个主意。唉！周信哪，我把你这无义狂徒，不知死的冤家，你把仙姑看到哪里去了？你仙姑的道术，慢说这几个笨汉，就备下千军万马，又何足惧哉！我今本该追了这些人的性命，无奈家奴犯罪，罪坐家主。我且把这等笨汉打发开，再进书斋，看周信这厮以何言答对我。"妖狐想罢，便运动了丹田，把口一张，吐出那千年修炼的一粒金丹，随风而变，顷刻间大放毫光。此时那些庄汉正围着书院乱转，猛然间，见一轮大火球扑将下来，似欲落在宅内，一个个吓得不知怎好，俱都暗说"奇怪！"这才是：

　　一颗内丹吐出了口，众人看去甚觉蹊跷。炼它时，工夫到，能护身，无价宝。月色浸，日光照，清风吹，仙露泡，这本是狐狸腹内生产的灵苗。炮制它，费材料：龙脑香，灵芝草，牛中黄，犬中宝，虎豹筋，麟凤爪，蝎子须，长虫脚，他用那文武火炼慢慢地熬。押甲子，轮回妙，合天机，通神道，取阴阳，二气调，六十年来才炼一遭。炼成了，红色娇，如米粒，似胡椒，或能大，或能小，应吐纳，任意招，真是血帖一般有万丈光豪。这便是妖狐作怪的防身物，就把那巡更的庄人吓了个发毛。

且说玉狐吐出内丹，展眼落在书院之内，乱滚乱入。这些庄汉一见，不知是个什么物件，俱吓得魂飞魄散，撇下器械，梆铃，躲的躲，藏的藏，一齐要奔驰四散，来找老苍头诉说此事。玉狐空中一见，不觉心中暗笑，说："这些无用的村夫！看了一粒金丹，便这样心虚害怕，似这等胆子还捉我，岂非胡闹？不免我趁着他们失魂丧魄之际，收回内丹，按落云头，速进书室。"

你看它，仍幻化了艳丽模样，轻轻走进，站在销金帐外，低声问："相公可曾安寝了么？贵恙可觉见轻些？"周公子闻是胡小姐声音，忙将二目睁开，扎挣着身体，欲要由榻上迎将下来。玉狐忙移莲步，来到榻前，说："公子不必起身。作什么多此举动？"于是，二人同榻而坐，公子说道："小生并无好处到小姐身上，蒙小姐夜夜驾入敝斋，香肌玉体，不辞劳乏。小生心里实在感激不尽。无奈，这几日小生实是人倦神疲，自觉难以支持。有心不令小姐枉费奔波，又恐下负小姐热心；有意叫小姐在此居住，又怕众人胡言乱道。现在小生懒散不堪，四肢无力，只得与小姐商量，暂且在府上消遣几日，宽限小生，培养精神，调理病症。俟等贱体稍愈，再造尊府致请，不知小姐心意何如？"

玉狐来时，见些庄汉，便疑公子看破了它的行藏，埋伏下人擒它。正想用话探口气，忽听公子又说了这一片言词。这妖狐心里更不自在起来。遂暗自发恨道："周信哪，你的命犹如在仙姑手内攥着一般。我倒因你情重，未肯叫你一时死在我手。如今你倒说出什么宽限不宽限的话来！仙姑眼看九转金丹，成在旦夕，原是借你的真阳，修我的大道，又可因此两相取乐，我所以悦色和容，常来欢会。你今既听信旁言，致疑于我，就算改变了心肠，背盟薄癣。你既无情，我便无义，到今日欲要逃命，岂非错想？"且说玉狐听罢公子之言，心里必然暗恨，却也被情欲所缠，唯恐冤了公子，复又转想，莫非派这些村夫不是公子的主意？不然在面上怎么毫无惊慌之色？待我试探试探他，再辨真假。想罢，故做忧愁之态，假意含悲说道："唉！我的公子，你既身体欠安，奴家心内未免挂念，欲思不来，心又不忍。故此含羞仍来探望。公子若憎奴家烦絮，奴家焉敢不从公子之命速退？但只更深夜黑，寸步难行，公子且容奴在书斋暂宿一宵，俟明晨即便归去。奴家既为弃置之人，无非从此独处深闺，自怨薄命而已。再也不敢自认情痴，来瞧公子，收了我这等妄想罢了。"说罢，故作悲怆，泪如泉涌。

公子见胡小姐满面泪痕，哽咽得连话未曾说完，便躺在它怀里啼哭，不免自己又是后悔，又是怜惜。心中想道："似这等娇生女子，大略从未受过逆耳之言。我说了这么两句不要紧的话，她便如此脸热，真乃闺阁中多情之女。老苍头并没见过她，所以妄说她是妖精。看来那有妖精能这样多情？幸亏她不知这里的人都把她当妖怪，倘然要是知道了，不定怎么气恼，闹个寻死觅活哪！"

且说公子听见玉狐说话可怜，躺到它怀内悲啼，不觉情急心乱，忘了低言悄语，强支着带病身躯，一抖精神，大声说道："我的知心小姐，小生若与你有异心，天诛地灭！快莫要错想起来，宽衣歇息，玉体要紧！"

公子此刻想不到说话声高，哪知早惊动了被妖丹吓走的庄汉。这些庄汉自从见了那颗内丹，心中惊惧，来见苍头。近前说道："你老人家看见没有？方才有个大火球落至院内，乱转了会子，又踪影不见。我等不知什么东西，故此唬得我们同来对老管家说。这事真是有些奇异。"老苍头道："你们不必胆小，仍去巡更密察。手拿着兵器，怕什么。"正说到这里，有一佃户说："你们听着，公子书房里嚷呢。我听见有了什么小姐，又什么宽衣睡觉呢！"一个长工说道："咱们先别大惊小怪，果然是妖怪，不要惊走了。莫若先将他们后半夜巡更的一齐唤醒，凑齐了兵刃，装上鸟枪，预备妥当，就可一阵成功。"苍头道："尔等且莫高声，需要机密谨慎为妙。待我将众人唤聚一处，好布散在书院之内。"

老苍头分拨已毕，长工、佃户便抖威风，欲要前去动手。老苍头说："你们先别妄动，妖精既在书房，暗暗地先去围住。俟东方将白，妖精必走。那时它一出门，大众一同下手，这叫做攻其不备大略可以成功，妖精插翅也难飞走。又可免得惊动了公子。千万黑夜之间，不要声张，不可莽撞。"众人道："老管家说的最妥，我等遵令。既然如此，你老人家先去养神。鸡鸣后，你老人家再来看我们取胜。"言罢，将书房围了个风雨不透。

且说玉狐听见公子发誓明心。知道这些庄汉不是公子的主意所派。故此，它料定这些人纵然知它是妖精，因公子有病，绝不敢入书室来动手捉它。所以将假哭止住，仍与公子说恩说爱。此时，周公子并不理论外边有人，遂对玉狐说道："小姐从此不必多心，小生绝不能无情无义。因近来实是气促神亏，衰败特甚。小姐纵然辛苦而来，也甚无益，所以欲小姐忍耐几日。岂知小姐不谅我心，竟错会意呢？"玉狐道："奴家并非错想，乃自顾薄命，不禁伤心耳。想奴亦系名门之女，至今异乡而居，门第零落。偶遇公子人才，不觉心中爱慕，因自乖姆教，赧然仰攀，遂成自献之丑。指望终身有倚，白首同欢，岂知公子中道猜疑，奴乃大失所望。公子妙年才美，结亲定有佳人。奴家犹如白圭之玷，难免秋肩不见指也。"玉狐言罢，公子忙与它并倚香肩，说道："小姐且莫伤心，方才小生言过，日后若有遐弃之处，小生有如皎日！小生偶尔失言，望小姐宽恕则个。倘小姐若有好歹，岂非使小生罪上加罪，辜负小姐深情。"

这公子与玉狐互相谈论，被这些庄汉俱已听明，遂交头接耳地说道："这妖精果然在内，你们听听它说的话！咱公子病到这步田地，它还缠魔呢。咱们千万留心候着，天明了，妖人一露身形，咱就用枪打去，必要捉住，除了根。此时任凭他们说去。咱们就在书房以外偃旗息鼓地听着吧。"且说公子也不息灯，也不安寝，妖狐想着，公子也真是病体难支。所以心中说道："纵然苦苦地缠他，亦是无益。莫若待至东方将曙，回伊洞府。"这也是公子命未该绝，所以玉狐有怜惜之意，不然，盗取真元之后，妖狐早使他命赴黄泉矣。此时说话之间，已是鸡声乱唱，忽听玉狐又道："公子暂且自保，奴先告辞而去，俟黄昏后，再来问候金安。"公子自顾不暇，也不便强留，故此，玉狐摇摆着往外便走。

这些众庄汉已将苍头请至，现在排布得密似网罗。有几个窗外寻风的，听说里边要走，便暗叫众人防范。玉狐将一启门，众庄汉一齐观看，只见妙丽无比的一个女子由书室冉冉而出。老苍头因救主心切，遂吩咐道："众位快放鸟枪，勿使妖精逃走。"众庄汉答应一声，不敢怠慢，举枪便下手。

不知众人伤着玉狐否，且听下回分解。

第 九 回

老苍头抢枪打妖狐　化天桥欲瞒众庄客

诗曰：

酒色财气四堵墙，多少迷人在里藏。

人能跳出墙儿外，便是长生不老方。

话说老苍头听见房门一响，举目留神，见一绝色女子款款地走将出来。苍头到底是有年纪的人，博闻广见耳。早料定，世上绝无这等尤物，所以认准是妖精。看罢，便忙招呼众人举枪动手。哪知这些庄汉此刻竟你顾我，我看你，犹如木雕泥塑，直了眼，只是看。

你道这些庄汉是怎么？其中有个缘故，凡人少所见者，必多所怪。这人只知种田园，勤稼穑，居在穷乡僻壤之区，何曾见过此等风流人物？所以他们一看，心里倒觉纳罕，竟认作俏丽佳人，反怪苍头错疑，倒全不想是妖精幻化的了。又兼玉狐已明白外边有人算计它，早就心内安排妥当。故此，也不同公子睡觉，说了些情话，便不慌不忙地款动金莲，来到房门之外，稳站书院之中，吐莺声说道："你们这些村夫，真来得愚鲁莽撞，无故拦阻我去路，是何道理？我虽与你家公子相会，是你们公子请我来的。你们公子倘若知道，岂不添病？再者，你们刀儿枪儿拿着，若要将我伤着，难道无故将我打死就算了不成？岂不闻杀人者偿命。你们竟听老管家一面之辞，真算不明白。"这妖狐一面说着话，一面用那秋水一般的两个杏眼来往地撩拨人。看看这个长工，又瞧瞧那个佃户，故做许多媚态，轻盈娇怯招人怜爱，令人动情。

这些庄汉，本来一见美貌如此，就活了心。又听了这一派话，未免更觉游移不定，竟不敢举枪勾火，反站着看得发起怔来。岂知这正是妖精变动想就的法术，好令人退去雄勇之心，添上惜玉怜香之意。这些长工、佃户不识其假，反想：这个样儿绝不是妖怪。若是妖物见了这些虎臂熊腰的人，刀枪剑戟之器，早就驾云跑了。看来，这分明是个温婉女子。如此娇嫩，慢说用器械降她，就是大大的哈一口气，料也禁不住。这么好模样儿，别怪咱公子留恋不舍,便是石人见着,也不免动心。况且他们两个合在一处,正是郎才女貌。不知咱老管家是何主意,硬说她是妖精。似这樱桃小口,每日三餐,能用多少? 一个延寿会被她吞了? 常言,宁拆十座庙宇,不破一人婚姻。我们虽系无知,也不可欺压这等的弱女。

此刻,众佃户等被妖狐媚气所迷,同公子一样的偏想。总不想这女子是妖精幻化来的,所以反到心软,将捉妖之念置之九霄云外,呆呆地只是胡想。这也是他们到底不甚关心,又唯恐惹出错来。唯独老苍头,他乃一心秉正,唯怕公子受害。他见众人听着妖怪说话之后,仍然不肯动手,便急说道:"你们是助我捉妖怪来,还是帮着发怔来了呢?"众佃户等道:"妖怪在哪里?"苍头道:"你们莫非眼花了,是糊涂了呢? 妖精在眼前站着,难道看不见么?"众人道:"你老真是气颠倒了,这分明是个女子,怎么偏说她是妖精? 难为你老人家也说得出口来。"玉狐见苍头催促众人下手,它趁着众人尚在犯疑,复又放出撒泼样儿,将双眉一蹙,杏眼含嗔,娇声叱道:"你们这些凡夫,料也不识得姑娘,以为我是妖怪。我实对你们说罢,吾并非别个,乃九天神女,上界仙姑。因与你家公子有宿世良缘,故此临凡,特来相会。你等若知好歹,早早回避。若仍痴迷不醒,背谬天机,未免于尔等眼下不利。"你看,真是愚民易哄。这些庄汉先认妖精是个世间美女,而今听说这一派话,又真信是天上的神仙,不但一个个面面相觑,反有几个佃户道:"我说这位姑娘如此美丽,原来是仙女下界。我常听老年人说过,古来多有神女临凡,什么张四姐配崔文瑞,云英嫁裴航,又什么刘晨阮肇遇天台仙子,这都是对证。大约咱公子也不是凡人,所以感动仙女降下世,咱们要与仙女动手,岂不是自寻其死。"

老苍头瞧着众庄汉似被妖精所惑,急忙大声嚷道:"你们别信妖人花言巧语,被它瞒过。只管着枪去打,有祸老汉敌挡。"哪知众庄汉信定是天上的仙姑,仍是不肯向前。老苍头此时忠心为主,拼着老命急便从一个长工手内夺过一杆鸟枪,勾上机,将枪头对准,一捏火,向妖精就点着了。只见一股黑烟,如雷响一般,打将下去。妖狐一见,不敢怠慢,连忙一晃身形,腾空而起,只听"哗"地一声,墙砖落下半块,并无沾着妖怪分毫。且说玉狐躲过了鸟枪,纵有法术防身,未免也是害怕。于是故意站在云端,用大话诈吓众人道:"尔等凡夫,当真要伤仙姑圣驾,岂得能够。仙姑以慈悲为心,不肯计较你们。若是一怒,叫尔等俱个倾生。到那时,才知你仙姑的手段,可就悔之晚矣。"言罢,将它拿的一条手帕向空一掷,展眼间化现了一座白玉长桥,真是万丈有余,直通天际。众人抬头,看见妖精已摇摇摆摆,站在桥梁之上。这正是妖狐卖弄它的妖术,令人测摸好生疑。掷手帕,弄玄虚,化座桥,真正细,高悬在,云端里,好仿佛,上天梯,纵有鲁班手段也难这等急。一蹬蹬,台阶似,一步步,层次砌。两边排,栏杆密。看来是直通银汉遮住虹霓。一根根,汉白玉,是谁凿,玲珑体?论雕工,是巧技,有铰角,最精异,是神功,非人力,怎么凡人一见不纳罕惊奇?且说妖狐用幻术变了一玲珑透体的长桥,便慢慢升天而去。没后化成一股白烟,随风而散。

众庄汉哪知这个障眼法儿,忸科科地向空中看着。妖精去得无影无踪。这方回头对苍头说道:"你老人家太也不斟酌,如今得罪了神女,一定复生灾害。我们看还怎么办理?"苍头见众人一口同音,又不好与他们分辨惹气,只得问道:"你们到底说它是神仙,是妖怪?你们是被它所惑。"众庄汉不待苍头说定,便一齐道:"我们看是真正仙女,方才谁没瞧见,从天上现出一座白玉桥,将她接引上了天咧!即今桥也没咧,仙女也走了。咱们也没了事咧?你老说是妖精,你老自己捉去罢咧。我们不敢逆天而行,咱大家散散罢,凭他老人家一个人闹罢。"又一庄汉说道:"将这兵器给他老留下,咱们好走。才刚仙女说过,叫咱不必在这里多事。她与公子了罢宿缘,那时,自然仍回上界。若咱们说她是妖怪,捉拿她,一惹恼了恐于咱们大有不利。莫若早些躲开,免得遇见了仙女,难保性命。"言罢,各将器具一扔,哄然散去。

老苍头一见,又气又急,想要发作他们几句,又恐法不责众。无奈,将这些物件自己捡起,来至前边司事房内,一面歇息,心里思虑今日这事:妖怪未曾伤着,不定还来。倘若妖精怪恨在心,拿着公子报仇,老汉岂非自增罪过?况这妖精看着颇有神通,不然,众人何至被它迷乱至此?若说它不是妖精,焉有神女吃人之理?不但这事可疑,现在公子病得极虚极弱,它不以神术相救,反夜夜来此欢聚,大约神女仙姑所作所为,绝不若是淫乱。苍头踌躇了多会,又不敢去与公子商议。自己想着,真是有冤无处诉,正在慨叹,忽然想起一事,说:"有了,前日他们说的王老道,不知手段果是何如?既然这等有名,大概有些法术。莫若将他请来,看看是何妖物,剪除了这个祸根,搭救公子之命。"老苍头忠心耿耿,自己拿定了主意,也不令众人知道,也不骑驴备马,拿起拐杖,先到书斋窗外听了听,公子浓睡。也并不加禀一声,独自一人,便一直往迎喜观而去。

不知老苍头将王半仙可能请来不能,且听下回分解。

第 十 回
嵯岈洞众狐定计　老苍头延师治妖

词曰：

  犬马犹然恋主，况于列位生人？为奴护救主人身，深识恩情名分。主虐奴非正道，奴欺主是伤伦。能为义仆即忠心，何惮筋劳力尽。

  话说老苍头自己，踽踽①凉凉，一直奔了迎喜观去请王半仙。这话且按下不表。却说玉狐自从躲过了鸟枪，用手帕化了座通天桥，它便悠悠荡荡地似从桥上而去。岂知这乃它的障眼法，叫凡人看着它是上天去了。其实，它是躲避苍头这一鸟枪，暗中逃遁。你说这妖狐避枪，何不就驾云而去？作什么多这一番啰唆？众位有所不知，其中有个缘故，这妖精先曾说过，是神女降世，又说有些手段的大话吓人。它若因一鸟枪驾云走得无形无影，恐这些人必疑它被鸟枪所伤，说它不是神女。故此假作从容之态，用这幻术，好令人知它有本领、害怕，从此之后，便可由着它现形来往，再没有人敢拿鸟枪打它了。这乃是妖狐的巧计，欲叫人揣测不来的心意。彼时，这玉狐由空中收了手帕，连忙回归洞府。

  那些群狐望见，一齐迎接。进入内洞，玉狐虽然坐定，尚是气喘吁吁，香汗渍渍。众狐吃惊问道：“洞主今日回来，为何面带惊慌之色？云鬓蓬松，神气不定？莫非大道将成，还有什么阻隔变异之处？”玉狐道：“你等猜得不错。只因我吃了那顽儿延寿，微露了些形迹，周家那老奴才犯了猜疑，背着他们公子，聚集了许多笨汉，手持锋刃，巡更防守，意欲将我捉住报仇。昨晚我用金丹吓住他们，方入了书房。进去一看，周公子实病得不堪，因此亦未与他同寝。这些庄汉俱布散在书斋之外，今早出门，指望用一片大话将这些人俱都唬住。谁知众村夫却到未敢动手，竟被这个老奴才打了一鸟枪。幸尔我眼快身轻，驾云而起。不然险些儿就伤了我的

---

  ① 踽踽(jǔ jǔ)——孤零零的样子。

身体。"

众妖听玉狐说罢，一齐野性发作，带怒说道："这老奴才，真是可恶，竟敢伤仙姑圣驾！咱们断不可与他干休善罢。"玉狐道："众姨妹，你们还不知道呢，慢说咱不肯干休善罢，我想这老奴才还更不善罢干休呢。前几日我就闻说迎喜观有个王半仙，善能降妖治病。如今我想着，行藏既被老奴才看破，他必去请那王半仙前来捉我。"众狐道："我们也听说过这王半仙，他算得了什么！他所仗的无非口巧舌辨，真本领半点皆无，不过哄骗愚人，诓取财物而已。即便他来，这又何足惧哉！"玉面狐道："你们正知其一，不知其二，这个王半仙虽不可怕，只因他的师傅是大罗神仙，非同小可。此人姓吕字洞宾，道号纯阳子。现在仙家里头，就是他闹手。时常遨游人世，度化门徒，连他那大徒弟柳树精的道术都不可限量。如今愚妇、顽童，皆知他的名号，莫不尊崇奉敬，最是不好惹的神仙。倘若咱们伤了他徒弟，他就许不依。一动嗔痴，怕咱不是他的劲敌。故此，我神情不定。"

众狐听了这一派话，更动了气，道："仙姑何必长他人锐气，灭自己威风。那吕洞宾虽说道高术广，大概也系单丝不线，孤树不林。咱们洞中，现有我等许多的大众，齐心努力，何愁他一个纯阳子？就是十个纯阳子亦是稀松之事。况且，到那时再不能取胜，将洞主那些结拜姊妹请来帮助，总可以敌得住他。虽说他是什么大罗神仙，要降伏我等，料也费难。再者，洞主随身尚有无穷法术，岂不可自立旗枪，纵横山洞？俗语说，宁打金钟一下，不击铲钹三千。能够将吕洞宾小道术破了，咱们教中，谁还敢正眼相睹？"

众狐你言我语，激发得玉狐上了骑虎之势，不觉一阵火性，气忿忿地说道："我想，吕洞宾不来便罢，倘若多管闲事，破着我这千年道术，与他们作神仙的拼一拼，也免得他们日后小看咱们。"言罢，便吩咐一个小妖儿，将文房四宝取到，写了一个请帖，上边是：

于明日，谨具洁樽，奉请凤云二位贤妹驾临敝洞，清酌款叙。幸
勿见辞为望。并祈携带防身兵刃为妙。

下写"愚姐玉面姑敛衽拜订"。写毕，令小妖儿相持而去。玉狐复又言道："王半仙大约一请便来，咱们如今既去与他相抗，你等需要听我分拨，遵我号令。"众狐道："谁敢不听洞主之命。"玉狐道："今晚咱先齐进周宅，

在书室之外,隐住身形,到那时听着我呼哨一声,你们再一齐现像。一切衣裳、容貌,务要幻化与我相同,叫他们辨不清白,也好捉弄他们。再者,我俟王半仙来到,看他出口言词如何,若是善言相劝,咱便退回,免得惹气;他若要自逞其能,胡言乱作,咱就一齐下手,各携一根荆条,轻轻把他先打一顿,给他个没脸营生,叫他丢人。那时,再看他如何办理。咱们也再预备防范可也。"玉狐吩咐已毕,众妖狐一齐连忙整理衣物,安排齐备。

看看天色将晚,玉狐遂率领众妖陆续地驾起妖云,一直地奔到太平庄村内,进了周宅,俱都用隐身法遮住原形,藏在幽僻之处,专等画符念咒的王老道。

且说这个王老道,他本是天真烂漫一个人,因自幼缺爷少娘,连籍贯、年岁,俱都湮渝①难考。他在迎喜观出家,原系流落至此。其先,本庙长老看他朴实,所以收留下他,叫他也认识几个字。到后来,因庙内有吕祖仙像,香火最盛,每年至吕祖圣诞之期,进香之人蜂拥蚁聚。有一年,吕祖曾降临尘世,欲要度化众生,可惜这些肉眼凡胎,俱看着是个腌臜老道,也有憎恶的,也有不理论的,唯有王老道,他因自己不爱干净,见了别人不干净,他也不嫌,这也是他的缘法。吕祖在庙内游来游去,并无一个可度之人,正要出庙到别处去,可巧与王老道相遇。这王老道一抬头,见也是个道装打扮的,身上虽然褴褛,却是有些仙风道骨,他便走到近前,说:"道兄请了!不知道兄在何宝刹修炼?道号怎么称呼?既来到敝观,请到里边坐坐。咱们既是同教,何不用些斋再去?"说罢,便扯着就走。此刻吕祖也不好推辞,便同他来到庙内。

此时正是热闹之际,众人见老道扯进个极脏的老道来,众人俱不愿意。这王老道并不管三七二十一,他便将吕祖让到一张桌上,捧过些斋饭,他坐下陪着叫吃。吕祖见他蠢直诚朴,想道:"这个老道,虽然鄙陋,倒还忠厚。无奈,似这等人,众人必将他看不到眼里。待我叫众人从此之后俱钦敬钦敬他,也不枉他待我这点诚意。"想罢,便故意对着王老道说:"你不必费心。斋,我是不用,我有一件事与你商量,不知你肯不肯?"王老道:"什么事?只管说罢。"吕祖道:"我看你倒与我合式。我打算收你作个徒弟,不知你意下何如?"这也合该王老道有这点造化,他听吕祖一

---

①　湮渝(yānyú)——埋没,变异。

说，乃随便答道："自是你要愿意，我便认你作师傅，也不算什么。"说罢，迷迷糊糊地跪下来，对吕祖就叩了个头。站起来说道："师傅，我可是拜咧！日后可要管酒喝，若无酒喝，作无这宗事罢。"吕祖也不回答他，站起身来，说是："徒儿，你爱喝酒，日后足够你喝，我要去了。"言罢，腾云而起。此时，这些众人一齐暗怒吕祖妄自尊大，说王老道无知，怎么年纪差不多，便与他作徒弟？况且知他是何处来的，这等狂野！众人正在不悦，忽又猛一回头，就不见那个老道了。众人问道："老王，你的那个新师傅呢？"王老道说："我也不知，一转眼就无哩。"众人说："这事奇怪，莫非妖精来了。"正在疑惑，只见地下有个柬帖，拿起一看，上写诗四句。诗曰：

　　一剑凌空海色秋，玉皇赐宴紫虚楼。

　　今朝欲度红尘客，怎奈愚人不点头。

旁边又赘一行细字，乃"山石道人偶题"。众人看罢，有悟过来的，便吃惊说道："原来真仙下界！咱们可真是有眼无珠，倒叫老王得了这好处。咱们终日对着圣像焚香叩拜，如今亲眼见着，反不能识。真算咱们枉自伶俐，盲人一般。"众人纷纷言讲，王老道尚怔着两眼，问道："你们说的些什么，我怎么得了好处？你们别这么奚落人。"众人道："不是奚落你。适才你拜的那师傅，乃是吕祖大仙。你看看那柬帖上'山石道人'乃是个岩字，此乃隐语，不是吕仙是谁？这岂不是你得了好处呢。"王老道又一细想，不觉心内明白过来。你看他，忙着跪在地下，复又叩了两个头，说道："早知师傅是大仙，我跟着去学学那点石化成金的法儿好不好？你老人家怎不言语声就走了哪。"众人见了，也有笑他的，也有说："你起来罢，你既有了神仙师傅，还怕什么。"这王老道自己也觉得意之甚，不知要怎么荣耀荣显方好。从此众人吵嚷开了，俱说他是吕祖的弟子。借着这个仙气儿，谁还敢小瞧他。他便也这原因弄神弄鬼，说什么会捉妖，会算卦，会治病。在迎喜观庙门之外，放下一张桌子，挂着个招牌，终日招得那些愚民拥挤不动地争看。有请他的，得了钱回来，便买些酒菜，与那等闲散人去吃喝。这些人也愿意与他来往，常常地来与他趁摊。所以王老道真是生意兴隆。他见众人信服，每逢有人围看，更假装出那真人不露相的样儿来，不是推聋，便是装哑。不然便行哭，就笑，喜怒无常。有王道赞可证：

　　迎喜观终朝人如蚁，为的是齐来要看吕祖的门徒。山门外，大松树，密阴浓，太阳不入，当地下一张桌儿挖单上铺。有蒲团，无蝇拂，

这个摊,真厌恶,黑红笔,尖儿秃,破砚台,满尘土,旧签桶,麻线箍,竹
签子,不够数,卦盒儿,糊着布,还乱堆着少尾无头几本破书。低白
头,闭着目,两眼角,眵目糊,满脖泥,一脸土,哈拉子,流不住,未睡
着,假打呼,招苍蝇,脸上扑,便搭着,擀成毡的乱麻交枪连鬓胡。破
道袍,补又补,不亚如,撮油布,无扣襻,露着肚,烂丝绦,系不住,披散
开,好几股,结疙瘩,一嘟噜,用线串,还拴着半截没嘴的沙酒壶。这
便是王道哄人真面目。惯弄虚头叫人信服。

这王老道装腔做势,为的是哄这些村傻愚民。这些愚民见他作怪,偏就信
他。一设上这摊,便里三层外三层地围着争瞧。而且把他喝了酒的醉话,
竟认作点化人的法术,便牢牢记在心里。一传十,十传百,哄扬得各处知
名,都以王半仙呼之。所以,这王老道一二年的工夫,真是日日足吃足喝。

　　俗语说,盛极必衰,泰极生否①。这日,合当王老道晦气星照命。刚
设摆上摊子,招了许多的人,王老道睁眼瞅了瞅,尽是闲散游人,知道不能
赚钱,便仍将那酒烧透了两只红眼合上装睡,专等那未会过面的生人来
了,好卖弄他的生意。可巧此际老苍头已经寻找至此,只见四面围裹的人
甚多,于是分开大众,挤到里边。苍头知他是好喝酒的醉老道,便走至近
前,用手将王老道一拍,说道:“神仙老爷别睡觉了。我们宅里妖精闹得
甚凶,快跟我去捉妖罢。”说罢,拉着就要走。众人见老苍头冒冒失失,也
不施礼,便去扯拉,遂一齐说道:“你这老头儿,真不通情理,哪有聘请真
人这样亵慢的。就是本处官宦,也不敢拿大胳膊来硬压派仙家。你瞅着,
真人要不怪你。还不快撒手!”那众人正在叫老苍头放手,忽见王老道已
睁开醉眼,哼了一声,也不知说了些什么话,且听下回再讲。

────────

　①　泰极生否(pǐ)——好事到了头,坏事就要来了。泰,否,均是卦名。泰为好
　　的卦,否是坏的卦。

第 十 一 回

迎喜观王道捉妖　青石山妖狐斗法

词曰：

世上痴人如梦，邪言入耳偏听。道人称道是仙翁，便说咒符灵应。一旦逢人聘请，假象露出无能。真仙若是惧妖精，岂不可笑可痛。

话说老苍头扯住王老道，被众人说得将要撒手，只见王老道哼了一声，睁开两只红眼大声说道："我这铁板数，从来不差分厘。我早知你这老头儿，定有很大为难之事。所以从清晨就在这里打坐，专等着你到。我算你家要紧之人，被魔魔住，病得危迫。因我王半仙与你们有缘，应该速去搭救。你这老头儿总算请着了。"老苍头说道："神仙老爷言得一点不错。现在小主人实是病得深沉①。"

王老道不待苍头将原由说明，他便又用试探法听口气，问道："你家幼主乃是年轻的人，时令症候，绝不至如此。他这病着实在非儿戏，其中有些奇怪。"老苍头道："谁说不是呢？神仙爷既然算就，又与我们有缘，千万勿要推诿。定祈仙驾俯临，拯求小主之命。方才神仙爷说这病奇怪，他怎么会不奇怪呢？自从今年清明扫墓，小主遇见了个绝色女子，及小主回宅，不知那女子怎么也就来到书斋。两人朝欢暮乐，约有半载。所以小主至今骨细如柴，沉疴在体。小女子尚夜夜来会。还有小儿延寿，到后园摘果，无故被一九尾妖狐吃了，可惨可痛，这是我亲眼见的。如今想尽法儿也擒不住它。并且来来去去，人不知，鬼不觉。小主叫他迷得也不醒悟。昨晚我派了几个庄汉，为的是将妖怪阻住，不知它什么时候早已进了书室之内。今早它将出门，我打了它一鸟枪，也并未伤着。它用手帕化了一条通天桥，竟从桥上而去。它还说它是神女仙姑。到底也辨不准是仙是妖。"王老道又接口说道："一定是妖，非捉不可。"苍头道："我也想着，这美女绝非仙女下界。故此特请神仙爷大施法力，将妖怪捉住，好救我家

---

① 深沉——厚重。

公子。"

王老道见苍头已经信了他的话,又听说是个公子,心里想着,既这等官宦人家来请,何不装出些做派来。你看他,对着苍头说道:"我王半仙也不是吹牛夸口,天下妖怪不用说,准能手到便除。他一听见我的法号,大约先就害怕,欲想逃跑。无奈你家幼主被妖缠迷已久,空画儿道符,你拿去将妖退了,怕那病人不能骤然见效。莫若我亲身走一次,两宗事就可以俱无妨碍了。然捉妖治病倒不费难,就怕用的东西过多,有些花费,你们舍不得破钞。再者,我给你们将妖擒住,治好病症,咱们也先说个明白,不然,如今人情反复得多,过了河便拆桥,看完了经就打老道。我实对老头儿说罢,我是叫人家攥怕了。我今先给你开个单儿,你拿回去同你们公子也商量商量,如要真心情愿,我作神仙的人亦不肯难为你,披给你二成账,叫你也彩彩。常言说,一遭生,两遭熟。倘日后你们再闹妖精,再得大病,我也好拉个主顾。那时还重重地补付你呢。今儿这件事,你只管听我嘱咐办去,我也不能过于自抬声价,留点人情,日后也好见面。"苍头道:"神仙爷,我们这一次妖精,闹得还天翻地覆,哪里禁得再有这样缘故。神仙爷千万别这么照顾了。"王半仙道:"就让你家这一次除了根,难道说你们本族、邻里、沾亲代故,就准保不生灾病,不闹妖精吗?你举荐我,我拉扯你,咱们两个一把锁,一把钥匙,谁还来敲咱的杠呢。不是说唯独开方、治病、念咒、捉妖,犹如探囊取物一般,他人料也没有这等手段。谁不知我王半仙是天上的徒弟,敢劫我的生意。"一面说着,将苍头一按说:"你坐下,我跑不了。你等着我给你开个捉妖单子,你好忙回去商议。我在这里听候准信。"

老苍头听说要叫他先商量去,连忙说道:"神仙爷,不必这等取笑。我门宅中之事,同是老奴做主。一切应用的物件,无不全备。神仙爷只管跟着我去,你老怎么吩咐怎么是。只要治好我的主人,除去妖精怪,情愿千金相谢。我们绝不敢辜负大德,好了疮疤忘了疼痛。日后决不食言。"王半仙听罢,自己正在盘算,只见旁边有几个那平日给他趁摊贴彩的附耳低言说道:"这是咱们这一方的头个财主,周宅老管事的。收了摊跟了他去罢。"王道得了主意,望着这些给他贴彩的说:"有劳列位,把我的摊子代我收了。贫道好去捉妖救命。"言毕起身,付着与他看,朝这些无考究的人作了半截揖,跟着苍头便走。

　　顷刻来到周宅，让进大门。王道故意揉了揉他的红眼，向四下一瞅，便嚷说道："厉害！厉害！满院妖气甚重。幸你有些见识，特去请我。若再耽搁几天，必定大祸临门。"苍头闻听，说："神仙既然看破，先到书房看看我主人之病。"王道摇头说道："你且慢着，你等我把妖怪根基寻找寻找。"说罢，便东瞅西看，满院里摇摆了半天，说："你快找洁净屋子两间，我好请神退妖。"苍头道："我们厅房宽敞，神仙爷同我看看。"王道说："这也罢了。"二人入了厅房，这王道便坐在上面，假装着打坐养神，心里却打算着动什么法儿，想他们的银钱。苍头一边待立，连咳嗽声也不敢。令小厮捧过茶来，恭恭敬敬地放在桌案之上，一声也不言语，仍暗自倒退出来，在门外站立。老苍头伺候足有一个时辰，王道才伸了伸懒腰，打了个哈什，拿起茶来漱了漱口。老苍头说："神仙老爷，醒了么？"王道便一声断喝，说道："你真是肉眼凡夫！你打谅这是困觉呢？这是运出我的元神，遍游天下，去查访妖怪的来历。适才到了峨眉山，去问我们一家王禅老祖，他说不知。我又至水帘洞内去问孙大圣，他也说没有。我想他三个尚然不知，这必不是人间的妖精。我赶着就忙上了天咧。刚到了南天门，又听说玉皇爷卷帘朝散，众天神已各退回。我又奔了蟠桃宫，这还凑巧，幸亏太白李金星在那桃树底下够不着摘桃儿，馋得流哈拉子哪。这太白金星见了我，羞得满脸通红。我说：'这又何妨？不但你老人家爱作这营生，连东方朔、孙悟空他们还来偷吃哪。'太白星听我说话和气，忙问我有什么要紧的事，好代我去办。我赶着将咱们这事说了一遍，太白金星说：'原来为这点小事。昨儿我已奏过了，那原是棒槌精作耗。当时玉皇大帝就要派天兵天将下界捉它，因又奏过，说这点小妖儿作乱，何必劳动天神。浙江迎喜观有个王半仙，他足可捉妖拿怪。'玉皇大帝允奏。可巧我正去寻找妖精来历。太白金星遂将缘由对我说了，我方回来，如今元神已归了壳。你快去将宅里所有的棒槌都拿到我看，认出它来，好画道符，给他贴上，定有效验。"

　　苍头听罢，说道："世界上从未听说棒槌成精之理。"王半仙道："你们哪里得知，这个棒槌往往妇女使它捶衣裳，好打个花点儿，只顾用双槌打的石头吧儿吧儿乱响，听热闹，猛然将棒槌一扬，碰破了鼻子，流出血来，滴在上头。受了日精月华，它便能成精作耗呢。"苍头道："不必论是何妖怪，唯求神仙爷拿住它就是了。你老快将捉妖用的东西告诉我，好去速速备办。"王半仙道:"先取文房四宝过来。"小厮听说,急忙捧到桌上。王半仙举笔便写,先要了许多用不着的物件,然后取过两张黄纸,俱都扯成条儿,胡抹乱画,又闹了有两个时辰方完,对着老苍头说道:"这符已经画妥,你拿去从上房贴起,凡所有的房子,一个门上一张。贴完了,管保灵应。"苍头道:"你老画的这符,都是什么字,这等乱糊?"王半仙道:"这都是老君秘诵的咒语,五雷八卦灵符,又经玉皇爷阅过、念过,一句一字都不能错。这才又交给掌教元始天尊。天尊又传与天师张道陵。因张天师同我那神仙师傅相好,常来谈道,那时我还年纪不大,张天师瞅着我长得爱人,遂同我师说道:'你这徒弟,甚是灵透,将来必成正果。我有秘授宝藏的神符灵咒,从不传人,今儿看你面上,我传了你这徒弟,也不枉咱们契一场。'言罢,都教给了我。我师傅令我受罢,叩谢已毕,张天师也就去了。我便一遍一遍、一句一句一地通学会了。从此我师傅便叫我到各处邀游,提妖治病,拯救万民,行功积德。我当时又下了许多死工夫,将这符咒温习熟了,才出来救人疾苦。这是我揭心窝的本领,再不传人的法术。无怪你们凡夫不识这等文字,上边有好些位天神哪。"

苍头道:"这等说,灵符有这些来历,妖怪一定可提成了。"忙伸手接将过来,去到各房门上去贴。凡前边宅内房子俱各贴到。此时天色看看已晚,老苍头复又举步,欲奔书房,刚走至书院之内,一抬头,见一个女子立在书斋门口。仔细一看,竟是那用鸟枪打的那个仙姑。老苍头不见犹可,一见了这女子,唬得连忙向回里而走。

不知老苍头如何告诉王半仙,且听下回分解。

第 十 二 回

半仙周府粘符篆　众狐荆抽王道人

词曰：

狐媚群兴作耗，道人得便忙逃。山川满目路迢遥，仙境伊谁能到。

无计仍归道院，欲将众友相邀。撞钟击鼓又吹箫，反使妖魔见笑。

话说那玉面狐，自从将众妖安置在僻静之处，它却于周宅用隐身法等候王半仙。等至夕阳将落，老苍头已同王半仙进入大门。玉狐一见，即知道他并无真正法术，遂又跟在他身后，听他说些什么。只见王半仙胡诌乱画，闹了许多时候，玉狐尽都看在心里。末后，王半仙叫行心院里门贴符，玉狐即暗来对众狐如此这般说了一遍，复令众狐每一房门站立一个。玉狐却在书斋门外而站，等着王半仙来了，好一同下手。这话按下不表。

且说老苍头在别的房门去贴符，未见有妖怪动静，心内念佛，以为这符定有些灵验。及至来到书院门上去贴，猛一抬头，见那被枪打的仙姑在那里站着呢，这苍头一看，吓得心悸身战，即忙复回跑到王半仙面前，喘气说道："神仙爷，这灵符贴不成了！如何是好？"正说着，忽见先前贴的符，俱一阵风都飘送在王半仙眼前。王半仙连忙问道："你莫非打的面糊不稠，粘贴得不稳吗？你看看，贴上的俱都被风刮下来咧！怨不得你说帖不成咧。"苍头听罢，说是："这事奇异，我方才贴的那几处，粘得甚是结实，怎么就能刮得下来？莫非个个屋内都有了妖怪？"王半仙道："岂有此理！你再去贴它一回，准保妖精见了便跑。"苍头道："你老别说咧，适才我到书斋，将要拿符去贴，见那女妖在门外站着呢。求神仙爷自己亲手去贴罢。"王半仙道："你这是疑心生暗鬼。哪有这等的事，你去贴符，可巧妖精就在那里？"苍头道："我是被妖精唬破了胆咧！这符是你老画的，你老暗念着那咒儿就可以贴上了。我实不敢再去。"王老道此刻亦是骑虎之势，只得仍旧装腔做势地将符要将过来，说道："你这等凡夫，真是无用。

你瞅着,待我贴去。"言罢,一同苍头往外便走。

及到门槛之外,王半仙向四下里一望,只见这宅内各房门外,俱站着个一样的美貌女子。自己看着,未免心内也是吃惊,想道:"这莫非就是妖精?不然贴上的符如何俱都揭将下来?待我不要言语,同这老头子先奔书房,若贴上书房的这张符,回来我就有的说了。"此时老苍头只顾低头前行,并未瞅见这边门外站的女子。遂问王半仙道:"我贴的已经刮下,咱是先贴何处呢?"王半仙道:"快领着我奔书斋,不要让妖怪跑了,再拿就费周折了。"

看官,你知王老道这是怎么个心意?他想着周宅之内,绝不能有这许多家眷。即便有这些女子,既为他们家捉妖,岂肯将符揭将下来?他猜度着这些妖精,此刻必同离了书斋,至前边宅来搅乱。故此,他欲趁这机会先奔书院,就免得遇见妖精了。你看他,催着老苍头一齐来至书斋门外,正要叫苍头去刷面糊,他自己去要贴时,忽然从门里袅袅娜娜出来个美人。王半仙看罢,说道:"咱们快回避了吧,不要叫妇女冲了我的灵符,你必说我的法术不真。我没对你说过吗?我的符最怕阴人。"老苍头听说叫回避,猛一抬头,便忙嚷道:"神仙爷,不好了,这就是那妖怪!神仙爷快显大法力,擒住它。千万不要令它逃跑了。"老苍头甚是着急,只听王半仙说道:"你别哄我咧,这分明是你们少奶奶,给你家公子作什么来咧。你叫我拿它当妖怪捉了,你家公子若是知道,不说咱们是玩笑,必说是我调戏有夫之妇。那时,倘若吵嚷起来,不用说我出家人担不起这个名声,还不定得个什么罪过呢。你真把我瞅傻咧。"苍头听罢,急地跺脚说道:"神仙爷,别错了主意。这并不是我们少奶奶,这就是缠迷人的妖怪。快些动手罢!"王半仙道:"你敢做主么?"苍头道:"有了错处,老奴担当。"王半仙道:"你既然敢承当,瞅我的罢!"于是,将他那没锋刃的宝剑,用手插在背后,又把他戴的那油纸如土似的道冠往上挺了两挺,脑门子上拍了三巴掌,又向东喷了一口气,便直着身子站在书斋门外,口中咕咕哝哝地念诵道:"天黄黄,地黄黄,灵符一道吐霞光。二十八宿齐下降,六丁六甲众天罡,快把妖精来擒去,从今后,再不许它们进书房。我奉太上老君命,急如律令敕。"念罢,又要拿符往门框上去贴。

玉面狐便暗用它那细细的一根荆条,轻轻向王半仙手内,将那符一挑,往地下一撂。这新刷面糊的黄纸,如何不沾了好些沙土?王半仙一见，知是不妥。遂故意嚷道："你看如何？我这符咒极是灵的，凡是妖精，一听见我念咒贴符，早躲得无形无影。就是怕逢阴人孕妇，一冲了这符便贴不住。我说的话，你一点又不听，只顾拿我取笑儿，把你们带肚儿的少奶奶告诉我是妖精。你瞅瞅，这符贴不上咧。你快叫他们小男妇女的躲开罢。"苍头此刻又是怕，又是急。忙道："我的神仙爷，你老莫错认是取笑儿。他是千真万真的妖怪，我们公子尚未娶亲，哪里能有少奶奶。你老只管向着妖精耍戏，可就误了我们小主人的命了。虽说有你老在此，妖精不敢狠闹，也不如快用现成的宝剑，将它杀了，除了根。"王半仙道："你也真说得容易。你看看，它长的这等细皮白肉儿，画儿画的这等好看。连我修炼了多少年的道行，心里还觉动火哪，怎好一宝剑将它斩了呢？少不得你们公子叫它闹得成了虚痨。再者，我要将它杀错了，公子不依，谁给偿命？"苍头道："你老杀了，老奴情愿偿命。"王半仙将嘴一撇，说道："这么着，我给你个便宜，你杀了它，我偿命，好不好呢？"苍头着急说道："你老既称神仙，是有法力的。老奴若能杀它，岂肯用千金谢礼奉请有道术的高人呢？你老速用宝剑斩它罢。事后谢仪，毫厘不敢缺少。有了错误，不干你老之事。"

　　这王半仙有心再推辞，因听着千金礼物，又觉动心。旁边苍头又直逼迫，只得无计奈何，挽了挽破道袍袖，抽出那没刃带锈的剑来，假装怒气冲冲，吹着胡子，鼓着两腮，青筋叠露，咬牙切齿地瞪着两只红眼，嚷道："你们闲人快要躲开，我可要擒妖精咧！这是真杀真砍，别当我是老谣，这剑上可没有眼睛，碰着可不是玩的。"这王半仙一面瞎诈着刺，一面便舞那卷刃不磨的宝剑，去玉狐要动粗鲁。

　　且说玉狐先前见王半仙这等捣鬼，又是暗笑，又觉暗恨。今又见他要来动手，不免微微地一笑，故意地轻移莲步，往后倒退，慢转柳腰，假做惊慌，说道："你是哪里来的野牛鼻子？难道你不知王法？青天白日入人宅院，拿刀弄杖，威吓妇人。大约你要想行凶谋害，讹诈钱财呀！我实对你说罢，你这是困了。你在我跟前，闹这个缘故，岂不是班门弄斧，不知自量？"说着，暗运了丹田一股妖气，照王老道面上一直喷去。王老道觉着难以禁受，"哎哟"了一声，便跌了个倒仰。于是，撂下那宝剑，急忙趴起身来，欲要跑时，却被妖气迷漫，不得能够，遂睁着两个烂红眼，把脑袋往墙上撞，不防备，去天灵盖上又碰了个大紫包。自己摸了摸，也不敢嚷疼。无计奈何，只得上前抓着苍头说道："这个黄毛儿丫头，真正厉害，你快领着我出去,换那锋快的刀去。回来,我一定将它剁得煮饽饽馅似的,方出我气。你快找着门,同我走呀。"说罢,拉着苍头,刚要迈步,此时玉狐哪里肯放,只听呼哨了一声,众妖哄然而至。玉狐便吩咐道:"这样无知野道,实在可恼。众姨妹同来收拾这杂毛儿,别要轻饶恕他,免得他常管闲事,诓骗愚民。"众妖答应一声,齐现了一样的面目形容,打扮的俱是百蝶穿花粉红袍儿,长短、肥瘦、一般无二。王半仙一见,唬得就似土块擦屁股,迷了门了。真是,上天找不着路,入地摸不着门。迷离迷糊,站在那里,与灯谜一般,贴墙而立,等着挨打。

众妖全是满脸怒色,各持一根荆条,玉面狐上前,用手一指说道:"你别装憨咧,你也闹够了,也该我们收拾收拾你咧。"说罢,走过去,便先扯住道袍大领儿。王老道以抵对不敢支持,指望趁势一躺,将妖精撞个跟头,谁知妖精身体灵便,往后一闪,倒把自己摔了个仰八角子。众妖见他跌倒在地,便去揪胡子的,撕嘴的,捏鼻子的,扯视的,先揉搓了一顿。然后拿起荆棍,一齐向他下半截刷、刷、犹如雨点似的一般乱抽混打。王老道伏在地,四肢朝天,满口里破米糟糠,只是乱骂。他见打得不甚很重,愈发不以为事,便放出来那光棍无赖调儿,说道:"我把你们这些粉面油头,偷汉子的狐媚子,你们今儿既动了我王老头儿,咱爷们准准的是场官司。先前,我看着你们是些女孩儿,嫩皮嫩肉儿,细腰小脚儿,常言说,男不与女斗。所以我不肯奈何你们。哪知你们竟是些臭婆娘,淫娃子,大亢的真鸡屎呢。这可真是阴盛阳衰咧。你们生敢成群搭伙玩弄我王半仙。简直的说罢,既要打,可别心虚,绝没有哼哈字。我王老头儿再也不能不是个东西。若不信,只管问去。幼年间没有底真,乱儿闯过多哩。爱招事,无人敢比。跌倒了,仍趴起。谁要同我争斗,我便敢与他拼命用刀劈。红通条都不惧,黑鞭子当儿戏,劈柴棍是常挨的,一咬牙便挺过去。不动窝,从早晨能骂到日平西。有朋友,就完事,从不会斗经纪。说不了,打官司,衙门口去相抵。真无理,搅出理。四角台上,从来没有受过委屈。到今日,学老实不泼皮。或占卦,或行医,除妖怪,救人迷,迎喜观把身栖。为传名,不需利,我王半仙一生忠厚倒被你们欺。这掸痒痒的荆条,算甚事。指望着有人来劝,就算完哩。既打我,咱们已是一场子乱儿事,说不得。你们这些臭骨头,直不直。"

且说王老道骂的都是些市俗之话,说的都是些无赖子匪言,众妖一概不懂,只知他是骂人。便又把荆条加上力,抡圆了,没死活,只是胡乱抽打。王老道只道先前荆条儿无甚力量,不大理论,所以还能够乱骂。次后觉着有些重势,那两条老腿,便不似起先那样四平八稳在地下放着不动咧,荆棍抽在身上一次,不是蜷回,就是伸去,不是旁闪,就是暗躲。堪堪得擎受不起,意思欲要告饶,又觉难以出口。因抬头瞅了瞅,老苍头一旁站着,离得甚远,只是老着脸说道:"你们这些姑娘,难道真把王老头儿打秃了吗。"

玉狐听得此话,知他已是禁架不住,遂冷笑说道:"你这打不死的杂毛老道,你不孤立了,你来这里治病,哄人钱财,尚还可恕。你又卖弄会捉妖。你看看,这里谁是妖精? 如今你既然怕打,暂且饶过你去。倘若仍然不改,再犯到我的手里,我也不费这个事打你,我叫我那些众妹子,揪你这老杂毛的胡子。"玉狐一句一句地数落了他半天,王老道一声也不敢言语。只听玉狐又吩咐道:"众姨妹,咱们也将野道打乏了。咱们暂且回去歇息歇息,明日再来理论。"言罢,各将手帕一抖,展眼间俱都不见。

不知王老道如何,且听下回分解。

第 十 三 回

王老道回观邀众友　苍头书斋搭经台

诗曰：

> 只为元门术太低，酿成祸患苦相欺。
>
> 顽皮道士遭羞辱，忠义苍头暗惨凄。
>
> 宝剑空持无用处，灵符已假便生迷。
>
> 群狐大逞妖魔技，须待纯阳到此携。

话说众妖狐闻听洞主吩咐住手，便一齐放下荆条，将各自拿的手帕，俱都一抖，借遁光，一齐回洞。王老道自觉羞愧，尚不敢抬头。先慢慢地偷眼看了看，一个个俱都不见踪迹，于是放开胆子，复又往四下里仔细一望，方知这些女子已皆去净。此时也不大声儿说话了，一面哼哼着，向苍头说道："今日我可丢了人咧。你也不来劝解一声儿。"老苍头走至近前，先用手将他搀起，说："我的道爷，你老还禁得住几荆条。我要将妖精劝恼了，若再打起我来，同你老一样，我可就早见了阎王爷了。快请起来，同我到前边用斋去罢。"王半仙道："我这嘴脸，怎好前去见人？你快将门开放，当个屁放了我罢。"

老苍头听罢，不觉心如刀绞，忙将王老道扯住说："如今神仙爷将妖精得罪了，妖精岂肯歇心饶恕我家？我的神仙爷，你老若再去了，谁还能保我们公子之命？今日你老虽然未能降了他们，咱们慢慢地再想主意。常言胜败乃是常事，你老倒不必如此愧怍。回来用斋已毕，奉求你老细细地写一道神疏，至诚向空焚化，哀告上天神圣怜悯老奴的愚衷，把我余生阳寿借与我家公子，我这把朽骨情愿抛残，留下小主人的性命，不灭周氏宗支。你老将此情达告过往神祇，奏与天曹俯垂鉴佑，你老虽体上天好生之德，大发慈悲呢。常言道，救人一命，胜造七级浮屠。你老若一撒手而去，不但周氏断绝香烟，你老见死不救，未免也有过处。况出家人同有善念，你老若从此神手旁观，我还往何处再能找似你老这等半仙之体去？还求神仙爷竭力搭救我一宅性命罢。"

此际,王老道见苍头凄惨悲声,实在地进退两难。自己心里暗想,妖精大约无别的本领,不过以多为胜。莫若我也多集几个道友,与它们一对一个,就许可以取胜了。遂望着苍头说道:"你既然这等恳求,我只得仍给你们设法。适才,我并不是要走。我想着要掏寻我师傅去,问问他,传授我这些符咒,怎么捉妖治病倒不灵,挨打却这么快。倒是教的错了,还是学的差了。我挨顿打倒不要紧,叫人连我师傅的法术都瞅着不高。我若在深山古洞摸着了他,我老爷两个总得嚼会子牙呢。"苍头听说去找他师傅,连忙问道:"令师是哪位仙长?"王半仙道:"你站牢稳了些,要提起我师傅,还唬你一溜跟头哪。"苍头道:"是谁,这样大名声?"王半仙道:"叫什么,'海里奔'。"苍头没听说过这名儿。王半仙道:"不是'海里奔',莫非是'虎里槟'吧!"苍头道:"没有,没有。大概是吕洞宾老祖吧。"王半仙道:"是他,是他! 我是要试探你认得不认得,你敢则也知道这么一位有字号的好朋友哪。你可老实等着我罢。我找了我师傅来,咱大家伙儿同妖精打场热闹官司,准保万不含糊。我找我师傅可是找去,把妖精可是交给了你咧,要跑了一个,可向你要两。你放心罢,这一件事全都在我姓王的身上就是咧。"说罢,假装没挨打似的,掸了掸尘土,摔着手,一直地便出了周宅后门而去。

一面走,一面低头暗想道:"我自身入道院,本来没学过一点法术。可巧今儿晦气,遇着这些恶妖怪,被它们羞辱了一场。早知如此,很不应该允。倘若素日有些工夫,借着纯阳老祖的名声,制服了妖精,不但受周宅千金谢礼,而且还为同道增光,也显自己的名。今反挨了这顿荆棍儿,岂不丢人太甚? 这个脸须得想法找回才好。哪怕到了观院里,给众道友磕头,也要叫他们帮扶我,将妖赶跑了。不然,令外人知道,岂不轻薄于我? 这个跟头实在栽得无味。但我到观内,不可露受打的样儿,须得这般如此地说去,管保道友必来。"于是慌慌张张,假带满脸怒色,一径入了迎喜观内。

且说这个迎喜观,原是一座老道的长住处。地界宽阔,房广多。其中居住的老道,聚集极众。虽无飞升的真仙,却有修炼的道容。此时大众俱在院内讲论道法,只见王老道带怒,狼狈而归。大众看着他走至切近,一齐问道:"王道友今日出去,生意可好? 为何这等模样回来。"王老道在路上已经安排妥了主意,今听大众一问,便故意叹气说道:"众道友你们猜,周家是怎么宗事？原来竟是些年轻的女子，混相窝反。我起初一去，老苍头说妖精闹得甚凶，我便连忙施展法力。哪知刚到他们公子书房，便从里面风摆柳似的出来了好几个最美貌的姑娘，我恐是他们的内眷，正要躲开，老苍头说：'那就是妖怪，快用宝剑捉罢。'并不是咱们攒细，果然是三头六臂、青脸红发的精灵，哪怕咱与它拼了命呢，这都使得。我想，几个柔弱女子，怎好与她们相斗？常听人说，男女授受不亲。咱要与这些小娘们动手动脚，未免叫人瞅薄了。再者，又怕染了咱的仙根，故此不肯同她们较量。谁知这周公子竟招的些个会武艺的女孩子，见了我这样年纪，以为可欺，便不知进退起来，暗中给我个冷不防，一齐上前，将我按倒，拿荆条棍，倒把我好抽。将我抽急了，将要用宝剑乱砍。她们一展眼睛便都跑了。就像这么白打白散，咱这迎喜观岂不软尽了名头，令人耻笑？所以他们的千金谢礼，我也没要，总得找回这气来。我想，我虽衰败无能，我这有法力的师兄弟多着哪。我们一笔写不出两个道字来，他们眼看着我跌了跟头，再无称愿之理。我回来时，已将这话发了出去。别管怎样，望求众道友有愿去的助我一膀之力。不欲去的帮我个妙计。等着报过这仇来，再与老苍头要谢仪。"

　　众道听王半仙之话，一齐信以为真，同动了不平之气。一个个发恨说道："咱同是老君门下正派，王道友既然被欺，我等也无光彩。他们别说道教缺少人物，这等任他们放肆。要叫这些女子白欺负了，谁还敬咱迎喜观是有名的道院？咱去报仇，也不用与她们对打，等着这几个毛女儿出来，咱大众也不怎样她们，一齐将她们用绳捆上，两人抬一个，全弄在咱这观里来，重重羞辱她们一顿，再将她们放回去，叫她们不好见人。周公子若是知道，也就不要她们了，从此，那病也许好了。咱王道友这脸可就找回来咧。"有两个年长的道士说道："这么办使不得。这些女子准要是人，仗着道友众多，固可捉得住她们。然要弄在咱道院里来，未免叫人犯疑，说咱们做事不正经。再着，这些女子倘若真是妖精，咱要同她们动手，焉能准保敌得住她们？咱们先问到底的，这些女子准是人，准是妖，再作定夺。"王老道听罢，说道："我也辨不很准，要瞅她们一展眼走得那等快，多半是妖精。"众道士说道："若是妖精，更觉可恶咧。她们既然修炼，应该敬重道教。她们见了王道友画符持咒，就当假装惧怕，速行躲避，这才是知时务的妖怪。她们反给道友个没意思，是何道理？如今咱也不必论她是人,是妖咧。咱们给她个两全的道儿罢。"

　　王老道听了,忙问:"怎个两全的法儿?"众道说:"咱们大众俱奔周宅,在他书院,令人搭起一坐高台,咱们坐在上面,将天罡齐齐整整念七昼夜。这些女子要是人呢,见咱们眼目众多,大约也不敢再进书室。若不是人呢,咱们念的这天罡,慢说是妖精,就是得道的仙子,也得远离。到那时,没有了别的动静,咱就说,仍须大施法力,将妖精与他们剪草除根,好再多受用他们几天。然须先对周宅讲明,每日预备三餐,极要丰盛。你就说,我们俱是请来白帮助的,不图什么,须得如此。然后等着咱们回来时,再给王道友,叫他们写千两银子的布施。你们说,这个道儿好不好呢?"王老道此刻已将挨荆条的难受撇在度外了,听见众道说的这法儿,又得吃喝,又得财帛,不觉心内暗喜。连忙对大众说道:"众位道友,既有这等高见,务祈同我走这一次吧。"众道士说道:"咱们同是道门枝派,气体相关,不分彼此。王道友只管放心,不必游移,我等一定相帮。事不宜迟,速速到周宅说去罢。"王老道点头,急忙复至周宅。

　　进了门房,叫人回禀了一声,老苍头闻听连忙迎接。入了客位,问道:"神仙爷回来了? 可曾请得令师尊下降?"王半仙道:"我为你们这事,可大费了力咧。我好容易到了海上仙山之处,找遍了三岛的仙境,末后在蓬莱岛内,方见了我师傅。我还未曾告诉他老人家,我师傅便早知道咧。先叫我坐在个神仙椅上,令仙童给了我一杯仙茶。我师傅对着我说道:"徒儿,你原来受了妖精的委屈了。这也是前生造定的因果,该有这场疼痛之灾。本当下凡给你报此仇恨,无奈这几个毛崽子妖精,也值不得我身亲临尘界。我今传授你个奇绝法,包管把那些毛妖精唬得她们尿流屁滚。连她姥姥家都认不得了。于是将诀法尽给了我。我忙着嗑了个响头,我又想起这诀法虽然学会,尚不知怎么施展,正想要说,将用法亦求恩师赐教,我师又早明白我的心意,乃复行吩咐我道:'你回去,先到周宅,派人搭起一座法台,愈高愈好,再叫周宅多备酒肉,你从此可要开荤破戒,将你们观里众道友邀上他十二位,我再赐你一部天罡经,连你共十三位,一齐念起。往来念他七昼夜,管把妖精捉净了。'说罢,还叫我不许索讨钱财,'等着完了,只叫周宅主人到观里五道庙前写五百六十两银子布施。倘或周宅事毕之后,负心不给,五道爷自必叫他们受报应,那可不是玩的。徒儿,你可记着。天也不早了,你下山去罢。'我就回来。这都是我师傅嘱咐的话,叫人不可不信。所以我连歇歇腿都没有,就忙找了你来了。"

　　此时老苍头已是心迷意乱,只得百依百随。忙说道:"令师既这等吩咐,岂敢不遵。"便急忙聚集众工人,搭台的搭台,备酒席的备酒席。不好拙比,就仿佛办丧事的一般掉起来。常言说,为人最怕挠头事。老苍头被妖搅得毫无主见,这王老道之言,明明不近情理,他听着竟是实的一样。只求有人捉了妖精,就花费千金也不吝惜。正是所谓,得病乱投医。且说众工人将该预备的,件件俱都安排妥当焉,等这些嘴馋的老道,好来吃这七天七夜。这王老道见法台搭起,酒席齐整,欣欣然便忙回了迎喜观。见众道友,将周宅布置的话,俱都一一说明。众道听了,也甚欢喜,以为这好酒席一定吃到嘴里咧。于是,忙差了四个伙工道士,挑着神像、疏表、香烛、供器、法衣、乐器等物,凡应用的,一概全都先送至周宅。随后,王老道领着那十二个道士,拿着踏罡步斗的宝剑,一齐来到。又令当伙居道的铺垫在法台上,设摆整齐。

　　不知众道士如何做作,且听下回分解。

第 十 四 回
群狐大闹撕神像　老祖令召吕真人

诗曰：

　　几个雌狐便逞雄，无端作乱弄神通。

　　可怜众道难降伏，枉费苍头为主忠。

　　话说众道齐至周宅，令人在法台设了五个香案，桌儿正当中，挂上老君、元始、通天三清神像。案上铺的俱是红毡，圆桌俱是黄缎，摆上炉瓶三式，备下香烛，列上诸天总圣牌位。法台四面，悬起三教降世源流画轴，与那六丁、六甲、二十八宿、十二元辰、五雷、四帅、白虎、青龙、天蓬、黑煞、丧门、吊客，许多的凶星恶像。又拉上彩绸，挂一百单八对旗幡。所用祭品，俱摆在一张洁净桌上。台正中，设下一张正印掌教的八宝如意床。床前桌上，放定牒文、敕旨、令牌、宝剑、九环铜铃、三厢手磬、朱笔、黄笺、施食、法水。两旁排开两行桌椅，桌上设放铙、钹、钟、鼓、笙、管、笛、箫。台上左右角儿，也摆两个桌儿，一边放着个黄布包裹，乃是道德天罣经卷。一边放着许多应用物件。这放黄包袱的桌旁坐位，是王道查阅众道念的是不是对的坐儿。从来僧道门中，大凡应事的揽头，就是这个坐位。只在上坐着看经，最是个清闲事儿。

　　且说伙居道士摆毕，这些众道俱大摆的先进了大厅，并不拘泥，一齐就位而坐。老苍头下拜见礼，泡茶，饮毕，王半仙便说道：“咱们先响响法器，通知通知妖怪。咱大家回来，吃了斋，再去念先师的真经。”说罢，王道先穿了法衣，领着众道，冉冉地上了法台，一齐按位坐定，各就所长，将乐器拿起，便吹的吹，打的打，犹如念经一样排场。将音乐吹打了几下，王老道便持起铜铃，哗啷声一响，众道一同止住乐器。于是，王道宽了法衣，率领众道下了法台，连忙来至大厅，仍然归坐。

　　老苍头急忙派了厨役，挑开桌椅，摆上酒席。众道此时闻着，真是扑鼻喷香，馋得暗暗流涎，恨不能一时到口。正摆齐备，老苍头忙来相让。王半仙道：“你不必来让。众道友全是知己，同没讲究，绝不能作客的。”

老苍头去后,众道指望任性饱餐,吃个不亦乐乎。

哪知玉面狐自从将王半仙辱打之后,便归洞去歇息。及至王道叫搭台备酒席之际,玉狐早又派小妖儿巡了风去。所以众道士响法器时,它早也就率领群狐而来,藏在暗处了。今见众道见了斋这等不堪,实在忍耐不住,便一团火性,陡然而起。说道:"众姨妹你们瞧,这伙诓嘴吃的杂毛野道,真乃不知自羞。令人看着,实不可容。"众狐说道:"仙姑不要着急。等他们将酒菜吃上两嘴,尝着甜头,咱们再大展法力,闹他个望影而逃。叫这些馋痨道士酒不得饮,菜不得吃,干去难受。"玉狐听罢,说道:"这等收拾他们,甚为痛快。"众妖计议已定,各用隐身法遮住身形,等候众道赴席饮酒。

且说众道俱各僭让了半天,方挑定坐位。将拿起箸来,夹了菜,喝了两口酒,忽然见一阵旋风,卷土扬沙,刮得天昏地暗。众道士美酒佳肴将到口,一阵风沙起得甚邪。法台中,香烛灭,法器飞,旗幡裂,众神牌,全折截。神像儿乱翻元始天尊掌教的老爷。桌椅歪,香案蹉,飘朱笔,撕疏牒,箸与杯,满地撒。酒菜中,多尘屑,那饭内泥土更刮了好些。众道士,心胆怕,战兢兢,暗气噎,立不牢,脚趔趄,一个个皱眉瞪目似傻如呆。道院饭,粗而劣,早就想,把馋解。这机会,得意惬,为什么大风刮得这样各别?真是个,活冤孽,眼睁睁,难饱饨不亚,一如把命劫。这等摔碎了海碗水盘,力白矣不。众道正然心痛恨,玉面狐已将神像扯了个尽绝。

且说众妖大展威风,真是刮了个凛烈烈,卷土飞尘。闹得众道有饭难吃,有经难唪①。一切供器、法衣、圣像、神牌、俱都摔坏,摞在满地,闹了个落花流水。众妖犹未足性,在法台上闹够了,便又奔了摆酒席之处。只见众道尚在那里瞅着酒菜干生气,那玉面狐又吩咐一声,说道:"这些野道,未曾吃饱酒饭。众姨妹,可将拳脚管饱了他们罢。"于是,众妖一齐上前,拧嘴的,揪胡子,扯衣裳的,拳打脚踢,吓得众道东奔西逃。连那茶房与铺垫,伙居道士,也有挨挂误打的,故此俱都不敢出头。

老苍头一见众道这等形状,不觉眼含痛泪,忙跪在法台之下,祷告众圣诸神,求公子病痊灾退。这也是忠心所感,义气动天。此时遂感动了上八洞的神仙、掌教的南极寿星老祖。这南极子正在静坐之际,只见一股妖

_____

① 唪(fěng)——高声念诵。

气从下界直冲霄汉。急用慧目一观，早知其意。因想，这些妖狐真乃胆大，怎敢侮弄道门，残毁圣像，妄害人命，采补贪淫，作恶多端，未免可恼、可恨。若由妖精这般胡为，不但将来道教令人轻视，而且周信主仆之命，谅亦难保，遂忙叫一声："白鹤童儿何在？"白鹤忙转至老祖面前，应道："童儿在此伺候。"老祖吩咐道："你速到庐山之上，诏取纯阳子吕洞宾前来听令。"这才是，白鹤应命把真形现，原来是顶如朱赤，身似雪团。腾空起，入云端，睁慧眼，看人间，叹尘世，特愚顽，利心重，被名缠，岂不知痴心到底也是徒然。总不如，全生命，保真元，超世外，入深山，苦修炼，炼汞铅，功行满，道心坚，祥云绕，瑞气攒，似我这虽非人类还列仙班。玉面狐，错了念，化人身，功非浅，阴阳气，炼成丹，生九尾，数千年，得正果，眼然间。为什么，清明佳节却又思凡？与周信，结姻缘，不勇退，更流连，害人命，罪如山，惊动了，大罗仙，定然是恨把妖魔一刻灭完。工夫废，道行捐，难再去，乐洞天，又不知何日轮回再得转圆。白鹤飞舞空中叹，不多时望见庐山在面前。

　　且说吕祖遨游仙岛，自在逍遥。这日正在庐山闲观山景，忽见白鹤仙童来到。吕祖未待白鹤开言，便知其意。遂言道："仙童至此，大约为妖狐作乱，此事我已知之。我与仙童速行可也。"于是，吕祖随着白鹤仙童，一齐来见寿星老祖。参拜已毕，寿星说道："下界青石山下，群狐作祟。有汝门徒王道，不能降服，反惹得妖狐肆虐，毁坏了圣像、经卷，辱打道教门徒，实系可恼。今遣汝速临尘界，至周宅诛妖馘①怪，感醒世人，免至从此道教无人敬重。"纯阳子喏喏连声，便领了寿星老祖法谕，急驾祥云，一直奔了太平庄村内。不知吕祖如何捉拿妖怪，且听下回分解。

---

　　①　馘（guó）——古时割取所杀敌人的左耳，用以计功。此指斩杀。

第 十 五 回

吕祖金丹救周信　群妖法台见真人

诗曰：

> 妖魔集众势难当，虽是真人未易降。
>
> 仙发慈悲狐逞恶，神凭道理怪凭强。
>
> 物如害命多遭劫，罪若通天定受殃。
>
> 非是祖师无法力，群阴合聚胜纯阳。

话说众狐见这些无能的老道，俱都躲藏，便任意在法台搅乱了个不堪。这话不提，且说纯阳子按落云头，直奔周宅书院。众狐一见大罗神仙来到，不免心中胆怯，忙借遁光回了嵯岈古洞。纯阳子上了法台，一见神像、经卷，已是践踏残毁，未免在那里心中叹惜。老苍头忽然见一个道士在台上站定，便忙说道："我的道爷，你快下来罢，妖精刚走了，你怎么又去招惹？"此时王老道因藏在书院墙外柴草垛内，猛然听说妖精已去，便从草堆里连忙钻出，问道"你说什么哪？"苍头道："你瞅你们那道友，妖精在这里，他也不敢上台，妖精将去了也不知，就跑在台上作什么？"王老道忽抬头一望，不觉哈哈地大笑，说道："老苍头，你快过来磕头罢。这是我师傅来了。"说罢，复又使起他那泼皮性子，破口大骂道："我说你们这些妖崽子跑了哪，原来瞅见我师傅来咧。你们如今倒是回来，咱老爷们到底见个真章儿，较量较量才算。要是这么撕了碎了一跑儿，姓王的不能这么好惹的。非得见个上下不成。"

老苍头见他说的这些话，疯不疯、傻不傻的，忙说道："既令师尊到来，自有擒妖之法，任凭老祖发落便了。"老苍头跪在法台之下，在那里候着。吕祖对着王老道说道："你快躲远些，不必在这里乱嚷。将这些伤了的物件，速派人送至迎喜观去罢，此处一概不用。"于是，王老道忙将这些茶房、伙居道士叫出来，一齐收拾净了，同着众道拜见真人，先回迎喜观去了。

此刻唯有王老道以为吕祖是他师傅，须在这里伺候，仍然未去。纯阳子见这些器皿送走,遂对苍头说道:"山人此来,虽然为的降妖,需先救你主人性命要紧。待山人下台,你同着速去观看。"说罢,老苍头引路,一齐来至书房。老苍头将软帘卷起,真是满屋妖气。只见周公子一丝游气,身体枯干,二目紧闭,面色焦黄,悠悠地卧在榻上。凡作仙人的,都是意善心慈。用慧目一看,不由得叹惜说道:"年轻的孺子,事务不谙,被妖狐缠得如此,尚不醒悟,未免无知太甚。"苍头见仙真点头赞叹,以为公子料难救转,不觉泪眼愁眉。

吕祖见他忧烦,忙说道:"苍头,你不必如此。山人自有妙法搭救。"言罢,便回手取出一个锦袋,擎出一枚仙丹,名为九转还魂丹,递给了苍头。说道:"你速用水调化,与你主人灌将下去。"老苍头接到手内,闻得冷森森一阵清香,连忙调好,送到周公子嘴边,拖着灌到腹内。这药真是仙家奥妙,不亚起死回生。登时之间,便回真阳,保住性命。吕祖又对苍头说道:"公子之病,已是无碍。再取纸来,给他画道灵符,贴在书房门上,日后纵有妖怪,也不敢再来。然从此不可自己胡思乱想,还得静养百日,真体方能复旧还原。"

这周公子自由病深之后,已是命在旦夕,所以王老道捉妖等事,已迷得一概不知。适才因吃了仙丹,腹中邪气散尽。元阳已自保住,虽一时身不自主,心里已明白了许多,今听书室有人说话,便慢慢地睁了睁眼。苍头一见,心中大悦,忙来至公子面前,如此这般,回禀了一遍。"如今仙人现在,大约妖怪不敢再至。公子静心保养可也。"周公子听罢,也顾不得歪想,仍然合目而眠。老苍头拨了两名妥当仆人服侍伺候,诸事安排已毕。

吕祖仍又吩咐道:"苍头,你同山人仍上法台,急令仆人排开坐位,山人好画符,诏取妖狐至此,把这事解合。一者,体上天好生之德。再者,不伤我道教慈悲之念。三者,不碍他万年修炼工夫。"苍头闻听,忙派人安置停妥,请吕祖又上了法台。预备下朱笔,铺下黄纸,吕祖入了法坐,提笔写道:"纯阳子,谨遵南极仙翁命,为尔妖狐降下方。你等本是披毛类,原许你们恭修把道详。既然得入真门路,便应该遵正去循良。为什么无故生邪念,因补纯阴去采阳? 既然未遇雷击劫,须回洞,改恶于善把身藏。却偏要藕断丝连贪淫 欲,恨不能把懂懂书生性命伤。至而今,虽然我门徒得罪你,并未将你怎样伤。尔等毫无忌惮多肆恶,经卷、神牌、残毁实不当。尔等只知利己损人虽得意,岂知是,罪大如天自找灭亡。山人此来无别意,写这道解合的牒文①尔等细详。若是遵依我教令,山人慈悲尔等不相戕。倘若是痴迷终不悔,山人怒,未免与尔等个恶收场。"

吕祖爷书罢牒文,便一声唤道:"当方土地何在?"土地连忙应道:"小神在此伺候。不知大仙有何法令?"吕祖吩咐道:"有一道牒文,尊神可送至青石山下嵯岈洞内,传玉面狐前来见我。"土地接了牒文,领命而去。

且说玉面狐率众归入洞府,虽说扎挣不肯害怕,未免总带惊惧之色。坐在内洞,默默无言。别的妖狐见洞主如此,便你言我语,商量说道:"仙姑也是几千年得道之体,何论什么真人不真人呢?既然高兴,残坏了神像、经卷等物,惹下他们,便不怕他们。俗语说,打破了脑袋用扇扇。丑媳妇难免见婆婆。既作泥鳅,不怕挖眼。总在洞里藏着,亦是无益。他是真人,也得讲理。莫若出去,看他怎样。他若是以强压弱,咱到底与他见见输赢。难道他是大罗神仙就无短处吗?他当时也行过不正道的事,今日若将咱们赶尽杀绝,他也须得自己想想。"

众狐正在议论纷纷之际,忽听洞外有叫门之声,玉面狐以外为吕祖来到,气得脸色焦黄。众妖道:"洞主不必生气。吕洞宾今既找上门来欺人,未免不通情理。咱们正是一不作,二不休的时候。洞主想个奈何他的计策,先将他制服,羞辱了他,管保从今以后,道门再不敢轻易临门,欺负咱们。即或他不肯干休,再来报仇,大约欲伤咱们,也非容易。再者,到那时,料着不能取胜,便想个善全的法儿,躲避了他未迟。"玉面狐听罢,说道:"事已至此,就按着这么行便了。"于是,玉狐结束停妥,方令小妖儿开了洞门。此时,土地随着便走将进去。到了洞内,对着妖狐,口称道:"仙姑在上,当方土地稽首了。"玉面狐见是本方土地,这方将心放下。

看官,你道土地怎生模样?有赞为证:

见土地稽首哆嗦年衰迈,是一个白发迭斜老头儿。荷叶巾儿,扣顶门,面门儿上起皱纹,白胡须,连着鬓儿,搭扣着两道眉儿。奢列着嘴唇儿,满面欢容笑弥嘻儿。躬了腰控着背儿,上黄袍是大领儿,香色绦四头秋火,下腰系白绢裙儿。护膝袜抱着腿儿,登云鞋是圆蝙蝠的前脸云头在后根儿。手执着过头棍儿,随脚步能持劲儿,挂着他能

①　牒文——公文,文书。

歇腿儿,更为是保养路远走的精气神儿。谅土地多大职分儿,不过是管小鬼儿,住的是小庙儿。住家户儿,也尊其位儿,当地下受灰尘儿,头顶着佛爷桌儿。同说他最怕婆儿,就真是他怕婆儿,可总没见他骑过骡儿。土地爷眼望着妖狐说禀事儿,这是纯阳子亲笔写的牒文儿。玉面狐听说有吕祖的一道牒文,连忙令小妖接过,送到面前。玉狐拿在手内,从头至尾看了一遍。又递给众妖互相瞅罢,玉狐对着众妖说道:"吕洞宾书写牒文,与咱们前去说合之意,我看并非是要动嗔痴,与咱们较量。都是与他徒弟解合,令咱们悔过。这不过给王半仙找找脸罢了。据我想来,这倒很好。趁着周公子未曾丧命,倒不如与他相见,息事罢词,仍自各不相伤,岂不两全其美。"

众妖听罢,俱各摇手,说道:"不可,不可。洞主岂不闻吕洞宾收柳树精时节,七擒七纵,或硬或软,用无限的机关,方把柳树精制服作门徒。这而今三眼待者、飞絮真人,飘遥海外,放荡天涯,谁不晓得?如今吕洞宾既差土地前来投此牒文,这叫做先礼后兵、调虎离山之计。指望把咱们诓去,先用话语压服。若与他顶撞,再施法术,制服咱们。仙姑断不可信他一束牒文,自己去找耻辱。况牒文上直骂咱们是披毛畜类,并无仙姑暗吃延寿儿一层公案。焉有人命关天之事,牒文上反不提起之理?可见是叶底藏花,虚言相诱。咱不可坠在他术内。"

玉狐听罢,微微笑道:"众妹不必多言。洞宾此来,专为经卷、神像一事。他既以礼而来,我也以礼而去。若不分皂白,便去与他相持,未免咱们无礼。等着与他见了面,回来再作区处可也。"言罢,叫小妖儿取过文房四宝,提起笔来,在牒文后面写了八个细字,乃是:"即刻便去,当面领教。"书毕,仍将牒文递与土地,说:"劳动你拿去交与吕纯阳,就说仙姑随后便至。"土地答应一声,接在手内,举步而回。

这些群狐一个个呆呆胆怯,说道:"仙姑这事做得未免轻率,千万不要孤身去与吕洞宾会面。想洞主现已修成仙体,岂能受人当面挟制?倘一时言差语错,空身与他斗法,胜不了吕洞宾,这不是负薪投火,自烧其身吗?今既批了牒文,说即刻便去,料难更改。然须商议个万全计策,莫要粗心轻敌方妥。我等想着,洞主若与吕洞宾前去相会,我们大众仍然同走一次,在那里等候。如若是讲合劝解,彼此不伤,作为无事。倘若你们一时反目,我们给他个一哄而上,一齐努力,破了他,然后再作定夺。"玉狐被众妖怂恿不过，遂说道："这个主意也是。若有个不测，众妹好一齐帮助。"说罢，玉面狐先换了戎装，众妖打扮得轻衣短袖，更换完毕，齐借遁光，直扑周宅而去。

且说土地自嵯峨洞回至法台之上，见了吕祖，呈缴牒文。吕祖接到案上，铺开一看，见牒文后面写着"即刻便去，当面领教"，看罢，不由拈髯微微冷笑，说道："这孽畜真是不知自愧，无理之至。"连忙把牒文掷在一旁，回头对土地说道："有劳尊神往复，且请回位。"土地打了个稽首，归位去讫。吕祖吩咐苍头，将王半仙叫到台上，对众言道："山人不动嗔痴之气，已五百余年。似此妖狐，这等狂妄，将字批在牒文之上。定是善者不来，来者不善。未免又要山上动嗔痴了。这也是劫数宜然，料难自免。且待众妖来时，先以好言解释，他们如若执迷不悟，只得再用法术，降他们便了。"说罢，又令王老道与苍头，"若见妖狐一到，叫他们上法台来见我。"

老苍头与王老道一齐领命，走至门外，刚一张望，早见对面来了几个女子。老苍头知是妖怪，却见他们都是月貌花容，天姿国色，改换了戎装，一个个打扮得齐齐整整，真是眉如黛翠，唇似涂朱，眼若秋星，腮含春色，一样装梳、美丽，分不出伯仲妍媸①。虽然令人瞅着怜爱，销魂淡雅之中，却暗藏煞气。故此与人相接，惯能丧命亡身。老苍头看罢，暗说："一个妖精便闹了个翻江搅海，因这王老道，反招出一大群来。也不知这位吕祖师捉得了他们不能？"心中正在暗想，只听王半仙嚷道："妖精同来到了，我先跑罢！不看他们记着仇，再用荆条棍，先打我一顿。"老苍头听他一嚷，忙一抬头，见玉面狐虽然改了戎装，仍是胡小姐模样，花枝招展，已经来在门外。苍头因得罪过他一鸟枪，不免对面一看，也觉心中胆怯。又搭着玉面狐还带着好几个戎装的妖精，怎么能不唬得害怕？有心要同王老道事先跑了，又怕违了吕祖法令。无奈，乍着胆子对妖精说道："吕仙今在法台有请。"

众妖见苍头战兢兢地说话，便含笑说道："此来正要会会吕纯阳，你引路领我们前去相见。你就说，'玉面仙姑已至'。"于是，老苍头领着众妖进了大门，转弯抹角，来到书院。苍头连忙先到法台之前，说是："回禀

---

① 伯仲妍(yán)媸(chī)——比喻不分上下。兄弟排行，伯为老大，仲为老二。妍，漂亮；媸，丑陋。

祖师，众妖俱到。"吕祖吩咐道："你暂且退后罢。"

　　只见不多一刻，众妖果然娇模娇样来至法台之下，一个个乱语纷纷。又听玉面狐说道："既然纯阳子以礼相请，众妹等也须遵奉牒文。咱并非惧怕谁，不能不奉元始天尊、太上老君、通天教主、变化三清之义，咱见了洞宾，也要分个次序，这截教、元门同是一理。"众妖道："我等凭洞主调令便了。"玉面狐率众站在法台之旁，开声叫道："老苍头在哪里？你速到台上，就说玉面仙姑在此行礼哪！"老苍头听罢，忙走至吕祖之前，说道："众妖要行礼哪。祖师怎样降她们？"吕祖拈着髯微笑道："你去对她们说去，就说山人在此迎接了。"苍头犹若惊弓之鸟，忙说："小人被妖吓破了胆哩！只为王半仙把小人闹苦了。有话神仙老爷自去说罢。小人肉眼凡夫，再不敢前去与妖说话了。"吕祖道："如此，待山人自去便了。"

　　不知吕祖见着妖怪何如，且听下回分解。

第 十 六 回

法台上吕祖劝妖狐　半虚空真人斗道法

诗曰：

狐媚神通广，神仙法术高。

欲知谁胜负，邪者自难逃。

话说吕祖大摇大摆慢慢地走至法台之前，用目观看，只见众妖狐一个个变化打扮得——

眉如翠月，肌若凝脂，齿如瓠犀①，手似柔荑②。

脸衬桃花片，鬓堆金凤丝。

秋波淡淡妖娆态，春笋纤纤娇媚姿。

说什么汉苑王嫱，说什么吴宫西施。

柳腰微摆鸣金珮，莲步轻移动玉肢。

月里嫦娥堪比赛，九天仙子亦如斯。

戎装巧样藏杀气，无怪凡情为若痴。

此时吕祖来至台前，妖狐也忙抬头而望，只见吕祖爷仙风道骨，儒雅斯文，暗里藏着威严可畏：

戴一顶，九梁巾，绣带垂，掐金线，灿生辉，太极图，居正位，蜀地锦，镶四围，紧扣着那无烦恼的头发两鬓漆黑。穿一件，赭黄袍，绣立水，八吉祥，藏水内；织金片，龙凤飞，八卦文，阴阳配；这件袍，外道邪魔不敢披。系一条，水火绦，细丝累，蝴蝶钮，鸳鸯穗；真苎麻，绵而翠；淘洗过，天河水；织女编，绕来回。一条线，无头尾，仿蛇皮，白与黑，为的是，虚拢着，无拘束的身儿不往紧里勒。横担着一口剑，号蛾眉。鞘儿窄，藏锋锐，斩妖魔，惊神鬼；在尘凡，还诛尽了丁血斑痕，似

---

①　瓠犀(hù xī)——瓠，即"葫芦"。瓠犀，瓠瓜的子，因其整齐洁白，常用来比喻女子的牙齿。

②　柔荑(yí)——荑，初生的茅草。柔，嫩。比喻女子手纤细白嫩。

湘妃泪,又在那老君炉内还炼过几回。足蹬着,靴一对,方是头,圆是尾。步青云,绝尘秽,朝玉帝,随班队。赴王母,蟠桃会。不似那化双兔的云鞋任性儿飞。面庞儿,也不瘦,也不肥,如古月,有光辉;衬三山,眼与眉,鼻如胆,耳有垂,唇上须,掩着嘴,额下的长髯墨锭儿黑。

八仙中,吕祖虽然不是领袖,较比那七位神仙还时道当为。

吕祖与妖狐彼此看罢,玉面狐已被大仙正气所逼,倒退了几步,方望着台上说道:"仙真不必劳动,仍祈请允我等在此伺候便了。"

于是,吕祖吩咐苍头,叫派人在台下摆上座位,众妖一齐归坐。吕祖也将桌椅令人移在法台之前,方在座位坐定。遂拈须对众妖言道:"适发小诏,深幸不违。今山人有几句良言,欲对尔等陈其颠末,不知你等肯听否?"玉面狐道:"既蒙仙真见诏,有什么吩咐,请说便了。"

吕祖道:"夫元门、截教,虽非同类,实属一理。太上老君、元始天尊、通天教主、变化三清,本乎一气相传至道。俟后,又经历劫数至今。你我之根基虽有人畜之别,你我之功业无毫发之分。莫不本乎人心,合乎天理,以慈悲为修行之正务;以杀害为参悟之戒端。你等素具性灵,久慕人道,礼星拜斗,食露吸风,并非一朝一夕的功夫,脱出皮毛之丑,得化人身之尊。倘能倍加奋勉,何愁身入仙区。乃无故动狂荡之邪心,与周信嘲风弄月;破残害之杀戒,将延寿粉骨碎身;毁天尊之宝卷;撕诸圣之金容;应犯天诛,罪在不赦!山人姑念尔等潜修不易,倘一旦身遭天谴,尽弃前功,深为可惜。故发牒文一道,特诏尔等前来,果能痛改恶愆①,尚还不晚。如若心为不然,我山人的道术,谅尔亦所素晓。断不能容留宽恕!"

玉面狐听罢,虽觉无言可答,但听到什么非类,又什么脱去皮毛咧,分明是詈②她们为畜牲,不觉羞恶之心便难按捺。于是,杏眼含嗔,双蛾紧皱,用手往桌案上一拍,对着吕祖,娇音咤斥地说道:"吕纯阳,你且住口!你说的这些话,未免过觉刻薄。你既用牒文将我等诏来,就应用善言解合。作什么讲根柢,兜我们的短?扬人之恶,并不隐言。当着我这些同气连枝的众姨妹,竟用这些大言铺派羞辱于我。你想想,这些话叫人听得上听不上?我今日要受了你的这口气,我这玉面仙姑的名儿谁还当个什么!

① 愆(qiān)——罪过,过失。
② 詈(lì)——责骂。

你未从褒贬我,你也把自己行藏想想再说别人。你的出身,原是黉①门一秀士。赴科场,名落孙山。既读孔孟之书,就不该弃儒入道,大概因着学问浅薄,不敢再奔功名。然既归了道教,应该行些正事,谁知你仍然品行污浊。岳阳楼贪杯滥醉戏牡丹,破了真元,那时你也是犯了天谴,险些儿作不成神仙。幸尔汉钟离给你出了个坏主意,打下了成胎的婴儿,化为乌有,方保住你的性命。难道说,你这不是伤害人命,破了杀戒吗?洛阳修桥,观音大士变化美女,在采莲船上歌唱,言有'以金、银、财宝打中者,愿以身归之,'这原是为的蔡状元力孤,工程浩大,故此,菩萨设法攒凑财帛,资助鲁班以成功效。你一知道,便陡起邪心,便去把菩萨调戏,以致菩萨一见,飘然遐举②。游黄龙寺,你又卖弄法术,无故飞剑去斩黄龙。身列仙班,虽说应该下界度人,但你不是卖墨,便是货药。又用瓦罐贮钱,令凡人看着虽小,到底投之不满。难道你这不是幻术惑人,嗔痴不断吗?你的这生平履历,我看着酒、色、财、气,般般都有。你还是大罗神仙,尚且如此。我虽行得错误,与你并不相干。你说仙姑是邪魔外道,护着你那无用的门徒,你焉知仙姑也不是好惹的呢!"

这妖狐说的一片言词,虽属荒唐,亦有毫厘实事。但她将实事说得截头去尾,倒仿佛吕祖真是如此的。岂知吕祖有慧剑三:一断烦恼,二断色欲,三断贪嗔。焉有神仙如吕祖而烦恼、色欲、贪嗔不尽断绝之理?凡玉面狐说的戏牡丹之事,与洛阳桥打采莲船,俱是齐东野人③之语,无可考较之言。至于飞剑斩黄龙,更是伪撰妄言,虚无缥缈不过。妖狐觉着对答不来吕祖之话,故杜撰出这等幻异之说,以诬吕祖。哪知神仙已是火气消除殆尽,方证无上妙果。再若能有可原谅之处,总是涵养着,不妄动嗔怒之气。所以吕祖听罢这些无影响的话语,仍然不动声色,只是拈髯微笑,暗想,妖狐真是嘴巧,竟敢与我开这一番议论。似此无稽之谈,倒不必与她分辨。我仍把正教、邪教,分析明白,叫她自己斟酌。若能悔过醒悟,就便两免嗔痴,又对着妖狐说道:"玉面狐,你造作谣言,山人也不与你计

---

① 黉(hóng)——古时学校。

② 遐举——远行。

③ 齐东野人——孟子答弟子问上古故事时,说:"此……为齐东野人之语。"后喻道听途说荒诞无稽之语。亦作"齐东野语"。

较。我劝你改过收心，弃邪归正，皆是善意。你果能蠲免①了那恣情纵欲之心，消除了那肆恶逞凶之性，改了截教中之匪气，顺了我存心见性、为善行慈元门中的道理，自然日后修到了天狐地位。”

这玉面狐听到此处，又不待吕祖说完，便将身站起，说是："好个纯阳子吕洞宾，你倒不必绕着弯儿倚你们是元门正教，暗讽我们是截教旁门，来拿这话压人。你也不必绕舌，错了念头。你既说仙姑是旁门，索性与你分个胜负，咱们见个高低，看看截教、元门谁强谁弱便了。"说罢扭项回头说："众妹你们看，这野道实在欺人太甚！咱大众一齐动手，看他有何能为？"

且说这些众狐，本是野性不退的妖魔，见吕祖这样说话，早就不怀好意。今听玉面狐吩咐，便齐抖精神，要闹个武不善作。你看，一个个紧了紧头上罩的弹花帕，搓拳捋袖，直奔法台。玉面狐更是心中冒火，一纵身形，先来至吕祖法坐之前，踢翻桌案；又往西北上一指，口中念念有词，登时之间起了一阵狂风，尘沙乱滚，烟雾迷漫，满院里乒乒乓乓，真是刮得昏昏黑黑，怒号跳叫，亚似撼天关，摇地轴，指望把真仙眼目迷遮住了，好上前动手。

哪知吕祖见妖精如此无理，便一挥手，拔出宝剑，按在手中，向乾天一指，叱曰："风伯等神，速将此风止息。"那风须臾之间就停住了。这些妖精起了妖风之后，便用遁法腾空，站在云端之上，暗暗地看着吕祖。只见风虽厉害，法台并未折倒，吕祖亦仍在那里稳坐。又见他用宝剑一指，风便息了。玉面狐已知破了他的法术，不觉脸上一羞，倍加恼怒，遂大声嚷道："吕洞宾，你敢到空中与仙姑比拼，方算你是仙人领袖。"

吕祖见妖精甚是不知进退，手持锋刃在空中讨战。吕祖一想，这等泼魔，若不与它个厉害，终难降伏了事。于是，将身一动，足下便生了几朵金光灿烂的莲花，捧着化身，忽忽悠悠往上而起五彩祥光。来到空中，仍凑合在一处，犹如履平地一般。堪堪离着玉面狐切近，一回手，由背上亮出蛾眉宝剑，用剑一指言道："我把你不知死活的畜类，实实可恼。有心将尔等一剑挥为两段，又怕污吾宝剑。"

此时玉面狐见吕祖来至近前亮出玉剑，以为是要厮杀，也听不见吕祖

①　蠲（juān）免——免除。

说的话是什么,便把手中的兵刃迎着吕祖砍来。吕祖连忙用宝剑架住,说道:"山人若与尔等动手相拼,大失仙家雅道。"言罢,用手中蛾眉剑向着众狐一掷,顷刻间,变出无数的蛾眉,如剑林一般,将众狐一齐围裹。这些众狐俱恐宝剑伤着,各以兵刃遮架,闹得空中叮当乱响。唯有玉面狐冷笑说道:"众妹不必惊恐,此乃凡间剑客之火,不足为奇。待我用术破他便了。"说罢,运动丹田的三昧真火,向四面喷去,飞剑俱不能近,此乃火能克金之故。又连喷了几口,凡变化的众剑,反俱都熔化,只剩了一把蛾眉剑的本体,此又是真金不怕火炼之故。

吕祖一见,忙把蛾眉剑取在手内,刚要另想别的法术降它,只见玉面狐趁着那野火烧广之势,又把樱桃小口一张,吐出那月下炼成的一粒金丹,随着那三昧真火,一齐喷去,要伤吕祖。这丹,乃是妖精炼成的真宝,虽说仙人不惧,也得真的留神。吕祖用慧目一观,只见一片火内裹着有大如明珠一块宝玉,内含着无限光芒,滴溜滑又似风车轮一般,回环旋转。吕祖乃唐朝进士,又修成神仙之体,岂有不谙卦理生克之术?知道阴气多,阳气少,阳衰阴盛,唯水乃能克火。但凡间之水恐难敌妖精的真火,想罢,说:"有了,我何不将银汉天河之水取来一用?"于是,念动真言,仙家法术果然奇妙,展眼之间,半空中波浪滔天,竟把那些狐火妖丹俱都扑灭。

玉面狐见破了他们的丹火,欲想再以法术相较,恐怕不能取胜。只得又吩咐道:"众妹不必着忙。料这野道也无计奈何咱们。何不将咱的防身法施展出来,再敌这野道?"众狐听罢,各放出腥臊之气,把吕祖围住。凡仙家最怕沾染不正之气,吕祖觉着妖邪放出恶气,连忙回身躲避。众狐见吕祖远避,觉着正合其意,遂趁便离了云端,一齐都回了嵯岈洞内。

吕祖见众妖已去,并不追赶,唯恐邪气冲了身体,忙用天河水沐浴了,然后将水又送回银汉之内,方按落云头,来至周宅法台之上,就便坐下。

不知以后如何,且听下回分解。

第 十 七 回

吕真人净室请天兵　托天王兵临青石山

词曰：

却嗔狐媚，特地兴妖作罪。真人虽欲慈悲，妖反不知自悔。违背，违背，神仙也觉无味。

无知异类，辜负仙真教诲。天心尚有挽回，妖怪偏不速退。琐碎，琐碎，把天神约会。

话说吕祖恐邪气沾身，用天河水净体已毕，仍放还银汉之内。此时，众妖已是得便而逃。吕祖按落祥云，落在周宅法台之上。苍头一见，连忙叩头，问道："神仙爷在空中与妖精打仗，可将妖精捉净了？"吕祖道："你不必多问，速速去收拾一间洁净房屋，内中放下一桌一椅，再备砚台一块，新笔一支，黄纸一张，净水一盂，杨柳枝数株，长香三炷，素烛一对，一齐预备，送到净室之内听用。"

苍头连忙答应，备办俱妥，忙将吕祖引至净室之中，坐在椅上。吕祖复吩咐道："苍头，你可晓谕家下人等，一概不许于窗外喧哗、窃听、偷看，倘若违背，冲撞了天神，可是于自己大无益处。"苍头听罢，忙对众人言明，自去守候公子。这里，吕祖闭目定性，约未半刻，便在房内拈香已毕，复又掐诀、叠印、念咒、画符，又用杨柳枝调钵中净水，遍把尘中俗气挥洒干净，然后在烛前用火将灵符焚化。

这一片至诚真心，顷刻感动天上神祇。值日功曹闻着信香之气，不敢怠慢，连忙顺着香气冉冉从空而降，来至吕祖法坐之前，拱手躬身而立。你道那值日功曹怎样打扮？有词为证：

这尊神，躬身站在净室之内，和容悦色，满面堆欢。论起来，本不凡，专管查，恶与善、忠与奸。每日里，不得闲，尘环中，遨游遍。居此位，忠心正直更有威严。戴一顶，累丝冠，珠宝歌，红真缨，微微颤。银盘脸，多丰满，眼仙星，鼻悬胆，两撮儿掩口微须在唇上边。穿一件，黄金铠，套连环，鱼仁之，光灿烂。宝带紧，挂着剑。左右分，裙两

扇,相衬着薄底战靴五彩鲜。启文簿,一篇篇,人间事,记得全。一件
件每日在天曹启奏一番。

因纯阳祖的信香升上界,请到了值日功曹在香案前。值日功曹立在法坐
之前,吕祖亦将身站起,说道:"无事不敢劳动尊神。今有一道文疏,祈上
神投到托塔李天王圣驾之前。"功曹神领命,接过文表,复又回转天庭,将
文疏投与天王去了。

吕祖见功曹神去后,连忙步出净室,命苍头把香案撤了。"打扫法台
伺候,待捉住妖怪,好来此审问发落。山人先到青石山去等着天神到来,
共围嵯岈古洞。"苍头领命去讫。吕祖驾着云头,方离了周宅之内。

且说玉面仙姑自从令众狐齐发腥臊之气,吕祖躲避之时,俱都得便归
洞。玉狐来在洞内,自思:"今日之事虽然彼此未曾伤碍,大略吕纯阳不
肯相容,一定约请天神来此打仗。倘那时,众寡不敌,如何是好? 不知小
妖儿请的云萝、凤箫二位仙妹为何不来? 莫非她们见我所行不正,恐殃及
她们身上? 然结拜之时曾说时,患难扶持。难道此时背盟负约不成? 若
真如此,世界上凡结拜的兄弟姊妹,全是不关痛痒,有福自享,有祸自挡便
了。素日说的甜言蜜语,竟是平安之日为得来往吃喝、热闹而已。罢!
罢! 罢! 这些没良心的势力小人。从此我被天神杀了便罢,若是再能有
个生发,一定与她们断绝。"

玉狐正在洞内怨恨盼望,忽听小妖儿报道:"二位仙姑到了!"玉面狐
此时听见来了两个帮手,真是喜从天降一般,慌忙迎接进去,一齐坐定。
云萝仙子问道:"不知贤姊见招有何吩咐?"玉面狐遂将如何与周公子来
往,怒吃延寿,如何辱打王老道,大闹法台,如何得罪吕洞宾,现今他去约
请天神,不肯罢休的话,前前后后、如此这般说了一遍。云萝听罢,说道:
"这事据贤姊说来,吕洞宾本来道法颇高,今又邀请天兵天将,大约料难
是他们的对手。常言寡不敌众,弱不敌强。倘若与他对垒相抗,那时被他
擒住,吕洞宾焉肯轻易发放? 据愚妹想来,莫若避其锋锐,将众妹等一齐
迁在别处。贤姊居在愚妹之洞,或凤箫贤妹之洞,痛改前罪。吕洞宾虽知
在我们洞内,他晓得仙姊改过自悔,大略不肯再究。等着这事冷淡了,谁
还肯再来多管?"凤箫公主亦说道:"这主意却很好,倒免得彼此不安。"

此时,玉面狐似有允意,这些未修成的众狐仍然野性不退,一齐说道:
"二位仙姑说得虽然不错,无奈,吕洞宾欺人太甚! 当面羞辱洞主。我们

洞主也是修成的仙体,岂肯白受他野道这口气。常言道:他有他的登云法,我有我的入天梯。我们定与这野道势不两立。"这也是众狐的劫数难逃。所以玉面狐听了这派话,登时火性又复冒起,遂决意说道:"二位仙妹不必相劝。我若一躲避吕洞宾,岂不令天下同类耻笑,丢了我玉面仙姑的声名?求二位仙姑竭平生法术,助愚姐一场,与这些毛神见个高低,再作定夺。"凤箫公主、云罗仙子两个听罢,心内虽不乐意,到底同类怜同类。况且既来至此,若不相帮,恐伤了同类义气。故此,觉得不好推辞,只得答道:"诸事听凭仙姊吩咐便了。"言罢,玉面狐连忙说道:"事不宜迟,吕洞宾若将天神请到,必来堵住洞门。咱趁早出去要紧。"于是,将那洞内大小群妖、以至豺、狼、獐、鹿,俱安排在丛林密树之中,调开队伍,整顿旗枪,专等天兵一到,好去冲锋打仗。这话按下不表。

且说吕祖来至青石山下,远远望见祥云缭绕,瑞霭缤纷,知是天王来到,忙把赭黄袍一抖,两足生云,起在空际迎候。只见天门开处,旌旗招展,托塔天王率领天将天兵排着队伍冉冉从天而下。内有六丁、六甲、马、赵、温、刘四面护卫,二郎、哪吒分为左右,十二元辰为后队,二十八宿押阵角。带着天罗地网,各持弓箭刀枪,真是簇簇森森、威威武武。又有一面坐纛①大旗、拴着豹尾,一齐奔到青石山的境界。吕祖在云端里看着天神渡过天河,堪堪离得切近,速又复起云头,迎至天王驾前,躬身稽首②。天王亦连忙离鞍下马,彼此相见。

礼毕,吕祖道:"尘凡下界,妖狐作乱,搅扰乾坤,残害民命,毁坏神像,亵辱元门。贫道因奉南极仙翁法令,动救世之苦心,欲将群妖降伏,致劳天王神威圣驾,故此,谨具表文,通诚奉请。"天王道:"下界妖氛甚盛,金星已表奏天庭。玉帝正要诏遣天兵诛馘妖孽,适值监察神值日功曹将上仙牒文捧到。狐媚猖狂,皆由我辈失察之过。适才至玉帝案前请罪,即蒙敕旨,令我等下界擒妖,剿除恶孽,与民除害。请上仙稳坐法坛,降妖乃我等天曹分内之事。"吕祖道:"如此,请天王乘骑便了。"天王道:"便与上仙携手而行,同到青石山界,岂不甚好。"

说罢,按落祥云,来在嵯岈洞外。天王于是调开了天将天兵的队伍,

---

①　纛(dào)——古时军中大旗。

②　稽(qǐ)首——古时一种跪拜礼,叩头至地。

先堵挡了妖狐洞门,又吩咐众神在洞外即刻讨战。只见嚷闹了多会,并无妖精的动静。哪吒便走过来回禀天王,说道:"妖精藏在洞内不肯出来,如之奈何?"二郎道:"不如咱先进洞巡察一回,然后绝其巢穴。"哪吒道:"咱就进洞。"二神各持兵器,在洞内周围找了一次,并无妖狐下落。回来将要用火焚洞,忽听密树林中有操演兵刃之声。二郎、哪吒来在高处一望,只见妖精一齐聚在那里排队呢。二郎、哪吒正在看视,有几个小妖也都看见了天神,一齐来至玉面狐近前嚷道:"天兵天将来了,请洞主分拨我等,快出去打仗争战罢。"玉面狐听罢,正是无可奈何之际,欲罢不能之时,只得出去抗违天命,舍死忘生地与众神交战去了。

不知谁胜谁败,且听下回分解。

第 十 八 回

天兵大战众妖狐　识天机云凤归山

词曰：

变化多端，狐媚无羞真不堪。强把神通展，无计外乎天。反惹泼缠，愈增过愆，到头来，雨覆云翻，只落得，万年道术一时捐。

且说玉面狐凑了些成精的走兽，也不是什么智谋参军，动不动便用计策；也不是什么威武偏将，直不直就要厮杀。巡逻的找了几个快腿的野走狗；作马的寻了些个吃人的饿急狼。兔子摇旗，猴儿开路，一齐乱嚷。各拿防身兵器，簇拥着几个妖狐，都是女将打扮，都有千百年的修炼，一个个变化人身，各自有各自的形容。花枝招展，燕语莺声，催领着一群狼虫虎豹，也是旌旗高举，剑戟如林。一团阴气，就地乱滚，犹如浓烟密雾，黑漫漫地遮蔽红日，闹嚷嚷地各逞凶威，有如潮涌一般厉害。玉面狐又派云萝、凤箫道："二位仙妹先在旁边略阵，如若愚姐不能取胜，二位仙妹再相帮扶可也。"凤箫、云萝各自应诺，随在阵后。于是，众狐又相拥玉面狐一齐飞奔对阵。

天兵大队摆开阵势，压住阵脚。群狐往两边一分，正中显出了玉面狐的容貌。此刻妖狐又是一番模样：直立着两道似戚非戚的蛾眉，圆睁一双似水如星的杏眼，包含着一派杀气，铺堆着无限威风。裙下双钩按丁字步儿站住，手中宝剑照八字势儿分开，满面嗔怒，手拿雌雄剑一指，大声叱道："天兵中的领袖，神将内的班头，速去报与李天王、吕洞宾知道，就说玉面仙姑前来讨战。"

此时，天王与吕祖正在青石山顶之上稳坐，只见众妖乱哄哄地出来讨战，天王便哈哈大笑，说道："这些妖狐如此伎俩，便敢平地起风波，真是无羞无耻，背逆天命，该当万死。狐假虎威，抗拒天将，这等目无法纪，实是死有余辜。待我神命旗，诏取五雷、四帅，布稠云，展利电，霹雳一声，击了这些众孽畜，准保有翅难逃，皮囊化为灰烬。"

吕祖听罢，连忙摇手，说道："天神休得如此，暂且息怒。这些妖狐虽然抗拒天兵,应该用雷击死。但可怜她万载修行,莫若将她生擒,先审问她一番。她若悔恶向善,便治她个轻罪发落,教她改过自新。她若痴迷不醒,再将她处死不迟。常言'天有好生之德。'求天神体天而行可也。"

天王拈髯点首说道:"到底上仙慈悲宽恕,度量广大。既然如此,待我令众神兵擒她便了。"说罢,天王将手中宝塔向上一举,塔上第一层金铃响动,乃是诏取丁、甲、元辰的号金,只见六丁、六甲、与十二元辰一见金铃摇动,俱都不敢怠慢,迎下山来,便要与妖精交战。各物方向,上前抖擞神威。

玉面狐见丁、甲、元辰迎将下来,忙传了一声号令,说:"谁去与这几个天神对敌?"言罢,从背后转过天马狐精与混朦狐精,说道:"我两个愿去挡这头阵。"玉面狐吩咐道:"须要仔细。"二妖说是"晓得。"便跨上异兽,冲出阵来,也不答话,两下里便动起手来。二妖与天神战未五六回合,天神势众,一齐便将两个狐精围裹住了。丁、甲、元辰将要并力擒捉,忽见二妖一齐将嘴张开,运动丹田的阴气,向外乱喷。丁、甲、元辰觉得阴邪之气扑来,俱恐被其所侵,连忙败出阵外躲避了,不敢与妖抵对,抽身归了本位。

两个狐精见天神战败,更加耀武扬威,乱嚷道:"有哪个毛神再敢出来比拼?"此刻,天王在山顶石上坐着观阵,看得真切,不觉心中恼怒,说道:"这些泼怪真乃万恶,若这等叫她们容留长智,何时方将她们剿灭得平?"说罢,满脸含嗔,把宝塔高高举起,用力晃了一回,只听十三层宝塔金铃一齐如雷响动。众天神一见,个个惊异,遂率领天兵,两下里分头将妖围住。众妖见天神势众,也破着死命互相乱战。这一阵,真是杀了个天昏地暗。二郎爷心中大恼,用三尖刀先斩了些獐、狼、豹、鹿,然后冲过阵内,专要将玉面狐生擒活捉。两个并不答话,一齐刀剑并举,各展神通,杀在一处。这一交手,更是厉害,二郎神直用刀砍,玉面狐忙用剑迎,刀砍霜光喷烈火,剑迎锐气起愁云。一个是青石山生成的妖怪,一个是灵霄殿差的天神,那一个逞凶任性欺天律,这一个御害除妖救世心。二神使法身驱雾,狐怪争强地滚尘,两家努力争胜负,恨不能谁将谁来一口吞。

且说二郎神与妖狐大战多时,哪吒同众天神已将群妖首级挥杀了许多,所剩下能变化的众狐唬得魂飞魄散。玉面狐此时也是杀得香汗淋漓,筋骨酸痛,又见众妖伤了甚多,心内一觉恐惧,更是遮架不来。只得吩咐一声,令众妖各运起防身法宝,放了些不正之气,趁便败下阵来,领着众狐逃出重围。小妖死得已是堆积如山,玉面狐看着,不敢恋战,仍复奔了密树林内。

二郎神见玉面狐逃奔丛林密树,仍是不舍,便要追赶。哪吒道:"咱们暂且穷寇莫追,待布下天罗地网,再去将他们围绕。不然,此时将它们追急了,可就许逃跑藏起。"二郎道:"也是,咱先令丁、甲众神将天罗地网四面密布。"

且说云罗仙子、凤箫公主见玉面狐劝不回头,本心不欲相随打仗。因玉面狐分派了,情面上不好推诿,只得跟着前来略阵。这两个虽也是与玉面狐同类,然自己颇知纯修苦炼,不肯妄作非为,且能知过去未来之事。若论道行,较玉面狐还高一层,虽也是幻化美女,常出洞游玩,从无迷人害命。今见玉面狐抗拒天神,早料着不能取胜,一定遭擒。所以只管随着阵队,并未曾与天神动手。以后见彼此乱战,云萝仙子早见天神手内持着天罗地网,遂默对凤箫道:"玉面仙姊不听良言,恐怕难逃劫数。到那时,玉石俱焚,咱两个岂不枉修炼了一场?莫若趁此机会回洞罢。"凤箫公主道:"要走,咱便速速起身。不然,众天神布上了天罗地网,再要脱离,可就难了。"两个商量已定,齐借遁光而去。回至洞内,各自闭洞潜修,以后两个俱修得到了天狐地位。此话按下不表。

且说众天神布妥天罗地网,哪吒道:"此时妖狐料必力竭势危,咱布了这四面的罗网,大约一个不能脱逃。趁着此刻,它们尚无着落,速去四面围住,与它个卷饼而归。"二郎道:"这几个毛狐,何用许多天神动手?待我自己前去,管保手到擒来。"说着,便一直地扑了密树林内。

这玉面狐正要率众妖用遁法逃去,忽见二郎爷携着金毛童子、吼天犬、粉翅银雕的神鹰,威风凛凛地去看过来。看官,你道二郎神怎个圣相?有词为证:

二郎爷生来圣像多端正,丰满满的容光亮彩似银。三山帽,朱缨衬,金丝累,珍玉润,扣顶门,压两鬓,双展翅,盘龙滚,起祥光,绕瑞云,天神队,分职品,鹅黄色的飘带在背后分。穿一件,淡黄袍,紧随身,团龙绣,起金鳞;厢领袖,回文锦,更衬着百蝶穿花的藕色战裙。

系一条，丝蛮带，缠腰紧，蝴蝶扣，穗缤纷，杏黄色，似赤金，玉连环，夔①龙吻，挂宝剑，多锋刃，能叫那，妖怪邪魔不敢侵。足下蹬，战靴新，升云路，走天门，随步稳，五色分，底儿薄，任疾巡，这双靴多行天界不踏世尘。手中擎，三尖刀，双面刃，双龙缠，护口分，斩妖魔，临军阵，曾在那水帘洞外大战过猴狲。金毛童，是从身，弓是金，弹是银，年纪小，正青春，跳躜躜，架鹰牵犬在后面随跟。

玉面狐看罢清虚妙道二郎神相，不觉得心中惊恐，欲看真魂。

且说二郎爷赶到树林之处，正要着金毛童子放鹰犬捉拿众狐，众狐忽然齐现原形，露出本相，迎近前来，反把二郎爷围住。一个个俱运足阴邪腥臊之气，向二郎神喷吐。二郎神忙睁慧目一看，但见众妖全不似先前娇娆美女之样，俱仍化成奇形异状凶恶的狐身。有几个天马狐，长毛雪白；有几个混肷狐，毛色花斑，金腿挺见，皮毛光亮，乌云豹黑白斑烂，染狸子栽针刺猥一样。烙铁印，倭刀腿，异色酷灰满地毛团，实在令人难看。

二郎神见众妖幻化这等形状，连忙用三尖刀挨次砍去。砍了几个，俱无骨无血，软微微的，竟是些皮毛堆在那里。二郎神心中纳闷，又不知那是玉面狐的原形，于是令金毛童拽开弓，用银弹子打去。哪知打着了软滑滑的皮毛，反把银弹子碰落。又将铁爪铜嘴喙的神鹰放出去抓时，鹰到跟前，捉住了一个，觉着滑溜溜，无骨无血，虽然掐住，提不起来。鹰又一缓爪，仍然逃跑，反将神鹰羞得飞回来了。金毛童见鹰不能捉拿，复将吼天犬脖卡打开撒去，哪知这犬尚未追上众狐，便闻着腥臊气味，并不敢近前，竟又去而复返。二郎爷虽有神通，无法可使。

正在思想主意，哪吒忽从背后转过。二郎一见，忙将适才众狐幻化之相说了一遍。哪吒道："这不算甚奇，这是妖狐用的截教中旁门左道，名曰：'移花接木、抽骨遗囊。'它们运出魂灵，抽去胎骨，专用毫毛皮袋围裹。我等刀砍鹰抓，全伤不着它们的真体。它们用这抽身离魂邪术，无非欲要弃舍了臭皮囊壳，指望得便逃去。从意见，虽然妖狐这个计策不错，无奈此刻已晚。咱们现撒布了天罗地网，它们也是空用了一番的法术。"二郎道："原来如此。想不到我被这些脱了皮毛、专用虚假的东西难住，空与它们无血骨的皮桶打仗。这些妖精，实在可恼。"说罢，怒发冲冠地

---

① 夔（kuí）——古代传说中一种奇异的动物，如龙，一足。

道:"我非得将它们的尸灵皮斩尽不可。"哪吒道:"不必如此着恼,待我将这些毛团,一齐葬送了它们的性命。"于是,一伸手从兜肚中一个锦袋里把九龙神火罩取出,托在掌上,口中又将太乙真人传授的六字真言连念了三遍。真是神仙法宝,奥妙无穷。那神火罩登时之间,骤然向空飞起。

不知这罩落下,众狐可能脱逃不能,且听下回分解。

第 十 九 回

青石山众妖遭焚　玉面狐变蚊脱罩

诗曰：

铺地遮天设网罗，妖狐虽媚可如何。

二郎变化无穷妙，哪吒神通妙用多。

吕祖终须施恻隐，天王欲待斩邪魔。

仙姑从此宜深省，日月壶中再炼磨。

话说众狐见了二郎神威，实可畏，俱都着忙，于是用金蝉脱壳的法儿，脱胎换骨，留下皮欲要乱纷纷地混住二郎。大众得便，好将真身暗遁，剩下这毛团皮袋，便可一任残伤。哪知向四面一看，已布下了通天罗网，无法逃遁，未免丧魄惊魂。玉面狐此时觉着难顾众狐，自己思想，何不趁这幻化之际，难分难辨，先藏在青石山隐僻之处歇息歇息，再作道理。想罢，变了一个极微的飞虫，奔往青石山洞后去了。其余这些众狐也想着东窜西遁，无奈天兵已是围绕将来，只得仍在一处相聚。此话按下不表。

且说哪吒这九龙神火罩，本是太乙真人炼成的仙家奇宝，因哪吒拜过真人为师，故此，将这神罩赐与他。听说这宝物拿在手内，瞅着不足半寸之大，及飞到空中，便有万丈之余。何以见得？有词为证：

这神罩，仙家的至宝难窥测。起到空中甚觉神奇，滴溜溜按太极乱转移。遵的是八卦理，炼的是阴阳气，成奇偶，分男女，济与不济化出了四像才生出两仪。丹炉炼，火候齐，论抽添，全终始，熔造成，不透气，能大小，善伸屈，一体有，千钧力，虽无翅翼翎毛能起到空虚。九条龙，盘香势，光不漏，一处集，从上面，至到底，尖是头，圆是尾，按周围，分层次，像一个严丝合缝乱转的螺蛳。火焰飞，金光起，风雷响，闪电急，一层层，鱼鳞密，空中响，似驱车，就便是，金刚体，若被罩住也化为泥。这便是九龙神罩的真妙用，展眼间，定把群妖俱吓迷。

且说哪吒见众妖聚在一处，忙念咒语，将神罩祭在空中。指望一齐把群妖罩住，再用法力擒捉。谁知睁慧目仔细一看，变化的群狐乱纷纷的，只不见有玉面狐的原形。遂忙起至虚空,又向四面一望,忽见青石山后悬崖之处、石头窟穴有妖气旋绕。看罢,仍落到山坡之下,对众天神道:"我知有这天罗地网,妖狐不能远遁。如今这些小妖我已用神火罩在空中将它们罩住。须将九尾狐也诱到此处,一同罩在里面,免得再与它交手。"二郎道:"咱须回明了,再去到山上诱它。"哪吒道:"我替父王传出号令可也。"于是,高声吩咐道:"众天神须要各按方向,振起精神,把守这些群狐,勿致散乱窜避。我等要到山崖石穴之中,捉拿九尾妖狐去了。"言罢,身驾祥云,直奔了青石山后来寻觅九尾妖狐。

且说这玉面狐藏在山窟窿之内,以为众天神闹攘攘地决不理论自己。正想,我虽暗遁出阵来,不知这些众妹已是如何? 莫若仍变个飞虫,起在空中看望一回。想罢,刚要幻化,忽见祥云盖顶,哪吒、二郎堪堪来到面前。妖狐见天神来此搜寻,不觉心中又急又恨。你看它,仍复成美女模样,咬牙切齿,用手把雌雄宝剑一分,迎下了山坡,那光景真是要拼命一般。

哪吒见九尾狐下了山坡,忙对二郎道:"咱快忙按落云头,我好与它交战,诱它到九龙神火罩下。"说罢,一齐身落平地。玉面狐一见,迎至近前,娇声喝道:"毛神休逞威能,欺灭截教。仙姑来也!"说罢,一双玉腕,用雌雄剑照着天神竭力砍来。哪吒一见,奋勇当先,骂道:"妖狐少要猖獗! 看吾神取你的首级。"于是,脚下蹬开风火轮,手持火尖枪,看着真是威武无比。怎见得? 有词为证:

玉面狐思把天神来抗拒,只见那,三太子的威风果是超群。在上界,镇天门,正英年,真斯衬。美丰姿,骨格俊,莲花朵,化作身,天生就,离却游泥不染尘。芙蓉面,似银盆,二眸子,黑白匀,双眉秀,大耳轮,更相衬雪白银牙通红的嘴唇。双丫髻,日月分,赤金箍,扣顶门,孩儿发,黑冀冀,满脸上,常堆着欢悦无有动嗔。荷叶衣,双肩衬,水火绦,紧束身。系两片,水波裙。脚底下,大红鞋登定了风火二轮。火尖枪,多锋刃,金刚圈,把乾坤镇。混天绫,随心运。绣球儿,更得劲。真法宝,一经施展惯通神。生骨肉,本世尊,降魔怪,转法轮,灵通广,变化真,威声显,大将军,玉帝封天师领袖护驾的亲臣。九龙罩,荡浮云,妖魔见,冒真魂,若罩住,被火焚,这宝物赐给它的原是太乙真人。自幼儿,有慧根,移星斗,转乾坤,能入海,把龙擒,踏盘石,吐青云,降了众妖氛,那石矶娘娘的童子还被它殒身。今日里,青石山前来交战,定要与玉面仙姑把胜败分。

　　且说哪吒与玉面狐两个交上手,真是恶战仇敌,难分难解,杀得尘沙滚滚,日月无光。二人且杀且走,玉面狐已来到九龙神火罩下,此时哪吒正想将自身脱开,把罩落下。不料众妖狐看见玉面狐又在那里打仗,便哄地一声,齐都窜将出来助战。众天神先未防备,反被它们冲倒些个天兵。众天神看罢,恐三太子见怪,复又连忙围裹上来,互相乱战。这一次,更是厉害。众妖俱破出死命争斗,一个个齐吐妖氛,各放阴气,但见:

　　冥冥濛濛,比蚩尤①迷敌的大雾;昏昏黑黑,例元规活人的飞尘。飞来飞去,却似那汉殿宫中结成的黑块;滚上滚下,又如那泰山崖里吐出的烟云。正是妖狐喷吐阴邪气,千里犹闻臊与腥。

　　众天神闻着不正之气,俱怕沾染,然又无法可遏。此时吕祖正坐在山石之上,同天王谈笑。忽然也觉闻着腥秽。吕祖便道:"这些妖狐,又放了腥臊气味。待我用纯阳之气吹散它们的阴气,以止其秽可也。"于是,呼一口仙气,吹将出去,便觉腥秽消了许多。

　　玉面狐见有人破了它们的防身之术,心虚胆怯,恨不能一时将哪吒打败。众狐见它们洞主拼命攻战,也都呐喊踊跃,说道:"咱们若要败了,必定死无遗类。须要尽力与这些毛神共决雌雄,千万不可生怯。"玉面狐听罢,更又振起精神,狠命与哪吒抗拒。这场大战,但见又杀得:

　　愁云蔽日,杀气漫空。地覆天翻,神愁鬼哭。神帅无边法力,妖精许大神通。一个万仞山中的狐怪舞剑如龙,一个九重天上的太子飞刀似电。一个愤愤威威精神振抖,一个变变化化手段高强。一个呵一口妖气雾涨云迷,一个吹一口仙风天清气爽。一个有狐党狐朋助他耀武,一个有天神天帅助他扬威。一个领狐妹狐姊战真神,恰好似八十万曹兵临赤壁,一个同神兵神将收妖孽,却好似二十八汉将闹昆阳。一个是妖怪中数他作班头,一个是神仙中推他为领袖。一个要为自己争个名声,一个要为生民除却祸害。正是两边齐用力,一样显神机,到头分胜负,毕竟有输赢。

――――――――――――

　　① 蚩(chī)尤――神语中东方九黎族首领,能呼风唤雨。后与黄帝战于涿鹿,兵败被杀。

却说玉面狐奋死战住了哪吒，众狐党也俱舍死忘生，混战天兵天将。无奈，众狐外势虽然奋力拒捕，终是心中惧怯，不能敌得过众多的天神，被众天神仍然将这些狐党团团裹住。玉面狐此时也被哪吒战得气喘吁吁，披头散发，粉汗淫淫，裙开衣卸。看那光景已是毁透了贪淫恋爱之心，伤尽了兴妖作怪之性。有心想着夺路逃生，知道已布下天罗地网。料着不得能够，未免心中自叹，悔恨从前不该引诱周信，得罪纯阳，致今日被众天神所困。虽说有几千年修炼的道术，暂且无妨，但理有邪正，万难取胜。况且，哪吒正在青年，最是好胜，若要伤着他，众天神若是一怒，岂不目下就要废命？真是前进无路，后退无门，左右为难。

玉面狐且战且想，倒把个极聪明的妖媚弄得无了主意。那哪吒的一条火尖枪，原是追魂取命，今见玉面狐双剑松乱，知道它无处逃走，故意地与它来往盘旋、长征耐战，指望叫它无隙腾挪，好用法宝将它罩住，以便擒捉。此时，那神罩在空中，如轮乱转，已将所有的妖群狐党尽皆罩在下面。四外是天兵天将，围得风雨不透，到底玉面狐修行得年久，根深蒂固、眼快心灵，正在与哪吒招架之际，忽听空中风雷乱响，如连磨驱车，连忙抬头一看，未免吃一大惊，认得这法宝是九龙神火罩，若被罩在底下顷刻亡身。你看它，心急计生，也不顾大小群狐，与哪吒虚砍了两剑，便败下阵来，就势向天神队里一冲，随机应变，变了个小小蚊虫，分开两翅，没命地飞起，逃出神罩的火光之外，落在树梢之上，那里偷眼暗看。

且说哪吒用锐进迟退之法，与玉面狐厮杀多会，见妖狐只有遮架之功，已无还手之力。正想暗念真言，运用法宝，忽然妖精败下阵来，便即不见，心中登时大怒，说道："这些妖狐，真是可恼。不说及早投降，反要化身暗遁。"说罢，连念三遍咒语，催得神罩直往下落，竟把一群狐朋狗友的妖精同罩在里面，片刻工夫，一齐烧死。可怜连根带蔓，狐妖辈罩下须臾被火焚。

不知玉面狐如何下落，且听下回分解。

第 二 十 回
天将妖狐斗变化　神鹰仙犬把妖擒

诗曰：

　　　　堪叹妖狐枉炼修，虽多变化尚遭凶。

　　　　当时若肯心归正，何至今朝两泪流。

　　话说玉面狐化了个小小蚊虫，躲在树梢之上，眼瞅着众狐被神火罩俱都罩住，又猛听"哗啦"地一响，这罩落将下去，须臾之间，这些众妖皮囊胎骨俱成灰烬，凑在一堆，随风宛转而散。玉面狐看罢，惊得魂不附体，眼泪汪汪，失声叹惜。想众姊妹并未惹是生非，都因我，遭此再劫，叫我又无法将它们相救。我自己幸变蚊虫，逃出罩外，不然也是顷刻亡身。

　　玉面狐正在悲叹，忽然被二郎圣目瞅见。二郎爷本有七十二般变，今见妖狐变化蚊虫，在树上落着。连忙按生制克化之理，一时变化了个蜘蛛结网，欲把蚊虫网住。玉面狐也知是二郎变化赶来，料想难以遁去，将身一晃，又化了个红冠、锦翅、长翼、飘翎的雄鸡，扇着翅膀，打着鸣儿，直扑蜘蛛，用嘴便鹐①。二郎爷也将身形一晃，化了个满银毛、堆金线、嘴尖耳小、利齿灵牙的黄鼠狼，要来咂雄鸡的血脉。妖狐着忙，又化了一条菜花蛇，要缠住黄鼠狼，吃它的脑髓。二郎神与妖狐变化，都按一物降一物地克制。今见玉面狐变化多端，二郎神心内着急，遂化了一个红顶雪毛的白仙鹤，赶上菜花蛇，先用爪踏住头脑，令其缠在腿上，用长嘴要将菜花蛇劗为数段。

　　玉面狐见二郎变化奇妙，忙一挣撮，仍化现女相，抡动雌雄宝剑，以死相拼，前来决战。二郎神也复了圣相，用三尖刀狠命劈来。战未数合，玉面狐便觉玉腕难抬，抵敌不住。欲想得便逃生，四面八方撒着通天罗网，焉能遁到天地之外？事已至此，若要保全性命，除非仍与天神斗变化，再无别的门路可以延缓时刻。正在踌躇之间，哪吒也来围住，用火尖枪夹攻。玉面狐一见，料着一个天神尚难支架，今又添上位，不觉心胆皆裂。

----

　　①　鹐(qiān)——禽类用尖嘴啄(食)。

急又摇身一变，变了六个婴儿，这六个婴儿号叫六贼，当初曾魔过弥勒佛的金身，亦甚厉害。但见妖狐化的六个婴儿，喜笑怒骂、连哭带喊，就是铁打的心肠，都不忍伤害。二郎神看罢，早知其意，对哪吒太子说道："妖狐这等伎俩，也来哄弄我等，真正可笑。不免咱们与它比较，叫它心服。"

二神言罢，齐幌身形，仍按阴阳生克至理，登时化作了六个乳母，一个个大肚子抡墩，敞着衣襟，胸脯上露着两向下垂的乳头。常言说，孩子见了哑哑，一齐来叫妈妈。孩子见了乳母，一齐止住痛哭。二神变的六个乳母，赶上前去，便要抱那六个婴儿。玉面狐见天神识破，恐怕被擒，连忙又改了变化，化了五个恶鬼。这五鬼分五色，按着青、黄、蓝、白、黑。分五字，乃是杀、盗、淫、妄、酒。这五鬼也甚厉害，不论道教佛门，若是沾惹着这五样是非，便能亏损道法。妖狐变这五鬼，以为天神忌讳，不肯上前，便可设法窃逃。岂知二郎神一见，眼望哪吒太子带笑说道："妖狐大概力穷技尽，故用这些障眼法鬼混。待我等变化个降鬼之神，暗暗地捉它。"于是二郎爷将身一晃，便化成专食恶鬼的钟馗，左手执着牙笏板，右手托着金厢白玉的酒杯。虬髯乱乍，笑微微的眼，望着五鬼，用板便指。哪吒太子见二郎爷化了个醉钟馗，也把身形忙着一幌，变了个武判官形象，犹如火炭朱砂染的一般，天生恨福来迟的恶貌，皱着双眉，瞪着两眼，对着五鬼举着宝剑，真是雄威可怕。

玉面狐见二神变化二判，要捉它变化的五鬼，心里觉着仍难脱身，便又复了蛾眉女相，与二神对垒相敌。二神也复原相，举兵刃努力齐攻。刚刚战了五六回合，玉面狐更觉力软筋麻，实难扎挣，将双蛾一皱，无奈又嗥真言，再赌法力。这一变化较从前大有作为。只见：

浓雾遮漫，乾坤墨黑；黄沙滚滚，风卷迷人。雷声响得若山崩地动；雨声响得如瀑布流泉。

玉面狐变的是三头连着六臂，六只手持着六样钢锋，三个头俱戴着金盔。身体魁伟，穿着铁甲，恶狠狠地直奔了天神队里交锋。二郎爷见妖狐又改变的如此，便要化作四头八臂地再与斗胜。一旁里哪吒忙道："若与它如此变化，何时是了？待我仍把九龙神罩祭起，结果它的性命，岂不省事。"二郎道："不如拿活的，咱好交法旨，亦可究问情由，使万民知晓它的罪恶。"哪吒道："既如此，我上前去捉它。"说罢，便将法身长起六丈，三头、八臂、九眼如灯，首戴金轮，大喝一声，风止沙沉，云收雨散。又呵口气,金光罩世,妖气全消。手擎法宝,扑到玉面狐变化之处,用枪便刺。

玉面狐见哪吒又识破它的变化,未免心中忙乱,不敢撄锋近前冲撞。又想众天神将天罗地网围了个严密,纵然变化,也难脱身,不如化个温柔绝美、绰约凌波的娇女,用媚言望与众天神乞怜,看他们如何捉我。主意想妥,顷刻仍复成胡小姐的模样,那等好看,真似生来的秋水为神,玉为骨,芙蓉如面,柳如眉,整注游尤不足比喻。你看它,带着娇羞,将要用唧唧春鸟的声音,对着天神献媚说话,哪知哪吒、二郎一齐识破这等意见,忙吩咐众天神四围旋绕,又令金毛童动手。金毛童听令,便将金弓扯开,暗暗地对准了,只听"叭"地一声,放出的银弹子恰打在玉面狐的左目上。玉面狐猛一吃惊,两眼一黑,二郎趁着此际,又将吼天神犬放出,赶上去,扯住后腿。那铁嘴神鹰早在空中扶着,盘垂着翅,一见神犬拉住妖狐后腿,也忙飞赶下来,两爪抓住脖梗皮肉,一嘴叨着头发,两个鹰犬一齐将妖狐按在山坡之下。可怜玉面狐万载修炼之功,今日落在鹰犬之手,一毫不能扎挣。

且说金毛童见鹰犬捉下妖狐,忙走到跟前,架起神鹰,喝开神犬。众天神一齐来前,用红绒套索将玉面狐牢拴。哪吒、二郎又命天兵撤去通天罗网,吹散了那一天尘氛,现出了光天化日。金毛童牵着玉面狐,二神跟随在后,来见天王。此时玉面狐遭擒被拴,自觉置身无地。一面前行,心中无限酸痛、后悔,杏眼含悲,自恨自己错了主意,无故思凡,以至被痴情缠住,邪念丛生。今日看来,这何尝是前生恩爱,直是要命冤家。回思当日,若在洞内藏修,何能遇着可怜可爱的周公子?若不与周公子留恋,何至一时怒伤了小延寿性命,羞辱王半仙,撕毁经卷、圣相,吕纯阳请天神下界相捕?可叹众姨妹为我亡身,无故遭劫。从前若听云萝、凤箫二妹之言,何至被捉遇祸?此刻既被缚获,料着一定遭诛,但因不值的缘由情节,竟把一命呜呼!可惜空修了一场,竟成画饼;将成的大道,废在半途。

这玉面狐心内一而二、二而三,逐件地自悔自怨,万种伤情,百般惭痛,未免二目纷纷落泪。哪吒一见,大声叱道:"你这无耻的妖狐,有其此际悔恨哭泣,当初何必胡行?快着走罢!"玉面狐战战兢兢,项带红绒套索,有心不肯被牵而行,又怕哪吒、二郎不允,只得任金毛童拉拉扯扯前来,少顷到了天王之前,二郎与哪吒交令。玉面狐站在旁边,羞答答地偷眼观看天王的圣像,真觉威严齐整:

观圣像,上界的元勋另是一样,他的那仪容齐整带着雄威。面方大,赤微微,明星眼,衬浓眉,鼻端正,耳轮垂,最美的,须髯五缕墨锭儿黑。戴一顶,七宝厢,太师盔。盔头上,朱缨缀,插豹尾,双凤翅,左右飞。顶门上,罩一层,珍珠珮,钉金钉,遮且护项在脑后围。穿一件,连环甲,鱼鳞革,螭虎口,含玉坠。夔龙式,宝剑佩,多锋利,藏鞘内,挽手绦,双排穗,更有领绣立蟒的红袍一半遮藏一半披。一杆枪,锋尖锐,手中擎,真无对,映日色,起光辉,临军队,随心摆舞任意挥。托宝塔,层层累,十三级,金铃缀,响声儿惊神鬼;火焰飞,降妖垢。为号令,把神催,铃声响,孰敢违?但要是,一经摇动便起风雷。他本是总领那三十三天的众神将,翠云宫中的一位帅魁。

却说玉面狐瞻仰天王仪表神威,不觉心中畏惧,战哆嗦地俯伏山坡之下,痛泪交垂,不敢仰视。

天王记下了二郎、哪吒的功劳,然后向吕祖说道:"妖狐就擒,群魔俱灭,从此妖气净尽,此处清平矣。这个九尾狐交与上仙发落便了。"吕祖答道:"多蒙天神大施法力、广展神通,荡清此方的妖气;仰仗天王的威灵,保全此地的民命。这青石山四面的百姓,此后安居乐业,都是天王今日降魔的力量所赐。山人毫无功绩,这妖精还是天王将它判断责罚可也。"天王道:"妖狐作耗,搅乱居民,伤残民命,我等上居天宫,不能查拿,已有失察之过。上仙邀我等下界降妖,乃是我等天曹神将应然之事。至于定罪行罚,或诛或释,仍应上仙酌量发落。祈上仙不必推辞为是。"吕祖道:"适才,山人已吩咐周家苍头打扫法台。山人便与上圣同至周宅,共议妖狐罪案何如?"天王道:"如此却可。正好叫那些下界凡夫,知道了感荷天恩,不敢为恶。"于是,吩咐了天兵天将,排开队伍,簇拥着玉面狐,金毛童仍牵着红绒套索,一齐扑了周宅书院之内。天王与吕祖也一同起驾。只见满路上祥云缥缈,瑞气缤纷。

老苍头捧着香烛,率领众仆人都跪在大门之外迎接。不多时,天王与吕祖齐到法台,在正中并肩而坐。众天将一对一对俱在法台之下围着。只听吕祖吩咐一声说:"带妖狐!"金毛童连忙将玉面狐牵在台下。玉面狐将要跪下,二郎神便走将过来,大声叱道:"孽畜!还不与我化现原形。"此时玉面狐吓得无了筋骨一般,闻听二郎神叱他,急忙忍气吞声,仍化现为狐形模样,抿耳攒蹄地跪在地上,连动也不敢动。

不知吕祖爷如何审问,且听下回分解。

第二十一回

太平庄真人审妖　李天王回归金阙

词曰：

　　妖狐战败，枉自逞凶作怪，明明有仙真，更有天神在。危殆危殆，险把身形损害。　　摇尾恳哀，多情周子伤怀。天王欲除害，仙道善门开，合该合该，今生种下将来。

话说玉面狐跪在法台之下，就似人犯王法，身无主的样式，低头而伏，连动也不敢动。吕祖见它如此，用手一指，说道："你这孽畜，实该诛戮。无故兴邪，采阳补阴伤害人命，残毁圣像、经卷，与山人抗衡。你想想，山人说你应犯天诛，罪在不赦，是也不是？那延寿儿，老苍头只此一子，你将他吃了，难道你也忍心？周信被你摆弄的，若非山人九转金丹，此时早作短命之鬼。你看看他那虚怯之态尚在未痊。"说着，又吩咐苍头道："你到书房唤出周信，叫他来看看他这千金小姐。"

这周信听苍头叫唤，连忙扶着仆人来到法台之前，双膝跪倒叩头，拜谢神仙除妖救命之恩。拜罢，猛一抬头，不觉唬了一跳。只见红绳拴着一个煞白的脸、九节尾、毛烘烘的狐狸。这九尾狐见周公子，不觉形相带愧，就似恨不能要钻地窟窿似的。你看它，虽是披毛戴角的畜类，也会伤心滚泪。那光景，仿佛思量周公子当初原是气壮神足的风流子弟，如今剩了一把骷髅细骨，皆是因我采补受了亏损。满心里虽是后悔心疼话语，却是说不出来。周公子乍一看见，本是一心的害怕。如今又仔细一瞧，项披红绒套索，拴在那里，一堆毛团似的跪着，挺耳受死，摇尾乞怜，那样儿直不及猪狗。又见那二目，泪痕满面，一肚子的羞愧伤情，竟似有无限的留恋悔恨，不能出口的样儿。周公子看罢，心内实在不忍，早把恨怨妖精、惧怕狐狸凶恶的本像置之度外，化为无有，反生出一种怜惜疼爱之心。竟想当时化胡小姐的模样，那些恩情欢爱。今日遭擒如此，虽然难看，大概既能幻化人身，必定还通人性。我何不哀求众神免它一死，也不枉与它同衾相好一场。

看官，你道这玉面狐见了周公子悲伤落泪，周公子欲与妖狐乞命求情，便仍是情缘不断，冤债未清，割舍不开，循环道理。且说周公子思前想后，于是扎挣着病躯，打叠起至诚心意。向着法台复又磕头，连连哀告道："天神上圣，此事乃是弟子周信年幼无知、引火焚身、开门揖盗、自招其害，既然神圣不究周信违礼犯法，恕弟子苟合、私通贪淫之罪，恩赐金丹，得全性命。也求道祖天神格外施恩，再恕妖狐迷人之小过，表天地好生之大德，免其废命诛首之劫，惜其参星拜斗之功。冤可解而不可结，量神圣必达此理。"说罢，俯首在地，两泪交流。

吕祖听罢，尚未言语，天王便大怒，用手将周信一指说道："你这无决断的孺子，恋情欲的痴儿，真是愚蒙不讲道理。你得了性命，尚未复旧还原，便忘了妖精害你的仇恨。常言说：以直报怨，看你竟是以德推怨。当初妖狐何尝待你有真情实意，你反这么与它讲情。大丈夫从来恩怨分明，妖精与他有杀身之恨，伤害你家婴儿，你应该将他恨入骨髓，食其肉、寝其皮，才是大丈夫所为。你看看众天神，费尽龙虎之力，好容易方将它擒住，你这不知事的呆孺，轻言将它放了。你真是枉读了诗书，呆骏之辈。它对着你流泪，这正是猫儿哭鼠，假慈悲。你趁早躲开，不必哀怜求告。这等万恶妖邪，诛馘它准保它心服口服。"

周公子听了天王之话，并没松放之意，正要再往下哀告，只见天王已将宝剑亮出，唤了一声："丁甲天神，即早与我将妖狐斩首。"众天神忙遵法旨，接过天王宝剑，答应一声，便要将玉狐问斩。唬得九尾狐与周信两泪交流，一齐叩首。周信再三祷告求说道："天神上圣大发弘慈，饶放妖狐之命罢。"

此时，纯阳大仙见周信与妖狐如此可怜，心中十分不忍。口中说是"善哉，善哉！"忙道："剑下留情，且请天王息怒。"天王见纯阳大仙阻住斩妖，忙道："上仙不必怜它。看这样淫邪滔天之恶，实难饶恕。这周信孺子与它讨情，岂非无知之甚。"吕祖道："周信固是恩怨不明，不合中道。但看他这等恳求，其心真而且诚，尚可原谅怜悯。此乃是藕断丝连的情根缱绻①，柳沉絮起的孽债变迁，以后自有应验。从来仙道总以慈悲为主。"这纯阳老祖到底出家人的心性，慈祥善念，见玉狐有痛自改悔之意，便欲

---

① 缱绻（qiǎn quǎn）——形容感情好难舍难分。

开脱释放,故此讲这天数难移,循环之理,以验前因后果,变迁之道。

岂知天王心中不以为然,听罢吕祖之言,说道:"上仙若因他们哀告,将妖狐赦放,何以表天理昭彰,轮回报应,以警将来妖怪效尤?上仙若说可怜它修炼的功夫,诛之不忍;悯它此刻悔恨,灭之不安。何不想想老苍头之子,被它这恶狐伤害?人命至重,应犯天诛,早就应该诏取应元普化天尊,霹雳一声,劈了这逞邪肆凶的妖怪。如今既擒住它,复赦放去,岂不是无了果报遁环的天理?莫若将它诛戮了,以快人心,以昭天道。"吕祖道:"上圣说的固是天心正道、报应至理,无奈山人既要释放妖狐,定不敢灭其天理,致延寿儿之命枉死冥途。自然与它解释开了冤孽,令延寿起死回生。"天王道:"上仙之言差矣。常言说,人死不能复生。何况延寿儿被妖狐害得碎尸粉骨,狼藉不堪,焉能再返人世?"吕祖道:"此术在别的教中自然未有,唯我元教却有这等法术。山人欲学庄周,运元机在姑莱,点化骷髅之骨,将延寿救活,以免此后冤冤相报。"天王道:"上仙虽如此,但到底不合赏善罚恶的至理说。然上仙用术救活了延寿,难道妖狐残毁神像、圣经,迷惑周信,以至九死一生,就不算过恶了?还是将它残灭,以彰天讨,免得将来再有妖魔援此为例,乱作胡行。"吕祖道:"上圣不必如此拘泥。焉有妖怪再敢这等兴邪作耗?"天王听罢,并不作声,那意见,务要将妖狐除灭,觉得方合天道曲直。吕祖是修炼过来的大仙,知道修炼工夫不易。所以欲发一片慈心,并非偏护妖狐。

彼在法台上谈论,天王是要活除怪,遵神道的赏罚分明;吕祖是欲妖狐改恶从善,彰仙道的方便慈悲。天王与吕祖口角言词之间,似浮露着有些参差不合之意。总而言之,神道与仙道通不能悖违天理。天王奉昊天敕命,欲将九尾狐置之死地,吕祖本当与天王分辨,无奈,干碍着天王是自己请来捉妖的天神,不能相与执谬、争论。再者,天王倘若一怒,执意不从,当时将玉狐斩首,岂不是欲赦其死,更速其死么?那时,纵然可惜它成了丹的大道也无益了。不如趁着周公子哀怜之际,妖狐未斩之时,将众天神齐送归天,免得天王不依,一怒之间,丧了妖狐性命。吕祖想罢,于是,便忙吩咐苍头"取朱笔、黄纸伺候,待山人画符送圣。"苍头设摆已毕,吕祖将黄笺铺在案上,笔蘸清泉,砚磨朱敕色,闭目含睛,掐诀念咒,秉虔心,按着先天神人法书,便画雷霆牒印一笔,笔字走龙蛇。写罢,递给苍头说:"速去法台前焚化。"苍头领命焚讫,只见咪滴滴一股清烟冲空而起,果然仙家敕令,神奇奥妙。登时天际稠云铺灭,黑漫漫地遮住世俗之人眼目。忽又一阵雷雨,天神便一齐升天。吕祖在法台,控背躬身,送神归位。之后,登时祥云四散,众神已到天庭灵霄殿上。天王奏明玉帝,言妖狐已归道教发落。玉皇爷准奏,记下了天王讨妖降怪的功勋。又发下一道诏旨,令太白金星敕命四位功曹,捧到尘界交纯阳子吕洞宾开读。太白金星领了御旨,传与值日功曹,功曹神即捧天诏,驾着祥云,径往下界太平庄法台而来。

　　此时吕祖送天神尚未归坐,只见一朵祥云自天而下,降到法台之上。吕祖识是值日功曹,连忙恭身迎接。功曹道:"小神奉玉帝敕命,赐上仙保诏。上仙可备香烛,俯伏案下,以听宣读。"吕祖连忙令人备办妥当,跪在香案之下。功曹神捧诏读曰:"人诏纯阳子吕洞宾,卿在尘界之中,梦醒黄粱,积修至道。天经地纬悉已人通;万法千门,罔①不尽历。救灾拔难,除害荡妖,功济生灵,名高玉籍。今妖党既已授首,百姓法此安生。敕卿为中八洞群仙领袖。所余未诛的九尾妖狐,任卿按天律处置。钦哉!诏书到日,信诏奉待。"功曹神读罢,吕纯阳再拜,受诏已毕,功曹神仍复驾云升天,回缴太白金星,奏明玉帝而去。这话按下不表。

　　且说托塔天王率众神升天之际,一阵子风云雷雨,众仆人与长工、佃户、俱都躲在房屋之内去避雷雨。法台之下,只剩了痴情周信与九尾妖狐,跪伏在雨水泥泞之中,淋得身躯如水鸡一般,还兢兢战战向着台上磕头哀告。好容易盼得雨止云收,可巧功曹神又至,更复迟延了多时,那周信尚还不肯起来,只是那里陪着妖狐悲啼。此时吕祖在法台坐下,见他两个如此缠绵留恋,心中实不忍看。想着,似这等情痴恩爱,纵有利刀慧剑,也难斩断这样的情根。人畜虽然别,看这点真情割舍不开的意思却与人一样。这光景是,若死,须在一处,绝不各自偷生,犹如捉对的蚕蛾,至死不放一般。就是比较起人间的真夫妇来,尚还不及他俩情意恩切呢。莫若山人开一线之路,再看它将来修炼何如,倘若妖狐回头苦炼,向善改恶,山人今日一施恩惠,便可保住了金丹大道。若是仍然不息邪念,再犯了罪恶,那时再行诛灭它不迟。

　　这是吕祖怜惜修行苦处,恐将玉面狐万载道术一朝消灭。故于天王

---

　　①　罔(wǎng)——无。

未去之际，便替玉面狐开通活路。再者，纯阳老祖昔日也系秀才出身，今见周信斯文一脉，不觉也是怜惜。所以先用金丹延他的性命，知道他与玉面狐有前因后果的姻缘，欲成就他两个的感应之数。况且，周公子为玉面狐哀求免死，那等真实意，惭恸悲哭的样儿，令人看着悯恻不忍。又见妖狐那光景，已是良心发现，似甚痛惜周公子病体支离。虽有人身、畜类的分别，看他两个却到一般爱厚恩深。吕祖爷想罢，把惊醒木一拍，厉声断喝道："你这弄妖媚的妖狐。前者山人用善言将你教化，你反敢违背我的牒文，抗拒我的法命。会天神降世捉你，不说早早投降，你竟敢率众妖前来拒捕，罪犯天条，定难轻赦。今被擒获，尚有何说？"

此时玉面狐听着吕祖一问，唬得魂不附体。虽然不能说话，却直是磕头叩首，碰地如捣蒜一样。那意思也是要求着赦罪不究的样儿，畏惧之甚，眼泪直倾。一旁里周公子唯恐吕祖叫玉面狐伏诛，听罢吕祖之话，便放声大哭，哀求道："祈上仙大开法网，饶放妖狐一死罢！这事是弟子周信枉自读书，自招的祸患，飞蛾投火，自找焚身。妖狐虽然有过，却因弟子而起。上仙剑下留情，恕了妖狐，请将弟子诛戮，弟子无恨。恕我周信，今日一死，明日就可转生。倘若是上仙今目斩了妖狐，岂不枉了它数千年的修行，再也无时可补了。"吕祖本来并无残灭玉狐之心，今又听了周信这派言词，想道："此子说的舌，却到是元机至理，爽快丈夫。却并不是专贪情欲，偏护狐精；倒是一位仁厚至诚君子之心，不念旧恶之意。看来此子根底不俗，日后一定福禄祯祥，身名荣贵。倒不如山人显显后能，开放了妖狐，救活了延寿，免得因迎喜观道士受辱，令人日后轻视了元门仙教。

于是，吕祖望着周信说道："看苦苦地哀乞，自有一定发落处分，你且不必跪着，山人有话相劝于你。"周公子闻听，磕了个头，战摇摇地慢慢爬起。躬身控背，听吕祖吩咐。纯阳老祖一见周信，人物整秀，标格不俗，不禁叹惜说道："周信，你自清明与妖狐相遇，原是一念之差。从来拈花看草，青春子弟往往皆然。少年儿女时节，不免花前月下；美貌才子佳人，难免伤风败化。何况妖狐最淫之性乎？但人生之精神有限，幽期密约，欢会无穷，岂知淫欲过度，即便病入膏肓①，为欢无几，即便亡身废命。似你若

---

① 病入膏肓（huāng）——膏肓，我国古代医学把心尖脂肪叫膏，心脏和膈膜之间叫肓，认为是药力不及之处。此语比喻事情已到了不可挽回的程度。

不遇山人，岂不几几乎与鬼为邻了？山人劝你，从今须要养气，读书，光前裕后，发觉悟之心，破色迷之障。痛改前非，尚未为晚。从今后，病体一好休妄动，再不可无故闲游，去惹妖狐。弱身躯，须滋补，调饮食，气养足，莫妄想，把药服，百日后，方保精神复旧如初。身体健，再读书，欲潜修，须闭户。文与诗，词与赋，用心思，宜纯熟，须知皇天不负苦功夫。文锦绣，字贯珠，登云路，出泥涂，前程远，志气舒，到那时功名成就岂不自如。山人的金石良言你须切记，仿学正心诚意千古的大儒。"

却说吕祖吩咐周信已毕，复问玉面狐，说道："你这妖狐，既然拜斗参星，修行炼道，得化人身，应知法律。虽系周公子与你调情，有失正士之规，你引诱他，有负修炼之正道。然此不过夜去明来，携云握雨，犯了淫戒，还不算你作畜类的大罪恶。似那延寿儿，原是无知的顽童，与你有什么仇恨干碍之处？你这妖狐，竟将他嗑嚼个稀烂，致使老苍头绝后，孤独无依。你的恶处虽是一言难尽，但别的众过俱尚可恕，唯这一件，你想想，自古及今，杀人者偿命。你既犯了这人命关天的杀戒重情，实是非同小可，便应授首伏诛。"

这玉面狐自从吕祖数落之际，就如世人失了魂一般，昏昏沉沉，不言不语，也不知纯阳剑下饶命不饶。今忽又听提起延寿儿一件公案，更似五雷轰顶，吓得浑身乱战，软瘫在地。大凡畜类，虽不能说话，他要做了歹事，有人处置他，他心里也知是自己过恶，便也能低头领罪。所以，玉面狐听着吕祖说的他情实罪当，唯有哽噎悲塞，伏首点头而已。吕祖爷将妖狐断喝了几句，复又吩咐苍头道："你速去将长工、佃户传来伺候。待山人运展法力，将婴儿救转，与你们解冤释怨。"苍头应命，连忙将众人传唤齐备，敬候纯阳老祖命令。

不知延寿儿可能还阳不能，请看下回分解。

第二十二回

运元机①重生小延寿　怜物命饶放玉面狐

词曰：

从来仙道，晴里元机妙。惜修炼劳劳，赦狐罪不较。莫笑莫笑，到底真人深奥。

纯阳阐教，王道来寻闹。周信悟痴迷，延寿醒了觉。周到周到，大德重生再造。

话说吕祖见众长工、佃户齐到台前伺候，连忙说道："苍头，你速领尔等到果木园中，将延寿儿之骨细细搜寻齐备，莫要粗心失落一块。凑在一处，捧来送到这里，待山人施展道术。"众人应命，去不多时，便都回转。持着尸骨，一块一块的通交到吕祖之前。吕祖在法台上将三百六十根骨节，按着次序，一齐排就。又令人取了一碗净水，先吹了三口仙气，用杨枝洒在尸骨之上。又叫人捧来一撮净土，也放在骨节之中，又令人将他当初扯破的衣裳取来，蒙盖上头。安排已毕，纯阳老祖坐在椅上，闭目合睛，运出了元神，立在云端，睁慧眼四面一看，只见那延寿的真魂，尚在那园墙之外，化成一个旋风儿滴溜溜地乱转呢。

但凡阳间之人，若是寿终天年的，魂魄是悠悠荡荡的，便随着清风散漫。唯这不得其死、夭年暴亡或是着枪中箭或是自刎悬梁，一旦的冤怨未明，这口气凝情住，再也不能解化的。气不能解，三魂七魄便不能消，渺渺无个着落，所以他若死在那里，魂魄便在那里团聚不散。这延寿儿本是一肚子冤屈，小小年纪，无故废命，他的魂灵儿飘飘摇摇，总在围墙左右那里啼哭。

吕祖看罢，心中不忍，连声赞叹说："这孩子死得真正可惨！似这样浑身并无筋肉，旋风儿内裹着直挺挺的数根干骨架，直是雪霜白的人荒子一般，实是令人难看。可惜老苍头一生忠直，婴儿反平白地遭屈被害，纵

---

① 元机——即"玄机"。清代避圣祖（玄烨）讳，改"玄"作"元"。玄机，道家称奥妙之理。

有奇冤，也无处伸诉。若非山人答救，岂不苦了年老的苍头？小孩子人事不知，便横死在阴界，魂灵不得脱生。看起来，山人之救转孩儿，还是老苍头的忠正之报呢？"

吕祖睁慧眼在云端里叹想了一会，复按落祥云，一抖袍袖，便揽着延寿的阴魂，兜回法台之上，向那一堆白骨，仍又一抖，延寿的魂魄附在尸骨，入于壳内。吕祖连忙复归坐位，口念真言。须臾之间，那水土便能合成筋肉，骨节活动，脉络贯通，可见仙家法力如神异。只见延寿先动弹了两次，忽然将衣服用手一推，这孩子竟赤条条、精光着身体爬将起来，坐在法台板上，一壁里揉着眼，一壁里要穿他那衣裳。只见复又坐在那里。这便是仙人起死回生之法，祖里乾坤、包罗万象之能。顷刻间，延寿儿还阳，便能举动行坐。况且延寿又系童子之身，元阳未破，血气又足，故此便觉容易，不似周公子空虚身体，服了九转金丹，还得百日调养。此时老苍头一见延寿儿复活，喜不自胜，忙着便去与他找衣裳袜履。这话暂且按下。

且说吕祖见延寿已是坐在那里，吕祖用宝剑亮出，把玉面狐一指，叱道："你这孽畜，实实可恨。你想想，若非山人来此，两条性命死在你手。虽说周公子自愿与你偎香倚玉，也实因你见他气爽神足，兴了邪念，欲盗他的真元。花言巧语，勾情引诱，每夜偷着找上门来，几个月的工夫，便将他的精气神伤到这步田地，差点儿作了幽冥之鬼。你竟图了你这孽畜的淫兴，几乎断了周氏香烟。王道来捉你，你打我门徒这还犹可。你不该撕扯神像、真经。天兵下界，你应自投请命领罪，你反招了一大群山精，与天神相抗。你还逞妖术，施展许多变化，胆大不遵天命，是你自己遭的伏诛之祸，你休屈心、恨怨山人。山人若是将你轻放，恐你复生祸害。"言罢，走下法台，说道："我看周公子与你乞怜，暂赦一命，但饶了你这孽畜的死罪，活罪却是难恕。你这几个尾巴，乃一千年修成一个。今已修成九个，再一千年，将十尾修全，黑色化为白色，便可名登天府，身列仙阶。一旦任情胡为，行淫害命，无故将数千年道力化为子虚，岂不可惜？今割去你八条尾巴的灵根，以偿你从前的罪业。与你留下当中的一条，放你再去修炼。倘能自赎前愆①，诚心补过，也不枉山人慈悲于你。若是再蹈前辙，那时犯到山人之手，一定诛戮不贷。"言罢，将妖狐八根毛尾一齐割断，疼

---

① 愆（qiān）——罪过。

得个玉面狐两眼泪滴,热汗蒸腾。割毕,将项上红绒套索解落,又用剑把儿在脊背上一敲,玉面狐便就地一滚,仍变作清明闲游胡小姐模样:

> 真道力,割断了情根之慧剑,玉面狐仍幻化当初玉美人,可容光损。雪白的唇,羞满面,愧填心,秋波涩眉眉黛翠。比从前,灭却了悦色和容的精气神。其心内,痛十分,包藏一团地恨,不敢萌,吞气愤,那样儿,谁见过当初的西子带病捧心。发蓬松,乱云髻,粉汗湿,衣染尘,惊慌态,战粟身,这一种,含愁模样更觉可人。

玉面狐幻化已毕在台前站,深深拜,感谢真仙留命的厚恩。

却说玉面狐虽然去了八条尾巴,尚可变化人身。故将身一抖,仍它作小姐模样,向着吕祖深深地道了几个万福,谢上仙活命之恩。吕祖说道:"玉狐,山人因你有痛自改悔之心,故将你不斩。周公子福田深厚,山人已救他不死。延寿的性命冤屈,山人展运道术,将他起死回生。山人既将他们的性命救度,岂肯独丧你的残生? 再者,山人并非私蹓红尘,是奉南极仙翁寿星之命。虽说令山人降妖捉怪,并未明言叫我斩恶除凶,山人何必灭残生命,伤天地好生之德? 故此,山人与你等排难解围,释冤分怨,全不有伤。你与山人的门徒王道,尚有些个小怨,趁着山人在此,也与你们分说干净。"言罢,回头吩咐仆人,"速到迎喜观将王道传来,听候发落。"苍头应命,忙着差人而去。

且说延寿儿见他父亲送到衣服,连忙自己穿上。他也不先给吕祖谢恩磕头,一举首瞧见是那日吃他那个小姐,他便咬牙切齿,大喝:"妖精休走!"赶下法台,便用手抓住玉面狐的衣襟。可笑小孩子,真是不知死活。才得了活命,并不理论别的,便满脸嗔怒骂道:"你这妖崽子,那一天将我嚼吃了。我早把你的小样认准咧。你打算我不记得你呢? 今日可巧,咱俩撞见,我也该报报仇了。我虽不能活吃,我也扯你的皮肉,抽你的筋,将你的血熬成豆腐块,喂我们那几个大狗。自古说,一报还一报,你想想,无故地为什么将我吃了? 你别说你长的俊俏,我们公子爱你、心疼你,你自找上门来图快乐,有仗恃。我可不能瞧着你俊俏,叫你白害我一回,饶了你。快伸过你那脖子来,我先咬一口尝尝你这狐狸变化美人的标致肉是咸是淡? 你不用假装憨,当作没听见。快快地将白脖子露出来罢。不然,可是你那日怎么整治我,我可也便怎么整治你。难道说,你应该是仗着好模样儿,满街上白吃人吗? 你自说罢,又在这里要白吃谁呢?"这延寿正在与玉面狐闹得高兴，难分难解之时，只见仆人已从迎喜观将王老道领来。

却说这王半仙自吕祖与狐精在空中斗法力，他一害怕，便跑了。今听周宅遣人找他，以为要答谢他，便慌忙随着仆人而来。走近书院，只见吕祖尚在法台稳坐，便先去对着吕祖打了个稽首，刚要说话，一回头，忽见延寿儿按着妖狐在那里乱撕乱扯，玉面狐一声也不言语。你看他，瞧着似觉便宜是的，也跑到近前，趁延寿儿在那里揪着，便挽了挽袖子，抡开五指，照着玉面狐就是一巴掌，打的个玉面狐满脸冒火，批一掌刚去，又要伸手。只听延寿儿怒声说道：“你这野道，是哪里来的？你趁早将巴掌与我撤回去好多着的呢。你怎么偌大年纪，这么浑浊。我揪着，你为何来打？倘打出祸来，算谁的乱儿？像这快活拳，敢则便宜。你趁早躲开，咱似无事。”王半仙道：“我与它有仇。”说着，仍要动手。小延寿一见，不觉怒气冲冲，说：“你这野道，真是无礼！索性咱两先试试就完咧。”说着，一伸小手儿，将王道胡子抓住，骂道：“我非将你这老杂毛的胡须揪下来不可。”一使劲，连腮代须真揪下好几根胡子来。王老道觉着疼痛难忍，便大声嚷道：“你们真是反咧！饶不谢我，今儿反倒打起我来。我为你们家挨了一顿荆条，你们竟这等谢我。咱们到当官说说理去。”

老苍头将延寿吆喝开了，忙过来与他赔礼。哪知他明白了是苍头孩子，他更无明火起地闹起，说道：“你纵放你儿子揪我，咱两就是先破着这命拼一拼。我瞧着咱两个也却到人对马对，你们倒看看王老头儿是好惹的不是？”说罢，便抖精神，将胡子一挽，解了道袍，摘下道巾，一齐撂在地下，奔着苍头便来动手。此时，吕祖见王道闹得不雅，连忙断喝，说是：“你等休要无礼！延寿也不许啰唣①，快快地放手。待山人与你们说说因果，好解释了你等的冤怨。”王老道、延寿儿一齐止住，老苍头与王老道拾起衣巾，劝他穿戴已毕，又替延寿儿作揖赔了不是。王老道这才将胡子不挽着了。

吕祖见他们俱都安静，便念了声：“善哉，善哉！玉面狐你看见了？天网恢恢，疏而不漏。有因必有果，有感必应。前日你将延寿吃了，今日他要你偿他的性命。你将王道痛打一顿荆条，今日他给你一掌。循环果

———————

① 啰唣（zào）——吵闹，寻事。

报,俱有前因,丝毫不错。若不遇山人与尔等分解,你等这些冤仇孽债不知何日方是个了期。如今既已彼此准折,料无干碍了。玉面狐,你还归青石山石洞,再去修炼去罢!日后周公子还有借助你处,至那时,再有你两个的奇缘。如今不可再惹事,连累山人有轻放你之过。速速去罢。"

玉面狐闻听吕祖之话,慌忙跪倒尘埃,恭恭敬敬地向着吕祖稽首而拜。此时已复人身,便能说话,一面跪拜,一面樱唇慢启,说道:"上仙留命之恩,小畜铭心刻骨,不敢忘慈悲大德。上仙药石良言小畜敢不谨记遵行?有负上仙放生善念,日后定遭雷击之劫。"说着,又深深地福了几福。拜罢吕祖,羞答答地一回头,看见周公子在那里扶着拄杖站着,不觉一阵辛酸,满眼含泪说是:"公子从此须要自己保重。咱两虽非同类,耳鬓厮磨,算来也有数日之久。自蒙恩爱,足知公子并无憎恶之心。无奈,恩爱愈深,所以精神愈损,奴家何尝要结果你的性命?你的家人见你支离危殆,以为是奴安心害你,便备下许多长工佃户谋害于我,一鸟枪几乎将我命丧;又请王半仙来擒拿我,以致奴撕毁神像、经卷,惹恼天仙圣神,那不是为咱两牵情恋爱?使奴造下罪孽通天。可惜我万载将成的大道,一旦化作灰尘。奴若是早早急流勇退,何至今日如此收场?这还亏公子念香火之情,竭力哀求护庇,幸上仙施高厚之德,原情赦放残生。不然,如此房帏细事,连性命保住都难。恨当初,奴家若不被痴情缠绕,焉能含羞忍耻,后悔无及?皆因奴家虽是畜类,也知盟誓俨然,以致牵连招祸,夫复何言?但愿公子将来富贵寿考,福禄绵长。今日代奴乞命深恩,不知何日方能图报?从此谨慎自爱,切莫关情于奴。"

玉面狐正自与周信难分难别,往下诉说,只听吕祖在法台之上一声断喝,说是:"玉面狐不必流连,你今生的情缘与周信已满,还说什么!快快地与我速退便了。"此时,周公子见玉面狐留恋之情现于声色,心中更是难受,有心想着仍到书斋欢叙一时,又不敢违背仙人法令。今听吕祖崔着玉面狐速去,也只得眼含两泪,暗暗地看玉面狐重复拜辞了纯阳老祖,又对着他用秋波转了两转,含情蹙眉而去。

这玉面狐仍借循光,回归洞府,潜心修炼。哪知他自与周公子缠绵之后,便不似先前修行那等心静神安。兼着先前众狐俱都残灭,只有自己孤孤伶伶,更是行坐不安,心绪不定。所以仍是常常地化成美女,在外游览山景,可也不敢滋生事端。又每逢想起与周公子那等热情,便就心惊肉跳。又想着被天神捉住之时，要丧性命，亏了周公子求情乞命，不然已是一死。这样恩情怎能叫我放得下，不如我去轮回一次，转生世间，将这救命恩情补满，再行斩断尘缘，一头向道，苦炼纯修，专心致志，免得此时收不住心猿意马，空受此凄凉况味。

大凡修行之道，最怕情欲二字。若是一被所缠，饶你怎样勉强按捺，也不能坦然安定，人与物同是一理。所以这玉面狐虽想着沉心息虑，到底心中不能熨贴安稳，竟仿佛时时刻刻的有个周公子在心上的。真是：

欲把禅心消此病，破除才尽又重生。

玉面狐因此安定主意，临凡转世，与周公子再结姻缘，以补此生救命恩情。到后来果然投生于光禄大夫李氏之宅，名唤玉香小姐。仍生了个天姿国色，与周公子结为夫妇十数余年。此是后话，暂且不提。

且说吕祖将玉面狐发放已毕，又对着周公子说道："山人看你倒不是偏护妖狐，却是怜其数千年修行不易，求着恕其过恶。据此事看来，足见你是忠厚仁人。但你虽然不念旧恶，却应该恩怨分明。妖狐与你无恩，你尚涕泪滂沱，代它跪着求情。似老苍头代你担惊受怕，求人与你治病除妖，舍命祷天，情愿灭自己的余年，增你的寿算；不顾自己亲生之子，为幼主熬药煎汤，跪拜神明；受你喝斥，不惜劳苦竭力尽心。你这个病消灾退，全亏这样义仆忠直。山人劝你，从此须要另眼看待，报他的大德，才是圣人之以直报怨，以德报德，大概你总知道的。莫以他是你奴仆，以为分所当然，这便是你的好处了。"

这周公子自从吕祖吩咐他，吕祖说一句，他忙答应一声。今听吕祖说完，不禁感慨得纷纷流泪，连忙给吕祖恭恭敬敬地叩了头，说道："弟子周信，蒙大仙金丹救活性命，弟子粉骨碎身，也难报天高地厚之德。大仙的玉言，弟子岂敢不遵教令，以取罪愆？"说罢，一转身，又向着苍头说道："我周信年幼无知，糊涂特甚，冷言冷语，辜负你的忠心。望你担待我年轻病迷。我周信若是忘了你的重生的恩德，日后身不发达，子孙不昌。"说着便跪将下去，慌得老苍头连忙来至近前，也就跪下，将周公子搀住，说是："公子是要折受死老奴了。老奴受恩主付托，职所应该。效忠尽力，扶持伺候。公子说的这话，行的这礼，叫老奴如何当得起？但愿公子身体康健，功名显达，就不枉老奴受故去的恩主寄托之重了。"说罢，二人一齐站起。

老苍头后又跪下叩拜吕祖,说道:"弟子李忠率众佃户长工给大仙叩头。此方若非大仙慈悲,不知妖精闹到何时,害多少人的性命。我李忠只这一子,被妖伤命,若不是大仙大施法力,将婴儿起死回生,岂不断绝我李氏宗支?我的幼主,若非大仙救转,岂不断了周氏香烟?我李忠若非大仙将他二人救活,老奴也只是一命而亡。我三人性命尚存,皆是大仙所赐这余生也。大仙为此处除了一方祸害,百姓俱可从此安定。大仙的深恩似海,大德如山,我们众人无什么报答,但愿大仙的封赠,玉帝早加。晨昏草香一炷,以表我等寸心而已。"说罢,一齐拜跪而起。

老苍头正要令延寿也过来叩谢,只见延寿儿在一旁听了这半天,已知道他的小命是神仙将他搭救还魂,不觉天真发动,大嚎大哭,跪倒在地,不住叩头。说道:"我延寿儿被妖所吞,敢则是神仙爷将我救转,再返阳世。我这是死去活来,算两世为人。可叹我这小命,若非神仙爷,哪里还有我的命去?我是小孩子,心有良心,也无什么可敬神仙爷,我只得多磕几个头罢了。"说着将头磕了有数十个方才起来。

众人俱都给吕祖爷叩首谢恩已毕,末了,王老道也跪在地下说道:"我的师傅,你老若是不来,徒弟可就白挨了妖精的荆棍,竟白叫妖精糟蹋了好酒席,我们全白没吃着。经卷神像全白叫妖精撕了,徒弟也不过白赔本儿。如今,你老将妖狐拿问,割了它的尾巴,给咱们爷们争了光了,给徒弟也出了气啦,徒弟响当当地给师傅磕个响头,叫他们到底瞧着咱爷俩个比别人靠近罢。"这王老道嘴里胡嚼乱道,吕祖并不理他,只望着法台下对众人说道:"如今妖狐已是灭者灭,降者降。尔等俱得安居乐业,须要好好地各守本分,仰答天恩,不可胡行人事,作恶为非,以致上天降灾。总要以孝、悌、忠、信、礼、义、廉、耻居心。常言说,为善降祥,作恶降殃。尔等自求多福,以乐余庆可也。"言罢,便对王半仙说道:"你从此也将你这昏醉沉迷节制节制。既要入道,应该守戒。你看看世界上哪有你这样的老道,终日饮酒、食肉?你若能自己谨慎,改去野性,将来尚要度化于你。速回迎喜观修道去罢。山人要交南极仙翁的法旨去了。"于是,吕祖站起身来,叫了一声周信,说是:"你祖上的阴德,生代的栽培,俱都甚好。你的根底亦甚不俗。从此果能洗心涤虑,将来必定名登金榜,位列三台,耀祖光宗,封妻荫子。须要谨记吾言,日后俱有应验。"说罢,吕祖离了法台,向外便走。周公子与延寿正要上前扯住,吩咐备斋,吕祖已走得无踪无影。这正是：如野鹤闲云，飘然遐举。去交了寿星的法令，仍去在阆苑①仙山、洞天福地居住去了。

周公子自从吕祖去后，便回到书房扶养身体。过了百日，果然从此目不窥户，至诚读书。三年之后，应试便得了魁元。定了一房亲事，乃系吏部尚书吴大人之女彩雯小姐。这小姐琴、棋、书、画、无所不通。周公子自从与这彩雯小姐结缡②成亲，夫妻亦甚相得。但这小姐虽然也生的人才秀丽，到底不及玉面狐幻化之美。这周公子妙年登第，心满意足，因家业富厚，年纪尚少，不肯便出仕做官。每日在房中与彩雯小姐谈笑吟咏，若是偶然想起先前与玉面狐恩爱，便惚惚不乐。吴小姐也摸不着他的心事，亦不便解劝讯问。过了几年，彩雯小姐生了一男一女，男唤名云佩，女唤名清玉，夫妻二人爱如掌上明珠。此时周公子功名、子女，遂心如意，真似富贵神仙。谁知泰极生否，乐极生悲，周公子忽然行了几年晦运，闹了个心迷意乱。凡人之运限衰旺，那也是一定理，万不能躲得过的。此乃后事，不必多叙。

且说老苍头见公子病愈，延寿儿复生，心中甚是感念纯阳老祖，因扫除了一楼净室，立下吕祖牌位，每日清晨沐浴焚香，答谢降妖救命的恩惠仁德。又因王半仙曾为捉妖受打，施了五百两白银，亲身送到迎喜观内，以报妖狐撕毁的那些物件。

这王半仙从吕祖去后，他见当时长工、佃户看热闹的百姓人等甚众，恐怕传扬他被妖精辱打，又兼吕祖曾嘱咐他不准妖言惑众，以假术骗人财物，所以他当下并未敢说什么布施，要多少银，就随着众人散了，出离周宅，回到迎喜观来。今见老苍头来与他送银子，不觉脖子后头都是喜欢。及苍头掏将出来，说道："这是五百两纹银，奉送道爷作个小小的功德便了。"这王半仙听说只送银五百两，登时又哭丧起脸来，将两个酒烧透了的红眼一瞟，说道："这银子都是送我王半仙的，我王半仙为你们捉妖降怪，挨荆棍，忍饥饿，上天请我师傅拘神遣将，还请道友，还叫那妖崽子毁了我们好些器物，你家预备的丰盛好斋，我们还没吃上，这一概的功劳，难

---

①　阆苑（làng yuàn）——阆风山之苑。相传仙人居此。

②　结缡（lí）——古时女子出嫁时，母亲把佩巾系在女儿身上。后以此指女子成婚。

道说就值五百两银子？我看你们那家当，五万两都拿得出来。你这么大年纪，难道你还不知，刻薄成家，理无久享吗？你快收回，我也不用银使用，你心里过得去罢了。"

老苍头见他这等样式，知道他是嫌少，连忙赔笑说道："这银两本自不多，但此刻宅内不甚方便，求道爷暂且收下。俟老奴主人身体健壮，请他亲身到观里来布施。再多奉补可也。"王半仙听着还来补复，这方又有了笑容。说道："你既这么说，我王半仙先闭闭眼，收下就是啦。"老苍头见他收下，回到宅内，禀明公子。复又将延寿找到眼前，吩咐道："你从此须要好好伺候书房，不准在外头仍去淘气乱跑。倘要再叫妖精伤害，那可再也不能死而复生了。"小延寿连忙答应而去。

且说这延寿儿自吕祖将他救转还魂之后，一切模样儿，说话、行事，与先大不相同，又安稳，又爱干净，也不去登墙爬树，也不去拜土扬尘。面貌长得甚是清秀，言语对答更加灵透，动作行为全都妥当了许多。而且还知道孝顺老苍头，怎么说，他便怎，绝不似先前那等悖逆①。他也知是吕祖将他生死人而肉白骨，每日同着他父亲到吕祖牌位前焚香叩头，真是要较比当初他那样儿，有天渊相隔之异。到后来，随着周公子读书，也认了许多的字，能会吟诗作赋，帮着周公子办理一切内外之事，无不辛勤谨慎，精明干练。老苍头为他娶了一房媳妇，情性亦甚贤淑。两人也是恩情美满，育女生男。老苍头寿至七十余尚还康健。

这是《青石山狐狸缘全传》的收缘。要知周公子求名出仕，彩雯小姐病故，玉面狐转生李玉香，与周公子再结前缘，云萝、凤箫二狐落凡投胎，小延寿与老苍头庆寿，吕祖度脱王半仙，周云佩下考招亲，周公子为清玉小姐选婿，玉帝加吕祖封号，一切热闹节目甚多，不能一一尽述。看官如不嫌琐屑，请阅《续狐狸缘后传》，便见分明。

---

① 悖(bèi)逆——违反正道。这里指违拗，不听话。

何　典

前　言

　　神魔小说，是中国古典小说的形式之一。明清时期，这类小说表面上看是在描述怪力乱神，其本意却是影射时事世情，或借以宣扬宗教思想，或反传统精神。神魔小说最初的提出者是鲁迅。鲁迅先生曾把明清时期兴盛一时的《西游记》、《封神演义》、《镜花缘》等优秀作品，归为十大神魔小说。据考证，这一流派小说的作者，因为不被当时社会承认并屡遭封杀禁止，因此大多或以名号隐去真名，或以无名氏而掩人耳目。有幸留存至今的一些著述书籍，其真正作者早已湮灭在历史尘埃中。《何典》就是一部神怪气息浓重、颇具讽刺性的神魔小说。

　　《何典》又名《鬼话连篇录》，全书共十回，清代张南庄编著。张南庄，字不详，号过路人，里居及生卒年均不详。据《何典》所题跋中介绍，张南庄，幼时博学，高才不遇，书法、诗词皆过人。"生前著作累身，身后不名一钱"，至今只留存一部《何典》。《何典》通篇描写的是鬼城世界的故事，仅有名字的鬼物就有 60 余种，然而"纵观全书，无一句不是荒荒唐唐乱说鬼，却又无一句不是痛痛彻彻说人情世故。"（刘复语）"谈鬼物正像人间，用新典一如古典。"（鲁迅语）。该书最突出的特色是用江南一带的俗谚写出极具讽刺性的滑稽小说。作者嬉笑调侃、亦庄亦谐、夸大乖张的创作手法，对晚清时期的遣责小说产生了重要影响。鲁迅、刘丰农、林守庄等近代文学大家都曾为此书再版作过序。

　　本次再版《何典》，我们对原书中的笔误、疏漏、疑难字词，分别进行了更正、校勘和释义，便于读者阅读欣赏。对原书原来缺字的地方用口表示了出来。对于仍遗存的疏失之处，还望专家学者予以指正。

编　者

2011 年 4 月

目　　录

关于《何典》的再版

关于《何典》的再版，有几句话应当说明：

（一）这回增刻的，有鲁迅的一篇《为半农题记〈何典〉后，作》，有林守庄先生的一篇序。

（二）"空格令人气闷"这一句话，现在已成过去。

（三）我容纳了许多读者的指示，在注释上及句读上，都有相当的改正；我就顺便在此地对于赐教诸君表示极恳挚的谢意。

（四）半月前，我又在冷摊上买到了一部不完全的石印小书，其内容即是《何典》的下半部，但封面上写的是《绘图第十一才子书》，书中的标目，却又是《鬼话连篇录》。这都没有关系，因为上海翻印小书的人，往往改换名目。可是原书中的"缠夹二先生评，过路人编定"，在这翻印本里已改做了"上海张南庄先生编，茂苑陈得仁小舫评"。从这上面，我们不但可以决定张南庄是上海人而不是上虞人（因为有许多人这样怀疑），而且连缠夹二先生的真姓名也知道了。不过这张、陈两先生的身世，现在还无从考查。从前，我在《语丝》上登了个启事，希望能有人替我在上海张氏家谱上查一查，现在我再在此处重申前请，希望爱读《何典》而能见到上海张氏家谱的人，不吝赐教。

刘　复
一九二六，十二，十一

题　记

　　《何典》的出世，至少也该有四十七年了，有光绪五年的申报馆书目续集可证。我知道那名目，却只在前两三年，向来也曾访求，但到底得不到。现在半农加以校点，先示我印成的样本，这实在使我很喜欢。只是必须写一点序，却正如阿 Q 之画圆圈，我的手不免有些发抖。我是最不擅长于此道的，虽然老朋友的事，也还是不会捧场，写出洋洋大文，俾于书，于店，于人，有什么涓埃之助。

　　我看了样本，以为校勘有时稍迂，空格令人气闷，半农的士大夫气似乎还太多。至于书呢？那是：谈鬼物正像人间，用新典一如古典。三家村的达人穿了赤膊大衫向大成至圣先师拱手，甚而至于翻筋斗，吓得"子曰"店的老板昏厥过去；但到站直之后，究竟都还是长衫朋友。不过这一个筋斗，在那时，敢于翻的人的魄力，可总要算是极大的了。

　　成语和死古典又不同，多是现世相的神髓，随手拈掇，自然使文字分外精神；又即从成语中，另外抽出思绪：既然从世相的种子出，开的也一定是世相的花。于是作者便在死的鬼画符和鬼打墙中，展示了活的人间相，或者也可以说是将活的人间相，都看作了死的鬼画符和鬼打墙。便是信口开河的地方，也常能令人仿佛有会于心，禁不住不很为难的苦笑。

　　够了。并非博士般脚色，何敢开头？难违旧友的面情，又该动手。应酬不免，圆滑有方；只作短文，庶无大过云尔。

中华民国十五年五月二十五日，鲁迅谨撰

序

　　《何典》快要再版，半农先生来信教我发表些关于方言考订上的意见，我是很高兴的；虽是我并没有什么高明的意见，而这几天又病得三分像人，七分像鬼。

　　我说考订方言之难，就难在这一个"方"字：大方里有小方，小方里又有小方，甚至河东的方言和河西的不同，这家的方言和那家的不同。譬如乡镇上的某家攀了城里的亲眷，于是城里的语音语调，会传染到某家来，而某家的语言在乡镇上另成了一支。

　　曾国藩说："风俗之厚薄奚自乎？自乎一二人之心之所向而已。"这方言的形成，也大半仗一般少数的"方言作家"：他们有的是三家村的冬烘先生，有的是吃吃白相相的写意朋友，有的是茶坊酒馆里的老主顾，有的是烟榻上的老老小小的烟鬼，以及戏台上的丑角，书场里的说书先生，……他们都会拆空心思，创造出无数的长言俗语：有譬喻，有谜语，有警句，有趣语，有歌谣，有歇后，（何典里没有这一类的语句，别的书上也少见，这种语法，在苏沪一带很占一个方言上的位置。如"括勒松□"歇为"脆"，谐音则为"臭"，臭读如脆；"乒灵乒□"歇为"冷"，也是谐音；"结格罗□"歇为"多"……这种歇后很是有趣，很是盛行。）……形形色色，花样很多，其中精到的，再得了相当的机会，就会传之久远。

　　有许多方言都有很有趣的来历：譬如"吃马屁者"叫做"喜戴高帽子"，它的来历是："尝有门生二人，初放外任，同谒老师，老师谓：'今世直道不行，逢人送顶高帽子，斯可矣。'其一人曰：'老师之言不谬，今之世，不喜高帽如老师者有几人哉！'老师大喜。既出，顾同谒者曰：'高帽已送去一顶矣！'"又如"羞耻"叫做"鸭尿（读如死）臭（读如脆）"，它的来历是："鸭性好洁，偶一遗尿，必赴水塘浴之，恐污其羽，又恐被人知也。故鸭一名羞耻。见诸宋汪龙锡《目存录》，明丘藘《遗闻小识》，王恪遁《笔谈》诸书。"——胡德《沪谚》。照这样看来，"三婶嫁人心弗定"一定也有一段典故，可惜已无从考据了。

方言的转辗流传大都是靠口耳的，所以极容易转变，这种转变的例真是举不胜举。张南庄时代的"肉面对肉面"现在会变成"亲人对肉面"；"飞奔狼烟"现在已失传，只存类似的"飞奔虎跳"；而上海的"二婶婶"已晋级，江阴的却老不长进。

方言里最重要的一部分是只有声音写不出字体的，即使写出也全无意义的。在《何典》上有"蓦""投""戴""账""壳账""推扳"（按推扳应作"差"解。沪语中有"瞎子吃曲，推扳一线"句；说这人本事不差，可说做这人本事不推扳）……这类字若是有自作聪明的生客，费了九牛二虎之力来做训诂，考证的工夫，其结果是要劳而无功的。所以当世尽有段玉裁，王念孙其人，若是他们要驾言出游，却没有得到土著的向导，那么他们难免迷失道路，或是白走了一遭，徒劳跋涉。

至于考订古方言那更是难之尤难了！那些训诂家，考据家，终身埋首在古书堆中，把心血洒成了自信并能取信于人的见解理论，一面自己在沾沾自喜，恐怕古人还在一面嗤笑他呢！但是，我要郑重声明一句：这段话我并不挖苦考古家，反对考古。

末了，我看考订方言固然是一件难事，但是各方的人如能专管本方的事，先做一个深入的研究，倒是容易成功的。我很希望有志于此的，大家"一方燕子衔一方泥"，把自己的"大方"或"小方"里的"言"着手搜集，分析，综合，考证，注释起来，做成"□□方言考"，"□谚"一类的书；或是就学半农先生的办法，多著些《瓦釜集》出来，给贵方言出出风头，教外方人尝异味。

就让这再版的《何典》鼓励大家做这个工作吧。

一九二六，十，二十七
林守庄序于畏烟楼病榻上

重印何典序

吴老丈屡次三番地说，他做文章，乃是在小书摊上看见了一部小书得了个诀。这小书名叫《岂有此理》；它开场两句，便是"放屁放屁，真正岂有些理！"

疑古玄同耳朵里听着了这话，就连忙买部《岂有此理》来看，不对，开场并没有那两句；再买部《更岂有些理》来看，更不对，更没有那两句。这疑古老爹不但是个"街楦头"（是他令兄"红履公"送他的雅号），而且是一到书摊子旁边，就要摊下铺盖来安身立命，生男育女，生子抱孙的。以他这种资格，当然有发现吴老丈所说的那部书的可能，无如一年又一年，直过了五六七八年，还仍是半夜里点了牛皮灯笼瞎摸，半点头脑摸不着。于是疑古老爹乃废然浩叹曰："此吴老丈造谣言也！"

夫吴老丈岂造谣言也哉？不过是记错了个书名，而其书又不甚习见耳。

我得此书，乃在今年逛厂甸。买的时候，只当它是一部随便的小书，并没有细看内容。拿到家中，我兄弟就接了过去，随便翻开一回看看；看不三分钟，就咯咯地笑个不止。我问为什么，他说："这书做得好极，一味七支八搭，使用尖刁促掭地挖空心思，颇有吴老丈风味。"我说"真的么？"抢过来一看，而开场词中"放屁放屁，真正岂有此理"两句赫然在目！

于是我等乃欢天喜地而言曰："吴老丈的老师被我们抓到了。"

于是我乃悉心静气，将此书一气读完。读完了将它笔墨与吴文笔墨相比，真是一丝不差，驴头恰对马嘴。

一层是此书中善用俚言土语，甚至极土极村的字眼，也全不避忌；在看的人却并不觉得它蠢俗讨厌，反觉得别有风趣。在吴文中，也恰恰是如此。

二层是此书中所写三家村风物，乃是今日以前无论什么小说书都比不上的。在吴文中碰到写三家村风物时，或将别种事物强拉硬扯化作三家村事物观时,也总特别的精神饱满,兴会淋漓。

　　三层是此书能将两个或多个色采绝不相同的词句,紧接在一起,开滑稽文中从来未有的新鲜局面。例如第四回中,六事鬼劝雌鬼嫁刘打鬼,上句说"肉面对肉面地睡在一处",是句极土的句子,下句接"也觉风光摇曳,与众不同",乃是句极飘逸的句子。这种作品,不是绝顶聪明的人是弄不来的。吴老丈却能深得此中三昧;看他不费吹灰之力,只轻轻地一搭凑,便又捣了一个大鬼。

　　四层是此书把世间一切事事物物,全都看得米小米小;凭你是天皇老子乌龟虱,作者只一例地看做了什么都不值的鬼东西。这样的态度,是吴老丈直到"此刻现在"还奉行不背的。

　　综观全书,无一句不是荒荒唐唐乱说鬼,却又无一句不是痛痛切切地说人情世故。这种作品,可以比做图画中的 Caricature;它尽管是把某一个人的眼耳鼻舌,四肢百体的分寸比例全都变换了,将人形变做了鬼形,看的人仍可以一望而知:这是谁,这是某,断断不会弄错。

　　我们既知道 Caricature 在图画中所占的地位,也就不难知道这部书及吴老丈的文章在文学上所占的地位。

　　但此书虽然是吴老丈的老师,吴老丈却是个"青出于蓝"、"强耶娘,胜祖宗"的大门生。因为说到学问见识,此书作者张南庄先生是万万比不上吴老丈的。但这是时代关系,我们哪里能将我们的祖老太太从棺材里挖出来,请她穿上高低皮鞋去跳舞,被人一声声地唤作"密司"呢!

　　我今将此书标点重印,并将书中所用俚语标出(用○号),又略加校注(用⊙号),以便读者。事毕,将我意略略写出。如其写得不对,读者不妨痛骂:"放屁放屁,真正岂有此理!"

刘　复
一九二六,三,二,北京

为半农题记"何典"后,作

还是两三年前,偶然在光绪五年(1879)印的申报馆书目续集上看见《何典》题要,这样说:

> 《何典》十回,是书为过路人编定,缠夹二先生评,而太平客人为之序。书中引用诸人,有曰活鬼者,有曰穷鬼者,有曰活死人者,有曰臭花娘者,有曰畔房小姐者:阅之已堪喷饭。况阅其所记,无一非三家村俗语;无中生有,忙里偷闲。其言,则鬼话也;其人,则鬼名也;其事,则开鬼心,扮鬼脸,钓鬼火,做鬼戏,搭鬼棚也。语曰,"出于何典"? 而今而后,有人以俗语为文者,曰"出于《何典》"而已矣。

疑其颇别致,于是留心访求,但不得:常维钧多识旧书肆中人,因托他搜寻,仍不得。今年半农告我已在厂甸庙市中无意得之,且将校点付印;听了甚喜。此后半农便将校样陆续寄来,并且说希望我做一篇短序,他知道我至多也只能做短序的,然而我还很踌躇,我总觉得没有这种本领。我以为许多事是做的人必须有这一门特长的,这才做得好。譬如,标点只能让汪原放,做序只能推胡适之,出版只能由亚东图书馆;刘半农、李小峰、我,皆非其选也。然而我却决定要写几句。为什么呢? 只因为我终于决定要写几句了。

还未开手,而躬逢战争,在炮声和流言当中,很不宁帖,没有执笔的心思。夹着是得知又有文士之徒在什么报上骂半农了,说《何典》广告怎样不高尚,不料大学教授而竟堕落至于斯。这颇使我凄然,因为由此记起了别的事,而且也以为"不料大学教授而竟堕落至于斯"。从此一见《何典》,便感到苦痛,再也说不出一句话。

是的,大学教授要堕落下去,无论高的或矮的,白的或黑的,或灰的。不过有些是别人谓之堕落,而我谓之困苦。我所谓困苦之一端,便是失了身份。我曾经做过《论"他妈的!"》，早有青年道德家乌烟瘴气地浩叹过了，还讲身份么？但是也还有些讲身份。我虽然"深恶而痛绝之"于那戴着面具的绅士，却究竟不是"学匪"世家；见了所谓"正人君子"固然决定摇头，但和歪人奴子相处，恐怕也未必融洽。用了无差别的眼光看，大学教授做一个滑稽的，或者甚而至于夸张的广告何足为奇？就是做一个满嘴"他妈的"的广告也何足为奇？然而呀，这里用得着然而了，我是究竟生在十九世纪的，又做过几年官，和所谓"孤桐先生"同部，官——上等人——气骤不易退，所以有时也觉得教授最相宜的也还是上讲台。又要然而了，然而必须有够活的薪水，兼差倒可以。这主张在教育界大概现在已经有一致赞成之望，去年在什么公理会上一致攻击兼差的公理维持家，今年也颇有一声不响地去兼差的了，不过"大报"上决不会登出来，自己自然更未必做广告。

半农到德法研究了音韵好几年，我虽然不懂他所做的法文书，只知道里面很夹些中国字和高高低低的曲线，但总而言之，书籍俱在，势必有人懂得。所以他的正业，我以为也还是将这些曲线教给学生们。可是北京大学快要关门大吉了；他兼差又没有。那么，即使我是怎样地十足上等人，也不能反对他印卖书。既要印卖，自然想多销，既想多销，自然要做广告，既做广告，自然要说好。难道有自己印了书，却发广告说这书很无聊，请列位不必看的么？说我的杂感无一读之价值的广告，那是西滢（即陈源）做的。——顺便在此给自己登一个广告罢：陈源何以给我登这样的反广告的呢，只要一看我的《华盖集》就明白。主顾诸公，看呀！快看呀！每本大洋六角，北新书局发行。

想起来已经有二十多年了，以革命为事的陶焕卿，穷得不堪，在上海自称会稽先生，教人催眠术以糊口。有一天他问我，可有什么药能使人一嗅便睡去的呢？我明知道他怕施术不验，求助于药物了。其实呢，在大众中试验催眠，本来是不容易成功的。我又不知道他所寻求的妙药，爱莫能助。两三月后，报章上就有投书（也许是广告）出现，说会稽先生不懂催眠术，以此欺人。清政府却比这干鸟人灵敏得多，所以通缉他的时候，有一联对句道："著中国权力史，学日本催眠术。"

《何典》快要出版了，短序也已经迫近交卷的时候，夜雨潇潇地下着，提起笔，忽而又想到用麻绳做腰带的困苦的陶焕卿，还夹杂些和《何典》

不相干的思想。但序文已经迫近了交卷的时候,只得写出来,而且还要印上去。我并非将半农比附"乱党"——现在的中华民国虽由革命造成,但许多中华民国国民,都仍以那时的革命者为乱党,是明明白白的——不过说,在此时,使我回忆从前,念及几个朋友,并感到自己的依然无力而已。

　　但短序总算已经写成,虽然不像东西,却究竟结束了一件事。我还将此时的别的心情写下,并且发表出去,也作为《何典》的广告。

鲁　迅

五月二十五日之夜,碰着东壁下,书。

序

　　昔坡公尝强人说鬼；辞曰无有，则曰"姑妄言之"。汉《艺文志》云：小说家者流，盖出于稗官，街谈巷语道听途说者之所为也。由是言之，何必引经据典而自诩为鬼之董狐哉？吾闻诸：天有鬼星；地有鬼国；南海小虞山中有鬼母；卢充有鬼妻，生鬼子；《吕览》载黎邱奇鬼；《汉书》记酆①亭冤鬼；而尺郭之朝吞恶鬼三千，夜吞八百，以鬼为饭，则较钟进士之谈鬼尤甚。然或者造无为有，典而不典。若乃"三年伐鬼"，则见于《书》；"一车载鬼"，则详于《易》；"新鬼大，故鬼小"，则著于《春秋》。岂知韩昌黎之送穷鬼，罗友之路见揶揄鬼，借题发挥，一味捣鬼而已哉？今过路人务以街谈巷语，记其道听途说，名之曰《何典》；其言则鬼话也，其人则鬼名也，其事实则不离乎开鬼心，扮鬼脸，怀鬼胎，钓鬼火，抢鬼饭，钉鬼门，做鬼戏，序搭鬼棚，上鬼党，登鬼箓，真可称一步一个鬼矣。此不典而典者也。我只恐读是编者疑心生鬼，或入于鬼窠路云。

太平客人题

---

①　酆（ｆ）。

序

　　无中生有,萃来海外奇谈;忙里偷闲,架就空中楼阁。全凭插科打诨,用不着子曰《诗云》;讵①能嚼字咬文,又何须之乎者也。不过逢场作戏,随口喷蛆;何妨见景生情,凭空捣鬼。一路顺手牵羊,恰似拾蒲鞋配对;到处搜须捉虱,赛过摭②迷露做饼。总属有口无心,安用设身处地;尽是小头关目,何嫌脱嘴落须。新翻腾使出花斧头,老话头箍成旧马桶。阴空撮撮,一相情愿;口轻唐唐,半句不通。引得人笑断肚肠根,欢天喜地;且由我落开黄牙床,指东说西。天壳海盖,讲来七缠八丫杈;神出鬼没,闹得六缸水弗浑③。岂是造言生事,偶然口说无凭;任从掇册查考,方信出于《何典》。新年新岁,过路人题于罨④头轩。

---

① 讵(jù)——岂,表示反问。
② 摭(wǎ)——舀。
③ 浑——疑当作净。
④ 罨(yǎn)。

第 一 回
五脏庙活鬼求儿 三家村死人出世

词曰：

> 不会谈天说地，不喜咬文嚼字，
>
> 一味臭喷蛆，且向人前搗鬼。
>
> 放屁放屁，真正岂有此理！
>
> 《如梦令》

自从盘古皇手里开天辟地以来，便分定了上中下三个太平世界。上界是玉皇大帝领着些天神天将，向那虚无缥缈之中，造下无数空中楼阁，住在里头，被孙行者大闹之后，一向无事，且不必说他。中界便是今日大众所住的花花世界。那些古往今来，忠孝节义，悲欢离合，以及奸诈盗伪，一切可喜、可惊、可笑、可恨之事，也说不尽许多。下界是阎罗王同着妖魔鬼怪所住。那阎罗王也不过是鬼做的，手下也有一班牛头马面，判官小鬼，相帮着筑个鄷①都城，在阴山背后做了国都，住在里头称孤道寡，不在话下。

且说这阴山乃下界第一个名山，其大无外，其高无比。一面正临着苦海，真个是上彻重霄，下临无地。山脚根头有一个大谷，四面峰峦围绕，中间一望平阳，叫做鬼谷。谷中所住的野鬼，也有念书的，也有种田的，也有做手艺、做生意的。东一村，西一落，也不计其数。

其中单表有一处，名曰三家村。村中有一财主，叫做活鬼。他祖上原是穷鬼出身。到这活鬼手里，发了横财，做了暴发头财主，造起三埭②院堂四埭厅的古老宅基来，呼奴使婢，甚是受用。家婆雌鬼，是打狗湾阴间秀才形容鬼的姐姐。夫妻两个，都已半中年纪，却从未生育。

---

① 鄷（fēng）都——地名。

② 埭（dài）。

一日，因活鬼的散生日①，雌鬼便端正几样小小菜，沽了一壶淡水白酒，要替老公庆阴寿。恰好形容鬼也到来拜寿，便大家团团一桌坐下，搬出菜来：一样是血灌猪头，一样是斗昏鸡，一样是腌瘟雌狗卵，还有无洞蹲蟹，笔管里煨鳅，捩弗杀②鸭——大碗小盏，摆了一台，欢呼畅饮。

正在吃得高兴，活鬼道："我们夫妻两个，一钱弗③使，两钱弗用，吃辛吃苦，做下这点牢人家。如今年纪一把，儿女全无，倒要大呼小叫地吃甚寿酒，岂不是买咸鱼放生，死活弗得知的！"形容鬼便道："虽说是要养好儿三十前，你们两个尚不至七老八十，要儿子也养得及，愁他则甚？前日我们那里来了一个新死亡人，他说阳间有什么求子之法：倘然没有儿子，只消到养家神道面前烧烛香，舍个数，便即生子，真是如应如响的。姐夫何不去试他一试？"

活鬼道："哪里有这话？神道岂是来替人养儿子的？"雌鬼道："莫道无神却有神。既有这个老法则，我们去试试也不落脱啥官衔。倘得一男半女，也不枉为鬼一世。"活鬼道："试试诚然不妨。但到哪里去求好？"形容鬼道："我闻得孟婆庄那里有座五脏庙，庙里有三个天尊，极是有灵有圣，姐夫要求，需到那里才是。"活鬼道："这里到孟婆庄，路程遥远的，哪里便当？"形容鬼道："路程虽远，都是些水路。坐在船里，与游春白相一般，有甚不便当？"活鬼道："既是这般说，老舅可一同去走走，觉得热闹些。"形容鬼道："且待你逢好日出门时，我来奉陪不迟。"活鬼道："拣日不如撞日，就是明日便了。"形容鬼道："这也极通。只是明日就要起身，今日须当预先端正，省得临时上桥马撒尿，手忙脚乱的。我也要回家说声，方好同去。"活鬼道："这个自然。"一面说，又吃了几钟罚酒，用过矮面，形容鬼作别回去。

活鬼便到鬼店里买了些香烛之类，又叫了一只两来船回来，千端百整。到了次日，活鬼便教鬼圆④先把行李搬在船上，一面端整早饭。凑巧

① 散生日——谓通常小生日。
② 捩(liè)弗杀——拧不死。
③ 弗——不。
④ 圆——男孩。

形容鬼也到船头①了，便大家吃饱了清水白米饭，喊鬼围跟了，一同来到，形容鬼伸着后脚，跨上船去，只见那只船直洸②转来，几乎做了踏沉船，连忙拔起脚道："姐夫，怎么叫这只船？如此洸法！"活鬼笑道："亏你做了阴间秀才！难道连孟子的说话都忘记了！"形容鬼道："有甚说话，我却不记得。"活鬼道："《孟子》上说的：然而不王者③，未之有也。一只两来船，你用了大脚力踏上去，教他怎么不洸？"形容鬼也笑道："我虽做了秀才，那些《四书》、《五经》，都已呕还先生，哪里还有记得？"

两个说说笑笑，上了船，艄公便把船撑开，摇着干橹，慢慢地一路行去。活鬼道："这里到孟婆庄有许多路，若这般初一一橹、初二一橹的，几时才到！为甚不使起篷来？"艄公道："使篷需看风色。如今尚在阴沟里，七弯八曲的，一路风头弗顺，怎么使法？相公既然要紧，待我们伙计上去背④起水纤来，就快了。直等到了奈河里，才好使篷。"活鬼道："既如此，快上去背。"

艄公便把船停住。船上伙计注好纤绳，跳上干岸。活鬼便教鬼围替他把船撑一撑。鬼围拿起撑篙，用尽平生之力，望岸上一撑，不道趁水推落，船便望着对岸直掼转去。艄公道："你这小弟弟，真是个笨贼！又弗是撑弗开的船头，何消用这瞎气力。撑船也要捉顺丝缕，望前撑去，怎倒这般横撑船起来！你可坐下，如今不用撑了。"

鬼围便放下篙下，跷起半爿⑤卵子，坐在船头上，一路看那岸上过路人钻撑。到得阴沟口头，只见经岸旁边，蹲着一只愤气癞团⑥，抬头望着天上一群天鹅，正在那里想吃天鹅肉，看见他们船过，便望清白河水里一跳，却被一条倒拔蛇衔住不放。鬼围忙拿起洗穢拖纷⑦，却待打去。

活鬼喝道："蛇自过，犬自行，你去打它则甚？"喝声未绝，鬼围已将拖纷打下，恰正打蛇打在七寸里，早已命尽禄绝，浮在水面上。癞团也随风

① 船头二字，应排于下文一同来到之下。
② 洸（guāng）。
③ 然船同音，王洸同音。
④ 背——拉。
⑤ 爿（pán）——量词。
⑥ 癞团——癞蛤蟆。
⑦ 拖纷——拖把。

逐浪去了。

船已出了阴沟，到得奈河里，凑巧遇着极顺的鬼阵头风。但见来往船只，也有随风转舵的，也有趁水推船的，尽在那里颠篷掉抢。活鬼大喜，忙教艄公也快使起篷来。艄公便把十二叶篷扯足了，那只船便云飞射箭一般，望前行去。

形容鬼道："姐夫闷了几时，如今这样顺风顺水，难道还不开心?"两个说说笑笑，正在高兴，只见艄公手忙脚乱地落下篷来。活鬼道："难得这样兜艄①顺风，怎么就要落它?"艄公道："前面奈何桥来了。"活鬼向前一望，只见那桥还远远的，看去不甚分明，便道："桥还远着多哩，怎就这般要紧?"艄公道："我们行船的老秘诀，需要远桥三里就落篷，方能船到桥，直苗苗。"活鬼无奈，只得由他落下，仍把干橹摇着。

看看来到桥边，只见一个老鬼，颈上挂串数珠，腰里束条黄布，双手捧了卵子，跨着大步，慢慢地跑过桥去。

活鬼笑道："你看这老鬼，怎不把紧桥栏杆，倒捧好了个张骚硬卵? 难道怕人咬了去不成?"艄公道："相公们不知道来奈河桥上，出了一个屁精，专好把人的卵当笛吹。遇有过桥的善人老卵常拖，他便钻出来蓦②卵脬③一戴④，把卵咬住不放，多有被他咬落的。饶是这等捧好，还常常咬卵弗着咬了脬去。所以那些奈河桥上善人，都是这般捧卵子过桥的。"

形容鬼道："真是山山出老虎，处处有强人。我们打狗湾里，近日也出了一件怪物，叫做什么蛐蟮哥，有时伸长倘⑤脚，辊⑥在路头路脑。倘然路上行人看了野眼，不小心踏着了它，便两头一齐跷起，吹出一口斜气来，把人呵得卵脬大如腿，连走路都是不便当的。"说话之间，不觉船已过桥，仍旧扯足满篷，往前行去。

到了孟婆庄上，艄公把船歇定。两个上了岸，鬼圆拿着香篮，一路去

① 兜艄——言正对船尾。

② 蓦——凶猛鲁莽的接触。

③ 卵脬——男性生殖器。

④ 戴——尝。

⑤ 倘——躺。

⑥ 辊(gǔn)——混。

寻那五脏庙,不提。

且说那孟婆庄当初不过一个小小村落,甚是荒凉。自从孟婆开了茶馆,那些闲神野鬼,都来吃清茶玩耍,登时热闹起来。这些左邻右舍,见了眼热①不过,也不顾开店容易守店难,大家想吃起生意饭来,也有开鬼酒店的,也有开鬼豆腐店的,也有开鬼南货店的,渐渐地只管多起来。这家起屋,那家造房,日积月累,不觉成了个大鬼市。真个是鬼烟凑集,闹热不过的。

这里活鬼同着形容鬼一路行来,到了孟婆茶馆门首,看他门面上挂个回报招牌,写着“来扇馆”三个白字。那些吃茶的清趣朋友,蛇头接尾妣地前门进,后门出,几乎连阶沿砖都踏烊易②了。形容鬼便道:“出名的孟婆汤,从不曾吃着滋味。我们难得到此,不可错过,进去吃它一碗尝新。”三个走进店堂里,拣个好坐场,爬抬搁脚地坐定。走堂的看见,便渹③了三碗孟婆汤,放在桌上,问道:“客人可用小点心么?”形容鬼道:“有什么好点心? 也用得着些。”走堂道:“这里有丢头蒸卷,沥干团子,酥迷糖,搵迷露做饼,都是出名的。”活鬼道:“我倒还要去烧香舍数,有素的才好。”走堂道:“迷露饼酥迷糖俱是素的。”活鬼道:“酥迷糖是要馋唾④去拌的,反弄得馋唾拌干,倒是饼罢了。”

走堂去顶了一泛供⑤饼来,摆在面前,三个狼飧⑥虎咽吃了一阵,会过茶钱,起身问道:“这里有座五脏庙在哪里?”走堂把手指着道:“你们跨出大门,一直往前跑去,碰鼻头转弯,到了市梢头,就看得见了。”

两个依言走去,到了庙前,只见两扇庙门,半开半掩,阂⑦着一条夹漆缝。形容鬼即便踏上阶沿去,推开庙门,看是什么神道。只见中间塑着个鏖糟弥陀佛,落开那张硕死嘴,凸出了宽急肚皮,眉花眼笑地坐在上面;两旁塑着四个杉木金刚。转入后面,来到大殿上,但见中间塑着三尊拜灵的

① 眼热——犹言眼红。
② 烊易——谓因摩擦多而消损。
③ 渹(pào)——泡。
④ 馋唾——唾液。
⑤ 泛供——木盘。
⑥ 飧(sūn)——吃。
⑦ 阂(xī)——谓露出一线。

泥菩萨,当中是穷极无量天尊,张开一双无眉眼,落开一个黄牙床,露出那个大喉咙,喉咙里伸出一只手来,左手捏着入门诀,右手掴个送死拳头;上首是逍遥快乐天尊,绯红一个狗獾面孔,两只软耳朵,颐下七五根凿孔注牙须;下首是苦恼天尊,信准①那个冷粥面孔,两道火烧眉毛上打着几个捉狗结,一个线香鼻头,鼻头管里打个桩子。东边挂一口木钟,西边架一面边鼓。侧首坐着几个歪嘴和尚,把捧②捶敲着木鱼,正在那里念那夹和③《金刚经》,看见他们入来,晓得是烧香的,慌忙起身相迎。一个向鬼圆手里接了香篮,取出那对倒浇蜡烛来点着,又把断头香烧在炉里;一面撞起木钟,打着边鼓,伺候拜佛。活鬼朝上跪下,通陈了心事,磕了一顿响头,方才起来与和尚施礼。

说了几句死话,正要坐地,形容鬼道:"好佛在后殿,我们再到后面去看看。"和尚便陪了他们,来到后面。看时,却正是那新修好的五脏殿,当中坐个瘪嘴那谟④佛,两旁排列着十八尊木罗汉,活鬼忙磕下头去。形容鬼道:"姐夫果然一念诚心,见了大佛磕磕拜。"活鬼道:"既到这里,岂可拣佛烧香。"形容鬼等他拜完了,便道:"姐夫可要数数罗汉去?"活鬼道:"怎么数法?"形容鬼道:"挨顺了逐尊数去,数着好的便好,数着歹的就歹。"活鬼道:"你先数。"形容鬼便逐一数去,恰数着了鸭蛋头菩萨。活鬼也照样数去,却是大耳朵菩萨。和尚道:"两位相公真是有福气,数着的都是好菩萨。"鬼圆便道:"待我也来数数,看是什么菩萨。"一路数去,只见那尊神道鬼眉鬼眼,甚觉难看,便问道:"这可是救命王菩萨么?"和尚道;"不是,这叫做摩化荃⑤煞神君!"

正在说笑,形容鬼忽觉一阵肚肠痛,放出一个热屁来,连忙揞⑥住屁股道:"撒屁常防屎出。这里可有应急屎坑的么?"和尚把手指着道:"相公从这条肉弄堂里进去,抄过了弄堂便是。"

---

① 信准——犹言当真是,果然是。

② 捧——当作棒。

③ 夹和(hè)——谓乱七夹八。

④ 那谟——南无。

⑤ 荃(tàn)。

⑥ 揞(ǎn)——掩。

形容鬼依言走去，果有一只牢坟坑，上面铺着石屎坑板。一群臭老鼠，簇在坑缸板上偷屎吃，看见形容鬼到来，一哄走散。形容鬼恐怕爬坑缸弗上，做了一个大势头跨上板去。往下一看，坑里都是夹弗断屎连头①，无万大千的大头蛆，在内拥来拥去。形容鬼也不管三七念一，撩开尖屁股，显出那个无框裆的碗大屎孔，蹲在上面，一连放了十七八个臀后屁，随后屙出一大堆软屎来，几乎连那条葱管肚肠都屙落了！

出空了肚皮起来，束好裤子，正要走动，忽闻坑里有呜咽之声；仔细一看，原来是一只落坑狗，在里头嚼蛆。形容鬼见旁边竖着根青竹头，便拿起来望狗身上戳去。那只狗看见，便嗔地喷出一口臭蛆来。形容鬼大怒，把青竹带戳带擂地掏了一阵，搅得希臭膨天，那只狗打急了便涌身望上跳将起来。形容鬼恐被拖累，忙把身让开，被它投②穿屎坑门逃了去，遂把竹头放下，走到五脏殿里。

活鬼正与和尚坐在懒凳上说话，看见形容鬼走到，便向身边挖出肉里钱来，送与和尚做香仪。和尚也向佛面上刮了些金子，送与活鬼道："相公拿回去，倘有小舍人③急惊风撞着了慢郎中，来不及，潽汤吃了就好的。"活鬼接在手中，千谢万谇④噪地辞别起身。和尚直送出了山门，方才进去。

两个一路回来，到得船上，已经有天无日头哉，连忙扳转船头就摇。谁知这阵鬼阵头风还没有住，一路都是顶头⑤大逆风，摇了几日方能到得三家村里。两个起岸回家；艄公随同鬼围搬了行李起来，算清船钱去了。活鬼自与雌鬼说了一回烧香的话，形容鬼也辞别回去，不提。

可煞作怪，是夜雌鬼便捏鼻头做起梦来：梦见一家神道，领着一个行当小伙子，走进房中，对着雌鬼道："感你夫妻求子虔诚，今特赐你一子，乃阳间白面书生下降，将来后福非凡。你可用心保护。"只见那小伙子走至床前，揭开雌鬼被头，往着雌鬼膀罅⑥裆里乱钻。雌鬼着急，忙把手去

---

①　连头——橛子。

②　投（tòu）——突字之音转。

③　小舍人——小官人，对小儿的敬称。

④　谇（huà）——同话。

⑤　顶头——正对船头。

⑥　罅（xià）。

推,哪里推得住? 已被他钻入肚里去了。吓出一身冷汗醒来,告诉活鬼。活鬼道:"既是天尊显圣,将来生子是十拿十稳的了。但不知这尊神道是什么模样的。"雌鬼道:"我也看不仔细,只见他眉毛打得结着。"活鬼道:"不消说,这是苦恼天尊了。"

从此雌鬼便怀着鬼胎。到得十月满足,生下一个小鬼来。夫妻大喜,如获至宝。形容鬼晓得生了外甥,又是他撺掇去求来的,如何不喜? 便即买了一对昏头鸡,一块擓①腿肉,几条放生咸鱼,一盘切只箍卖鸭蛋,叫个毛头圆挑了,自己戴了高帽子,穿件万年衣,来到姐夫家。正值活鬼在家里烧三朝,就唱个扁喏,道了喜。坐了一回,随到房中来问姐姐的安。雌鬼道:"兄弟来得正好。你是读书人,可替外甥题个鬼名。"形容鬼想了一想,道:"就叫做活死人何如?"活鬼大喜道:"极好,正是这等便了。"

只见鬼圆走来说道:"吃三朝酒的太平客人都请到了。"活鬼便与形容鬼出来接人待物,一面就摆出酒来,大家坐下。正是酒落欢肠,猜拳豁指头地吃了一阵。

内中一个对门乡邻,叫做扛丧鬼,问道:"前日闻得活大哥曾到五脏庙去求子,因此得了令郎。不知哪里学来这个妙法? 却是怎样求的? 乞指示一二,也让我们见识见识。"

活鬼道:"我本也不知就里,是个新死亡人说起,阳间有此法,因此亦去试试;也不过烧炷香,许个愿罢了,不料果有灵验。"又一个隔壁乡邻,叫做六事鬼,便接口道:"许了什么愿,就这等感应地快?"

活鬼道:"那时也不曾壳账②这般灵验,不过趁嘴造了几句道:'倘然生了儿子,便把天尊来做家堂菩萨,就在三家村里起座鬼庙来供养。'说便这般说,只是太许大了,一歇晨光③还弗起。料想口说无凭,天尊也不计较的。"

扛丧鬼道:"这使不得! 老话头:宁许人,莫许神。既然许出了口,也是缩弗转的。难道好拔短梯不成? 将来怎好再见天尊面? 你横竖铜钱堆出大门外,也不必像孟婆庄那里造这大庙,正叫乡下狮子乡下跳,将就起

---

① 擓(huàn)。
② 壳账——犹言预备。
③ 一歇晨光——犹言一时之间。

只三进四院堂的小庙来供养着，就是了。"

活鬼道："诸事也还容易，只是寻那块屋基地，又要好风水，又要无关碍，却倒千难万难。"扛丧鬼道："村西头那片势利场，青草没人头的精空在那里，何不就起在上面？大家烧香便当，岂不好么？"六事鬼不觉拍手拍脚大笑起来，道："极通，极通。活大哥快些起起庙来，我们都来烧香。"

活鬼道："忙不在一时。且待小儿满了月，那时拣个吉日良时动手不迟。"众鬼俱道："说得是。"遂都起身谢别回去。

活鬼送众鬼出门，回来告诉雌鬼，雌鬼也甚欢喜。

日子易过，不觉已是满月。随又斋①了别过老寿星，抱出活死人来。剃头人便把他兜头一杓冷水，拿起缸爿来就剃。真是冷水剃得头发落，顷刻剃了光光头。又做下许多桩②柄糍团，各处蟠藤③亲眷都送过了。然后拣个好日，端正④木石砖瓦，到势利场上来起造鬼庙，不提。

只因这只庙一起，有分教：

　　非唯赔饭折工夫，还要担钱买憔悴！

要知究竟如何，且听下回分解。

缠夹二先生曰：

　　无官一身轻，有儿万事足。活鬼既做了财主家边，岂不望养儿待老。无如力不从心，只好付之天命。一旦得新死亡人传闻之言，方知天底世下，除了死法，更有活法。于是不顾路程遥远，乘船驾橹，一念诚心，烧香舍数。虽不免闲时不烧香，急来抱佛脚之诮，然早已感动神明，梦中送子；遂能怀着鬼胎，生出小鬼。将来靠老终身，传宗接代，不怕无鬼顶扛⑤。岂非神圣有灵，佛天保佑乎？雌鬼云："莫道无神却有神"，诚然哉。

---

①　斋——设斋供奉。

②　桩——当作装。

③　蟠藤——远远近近。

④　端正——预备。

⑤　顶扛——犹言对付或担当。

第 二 回

造鬼庙为酬梦里缘　做新戏惹出飞来祸

词曰：

自家下种妻怀胎，反说天尊引送来。

只道生儿万事足，哪知倒是祸根荄。

做鬼戏，惹飞灾，赃官墨吏尽贪财。

银钱诈去犹还可，性命交关实可哀。

——《思佳客》

话说活鬼因求着了儿子活死人，要在这三家村势利场上起座鬼庙来还那愿心，办齐了砖头石块，薆①下无数木梢，叫了五色匠人，哪消半年六个月，早已把座鬼庙造得齐齐整整。中间大殿上，也塑三位天尊。因梦中送子来的是苦恼天尊，故把他塑在劈居中。上首塑了穷极无量天尊，下首塑了逍遥快乐天尊。那些相貌装束，都照依孟婆庄那里一样。山门里塑个遮眼神道，一只眼开一只眼闭的，代替了懊躁②弥陀佛。后面也换了一尊半截观音。又请一个怕穢和尚，住在庙中侍奉香火，收拾得金光灿烂。

村中那些大男小女，晓得庙已起好，都成群结队地到来烧香白相。正是烧香望和尚，一事两勾当。见了后殿半截观音，尽皆欢天喜地，道："向常村里娘娘们要烧炷香，都要赶到恶狗村火烧观音堂里去，路程遥远的，甚觉不便。如今这里也有了观音，岂不便当？"大家感激活鬼不了。

扛丧鬼便搭了一起鬼朋友，对③了枝枝分，直到酆都城里，叫了有名的不搭班戏子，来替活鬼敬神贺喜。就在新庙前搭起一座大鬼棚来，挂了许多招架羊角灯，排下无数冷板凳。那四面八方到来看戏的野鬼，无千无万，几乎把一片势利场都挤满了。

---

① 薆——当作捐。

② 懊躁——据前当作麕糟。

③ 对——集。

　　活鬼也办了祭礼,同着雌鬼到来斋献。把三牲抬入庙中,摆在金枪架子上。众鬼看时,当中是一头猪圈里黄牛,上首是一只触呆猪婆,下首是一腔舔刀着哓哓①,还有许多供果,素菜,鬼馒头,堆满了一供桌。活鬼到了神前,把松香掺在炉里,敬了三杯滴血酒。夫妻都磕了头起来,谢了众鬼,一齐到棚中坐定。

　　只见班中那个老戏头,把戏单送来,请活鬼点戏。活鬼道:"我是真外行,点不来的,随你们拣好看的做便了。"形容鬼伸长颈骨,把戏单一望,便道:"这些老戏目,都是大王爷串的。今日我们求子还愿,是阴间创见的事,需做几出新戏,才觉相称。"老戏头道:"要新戏易如反掌。我们班中新编的几出话把戏,却都热闹好看。"众鬼都道:"如此甚妙。"戏头便向众脚色说了,打起闹场锣鼓,舌头上跳过加官,后面一出一出地只管做出来。众鬼看时,却是些鬼闹张天师,钟馗嫁姊妹,观音抽肚肠,金刚箍铁尺,六贼戏弥陀,赌神收徒弟,寿星游虎邱,小鬼跌金刚,许多新戏,果真热闹好看。众鬼喝彩不迭。

　　正在看得高兴,忽然戏场上鸦飞鹊乱起来。那些看戏的,都一斜眼望着闹处拥将去,口中说道:"去看酒鬼相打。"

　　原来扛丧鬼是这三家村里的鬼地方②,听得有鬼相打,忙随众鬼转去。看时,已经打过。但见一个死鬼,打得血破狼藉,直僵僵躺在地下。扛丧鬼看见,吓得面如土色,忙问道:"这是什么鬼? 为着何事? 被谁打死的?"有认得的说道:"这是前村催命鬼的酒肉兄弟,叫做破面鬼,正诈酒三分醉地在戏场上耀武扬威,横冲直撞地骂海骂山,不知撞了荒山里的黑漆大头鬼,恰正钉头碰着铁头,两个牛头高,马头高,长洲弗让吴县的就打起来了。可笑这破面鬼枉自长则金刚大则佛,又出名的大气力,好拳棒。谁知撞了黑漆大头鬼,也就经不起三拳两脚,一样跌倒地下,想《拳经》不起来了。"扛丧鬼道:"既是黑漆大头鬼打死的,如今凶身哪里去了?"众鬼道:"逃去长远了。"扛丧鬼道:"你们既然亲知目睹,怎不拦住了他,却放他逃了去?"众鬼道:"你这地方老爹又来了! 那黑漆大头鬼是要在饿鬼道上做大伙强盗的。饶得破面鬼这等气力,尚不够他三拳两脚就

────────────

　　①　哓哓——指羊。

　　②　地方——地保。

送了终。我们都是手无缚鸡之力的,哪个拦得他住? 难道性命是盐换来的么?"

扛丧鬼听了无可如何,只得回到棚中,对众鬼说知。众鬼晓得催命鬼是当方土地手下第一个得用差人,平日拿本官做了大靠背,专一在地党上①扎火囤,拿讹头,吃白食诈人的。如今他的兄弟被人打死,怎肯甘休? 少弗得要经官动府,恐怕缠在八斗槽里,尽皆着急。也等不得完戏,忙把戏子打发起身;一面拆棚,一面去报催命鬼得知。那些看戏的野鬼,见戏子已去,大家尽怕纠缠,顷刻跑得干干净净。活鬼随同众鬼,将许多家私什物,忙忙地搬回家去。幸亏人多手杂,一霎时都已七停八当。扛丧鬼自在庙前照应,等这催命鬼到来。

不一时,催命鬼领了几个弟男子侄来到庙前。扛丧鬼接着,先告诉了一通,领他看过尸灵横骨,然后说起"凶身逃去,如今作何计较"。催命鬼原弗想替兄弟伸冤理枉,只壳账赶来打个撒花开顶,杀杀胜会,再诈些银钱用。不料到得庙前,却早静悄悄地,已是败兴;又听得凶身是荒山里黑漆大头鬼,不觉冷了下半段,免不得也做起尸亲面孔来,说道:"戏场上人千人万的所在,青天白日,由强盗到来,把平民百姓打死,又放他自由自在地跑了去,倒说作何计较! 亏你做了鬼地方,说出这样风凉话来! 如今也不用千言万语,只要交还我凶身,万事全休。若交代弗出,只怕你地方变了地圆地扁,还不得干净哩!"说罢,就要回去。

扛丧鬼着急,连忙一把拖住道:"你也不必性急。凡百事体,也需有话熟商量。我们且到庙里去,斟酌一团道理出来。"把催命鬼引入鬼庙里坐下说道:"这个凶身,莫说我交代弗出,就是官府,只怕也不敢轻易去拿他的。依我算计,倒不如捉猪垫狗,上了活鬼的船罢。"催命鬼道:"怎么上他的船?"扛丧鬼道:"这节事,皆因为活鬼养了嫡头大儿子,说是什么天尊送来的;因此白地上开花,造着鬼庙,又做什么还愿戏,以致令弟遭此一劫。那活鬼是个暴发头财主,还不曾见过食②面。只消说他造言生事,顶名告他一状,不怕不拿大锭大帛出来买静求安,连土地老爷也好作成③

---

① 地党上——犹言地方上。

② 食——是世字之音转。

③ 作成——犹言照顾。

他发注大财。你道如何?"催命鬼笑道:"我正肚里打这草稿,不料你的算计,却倒与我暗合道妙,可称英雄所见略同。自古道:无谎不成状。正是这等干去便了。"就在庙里写好状词,把些恶水尽浇在活鬼身上,赶到当方土地那里告了阴状。

原来那土地叫做饿杀鬼,又贪又酷,是个要财不要命的主儿。平素日间,也晓得活鬼是个财主,只因蚂蚁弗叮无缝砖阶,不便去发想。忽见催命鬼来告他,知道大生意上门,即便准了状词。因催命鬼是原告,不便就差人,另签了令死鬼立时立刻去拿活鬼。自己一面坐了狗络轿,许多仵作皂隶簇拥着,来到鬼庙前。令死鬼已将活鬼及隔壁乡邻六事鬼都已拿到。扛丧鬼这日做了尸场上地方,好不忙乱!土地到了尸场上,相过了尸,又将鬼庙周围看了一回,即便坐在庙中,先叫扛丧鬼上去,责他做了鬼地方,不曾预先举报,打了几十迎风板子。再叫六事鬼去,也要揪住两头打当中。幸亏六事鬼口舌利便,再四央求,方才饶了。然后叫活鬼上去,不问情由,就是一顿风流屁股,打得活鬼上天无路,入地无门,"爷娘皇天"地乱喊。及至打完了,问他"为甚造言生事",活鬼已经吓昏,哪里回报得出?就说三言两语,也是牛头弗对马嘴的。土地也不再问,把他上了全副刑具,带去下在黑暗地狱里,说要办他个妖言惑众的罪名。

雌鬼在家里,得知这个消息,吓得两耳朵坽①白,忙与形容鬼相商。形容鬼也不懂打官司经络,茫茫无定见的,只得请六事鬼来与他斟酌。六事鬼道:"我晓得这饿杀鬼是要向铜钱眼里翻斤斗的。今日把活大哥这等打法,便是个下马威,使活大哥怕他打,不敢不送银子与他的意思。如今也没别法。老话头:不怕官,只怕管。在他檐下过,不敢不低头。只得要将铜钱银子出去打点。倘然准了妖言惑众,是杀了头还要问充军的。怎么当得起?"雌鬼见说,愈加着忙,只得央他们去寻门路打点。

两个来到衙门前,寻鬼打话,都说"活鬼是个百万贯财主,土地老爷要想在他身上起家发福的。若要摸耳朵,也需送他九篮八蒲篓银子,少也开弗出嘴。"问来问去,都是这般说,只得瘪了屁股回来。

行到半路头上,六事鬼忽然想起:那土地饿杀鬼非但贪财,又极好色。他手下有个门子,叫做刘打鬼,当官名字又叫做刘莽贼,年纪不多,生得头

---

①　坽(jiá)——污垢。

端面正。他的母亲刘娘娘，也生来细腰长颈，甚是标致。娘儿两个，都是这饿杀鬼的婊子。刘打鬼有个好娘舅，曾与六事鬼有一面之识，遂同形容鬼先去寻着好娘舅，央他领到刘家。那好娘舅是个烂好人，便与他一同跑到刘娘娘家去。

　　刘打鬼见是娘舅领来的，不敢怠慢，连忙接进客位。叙了些寒温，两个说起来意，要求他娘儿们在饿杀鬼面前话个人情。刘打鬼道："与土地老爷讲话，却是非钱不行的。若没钱的，凭你新爷娘活老子，话出灵天表来，他也只当耳边风。我们亦不好空口白牙牙去说什么。"形容鬼道："舍亲虽说是个财主，其实外头吓杀里头空，却是有名无实的，如今既遭了这般飞来横祸，也说不得自然要把银子出来做买命钱了。只要老弟在老爷面前周旋其事，求他只好看瓜刊皮，不要扳只壶卢抠子①就够了。"刘打鬼道："老话头：有钱使得鬼推磨。你们既有银钱送他，他乌眼睛见了白铜钱，少不得欢天喜地，把令亲从轻发落的。愁他则甚。"刘娘娘道："十个人十样性。你又不是老爷肚皮里蛔虫，就这等拿得稳！老爷虽说见钱眼开，只怕少了也就要看弗上眼的。你且去探探他的口气，方好讲唇。"刘打鬼道："阿妈说得是。待我去讨个尺寸出来。"遂起身出门。

　　不一时，回来说道："老爷起初做腔做势，挡不得我花言巧语说去，他灭弗得情，方才许了论万②银子；再少也不好说。在令亲身上，也不过似牯牛身上拔根毛，无甚大不了的。只是那个尸亲催命鬼，与这地方扛丧鬼，都是杀人弗怕血腥气的朋友。你们也要与他讲通彻了。若未曾明白③，要防他赶上司。土地老爷也未便杜④做主张，就将令亲轻饶放赦。"六事鬼道："那个鬼地方，是我们的好乡邻，我们自与他打话便了。那尸亲与老弟同衙门吃饭，自然衙门情熟，就借重老弟与他讲一讲，不知可使得么？"刘打鬼道："有甚使不得！你们再坐一坐，待我去寻他讲讲看。"

　　去不多时，同了催命鬼到来，说起这事。催命鬼起初大只收弗小，越

---

　　①　扳只壶卢抠子——扳了葫芦挖子。只，当作仔，或作着；扳只，犹言扳了，或扳住。壶卢，通作葫芦。抠，挖子。

　　②　论万——犹言上万。

　　③　明白——了当也。

　　④　杜——私。

话越离经的,哪里讲得明白? 刘娘娘劝道:"老爷已经许了,你只管执之一见,枉苦空做闲冤家。我这里粗断一句:送你千把银子;我也不要你二八提揽,你可看我面上,差不多点①罢了。"催命鬼怕他要在土地枕头边告状,不敢不依;况与活鬼本来无甚深仇阔恨,也就得巧便回头,应承了。刘娘娘道:"如今事已千停百妥,你们去端正银子来便了。"

两个谢别回来,说与雌鬼得知。事出无奈,只得措置银子。活鬼虽说是个财主,前日造庙时已将现银子用来七打八②;今又猝不及备,要拿出准千准③万银子来,甚觉费力。虽不至卖家掘产,也未免挪衣剥当。凑足了数目,送到刘家。交代明白,嘱他早早完结。刘打鬼道:"这个不必费心。难道我们坑④在屋里护出小银子来不成! 自然就送去的。大都非明即后,便把令亲发放,也未可知。你们放心托⑤胆便了。"

打发两个起了身,娘儿们商议将银子落起大一半,拿小一半来送与饿杀鬼,催他就将活鬼放出。果然钱可通神:次日饿杀鬼坐堂,便将活鬼吊出狱来,开了刑具,把前日事情解释了几句,放他回家。

正是:

　　得钱弗拣主,钱多哪怕蓦生人。

不知活鬼回去,可有别说,且听下回分解。

缠夹二先生曰:

　　活鬼只为有了几个臭铜钱,才生得一个小小鬼;遽尔⑥有事为荣,卖弄手中有物,向白地上开花,造起什么鬼庙来。缘此而聚集人众,搭鬼棚,做鬼戏,引得酒鬼相打,搅出人性命来,归根结柢⑦,把一场着水人命,一盘揿⑧归去。还亏有钱使得鬼推磨,不曾问成切卵头

---

① 差不多点——犹言将就些。
② 七打八——犹言七八成,或作七搭八。
③ 准——两准字应作整。
④ 坑——藏。
⑤ 托——当作拓。
⑥ 遽(jù)尔——突然。
⑦ 柢——通作底。
⑧ 揿——犹言提。

罪。然已不免下监下铺,吃打罚赎,弄得了家了命。反不若前头一张卵,后头一个屎孔,穷出狗而极出屁的人,尽管苦中作乐,不怕人龈脱卵脬柄也。或曰:活鬼之遭此飞来横祸,盖系坟上风水应当破财耳;若谓其算计弗通,自作自受,岂非冤哉枉也!

第 三 回

摇小船阳沟里失风　　出老材死路上远转

词曰：

行船走马三分命,古人说话原该听。

何必海洋中,阳沟也失风。

受多寒湿气,病倒真难治。

空有安心丸,焉能免下棺?

——《重叠金》

话说活鬼自被土地捉去,下在暗地狱里,伸手不见五指头的,已觉昏闷;再加一班牢头禁子,个个如狼似虎,把他摆布得三分像人,七分像鬼,要死弗得活,真是度日如年。忽然土地来吊他出狱,正不知是祸是福,心里贼忒嬉嬉地到了土地面前。只见饿杀鬼坐在上面,声色不动,反好说好话地放了他,真似死里逃生,连忙磕个响头谢了,走出衙门。凑巧形容鬼与六事鬼两个到来早打听,恰好接着。大家欢喜,拥着便走。

形容鬼见活鬼行作动步,甚觉不便,问道:"姐夫身上有甚痛刺? 怎么这般搭搭脚手①的?"活鬼道:"就是前日被瘟官打的棒疮,在暗地狱里讨个烂膏药揭了,倒变成烂屁股,好不疼痛!"六事鬼道:"既如此,不可跑伤了。我们且到前面阳沟里,看有什么摇小船,叫它一只,坐了回去。"

三个到阳沟头,凑巧一只小船,傍在大船边,歇在那里。六事鬼便喊道:"这只小船可是摇生意的么?"只见船舱里钻出一个赤脚汉来,答道:"正是。客人要哪里去? 可到船上来坐,也好待我下橹就摇。"形容鬼道:"我们要到三家村去,你可认得么?"艄公道:"这里摇去,见港就扳头,随弯倒弯行去便是。怎么不认得?"形容鬼便扶搀活鬼,一同下了船,开船回去。

活鬼还只道土地自己想着放了他,倒也安心乐意。只见六事鬼说起

---

① 搭搭脚手——当是搭脚搭手之误。

他被土地捉去时,家中如何着急,如何寻门路不着,直等寻着好娘舅领到刘家,催命鬼又怎么作难,连扛丧鬼也不曾打他白客①,用了许多银子,才得安然无事,放了出来,前前后后,一本直说。活鬼听得用去许多银子,不觉怒声填胸,一口气接不上来,登时白沫直出,倒在船中。两个吓得魂不附体,连忙扶他起来,一头拍胸脯,一头叫名叫姓地呼唤;弄了好一回,渐渐喉咙头转气,苏醒转来。

谁知福无双至,祸不单行。这里活鬼才得苏醒。忽然昏天黑地,起来一阵勃来风,吹得那阳沟河水涨三分,霎时间船横芦筐嚣起来。那艄公把舵弗定,一个鹞子翻身,扑通地跌下水去。形容鬼着急,连忙拿起篙子,要想撑傍岸边。谁知逆水里撑篙,犹如撑了硬头船,哪里做得半分主张?那艄公游到船傍,扳着船要想爬起来。形容鬼看见,忙伛去将他一把拿住,思量拉他上船。大家狠命一扯,不料那只小船早已捋闸下水,合了转来,连这活鬼六事鬼,一齐提在浑水里。幸亏六事鬼惯做媒人,是落水弗沉的,被他扑开水面,把活鬼背上干岸,早已脚立硬地。

这艄公被形容鬼拖住,越盘水越深的,只顾点弗壳深少起业,弄得头浸只水;你扯我拽,吃了一肚皮淀清阳沟水,方能爬到岸上。大家鹘②得眼白,坐着喘息。

待了好一回,那阵风也痿了,依旧平和水港。艄公再盘入水中,将船拖到岸边。大家用力帮他翻了转来,仍到船上坐定。重新开船,摇到三家村里。打发了船去,三个像雨淋鸡一般跑到家中。

雌鬼看见,吃了一惊,忙问道:"你们可是在奈河桥上失足堕河,弄得这等拖水夹浆,着了湿布衫回来?"活鬼道:"闲话少说,快拿衣裳出来,大家换了再相商。"六事鬼道:"我就在贴隔壁,归去换甚便。"一头说,就作别回去。雌鬼拿出一大瓣替换衣裳来,两个把湿衣换下。

大家坐定,活鬼方告诉雌鬼:"因前日被瘟官打痛了腿,跑不动,叫船回来,在阳沟里失风,翻了船。又在船上晓得你们把银子像撒③灰一般用去,把我气得死去还魂,险些儿与你不相见了。你向常用一个钱要掂掂厚

---

① 打白客——犹言打抽丰。

② 鹘(hú)。

③ 撒——应作撒。

薄,也算是一钱如命的。几时屙①落了肚子,就这般大手指挜②起来!"

雌鬼道:"你被土地捉去时,吓得我头昏耳朵热。正在无法摆张,幸亏兄弟去寻着这条踏熟门路,又立马造桥,要许多银子,那时连肚肠根几乎急断。千算万计,连我的壁挺如意、头肯簪、赵珠花,俱上了鬼当里,当出银子,方能凑足数目送去,弄你出来。倒要这等怪东怪西的,真是弗得相谢反得吐泻了!"

形容鬼道:"你们也不必相埋怨。这是姐夫破财星进了命,撞着这般无头祸。在牢狱底头,真是日顶充军,夜顶徒罪。一个弗招架,连吃饭家生都要搬场。如今虽然吃打罚赎,仍得安然无事,好好回来,已是一天之喜了。老话头:铜钱银子是人身上的垢,鸭背上的水,去了又来。只要留得青山在,哪怕无柴烧? 若只管这等落水要命,上岸要钱的鬼咯碌相骂,连我也蹐③促不安了。"说罢,也要作别回去。活鬼哪里肯放? 说道:"明日还要把小炒肉烧烧路头。多时费心,怎好不吃顿路头酒回去?"形容鬼也就托老实住下。

只见那活死人已经未学爬,先学走,一路抚④墙摸壁地行来,巴在活鬼身边。活鬼便把他抱在膝馒头上,说道:"真是只愁弗养,弗愁弗长。人说求来子,养弗大,看他这等花白蓬蓬的,怎得养弗大起来?"形容鬼见那小鬼头眉花眼笑,嘴里咿咿哑哑,便道:"我最喜抱弗哭囝,待我也来抱抱。"便向活鬼手里接去抱着,说笑了一回,大家收拾困觉。

谁知不到一忽觉转,活鬼忽然大寒大热起来,口里不住地浮说乱话。雌鬼还只道他魇⑤弗苏醒,叫了几声弗应,点起鬼火来看时,只见他面孔涨得绯红,身上火发火烧,嘴里嘈闲白夹,指手画脚地乱话,不由地不慌,只得喊起形容鬼来。形容鬼看了,也觉着急,说道:"这是一场瘟疫大病,不知这里可有好郎中么?"雌鬼道:"村东头有个试药郎中,他自己夸口说手到病除的,便只怕说嘴郎中无好药。"形容鬼道:"不要管他好歹,待我

---

①　屙(ē)——排泄。
②　挜(yà)——硬把东西送给对方。
③　蹐(jí)。
④　抚——应作扶。
⑤　魇(yǎn)——梦中遇可怕的事而呻吟,惊叫。

去请他来看看，才得放心。只是不认得他家里，半夜三更，人生路弗熟的，倘然摸大门弗着起来，便怎么处？"雌鬼道："鬼圆认得的，教他跟你去便了。"

形容鬼便喊了鬼圆，携着黑漆皮灯笼，三脚两步跑到郎中门前；碰门进去，催得那郎中衣裳都穿弗及，散披散囤地跟了他们就走。

形容鬼一路将病源述与他听了。到得家里，方过了脉，那郎中道："这不过是吓碎了胆，又受了寒湿气，不妨事的。"一面说，一面就在身边挖出眼眵①大三五粒丸药来，递与形容鬼道："这是一付安心丸，用元宝汤送下，三两日就好的。"说罢，便欲起身，形容鬼忙将一个干瘪头封袋，塞他袖中，叫鬼圆点灯相送。

雌鬼已将元宝汤端正，形容鬼帮他将药灌下。这丸药是杀渴充饥弗惹祸的，有什么用？直至次日半上日昼，仍旧弗推扳②，只得叫鬼圆再去候那郎中来，那郎中看了，依旧换汤弗换药的拿出两个纸包来，道："这是两服仙人弗识的丸散在内：一服用软口汤送下，明日再将乱话汤送下一服，包你活龙鲜健便了。"

形容鬼收了药，送过封袋，打发郎中起了身，照依他说话，把药吃下去，犹如倒在狗穢里，一些也没用！正叫做药医不死病，死病无药医。果然犯实了症候，莫说试药郎中医弗好，你就请到了狗咬吕洞宾，把他的九转还魂丹像炒盐豆一般吃在肚里，只怕也是不中用的。

那活鬼躺在床上，只管一丝无两气地半死半活。雌鬼见他死在头上转，好不着急！就像热煎盘上蚂蚁一般，忙忙地到鬼庙里去请香头，做野团子谢灶；讲只流年算命，又替他发丧送鬼，叫魂待城隍，忙得头臭。看这活鬼时，渐渐地一面弗是一面，眼睛插了骷颅头里去，牙齿咬得锈钉断。到得临死，还撒了一个狗臭屁，把后脚一伸，已去做鬼里鬼了。

雌鬼那时一把鼻涕，一把眼泪，号肠拍肚地哭唠叨。形容鬼等他哭畅了，方才劝道："他已叫声弗应，问声弗听地困到长忽里去了。你就登时哭死，与他同死合棺材，也无济于事，且商量办后事要紧。"雌鬼只得揩干眼泪，与形容鬼把尸灵扛来，躺在板门上，脚板头上煨起帛纸。一面又请

---

① 眵(chī)——眼屎。

② 推扳——减退。

六事鬼过来二相帮帮,就托他买办东西。六事鬼拿着些卵串钱,出去先买了一口老古板的竖头棺材,其余用得着的物,一一置办停当。

形容鬼在家中,也主持得七端八正。那活死人虽然还是个小鬼,也未便爷死弗丁忧,一样地披麻执杖,束了烂草绳,着双铁草鞋。雌鬼也戴了没头大孝。

等个好时辰,把尸灵揿在破棺材里,道士摇着铃注卵子,念了几句生意经,吻了材盖。棺材头边放下一张拧座台,供好活牌位,摆上老八样头素菜来:不过是吊长丝瓜、丫杈萝葡、老茄子、拖根葱、香菜头、无皮果子、闷壶卢、大碗勃酸齑之类。做过了倒头羹饭,请送入殓的朋友亲眷吃了丧家饭,大家散场。

到得头七里,大前头竖起棒捶接幡竿,请了一班火居道士,酒肉和尚,在螺蛳壳里做道场。从此老和尚念苦经,小道士打十番,七七做,八八敲地闹了四五十日。那形容鬼虽说至亲莫若郎舅,到底远了步,来三去四地不甚便当。全亏六事鬼早起夜眠,尽心竭力地照应。真是远亲不如近邻。雌鬼也感激不尽。

只是那口烂头棺材停在屋里,恐防烂断座台脚。一到断过七,形容鬼撺掇着,就在阴山脚下寻块坏心地,做了鬼坟坛,在太岁头上动了土,把棺材生好牛头扛,八抬八绰地扛出门去。和尚道士碰起领丧铙钹①,一大起送殡的乡邻闲眷随在后面,抄着近路就跑。

行不到一条长田岸,只见一个老鬼,撑着一根灯草拐赖棒,拦住说道:"你们真是少不经事,只想抄近路! 可晓得前面转湾头上的爬棺黄鼠狼么?"众鬼道:"爬棺材黄鼠狼便怎么?"老鬼道:"原来你们还没知道。那黄鼠狼专好龈死人。倘有棺材过去,一大群蜂拥上前爬住,把死人骷髅头都龈得干干净净。所以当日谢家,出棺材远转过去的。你们也该小心为主。"众鬼都道:"到底老辈里说话,不可不听。我们就打死路上转过去便了。"大家掇转脚板头望死路上跑去。那雌鬼小脚伶仃,如何跟得上? 落在后头,一步一哭,只顾赶棺材弗着起来。只得喊个练熟鬼吊了,也不顾快行无好步,乱跌乱撞地趴到坟上,跑得膀酸脚软坐着喘息。

那棺材已歇在棚中。形容鬼处分把羹饭摆好。这番不用素鼓榔槌,

---

① 铙钹(náo bó)——打击乐器。

都是大鱼大肉。众鬼仔细看时：一样是牯牛卵脬，一样是炰汤狗头，一样是绵羊颈骨，一样是猪婆耳朵，一样猢狲臀疨①，一样是狐狸尾巴，一样是镬②里鹞鹰，一样是攞折驴卵；还有两色水果：却是翻花石榴，掇皮酸橘子；两色点心，是碗里扪春饼，宿蛀大麦团；三杯寡酒；一碗烂饭；点起两枝风中之烛。

众鬼都说："这活鬼枉做了财主家边，一生一世，苦吃苦熬，就是小荤腥也不舍得买来吃。直到今日之下，方能拽长台子摆这一顿富胜酒席，他已吃不下肚了！岂不是枉活鬼世！"三丛丛、四簇簇地谈论不了。等到落地时辰，拜过离别，收开羹饭，把棺材下了泥潭，罨好在烂泥心肝里，这方是入土为安。大家收拾回家。

正是：

　　凭你会钻铜钱眼，到头终壅茅柴根。

要知后事如何，且听下回分解。

缠夹二先生曰：

　　活鬼命里既能白手或③家，置田买地，造船起屋，挣做百万贯财主，也算是茄子大一个星宿了。就使他拥着三妻四妾，儿女成群，活到寿长千百岁，也该消受得起。谁知才生得一个小鬼，便就船横芦篷罥起来；一场着水人命，几乎弄得头弗拉颈上。还亏钱可通神，方能泥补光鲜。尚不能财去身安乐，接连又是一场瘟疫大病，就免不得抛妻弃子，一双空手见阎王矣。古老上人所云"七合升罗八合命，满只升罗就生病"者，正活鬼之谓也。

---

① 臀疨(tún nái)。
② 镬(huò)。
③ 或——当是成字之误。

第 四 回

假烧香赔钱养汉　左嫁人坐产招夫

词曰：

> 泪如泉,怨皇天。
> 偏生拣着好姻缘,强教半路捐。
> 花未蔫,貌尚妍,活人怎肯伴长眠?
> 红丝别处牵。

——《双红豆》

话说雌鬼自从嫁了活鬼,一对好夫好妻,同起同眠地过了半生半世,真是乡下夫妻一步弗撒离的。后来生了活死人,愈加夫全子足,快活不了。谁知乐极生悲,把个顶天立地的大男儿家,跳起来就死了。初时有些和尚道士,在家中闹弗清楚,倒也不甚觉着。及至断了七,出过棺材,诸事停当,弄得家里冰清水冷。

那个鬼圆,自从主人死过,没了管头,吃饱了宕空箅箕里饭,日日在外闲游浪荡,雌鬼也管他不下。一个搭脚阿妈,只晓得烧茶煮饭,踏杀灶堂泥,连大前头都不到的。一个委尿丫头,抱了活死人终日赶乡邻白相,弗到夜也弗肯归槽。雌鬼住在家中,弄得走了前头没了后面。叫呼弗答应的,愈觉冷静。倒还亏六事鬼三日两头走过来照应照应。

一日,雌鬼正在家中扯些绵絮,要想翻条脱壳被头。忽然膀臖裆里肉骨肉髓地痒起来,好像蛆虫蚂蚁在上面爬地一般。心里着急,连忙脱开裤子,看时,只见一群叮穊虫,认真在穊爿沿上翻斤斗。忙用手去捉时,被它一口叮住,痛得浑身都肉麻起来,只得放了手,一眼弗闪地看它。

三不知六事鬼走来,看见雌鬼绷开两只软腿,只管低着头看,心中疑惑,轻轻走到跟前一看,不觉失惊道:"怎地活大嫂也起这件东西来?"雌鬼吃了一惊,急忙束好裤子,说道:"你几时到来? 偷看我是何道理?"六事鬼道:"这个虫是老穊里疥虫考的,其恶无比。身上有了它,将来还要生虱簇疮,直等烂见骨还不肯好。当时我们的鬼外婆,也为生了此物,烂断了皮包骨,几乎死了。直等弄着卵毛里跳虱放上,把虫咬干净了,方能渐渐好起来的。"雌鬼忙问道:"你身上可有这跳虱么?"六事鬼道:"在家人哪里来? 这须是和尚卵毛里才有两个。"正话得头来,只听得隔壁喊应六事鬼,说有个野鬼寻他。六事鬼慌忙跑归。

这里雌鬼痒一阵,痛一阵,弄得无法摆张。肚里千思百量,忽然想起活鬼生病时,曾在鬼庙时请过香头,何不借着还愿做个因由头,到庙里去与那怕穢和尚相商,谅必有画策①的。算计已定,重新梳光了直护头,换了一身茄花色素服,家里有用存的香烛拿了一副,叮嘱搭脚阿妈看好屋里,开了后门出去。

那雌鬼原有几分姿色,戴着孝,更觉俏丽。正是若要俏,需戴三分风流孝。虽然年纪大些,还是个半老佳人。

一路行来,到得鬼庙前,只见两扇庙门关紧;把手去推时,原来是关门弗落闩的,一推就开。走进里面,依旧把门关好。那和尚听得门响,走出来看时,见是雌鬼,连忙接进里面,替她点上香烛。雌鬼拜了几拜,应过故事,起来各处游玩。走到和尚房里,只见朝外铺张嵌牙床,挂顶打皮帐;床前靠壁,摆一张天然儿;一头一盆跌樿香橼,一头稳瓶里养一枝鼻涕花;中间挂幅步步起花头的小单条,旁边摆着几条背板凳;床下安个倒急尿瓶:铺设得甚是齐整。心里想道:人说三世修来难得搭和尚眠,原来和尚的静房是这般精致的。坐在凳上东张西望,再见和尚托着一碗枣儿汤,送到面前。雌鬼是吃惯的,接来呷了几口,放在桌上,熬不住便道:"我无事不登三宝殿,要问你,可有一件东西么?"和尚道:"施主要什么,小僧若有,自当奉上。"雌鬼一时问出了口,回味思量,又觉开口告人难,欲要不言,却又话不说不明,弄得千难万难,红着鬼脸,不言不语。

那和尚是色中饿鬼,早已心里明白,便笑嘻嘻挨近身来道:"到底要什么? 却这般又吞又吐的。"雌鬼只得老着面皮说道:"你身上可有虱的么?"和尚道:"小僧身上饿皮虱,角虱,卵毛里跳虱,一应俱全;不知要哪一种?"雌鬼道:"有了这许多,难道虱多弗痒的么?"和尚道:"小和尚硬如铁,是虱叮不动的,哪里会痒?"雌鬼道:"实不相瞒,因为生了叮穢虫,闻得要卵毛里跳虱医的,所以来与你相商。"和尚道:"这个其容且易。施主

---

① 画策——犹言通融。

且脱开来,待小僧放上便了。"雌鬼只得脱开裤子,露出穭爿沿上两个笑靥来。那和尚平素日间,还要无穭干卵硬,何况亲眼看见,便也脱去裤子,说道:"省得搜须捉虱,等它自己爬上去罢。"一头说,一头便将身凑上。那跳虱闻着腥气,都跳上穭爿来。真是一物治一物,那叮穭虫见了,便吓得走头无路,尽望穭里钻了进去,钻不及的,都被咬杀。雌鬼道:"这被它逃去的,畔①在里头钻盘透骨地作起怪来,便怎么处?"和尚道:"不妨,待我打发徒弟进去,连未考的疥虫替你一齐触杀便了。"雌鬼没奈何,只得由他扳弄屎孔地触了一阵,方才歇手。

　　大家束好裤子,雌鬼便欲起身。和尚拦住说道:"小僧替施主医好了大毛病,怎么相谢都弗送,就想回去? 和尚吃十方,施主倒吃起廿四方来了!"雌鬼道:"今日没有身边钱,改日谢你便了。"和尚道:"现钟弗打倒去炼铜! 又不是正明交易,现消开割的好。正叫做赊三千弗如现八百。"雌鬼道:"真正若要欺心人,吃素队里寻。不要说我是老施主,就是个面熟蓦生人,像方才这等适心适意的被你鬼开心,难道肯替你白弄卵的么? 我倒肚里存见,譬如割穭斋僧,弗做声弗做气罢了;你倒拔出卵袋便无情起来!"和尚道:"方才施主眼对眼,看小僧用尽平生之力,弄得热气换冷气的,替你触疥虫,倒要一毛弗拔地绰我白水,也意得过么?"雌鬼被他缠住,只得在荷包里挖出一只铎头锭来送与他。和尚双手接了,忙赔笑脸,道:"这是生意之道,不得不如此。后日里间倘然用着小和尚时,决不计论的。"雌鬼也笑道:"今日出来烧香,倒变做买卵触穭了,与赔钱养汉何异? 真乃意想不到。"说罢,起身便走。和尚直送至山门口方才进去。

　　雌鬼一路回来,到自家门首,已经日头搁山。正要进门,只听得活死人在后吱哗百叫。回头看时,见他手里拿一把乱擂芝麻糖,委尿丫头抱着,从乡邻人家出来。雌鬼便立定脚头等他。不防六事鬼家送出一个光头小伙子来,正与雌鬼打个照面。雌鬼忙避入门中,那小伙子走过几步,还三转四回头地只顾看她。雌鬼便抱了活死人,叫丫头关上大门,走到里面坐下,觉得满身松爽,时须迷迷地好困起来,便收拾夜饭吃了。

　　困到床上,却又翻来覆去地困弗着。正是引动了春心,那无明火升起来,如何按捺得下。肚里胡思乱想:又不便常到庙里去,倘教和尚来家,又

————————
　　①　畔——匿。

怕寡妇之门,被乡邻市舍话长说短;若另寻主客,也终非长久之计。倒不如嫁个晚老公,可以朝欢暮乐,靠老终身,倒觉名正言顺。况这六事鬼又惯做两脚居间,与他商量,也甚便当。

主意定了,巴到大天白亮。晓得六事鬼欢喜吃口老白酒的,便教鬼囤去买端正①几样下酒小菜,好待六事鬼来浇浇媒根,以便与他讲心事。鬼囤去不多时,买了些割碎肉、雌鸟头、夹肝、捉死蟹、一瓶酸酒,都拿到屋里。雌鬼收拾齐整,等到吃饭过后六事鬼果然到来。雌鬼喜之不胜,连忙掇凳弗及地请他坐下。

六事鬼坐着说了几句闲话,雌鬼便去搬出酒来。六事鬼也不推辞,老老实实地筛来就吃。雌鬼坐在旁边,将想的心事告诉了他。六事鬼道:"主意倒也不差。老话头:臭寡妇不如香嫁人。但是人家花烛夫妻,还常常千拣万拣拣着了头珠瞎眼。若是晚转身,越发不好拣精拣肥;只得依便就便,寻着个好性格,吃得温暾耐得热的精胖小伙子,已算是造化了。"雌鬼道:"这个自然。只是一桩,我却不肯转嫁出去,是要坐产招夫的。"六事鬼道:"有却有一头,只不知你们前生前世,缘法如何。昨日我在这里时,家里喊应,说有个野鬼寻我,原来是替活大哥在土地面前讨情的那个刘打鬼。我送他出门时,你也在门口,亲眼见过的。他也晓得我惯做媒人,特地来托我觅头亲事。他说不论年纪、穷富、细娘、堂客,只要生得标致。我看你虽觉年纪大些,还面上吹弹得破,白里泛出红来,像活观音一般。昨日他一头走路,只管十步九回头地看你,谅必配眼的。若再肯做入舍布袋,岂不是有缘千里来相会?"雌鬼道:"闻说这刘打鬼是土地老爷的汤罐弟弟,自身顾弗周全,还做别人的老婆。我去做那老婆的老婆,岂不是小老婆了?"六事鬼道:"方才说好性格的难得碰着。他既肯做这将卵皮生意,自然生副搓得团挛捏得扁的糯米心肠。况兼这些偷寒送暖,迎奸卖俏,各式各样许多方法,都学得熟滔滔在肚里,不比嫁着个乡下土老儿,只晓得一条蛮秤十八两的。不要说别样,就是这副标致面孔,与他肉面对肉面地睡在一处,也觉风光摇曳,比众不同。"

雌鬼被六事鬼一席话,说得肺叶丢丢掀,便道:"既如此,你且去说看。倘然肯时,不烦他一草一木,也用不着六礼三端,拣个总好日到来做

①　端正——犹言妥。

亲便了。"六事鬼道："说便去说,只不知令弟主意若何?"雌鬼道："这个不
必费心。老话头:头嫁由亲,二嫁由身。我既定了老主意,他也不能阻挡
我。"六事鬼吃完酒,谢别起身。

转背不多时,恰好形容鬼到来。说到些家长里短,雌鬼便将要嫁刘打
鬼的话告诉他。形容鬼道："你是个好人家圈大细。家时又弗愁吃、弗愁
着,如何想起这条硬肚肠来? 即使要再嫁,也该拣个梁上君子,怎么想嫁
那刘莽贼? 他是个小风臀、千人骑、万人压的,有甚好处? 老话头:嫁鸡属
鸡,嫁狗属狗,嫁着张大卵死活熬一卵。虽然晚嫁人,若嫁老公弗着起来,
也是一世之事,将来弗要懊恼嫌迟。"雌鬼道："世间掉老婆左嫁人的也太
多甚广,哪里都拣着了梁上君子? 这是我自己情愿,不要你管闲账。"形
容鬼道："我是正门正路说话,你不肯听,也只得由你便了。正是狗要吃
屎,沙糖换弗转的。"说罢便起身,一直去了。

且说六事鬼出了活寡妇大门,一口气跑到刘娘娘家去寻着刘打鬼,将
活寡妇要嫁人,央他来做白媒人的话述了一遍。刘打鬼晓得活鬼是个财
主,去做他替身,便是个现成财主;正是吃他饭,着他衣,住他房子,触他
穄,再没有再荐①便宜的了,如何不肯? 一诺无辞,就同六事鬼去拣了一
个黄道好日。

六事鬼归来,回音了雌鬼。雌鬼喜之不胜,预先将家中收拾齐整,到
得好日,凡属喜事喜日应用的事件,尽皆千端百正。自己穿了包拍大红
衫,打扮得一沰胭脂一沰粉的。守到一深黄昏,六事鬼领着刘打鬼跑上大
门来。那些抱牌做亲、坐床沿、做花烛许多俗套、是大概晓得的,不必说
他。雌鬼又教活死人拜了晚老子,诸事周遍,方才收拾上床。正是春宵一
刻值千金,那些翻云覆雨的勾当,果然被六事鬼料着,与活鬼大不相同。
雌鬼心里快活,自不必说。刘打鬼也是心满意足,要想领娘来同住。那刘
娘娘恋着饿杀鬼,不肯行程②,也不好强他。夫妻两个情投意合地过日
子。

正是:

　　易求无价宝,难得有情郎。

----

① 荐——占字之音转。
② 行程——疑当作应承,答应。

不知他夫妻两个,可能一竹竿到底否,且听下回分解。

缠夹二先生曰:

常听人说:烧香望和尚,一事两勾当。每思烧香是为佛天面上望他救苦救难,自宜一念诚心。至于和尚,不过擂光了头毛,既不能多双拳头多张嘴,又未曾缺只鼻头瞎只眼,一样一个人身,着甚来由,要掉忙工夫去望他?原来他有虱多弗痒的本事,所以娘娘们都掉他不落。但雌鬼是有叮尿虫为患,故此不望。岂大概烧香娘娘亦尽有是虫作祟,要请和尚触杀乎?然雌鬼一触之后,恐怕乡邻市舍话长说短,随即摆定老主义,嫁个晚老公,不肯学三姊姊嫁人心弗定。可知凡属男子汉大丈夫,尽都会触,何众女眷之执而不化,只想望和尚哉?

第 五 回
刘莽贼使尽老婆钱　形容鬼领回开口货

词曰：

> 误认好姻缘，堪把终身托。
> 自古红颜薄命多，浪子心情恶。
> 家当弄精光，打骂还频数。
> 不是冤家不聚头，悔杀从前错。

——《百尺桥》

　　话说刘打鬼自从入舍到活家，做了财主婆的老公，思衣得衣，思食得食，安居乐业的，岂非一朝发迹？若是有正性畔在家里，关门吃饭，真是上弗欠官粮，下弗欠私债，风弗摇，水弗动的，也够他吃着受用了。

　　谁知他吃饱了现成饭，一无事事，不免又到外面攀朋搭友起来。那些老朋友，知他做了活鬼的替身，是个新上名字的财主了，个个掇臀捧屁来奉承他，也有陪他赌心钱的，也有请他吃白酒的，也有领他去闯花门阆小娘的。那刘打鬼本系浪子心性，正是投其所好，终日搭陶搭队地四处八路去寻快活。起初还恐怕雌鬼要话长说短，遮遮掩掩地瞒着她。后来渐渐手滑，把雌鬼积蓄的许多臭铜钱，日逐间偷出去浪费落①了。及至雌鬼得知，向他话账，却又钝皮老脸地杀他无得血，剥他无得皮，真是无可如何。过了几时，愈加老眉老眼向雌鬼要起钱来。没得与他，反要做面做嘴地寻孔讨气。雌鬼也不甚理他。

　　一日，又出去赌夜钱输极了，回家向雌鬼要钱去还赌账。雌鬼不肯，便拍台拍凳地硬要。雌鬼只得发极，道："老话头：要吃要着嫁老公。我虽不为吃着两字招你归来，也巴望挡一爿风水。谁知你枉做了汉子家，只晓得吃死饭，又不会赚些活路铜钱归来养老婆圆大细，反要挖出肉里钱去大掷大赌地输落，尽要向我一只钉上讨力。我又不是看财童子，会屙金子

---

　　① 落——犹言掉。

呕银子的,哪里有许多闲空铜钱来接济你? 难道天上有得落下来的么?"

刘打鬼听了不觉恼羞变怒,跳得八丈高,把雌鬼"触千捣万"乱骂起来。雌鬼怎肯让他? 大家闹得家反宅乱,打起灶拳来;弄得盐瓶倒,醋瓶翻,一只碗弗响,两只碗斜①砰。幸亏六事鬼在隔壁听不过,跑来强劝解开了。雌鬼真是有苦无话处,"爷娘皇天"哭了一场,也只得罢了。

谁知那刘打鬼打开了手,愈加胆大,三不常向雌鬼要长要短。好便骂,不好便打。雌鬼始初也不肯让他,打了几次灶拳。到底女流之辈,如何斗得他过,渐渐被他降服下来,只得百依百顺了,倒还图个耐静。日复一日,把家中弄得空空如也,渐至卖家掘产,将活鬼吃辛吃苦挣起来的家当,不消几年早已写了"清"字。他还没肯歇手,尚在外面百孔千疮,做下一屁股两胁肋的债,常常弄得前门讨债后门畔。

雌鬼是做过财主婆的,向常钱在手头,食在口头,穿软着软,呼奴使婢惯的,如今弄得吃着朝顿无夜顿,怎受得这等凉凄? 肚里气气闷闷,不觉成了臌②病。晓得自己老死快了,恐怕活死人将来没个结果,只得央六事鬼寄信叫形容鬼来。

那形容鬼自从雌鬼不听他好说话,嫁了刘打鬼,便脚指头弗戳到她大门上。直等六事鬼寄到信,方才晓得雌鬼成了臌病——有数说的:疯、痨、臌、隔,是阎罗王请到的上客——知道她死在眼前,不免看同胞姊妹面上,到来睃睃她。谁知已经弄得赤白地皮光,家里风扫地、月点灯的,刘打鬼也不在家里。

雌鬼见了形容鬼,自觉惭愧,一话一哭地家长里短,告诉不了。形容鬼不好揭她旧书,只得因个头来答个脑,劝解了几句。那活死人已经有七八岁,见了娘舅已经不认得。形容鬼见他生得眉清目秀,便道:"多时不见外甥,已这等长成了,可惜一个好相貌,如何倒这般命硬的?"雌鬼道:"我是自作自受,已是死数里算账的了。只可惜他头青白面一个孩子,将来落在刘打鬼手里,终无了局。我正望你来,要与你相商,也看当时他老子与你一同去求来的,我死之后,你千万带只眼睛,收留他回去,抚养成人,也是救人一命,胜造七级浮屠。"一面又向床下摸出一块金子来,递与

---

①　斜(lì)。

②　臌(gǔ)——鼓胀。

形容鬼，道："这是你前起姐夫的镇家之宝，叫做吃弗了乌金，还没被刘打鬼晓得，未曾弄落，你可拿回去做个记念。"形容鬼正要推辞，雌鬼道："你不拿去，终归化为乌有，岂不可惜。"形容鬼方才拿了，告别回家。

却说那形容鬼的家婆，叫做醋八姐，是个小人家出身，嘴花捩撒地专喜嚼舌头根，不甚贤惠。幸亏形容鬼凡事自听自为准，大着耳朵管不甚理她的。那日回家，把雌鬼要将活死人托他的话说起，醋八姐道："他做财主婆的时候，一把抓了两头弗露，从无一丝纱线破费在穷亲眷面上。今日倒要把个开口货摞在别人身上，只怕情理上也讲不下去。"

形容鬼晓得她是贪财的，便向身边摸出那块金子来，放在面前，道："她有这件海宝贝与我们，也不是白效劳的。你若推出手，如何可白手拿财，只得送还她便了。"醋八姐看见那块金子火赤焰焰地摆在面前，眼睛里放出火来，怎舍得送还，便改口道："既然她以心相托，个把小圆多里掏拢，所费也有限。况且古老上人说的：'外甥弗出舅家门。'想必无爷娘收管的外甥，原该住在娘舅家里，不出门的。你既拿了来家，再若送去，显见得是我之过了。"说罢，便抢去下了壁虎袋，再也不肯出现。

过了几日，形容鬼掉弗落①，买了些下穑果子，拿到雌鬼家里来。那雌鬼起初还半眠半坐，后来胀得四直六直，像打气猪一般，困在床上等死。刘打鬼还只道她有甚私房，坑在那里，要逼他说出来，那日正在床前絮絮叨叨地盘问。不防形容鬼跑进房来，回避不及，只得相见了，被形容鬼上数头下数脚地骂了一顿，他也没敢回嘴。雌鬼见了形容鬼，一包眼泪说道："兄弟，托人如托山。倘我死了，你务必领了外甥回去。若不依我，就死了也是口眼弗闭的。"说罢，便透了几口阳气；咬紧牙床骨，伸直后脚，死割绝了。刘打鬼只得极地爬天，弄一口薄皮棺材危装裹了，就扛去葬在活鬼坟余地上。

形容鬼也不等断七，就将活死人领了回去。醋八姐看见，也未免新箍马桶三日香，"弟弟宝宝"地甚是亲热。过了几时，形容鬼便叫他跟了儿子牵钻鬼，同到角先生开的"子曰"店里去读书。原来形容鬼也有一个儿子，叫做牵钻鬼，已有十几岁，生得凹面峭嘴，甚是难看。若论他搅尸灵本事，真个刁钻促掐，千伶百俐。谁知见了几句死书，却就目瞪口呆，前念后

---

①　掉弗落——犹言心里掉不了。

忘记的，不甚聪明。幸亏角先生手里那些学生子，一个个都是钝猪钝狗；短中抽长，还算他做个蚱蜢淘里将军。读了几年书，也就识了许多狗穤字。及至活死人进了学堂门，却是出调地聪明；不消几时，把牵钻鬼读了数年还半生半熟的书，他都读得烂熟须菩提，颠倒也背得出。牵钻鬼不想自己原是个钝货，反倒妒忌他起来，千方百计地暗损他，三不时在娘面前添枝换叶装点他短处。

那醋八姐初也不过一时高兴，看金子面上假面光鲜地爱他。过了几时，已是意懒心灰了，怎当得儿子又时常在耳边撺掇，就变了心肠，渐渐把这活死人当作眼里钉肉里疮一般惹厌起来。幸亏形容鬼却是真心实意，凡事拉紧里半爿地不许欺瞒他，因此还不曾吃足苦头。

不知不觉，早又过了数年。那活死人已有十几岁，出落得唇红齿白，粉玉琢地一般，好不标致，更兼把些无巧不成书，都读得熟滔滔在肚里。若叫他做篇把放屁文章，便也不假思索，悬笔挥挥地就写，倒像是抄别人的旧卷一般。随你前辈老先生见了，无不十人九赞，甘拜下风，岂不是天聪天明，前世带来的。

一日，同着牵钻鬼，两个要到学堂里去。走出门来，只见一个硬头叫花子，背上摆个长袋，手里牵只青肚皮猢狲，后头跟一只急屎狗，在门前走过。牵钻鬼不识，问道："尔牵的是什么东西？"叫花子答道："这是教熟猢狲，领它出来做戏与人看的。"牵钻鬼只道是白看的，便道："做我们看看。"

那叫花子便向长袋里拿出一个石臼来，戴在猢狲头上，敲着碌锣，那猢狲就戴了石臼撮①把戏，把平日教熟的那些当当头种树，弄卵入布袋，戴帽子跳圈许多戏法，都撮出来。形容鬼听得锣响，走出来看时，见是猢狲撮把戏，便挖几个看肚兜铜钱来舍他。那叫花子接了钱，又拿出一只金饭碗来讨饭吃。

形容鬼道："你怎么这般无知餍足？又不曾叫你在这里做，赏你几个死铜钱也够了，还要多诙诅。"叫花子道："若不是这位官官要看，我已走过多时了。怎说不曾教我做？"牵钻鬼诚恐老子要怪他，便把那叫花子夹背一记，骂道："你这叫花料语言不一，怎么是我叫你做的？"

---

①　撮——做。

谁知把那叫花子身边冷饭团都打出来，滚在地下，被急屎狗一口吃去了。那叫花子便和身滚在地下，诈死赖活地闹将起来。形容鬼无奈，便喝牵钻鬼赔还他。牵钻鬼只得进去拿饭来做，怎奈是老米饭，捏杀不成团的，只得畚①了一面糊盆硬米糁出来赔他。叫花子道："我不是吃硬米糁人！需要还我原物来？"越挽越醉地正在那里话弗明白，只见一个野鬼，背上摤个草包，走得满头大汗地到来，问道："这里有个形容鬼，可晓得住在哪里？"形容鬼见问，便道："你从哪里来？问他何干？"野鬼道："我是鬼门关总老爷差来请他的。"形容鬼道："只我便是。你们老爷又不曾认得我面长面短，请我去做什么？"那差鬼听得就是形容鬼，便道："我也不晓得豆油菜油②。总兵老爷有请书在此，相公开看就明白了。"那叫花子见是总兵的朋友，便不敢话长说短，牵着猢狲一溜去了。

形容鬼领这差鬼到了家中，差鬼即向包里取出一封拐书来，递与形容鬼。形容鬼拆开看了，方知这总兵就是他同窗朋友白蠓鬼，少时与形容鬼两个，都在乌有先生手里念书，后来都做了鬼秀才，先生荐他在石朝官衙门里吃饭。亏那朝官的力量扶持，他得了一官半职，直做到枉死城城隍。他做官虽是一清如水，只是才具浅促些。那伙提草鞋公人，见本官软弱，便都将嘴骗舌头的来弄怂他。白蠓鬼又是软耳朵的，听了他们三人说着九头话，不免弄得没了主意。正是"清官难出猾吏手"。幸亏那城隍奶奶长舌妇，却是十三分奢遮的：任你说得天花乱坠，总瞒不过她。遇着审官司时候，或是在面前背后提调，或竟与白蠓鬼排排坐着，叉张夹嘴地断灾断祸。她嘴头子又来得左话左转，右话右转，翻蛆搭舌头的，侪③是她说话分。凭你老奸巨猾，能言舌辩的囚犯，也盘驳不过；她倒制服得那些强神恶鬼，伏伏腊腊，一些也弗敢发强。正是官清民乐，快活不过的。

不料那三家村土地饿杀鬼，做了几任贪官，赚了无数铜银子，晓得这枉死城城隍是个美缺，走了识宝太师门路，要谋这城隍做。那太师是阎罗王殿下第一个权臣，平日靠托了阎王势，作威作福，卖官鬻④爵，无所不为

---

① 畚（běn）——用畚箕撮。

② 不晓得豆油菜油——谓全无所知。

③ 侪（chái）——全。

④ 鬻（yù）——卖。

的。他得了饿杀鬼贿赂,恰遇守鬼门关的辣总兵死了。也不管人地相宜不相宜,硬做主张把白蒙鬼调了鬼门关总兵,将这城隍缺让与饿杀鬼做了。

可怜白蒙鬼是个念书人出身,文绉绉地晓得什么提兵遣将之事。就是长舌妇虽说奢遮,也不过苗头看得清爽些,又口舌利便,翻转翻仰地会说会话罢了。那行兵摆阵,出锋打仗许多事务,教他怎么得知?无奈是上命差遣,身不由主,只得离了枉死城,来到鬼门关上任。进了对科衙门,看见那些阴兵,一个个拳头大,臂膊粗,强头倔脑的,恐怕管他不下,心里甚是着急。忽然肚肠角落里想起那同窗朋友形容鬼是个正经人,才具也有些,何不请他来做个帮手,凡事也要斟酌而行。算计已定,随即写了一封情①书,差了勾魂使者,一直到打狗湾里来请他。凑巧一寻就着。

形容鬼看了请书,随与醋八姐相商。醋八姐正怕形容在家要量柴头数米角地管他,巴弗能彀②出门去了,落得无拘无束,便放杀死③地撺掇。形容鬼遂留住了差鬼,要与他一同起身。随即置办起行李来,也不过端正几件随身衣裳,一副跌撒铺盖。拣人出行日子,教牵钻鬼去寻个挑担鬼来,差鬼便道:"有我在这里,何必再去寻?"形容鬼道:"这里到鬼门关,又不是三脚两步路;百步无轻担的,怎好烦劳你?旁人看了,只道是见人挑担弗吃力。"差鬼笑道:"不过一肩行李,又不是千斤担,这有何妨?"一头说,便将扁担搁上肩头,说道:"相公就此起行罢!"形容鬼只得叮嘱了一番,起身上路,不提。

正是:

　　我本无心图富贵,谁知富贵逼人来。

不知形容鬼去后,醋八姐把这活死人如何看待。且听下回分解。

缠夹二先生曰:

　　观雌鬼不为吃着两字之语,固知两字之外,别有一桩至要至紧之事也。想其初招刘打鬼时,必以为从此可以朝欢暮乐,靠老终身矣;

---

① 情——据前后当是请字之读。
② 巴弗能彀(gòu)——巴不得能够。
③ 放杀死——拼命。

岂知狼子野心，不唯不奉男不对女敌之古训，反欲打杀老婆触死尿起来，到那其间，又不能学好汉之吃拳弗叫痛，不免反客为主，将前半三世同活鬼吃辛吃苦挣起来的现成家当，让他杜做主张销缴干净，无怪乎其肚皮气膨也。至于形容鬼之穷人大肚皮，醋八姐之见钱眼开，牵钻鬼之损人不利己，俱属世间常事，何足怪哉？

第 六 回

活死人讨饭遇仙人　臭花娘烧香逢色鬼

词曰：

> 富贵荣华都是命。
>
> 运未通时，步步逢坑阱。
>
> 满腹诗书谁肯敬？同门到处无投奔。
>
> 只有神仙明似镜；壶内灵丹，偏向穷人赠。
>
> 指引前途无蹭蹬①，夫妻邂逅②真侥幸。
>
> ——《凤栖梧》

话说活死人自从出娘肚皮，兜在尿布角里，爷娘就把他像宝贝夜明珠一般看承③，捧在手心里，还恐被穰骚风器了去。后来骚老子死过，骚娘招了刘打鬼来家，搅完了家当，弄到水落石出的地步，还穷汉养娇儿地大声不舍得辩他。及至雌鬼死了，娘舅领他到了外婆家，让他上学攻书；虽不免受娘妗的鹘默气④，那娘舅到底是个大靠背，尚不致吃尽大亏，得一日过一日地也罢了。因梦头里弗曾想着那白矇鬼无是无非，把他的好娘舅请了去，便不免晦气星钻进了屁眼。

那醋八姐自从形容鬼起身之后，就禁止他不许去念书，住在家里，半像奴半像郎地叫他提水淘米，揩台抹凳，扫场刮地，差得头团栾⑤。活死人苦恼子，真是吃他一碗，凭他使唤，敢怒而不敢言。还亏他心里明白，鉴貌辨色，样样都拿搭得来，不到得失枝脱节。醋八姐还不肯放松他，时常

---

① 蹭蹬(cèng dèng)——比喻失意。

② 邂逅(xiè hòu)——偶然相遇。

③ 看承——看待。

④ 鹘默气——窝囊气。

⑤ 差得头团栾——差唤得他东走西奔,忙个不停。

萝卜弗当小菜地把他要打要骂。后来一发号①粥号饭起来，逐不免一顿饱一顿饿地半饥半饱过日子。

一日，那醋八姐忽然想吃起蛤蚌炒螺蛳来，买了些螺蛳蚌蚬，自己上灶，却叫活死人烧火。活死人来到灶前，看时，尽是些落水稻柴，便道："这般稀秃湿的柴，哪里烧得着？"醋八姐骂道："热灶哪怕湿柴烧弗着！难道就罢了不成！"活死人没法，只得撄②好乱柴把，吹着阴火，向冷灶里推一把进去，巴得镬肚底热。谁知凭你挑拨弄火，只是烟出火弗着。伛上去吹，又碰了一鼻头灰。煨了半日，倒灌得烟弗出屋，眼眼都开弗开。醋八姐大怒，拿起一根有眼木头来夹头夹脑地就打。活死人夺住棒槌，与她分辩。牵钻鬼听见跑来，帮了娘把他捉住板凳上。活死人气力又小，双拳弗抵四手的，哪里挣得脱，不免赤骨肋受棒，被他们排头排脚地打了一顿。那时肚里虽然怨天恨地，也洒不出什么小牛屎，只好忍气吞声地罢了。

隔了一日，醋八姐处分道："你昨日嫌道柴湿，快到山里去斫③些黄金狗屎草归来，好烧饭吃。"活死人不敢与拗，只得拿了一把班门弄斧，走出门去。行不多路，劈面撞着了一个同学堂念书的，叫做串熟鬼。那串熟鬼见了活死人，千句弗说，万句弗说，说道："你赖学也赖得有方有寸！怎么鹞子④断着纬，许久弗进学堂门？却倒在此做斫柴圈，是何道理？"活死人正有苦无话处，便一五一十从头撒尾地告诉他。那串熟鬼平日念书虽是质钝，别样事情却都玲珑剔透，倒有三分鬼画策的。听了活死人告诉，一肚皮抱气弗平，便道："据你这等说来，还要住在他家做什么？"活死人道："叫我又无去处，不住他家却住哪里去？"串熟鬼道："你自己脚生肚皮底下，难道不会翻脚底的么？"活死人道："我又从未出门，人生路弗熟的跑到哪里去？又没有吃饭本领。手无半文地逃出去，岂不要十段⑤饿杀九段半。"串熟鬼大笑道："你枉苦聪明一世，如何倒蒙懂一时起来？老话头：路出嘴边。你既识了三文两字，一肚皮春秋的，凭你天涯海角，哪里不

---

①　号——限。

②　撄（yīng）——取。

③　斫（zhuó）——用刀斧砍。

④　鹞子——此处指风筝。

⑤　段——当是段之误。

弄口闲饭吃了。就要白相盘缠,也不是天大难事。我指引你一条活路:那三家村里的鬼庙,是你老官人一人之力造成功的。你是他那里大施主。况这怕穋和尚,近来已经富足有余,何不去向他借些盘缠?或是到鬼门关去寻着好娘舅,或到别处谋衣谋食,俱可安身立命。何必住在他家,受他们的喉头气?"活死人听了,如梦初觉,便道:"真是好说话,依你便了。"遂与串熟鬼作别,行到山脚根头,坐在一块狗头黄石上,想那串熟鬼的说话,越想越有滋味。忽又转念道:"倘我斫了草回去,再若嫌好道歉,岂不又要受他们的糟蹋?何不就此起身,岂不干净相?"主意定了,便将斧头丢在草中,取路望三家村去了。

这里醋八姐在家中,等这活死人斫草归来,却似痴狗望着羊卵脬,哪里有个影响?直到乌星暗没,也没个鬼脚指头戳来。到了次日上半日昼,还不见归,只得教牵钻鬼去寻。牵钻鬼搭了几个野鬼,同到山里,寻来寻去,忽寻着了那把斧头。牵钻鬼认得是自家的,便道:"他若是跟人逃走,这斧头一定随身行令带了去。今斧头在此,单不见了人,莫非被甚豺狼虎的吃去了。"牵钻鬼也不过是无稽之谈,话扯话。不料数内有一个叫做三见鬼,便附会其说道:"不差不差;近日这山里,闻得出了一只死老虎,遇有单板头人经过,他就一个虎跳衔去吃了。你这表兄弟,一定也被他吞在颈骨里是无疑的了。"牵钻鬼听说,害怕起来,慌忙跑回家中,又添些枝叶,说得凿凿有据;便就错笑当认真,一人传十,十人传百,飞飞扬扬,都说这活死人被老虎吃了。牵钻鬼便写了一封平安家信,寄与形容鬼,只说这活死人自己筋丝无力,倒想山里去打死老虎,却被老虎吃去了。形容鬼得知,甚是可惜,不提。

且说活死人在山里起身,望三家村行来。到得鬼庙里,见了怕穋和尚,告其缘故,恳他借些盘缠。孰知那些出家人不认俗的朋士友,虽则一代人物,却不肯一代只管一代,一般地想钻在铜钱眼里,把那十方施主,比吃孙子胜三分,吃杀弗还答,尚嫌吃得弗爽利,怎肯反做出钱施主。听得要向他借钱,便面孔掇了老宅基上去,把那些骷髅头几乎摆落,就道:"没有,没有,你是个逃走客,捉转来要打一百的,不要在此带累我乡邻吃麦粥。"便将活死人扯住背皮,耸出庙门,关了门进去。

那里活死人弄得来得去不得,心里好不着急。思前算后,没个道路。肚里又饥又渴,只得算计道:"三百六十行中,只有那叫花子是个无本钱生意。人说'叫花三年,做官无心相',想那叫花行业,也必有几桩妙处。只是做哪一样?若做摇铜铃叫花子①,又没处去掩耳盗铃。若做弄蛇叫花子,那里去寻这条踏弗杀地扁蛇?只有平日念熟的许多文字,却倒一字不忘,何不就做了念文字叫花子,到底斯文一脉。"

算计已定,便走到一个大人家去,发起利市来。果然人见他少年清秀,念的文字琅琅有声,便把粥饭舍与他吃。他就吃着湿个②袋着干个,倒弄得吃只兜弗尽。正是吃着滋味,卖尽田地,便也不愧不怍③,各处去做这走江湖生意了。

一日,来到一个村坊去处。正要进村,忽然篱笆里钻出一只撩酸斋狗来喤喤地乱咬。那村里众狗听得,便跑来一大群来:却是些护儿狗、急屎狗、龁④齿狗、壮敦狗、尿臊狗、落坑狗、四眼狗、扑嘴狗、馋人狗、攀弓狗、看淘箩狗、猱狮狗、小西狗、哈巴狗、瘦猎狗、木狗、草狗、走狗、新开眼大狗、大尾巴狗,都望着活死人窜上窜落乱咬将来。

活死人吓得魂胆俱消,跑又跑弗落,赶又赶弗开,急得少个地孔钻钻。亏杀⑤后头又跑上一个缠杀老道士来,看见活死人弄得走投无路,便向身边拿出一张鬼画符来,向众狗一扬,那些狗就绝气无声,尽都摇头豁尾巴四散地去了。

活死人看这道士时,戴一顶缠头巾,生副吊蓬面孔,两只胡椒眼,一嘴仙人黄牙须,腰里绉纱搭膊上,挂几个依样画葫芦。那道士看着活死人笑道:"你既受不得娘妗的气,如何听了串熟鬼撺掇,直跑到恶狗村里来受狗的气?若非我将护身符赶散,你只好贼吃狗咬暗闷苦,向谁话账?"活死人见他仙风道骨,又事事前知,谅必是个异人,便道:"师父从哪里来?怎就晓得我的行事?"道士道:"我便是蟹壳里仙人,不论过去未来的事,都能未卜先知的。今日偶然出来卖老虫药,在此经过。"活死人道:"不知你葫芦里卖啥药?可是仙丹么?"道士便把葫芦解下来,指着道:"这是益

---

①　摇铜铃叫花子——哑叫花子。

②　个——犹言的。

③　不愧不怍(zuò)——不惭愧。

④　龁(hé)——咬。

⑤　亏杀——犹言幸亏。

智仁,吃了使人聪明的。这是大力子,使人有气力的。这是辟谷丸,使人
不饿的。"活死人听说不饿,便道:"吃一丸可过得一日么?"道士道:"你真
也浅见薄识!我这药是不容四眼见合起来的,吃一丸,便可过得七七四十
九日,怎说一日?"活死人想道:"这真是仙丹了。可惜没有身边钱,不然,
买他七八丸,便可过得年把了,岂不省得号肠拍肚地念那文字。"道士见
活死人沉吟不语,有羡慕之色,便道:"我看你将来有些好处,不如与你结
个缘罢。"遂将那辟谷丸连葫芦递与活死人道:"送你。拿放在身边,慢慢
地充饥便了。"随又倒出几粒大力子来,道:"有心做个春风人情,也送些
与你。"活死人接来,推在嘴里,果然入口而化。才过着二寸喉头管,那精
神气力,便陡然充足起来;犹如脱胎换骨,霎时间已觉身强力壮,心中大
喜。道士又去倒那益智仁,活死人止住道:"这倒不消。我已有过目不忘
的资质,博古通今的学问,还要益它怎么?"道士哈哈大笑道:"你只晓得
读了几句死书,会咬文爵字,弄弄笔头,靠托那'之''乎''者''也''焉'
'哉'几个虚字眼搬来搬去,写些纸上空言,就道是绝世聪明了。若讲究
实际工夫,只怕就文不能安邦,武不能定国,倒算做弃物了。我这药是使
人足智多谋的第一等妙药,如何倒不要吃?"活死人只得也接来吃了。道
士又道:"你这讨饭生意,弗是人账①所为,快些改了行业。"活死人道:
"虽然三百六十行,行行吃饭着衣裳,我却肩不能挑担,手不能提篮,百无
一能,教我去做什么?望师父指引一条生路。"道士道:"为人在世需要烈
烈轰轰,干一番事业,岂可猥鄙蠖缩②,做那苟延残喘的勾当?我有一个
道友,叫做鬼谷先生,他有将无做有的本领,偷天换日的手段,真是文武全
才。你去寻着他,学成了大本事,将来封侯拜相,都在里头。"说罢,化阵
人来风,就不见了。

　　活死人方信他是真正神仙。寻思道:"仙人的好说话,岂可不听?只
不曾问得这先生住在哪里,海阔天遥的,却从何处去寻?"又想道:"既叫
做鬼谷先生,谅必住在鬼谷里。"便一路随脚倘③地问将去,并没有人认
得。寻了多时,有如海底捞针,哪里去捞摸?

----

①　人账——人。
②　蠖(huò)缩——萎缩。
③　倘——应作淌。

一日，来到一个鬼庙前，便信步入去看看，却是个脱空祖师庙，那里塑得披头散发，赤脚跣倒地坐在上面；脚跟头哺一个开眼乌龟，乌龟身上盘条烂死蛇。看了一回，正要再入去，只见一个痴道婆跑来，拉住了不容他进去。活死人道："庙梁寺观，是十方所在，普天世下人公同出入的，你怎禁止得？我偏要进去！"那道婆抵死不肯，活死人不觉大怒，把她扯在一边，往内便跑。忽听得一间屋里，有女子在内喊"救命！"活死人心疑，便把门一脚踢开，走入去看时，只见一个熬小脚师姑，掀翻一个十几岁如花似玉的黄头毛细娘；一个男子，正在硬解她的单叉裤，那细娘不肯，故此极声出的乱喊。

活死人见了大怒，道："清平世界，怎做这等没天理事？难道无王法的么？"那男子并无怕惧，反喝道："我公子在此陶情作乐，你是什么野鬼，敢来闲多管！"活死人便知他是个仗官托势的花花公子了。自思人微权轻，鸡子不是搭石子斗的，须说大话去罩他，或者吓退，也未可知。便也喝道："我老子直做到阁老，我尚不敢这等胡为。你是什痴公子，辄敢这般无法无天？"那男子听说，只道真是甘蔗丞相的儿子，吓得心惊胆战，趯①出脚往外逃了去。

你道这男子是谁，师姑为甚帮他？原来男子叫做色鬼，他老子轻脚鬼，曾做过独脚布政，退归林下。家里翻转屋来座银子，坑缸板都是金子打的，真是富贵双全。单生这色鬼是个老来子，自小纵容惯了，才交十几岁，就到外边吃花酒，偷婆娘，无所不为。后来结识了这庙里师姑，替他做牵头，遇有烧香娘娘到来，便留进私房，用些甜言蜜语诱引她上当。孰知那些女眷家，只为想吃野食，所以要出来烧香念佛。忽有个精胖小伙子来做他口里食，真是矮子爬楼梯，巴弗能够的，自然一拍一吻缝。偶然千中拣一，有个把缩着羞怕脸弗肯的，便捉住了硬做。那女眷吃了亏，只得打落牙齿望肚里咽，再也不敢响起，就便老公得知，一则怕他有财有势，二则家丑不可外扬，只好隐忍过了。所以这色鬼天弗怕，地弗怕，任意胡做。今日见了这等标致细娘，真是目所未睹，酥麻了半边，不料食已到口，被活死人吵散了。那师姑跪在地下，只顾磕头如捣蒜。活死人见这细娘，眼泪汪

---

①　趯(shàn)——跳跃，离去。

汪地低了头,默默无言。便道:"小姐快些回去罢。再若担①搁,只恐又生别情。"那细娘只得跟了活死人,走出庙门。

正是:

　　双手掰开生死路,两人跑出是非门。

不知这细娘谁家的倒箱囡②,独自一个到这庙里来所干何事。且听下回分解。

缠夹二先生曰:

　　活死人正当怨气弗穿时候,忽闻串熟鬼一派鬼画策,不觉心悦诚服,信受奉行。殊不料怕屄和尚之如此势利也。迨于进退两难之际,无路恳求,直算到做讨饭生意,真可谓穷思极想矣;然尚自道斯文一脉,靠着咬文字,巴望人随缘乐助。岂期闯入恶狗村中,又遭狗之不识斯文,只认做歹及人,齐声共气来下食他哉? 此时任有锦心绣肠,亦无所施其伎俩,免不得走投无路矣。幸亏仙人搭救,教以改辕易辙,寻师学艺,得于无意之间夫妻相遇,岂非时来福凑耶?

---

① 担——应作耽。

② 囡(nān)——小孩儿。

第 七 回

骚师姑痴心帮色鬼　活死人结发聘花娘

词曰:

才子佳人,大家都有风流器。

一般情意,觌面①已相契。

凑趣双亲,许把婚姻缔。

私心喜,青丝交递,权当赤绳系。

　　　　　　　　　　　　　　　　　——《南浦月》

　　话说阴山脚下,温柔乡里,有一鬼叫做臭鬼,是个清白良民,靠着祖上传留的田房屋产过日子,家婆是赶丧大人的女儿,叫做赶茶娘。夫妻两个,单生一个女儿,因讨那先开花后结子的谶语,取名花娘。

　　那臭鬼起初也曾读过书,思量要入学,中举人,发科发甲的;无奈命运弗通,放屁文章总不中那试官的驴穠眼。考来考去,依然是个一等白身人。他就意懒心灰,遂把那章书卷起,收拾些老本钱,合个起家伙计,办了许多出手货,门市货,清水货,塞嘴货,赔钱货,冷热货,一门货,乱头货,开口货,寒贱货,各处冲州撞府去做那些说话贩子;虽不能一本万利,却也不减对合利钱。臭鬼做着了好生意,财来财去地觉手头活动,在外吃好着好,到处可以游山玩水,比那穷念书人,反有天壤之隔。过了一年半载,转转家乡,留些银钱安了家,又出去了,习以为常。

　　赶茶娘同着臭花娘住在家里关门吃饭,或是做些针黹②,或是赶些营生;再不然,看看闲者。一个大肚痴圆,出外上街买市;一个骚丫头,在家烧茶煮饭。真是无忧无虑,适意不过的。

　　不知不觉,那臭花娘已有十几岁,生得瓜子脸,篾条身,弯眉细眼,冰肌玉骨,说不尽的标致,抑且聪明伶俐,凡事道头知尾。不拘描龙绣凤,件

---

① 觌(dí)面——见面,当面。

② 针黹(zhǐ)——缝纫;刺绣。

件皆精;琴棋书画,般般都会。夫妻爱若珍宝,务要寻个才貌双全,出类拔萃的女婿大官人来配她,因此尚未攀亲做事。

谁料那赶茶娘不知犯了什么月晦,忽然生起馋痨病来,见了吃食物事就眼黄珠腾腾的:不拘团饵、塔饼、鱼肉、小菜,像饿老鹰一般,擒住了狼飧虎咽;也不顾什么甜酸甘辣,多则多光,光①则少光;无得吃了,便馋唾汩汩咽地揞肠食落,肚里绞转来弗受用,只得日日买鱼买肉,蒸糕裹馒头地弄来吃下去。却又并不曾长一块肉在哪里,反弄得面黄肌瘦,筋丝无力,吃了困,困了吃,终日半眠半坐。臭花娘见她一日弗如一日,淹黄潦倒地只管想死下来——臭鬼又杳无音信,不见回家——心里好生着急,便立愿吃几年猫儿三官素,朝晨夜晚,求天拜地,替娘忏悔。

赶茶娘见她如此,便道:"你往空许神许鬼,济得甚事?除非到脱空祖师庙里去替我烧炷回头香,求他佛天保佑,或者有些效验。"臭花娘道:"细娘家出头露面,穿寺烧香,只恐外观不雅。"赶茶娘道:"多少千金小姐,又不曾生病落痛,一样入在三官社里;闻知那里有甚撑撒佛会,就八只脚跑弗及,也不怕男女混杂,挨肩擦背地不拘那里都赶了去。你今替娘烧香,是一团正经,况又下师姑堂,有甚不雅?"

臭花娘只得端正起香烛纸马来。无如那个痴圆,已于半月前偷了些衣裳头脑②,逃走得不知去向。骚丫头又要担汤挑水,服侍赶茶娘,不能随去。还亏少时臭鬼曾领她到过这庙里几次,想起脚路来还依稀约酌③有些认得,只得自己拿了香烛,一步步望庙里行去。路虽不远,早已跑得口干舌燥。

到了庙里,那痴道婆便替她点上香烛。臭花娘双膝馒头跪在地上,祝告了一番。磕了头起来,便有一个后生师姑,向前来浪搭:那张牢穄嘴,就像捋舌唧哥④一般,"小姐长","小姐短",留她进去吃清茶。臭花娘正有些口渴,便也不甚推辞。师姑便揽了她手,引进房中。恰地坐定,只见师姑床上帐子里钻一个眼光忒忒的大头魔子来。臭花娘吃了一惊,忙起身

---

① 此"光"字疑是"少"字之误。

② 头脑——犹言零碎。

③ 约酌——隐约。

④ 捋(lǔ)舌唧哥——不停地。

想跑,早被师姑关上房门拦住。那魔子不问情由,向前搂住了她便来亲嘴摸奶奶。臭花娘吓得魂不附体,尽命把他咬摤摘打。那魔子也不发怒,狗獾了面孔,只管低头下气地求她。师姑又在旁边花言巧语地相劝。那臭花娘恨穷发极,便把他一记反抄耳光。师姑大怒道:"嗔①拳不打笑面。你好意劝你,怎倒这等不受人抬举!"便扎上手帮这魔子,把她扛头扛脚拖到床上掀翻了,那魔子便来扯她裤子。臭花娘那时少个地孔钻钻,叫爷娘弗应的,只得杀猪一般喊起"救命"来。恰被活死人听见,打门进来救了她,领出庙门,犹如死里逃生,千恩万谢地感激不了。

活死人是个无卵毛后生,正在干狗屎发松时候,见了这般千娇百媚的标致大姐,教他如何不爱? 便眉花眼笑地盘问她姓名,里居,年纪,月生,要送她回去。臭花娘见他美如冠玉,风流潇洒的,心里也十分爱慕,巴不得要他送上大门,便也笑眯眯地把姓名籍贯告诉他。大家一路同行,你同我答地颇不寂寞。到了家中活死人自向客位里坐地。臭花娘走进房中,正见赶茶娘坐在床沿上吃死鳖肉,便上前哭哭笑笑告诉到庙里如此长,如彼短,幸亏得活死人来做了天救星,又承他直护送到家里,真是莫大之恩。赶茶娘听说,便教臭花娘扶傍出来,与活死人相见了,千谢万筛躁地感激不尽。

正在讲话,恰好臭鬼那日归家。走进门来,忽见赶茶娘骨瘦如柴,陪着一个美秀而文的行当小伙子坐着说话,臭花娘也在旁边听讲唇,满肚疑心疑惑,摸弗着头路起来,便问道:"你怎么弄得这等人弗像人鬼弗像鬼的? 此位却是何人?"赶茶娘便将自己如何生了怪症,臭花娘如何去烧财香,活死人如何救苦救难,细细告诉一遍。臭鬼听得,把舌头拖到尺二长,说道:"亏你吃了大胆药,就差个黄花闺女到这等所在去,怎不惹出事来!"

原来臭鬼老早晓得这色鬼在庙里的所作所为,若臭花娘跑去,真是羊落虎口,少不得被他们对准肚脐通肠教当一番。今得完名全节,好好回来,岂不是天大造化? 忙向活死人谢道:"若非官人搭救,小女定遭一劫,真是她重生父母了。"活死人道:"路见不平,自当拔刀相助。这是令爱的大福气,天差地遣教我进去做个解神星,怎敢当这般称谢!"臭鬼又问起

---

① 嗔(chēn)——生气;对人不满。

他家世来。活死人不好说出自己地头脚根,便扯个瞒天大谎,只说:"老子也曾做官做府,不幸早死早灭了。自己原也在家读书,只因遇着蟹壳里仙人,说我将来还要飞黄腾达,只是做那寻章摘句的书讹头,却终无了局,遂送我一葫芦仙丹,劝我去寻鬼谷先生,学成好本事,方才有用。因不曾问得那先生的好住场,只行各处瞎寻,不期而会遇着令爱。"一派鬼话,说得臭鬼愈加钦敬。

那臭花娘已去把家常便饭端正,一总和盘托出。活死人看时,却是五簋①一汤:一样是笋鼓肉,一样是乌龟炒老虫,一样是白土鲋②,一样是乡下乌壮蟹,一样是醋腌来吃的鹤脚上肉,一碗飞来虾圆汤,收拾得甚是精致。臭鬼便教花娘也不必回避,一同吃个合家欢乐,便大家四出跳坐定。

活死人自从吃了辟谷丸,还不觉饿,不过略吮滋味,逐样尝尝罢了。那赶茶娘就像苍蝇见了热血一般,两个肩头扛张嘴,吃一箸二看三地"抢得快,是强梁"。活死人见她口头这等馋法,心里想道:"看她如此贪吃懒做,真像有磨子在肚里牵的一般。若把辟谷丸吃下去,料想止得定的。"便向葫芦里倒出一丸来,递与她道:"这便是仙人送的仙丹,谅必百病消除的。既有贵恙,何不吃一丸试试看?"赶茶娘便接来吃下,真是有些仙气,霎时间便膨脿③气胀地饱筋长起来,就放下筷吃不下了。臭鬼大喜,忙向活死人谢了又谢。

大家欢呼畅软④,吃到半桌里,臭鬼已有些酒意,便向赶茶娘道:"我们一心计路要寻个像心像意的女婿,直至如今不曾寻着。此位官官,有这般才貌,你们娘两个,又都受过他好处。吾欲将女儿与他攀亲做事,你道如何?"赶茶娘道:"我也蓄心已久。"便看着活死人道:"不知官官意下如何?"活死人假意辞道:"令爱天姿国色,只宜配王孙公子。若与我这拣出乡下人相配,岂不是唐突西施?还宜另择门当户对的为是。"臭鬼道:"不必太谦。若论那些膏粱子弟,大半只晓得吃食、打雄、屙屎、困、鲜衣华帽地摆摆空架子罢了。就有几个真才实学,也怎及得官官这般才貌双全,又

① 簋(guǐ)——陶瓷器皿。
② 鲋(fù)——鲫鱼。
③ 膨脿——肚子胀的样子。
④ 软——当是"饮"字之误。

与小女年相若,齿相等:真是有缘千里来相会。不必推三阻四。"臭花娘初听得爷娘说话,心里暗喜,忽见活死人半推半就,甚是着急,连忙丢个眼风。活死人觉着她意思,又见臭鬼这般说陈①,便答道:"既蒙错爱,不敢固辞,容日央媒说合便了。"

臭鬼趁着酒高兴,说道:"一言为定。那些繁文礼节,讲它什么! 只消留一件表记与小女,便媒人了。"活死人听得要他表记,自思身边一无所有,光身体滑的,把什么与她? 眉头一皱,计上心来,便向头上拔下一把发来,说道:"百年大事,把那身外之物作信,反觉轻亵了。书上说的:'身体发肤,受之父母。'以此为信,虽无媒妁之言,也可算得父母之命了。"臭鬼大喜道:"这个聘礼,倒也脱俗,真可称结发夫妻了。"连忙接来递与臭花娘,教她拔些下来,做个回敬。臭花娘红着鬼脸,不好意思。赶茶娘笑道:"礼无不答。这是正经事务,又不是私订终身。一毛不拔,成何体统?"便伸手向她挦②头毛凑耳朵地拔了几根,递与活死人收着。又吃了几杯喜酒,方才散席。便留活死人住下。

到了次日,臭鬼因离家日久,不免到外面张新眷,望朋友,应酬世故。活死人住在家中,与她娘两个闲话白嚼咀,堆堆坐,堆堆讲,也没甚厌时。真是逢着好处便安身,把那寻先生肚肠丢在九霄云里去了。

住过半个十日,还不想着起身。一夜困在床上,正想那日间与臭花娘眉来眼去,交头接耳许多情景,只见蟹壳里仙人走来说道:"我一片婆心超度你,却如何这般躲头避懒,今日之下,还在此处好困得紧? 岂不闻成人不自在,自在不成人? 若如此贪自在,怎么成得人? 快些去罢!"活死人忙拉住他的衣袖管,要问他先生住处,却被一只三脚猫衔住一个死老虫,跳在踏床板上一声响,把他惊醒,原来是一个春梦。手里摸着爿席角,并不是什么衣袖管。撑开眼皮看时,早已大天白亮。慌忙起来,走入里面,见他一家门尚未起身,便在房门外冷板凳上坐下,肚里胡思乱想:欲要辞去,又牵心挂肚肠地掉不落臭花娘;欲要不去,又恐误了自己前程万里。正是眼泪撒撒落,两头掉弗落。思来想去,没个决断。

只见臭花娘开门出来,见他无聊无赖地坐在门口,便笑嘻嘻地问道:

①　说陈——说法。
②　挦(xián)——撕,取,拔。

"今日怎起这般早身,可是怕日头晒肚皮么?"活死人便将梦见蟹壳里仙人及自己决断不下的缘故告诉他。臭花娘正色道:"仙人的仙仙说话,岂可不听? 你我的终身已定,后会有期。若要同衾①共枕,需待花烛之夜。你今就年头住到年尾巴,也巴不出什么好处,枉苦废时失事,不可错认了定盘星。"活死人不觉爽然自失,道:"小姐金口玉言,教我怎敢不依头顺脑。"说了一回,那臭鬼老夫妻两个都已起身。活死人便把做梦的话,述与他听,告辞要去。臭鬼道:"既是仙人劝驾,不敢强留。"便教收拾起物事来,饯行起身。

正是:

必需学成文武艺,方能货与帝王家。

不知活死人此去,几时寻着鬼谷先生。且听下回分解。

缠夹二先生曰:

赶茶娘只道师姑为女子所做,既然修行念佛,自当谨守清规,故放心托胆,打发女儿去。岂知那佛门广大,常为和尚出入之所乎。臭花娘虽知出头露面,外观不雅,无如细娘家说话弗当,反被娘数说一番,只得奉命而行,亦不料有人要来亲嘴摸奶奶也。那时双拳弗捏②四手,正当叫爷娘弗应之时,忽得活死人来吵散,送上大门。虽然素昧平生,早已两心相照。男贪女爱,恋恋不舍,而又恰得好爹好娘,与他玉成其事,真乃天从人愿也。

---

① 衾(qīn)——被子。

② 捏——应作抵。

第 八 回

鬼谷先生白日升天　畔房小姐黑夜打鬼

词曰：

真堪爱，如花似玉风流态。

风流态，眠思梦想，音容如在。

东邻国色焉能赛？桃僵偏把李来代。

李来代，冤家路窄，登时遭害！

——《玉交枝》

话说活死人好好住在臭鬼家里，与臭花娘朝夕相对，或是做首歪诗，或是着盘臭棋，有话有商量地好不快活。无端困梦头里被蟹壳里仙人数驳一番，又听了臭花娘一派正言厉色，说得他卵子推冰缸里，冷了下半段，只得告别起身。

及至跑出大门，又茫茫无定见的，不知向哪里去好。姑且拣着活路头上信步行将去，遇着过来人，便问鬼谷先生的来踪去迹，并没一个知道。寻了好几时，无头无绪的，不免意懒心灰，肚里想道："这蟹壳里仙人既是一团好意，也该说明个场化①，却如何弗出麸皮弗出面的，教我朝踏露水夜踏霜，东奔西走去瞎寻。这等无影无踪，不知寻到何日是了！"

正在自言自语地抱怨，忽然昏天黑地起起乌云阵头来，活死人忙道："这里前不巴村，后不着店，若落起骑月雨来，却哪里去躲？"四面一望，只见斜射路里有个乌丛丛田头宅基，便飞奔狼烟②地跑上前去。到得门口，却又关紧在那里，不好去敲门打户，就在步檐底下暂躲。幸喜出头椽子甚长，不致漉湿身上。谁知阵头大，雨点小，霎时雨散云收，依旧现出黄胖日头来。

正想走路，只听得"呀"地一声响，两扇真宝门大开，跑出一个腰细肩

---

① 场化——地点。

② 飞奔狼烟——飞也似的。

胖阔的精胖后生来，看见活死人，立在门口便喝，问道："你是什么野鬼？莫不是倒麦秕①贼，在此看脚路？"

活死人怪他出口伤人，便道："你怎眼眼弗生，人头弗认得，就这般出言无状，是何道理？"那后生大怒道："你怎敢回唇答嘴？"便赶上赶落要打活死人。活死人是吃过大力子的，那气力无倒数在身乡子②里，见他这般大势头，便先下手为强，将他拼心一记，恰正打在拳窠里。那后生自道武艺子高强，欺这活死人细皮白肉文绉绉的，把他吃得下肚；不防他捉冷刺一记，便立脚弗住，一个鹞子翻身，仰缸跌转来。连忙爬起，脚头弗曾立定，又被活死人一揿一个臀塌桩，又坐倒了。料想斗全弗过，只得问道："你到底哪里来的恶鬼？怎敢上门欺人？"

活死人道："我只为寻个先生，偶然在此借步檐躲雨。你怎一面弗相识，就冤我做贼？可知道贼难冤，屎难吃么？"后生道："你先生是谁？却到这里来寻。"活死人道："我寻的是鬼谷先生。"后生哈哈大笑道："你怎向真人面前说起假话来？那先生的学生子，连我只得四个，何来你这蓦生人？"活死人见说，忙问道："你既是他学生子，先生却在何处？"后生道："你需赔了我弗是，方说与你听。"活死人只得唱个撒网喏，求他指引。后生道："他住在黑甜乡，离这里路虽有限，但尽是百脚路；熟事人跑惯的，有时不小心，还要走到牛尖角里去，弄得拔身弗转，何况你人生路弗熟，哪里摸得到？倒不如草榻我家，明日与我一同走罢。"活死人谢道："如此足感盛情，只是打搅不当。"后生道："不打不成相识。既已打过，就是相识了。何必客气？"便把活死人让进家里，大家通名道姓。

原来这后生叫做冒失鬼。老子也是个宿漏头财主，早已死过，留下大家大当与他掌管。他又不晓得做人家世事，一味里粗心浮气，结交一班游手好闲的朋友，日日出去擎鹰放鹞地寻开心；又自恃身长力大，可以弗吃眼前亏，到处惊鸡闹狗地闯事。娘也管他不下。

一日，同着数鬼，擎了秃尾巴老鹰，牵着瘦猎狗，蒌枪使棒地来到黑甜乡里。看见路旁有几棵截弗倒大树，一只抄急兔子正在树脚根头吃那离

① 麦秕(xī)——麦米碾压时脱掉的皮。此处喻不值钱，没出息。
② 无倒数在身乡子——无倒数当是无量数之意；身乡子，当是身腔子之意。此二语疑是旧方言之已死者。

乡草。冒失鬼道："兔子弗吃窠边草的。这只兔子如何倒在窠边吃草？"便把老鹰放去。真是见兔放鹰，犹得瓮中捉鳖，手到擒来。捉了兔子，正想要跑，忽抬头见大树大丫杈里，一只老鸟在上面褪毛，忙又将鹰放起，那老鸟是翅扇毛通透的，看见鹰来，便一倘翅飞上天顶心里去了。那老鹰活食弗吃吃起死食来，并不去追老鸟，反飞入鬼谷先生家里，把一只斜撇雄鸡抓住。被鬼谷先生的学生子地里鬼看见，如飞上来，一把捉牢，拿根砻糠①搓绳缚了，缆在一个狗肉架子上。冒失鬼追到看见，大怒道："怎敢把我的北鸟弄坏？"拔出拳头要打地里鬼。地里鬼自恃名师传授，法则多端，怎肯相让？也就硗拳捋臂②地迎他。两个一拳来，一脚去，打起死账来。

　　鬼谷先生跑来看见，喝住地里鬼。这冒失鬼弗识起倒，便上起鬼谷先生船来，被鬼谷先生使个定身法，弄得他四手如瘫，有力无用处。又见地里鬼口口声声叫他"先生"，忽然心内寻思道："闻说鬼谷先生近来住在黑甜乡里，不要就是他？"便问道："你有这般真本事，莫非就是什么鬼谷先生么？"鬼谷先生道："既知我名，怎敢到来放肆？"冒失鬼道："不消说，千差万差，总算我差。你放了我，我情愿拜你为师。"鬼谷先生道："既肯改恶从善，也不与你一般样见识。"便使个解法放了他。冒失鬼忽然手脚活动，不觉大喜，便跪下磕个头，道："我就此拜了先生罢。"鬼谷先生见他爽利，又晓得尊师重傅，是个有出息的，心里也喜；问了姓名籍贯，说道："要学本领，也不是一凑谢师的。还当回家说知，方好到来习练。"冒失鬼道："先生说的是。"便告辞出门，寻着众鬼，一径回家，对娘说知。他娘甚喜欢，便端正一肩行李，拣个入学日脚，来到鬼谷先生家住下。

　　过了几日，又有大排场来的兄弟两个：那兄叫做摸壁鬼，令弟叫做摸索鬼，也是慕名来学的。那先生因材制宜，教法甚多。这冒失鬼一窍不通，只有些蛮气力；学了多时，方学会几样死法则。那日偶然回在家中，恰遇活死人来躲雨，遂打成相识，领他到先生家来，拜见了鬼谷先生，与师兄辈都相见了，住在他家。那活死人本已聪明，又吃了益智仁，愈加玲珑剔透。鬼谷先生也尽心教导。哪消一年半载，便将鬼谷先生周身本事，都学

---

①　砻糠——稻壳。

②　硗（qiāo）拳捋（luō）拳——挽袖子握拳头。

得七七八八。

一日，大家在门前使枪弄棒，操演武艺，鬼谷先生在傍点拨。忽听得半空中几声野鹤叫，一朵缸爿头云，从天顶里直落到地上；云端里一只仙鹤，嘴里衔张有字纸。活死人上前抢来，看时，尽是许多别字，一个也不识，递与鬼谷先生，先生看了，点头会意，便对众学生子道："本期与你们相处三年五载，然后分手。无奈天符已至，只得要散场了。"便各人叮嘱几句，跨上鹤背，腾空而起，望扬州去了。众学生子跪下拜送，直等望不见了，方才起来，大家面面相觑。正是蛇无头而不行，只得各归闲散。冒失鬼晓得活死人无家无室，便欲留他归去暂住。活死人也欣然乐从，随他回家，不提。

且说那色鬼自从在脱空祖师庙里见了臭花娘，回到家中，眠思梦想，犹如失魂落魄地一般，哪里放得下？晓得他是跑到庙里的，定然不是远来头，总在六尺地面上，差了人各处去寻访。只因臭花娘从未出门，无人疑到她家，只是挨丝切缝，四处八路去瞎打听。

谁知事有凑巧，不料那东村里也有一个标致细娘，叫做豆腐西施，虽不能与臭花娘并驾齐驱，却也算得数一数二的美人了。老子豆腐羹饭鬼，薄薄有几金家业，只生得她一个独囝。那日因到亲眷家边吃了清明饭回来，被色鬼的差人看见，寻思近地里再没有第二个美似她的，色鬼庙中所遇，谅必就是她，便如飞来报与色鬼知道。那色鬼又未曾目睹其间，听他们说得有凭有据，便也以讹缠讹，信以为实，就与众门客商议。

大家议论纷纷，只有一个叫做极鬼，说道："这也不是什么团圞①大难事。那豆腐羹饭鬼住在独宅基头上，只消我们几个扮做养发强盗，等到半夜三更，或是拿铧锹掘个壁洞，软进硬出；或是明火执仗，打门进去，抢了就走，夜头黄昏，哪里点了乌鼻头来寻？又不耽搁工夫，手到拿来，岂不是朝种树夜乘凉的勾当？"色鬼大喜道："此计甚妙，就烦你干来。事成之后，重重相谢。"

极鬼便纠合几个同道中，来到村里，拣个僻静所在，拓花了面孔，扎扮停当；等到更深夜静，来到豆腐羹饭鬼门口，点起烟里火来，打门进去。那豆腐羹饭鬼一家门，正困到头忽里，忽被打门声惊觉了，慌忙起来。才立

---

① 团圞(luán)——形容月圆。

脚到地下,那伙强盗已一拥进房,各人拓得花嘴花脸,手里拿着雪亮的鬼头刀。两个便将豆腐羹饭鬼帮住,把刀架在头骨上,不许他牵手动脚。几个便向床上搜看。那豆腐西施虽然穿了衣裳,却不敢走下床来,坐在皮帐里发抖;被极鬼寻着,一把拖下床来,背着就走。众鬼也就趁火打劫,抢了好些物事,一哄出门。

豆腐羹饭鬼冷眼看他们行作动步,是专为女儿来的,又闻得色鬼在各处早打听,要寻什么标致细娘,便疑心到他身上。叮嘱家婆看好屋里,自己悄悄然出了门,望着火光跟将去;恰正被他猜着,见他们一径望色鬼家里去了。便寻思道:"那色鬼泼天的富贵,专心致志寻了女儿去,自然千中万意,少不得把他做个少奶奶,住着高堂大厦,锦衣玉食地享用不了。也是她前世修来的。"一头肚里胡思乱想,一头望家里回来——已经朦朦天亮——便向老婆说知。老婆道:"你不可一想情愿。他是有门槛人家,若有这般好心,怎不叫人来说合? 明媒正娶,难道弗好,倒要半夜三更出来抢亲? 你快再去打听。倘能像你心意,便与他亲眷来去,也觉荣耀;万一别有隐情,岂不把女儿肮脏埋灭了?"豆腐羹饭鬼道:"你也说得是。我自己不好去打听,待我央人去便了。"忙走到一个好乡邻冤鬼家来,托他去打听。不提。

却说这极鬼抢着了豆腐西施,满心快活,巴望送到色鬼面前,要讨个大好的。谁知那色鬼的老婆,却是识宝太师的女儿,叫做畔房小姐,生得肥头胖耳,粗脚大手。自持是太师爷的女儿,凡事像心适宜,敢作敢为;又妒心甚重,家里那些丫头女娘家,箍头管脚,不许色鬼与她们丑攀谈一句。色鬼虽然是怕老婆的都元帅,无如骨子里是个好色之徒,怎熬得住? 家里不能做手脚,便在外面寻花问柳,挽通了师姑,却向佛地上去造孽。就是查访那标致细娘,也不过想寻个披裘衣乌龟,钻谋来私下去偷偷罢了,原没有金屋贮阿娇的想头。只因听了极鬼一席话,说得燥皮,便一时高兴,叫他去干。原想要另寻个所在安置的;不料他们商议时,却被一个快嘴丫头听见,告诉了畔房小姐。畔房小姐听得,便怒从心上起,恶向胆边生,端正一个突出皮棒槌,把色鬼骗进房中,打了一顿死去活来,拿条软麻绳缚住了。又恨极鬼牵风引头,算计也要打他一顿出气;便一夜弗困,拿着棒槌守在门口。

等到四更头,听得众鬼回来,那极鬼背了豆腐西施,领头先进。畔房小姐在暗头里听得脚步响,便举起棒槌夹头打来;不料反打着了豆腐西施,正中太阳里,打得花红脑子直射! 畔房小姐闻得一阵血腥气,便缩了手。后面众鬼拿着灯笼火把一拥入来,忽看见满地鲜血。极鬼忙将豆腐西施放下,看时,早已呜呼哀哉了。大家吓得屁滚尿流,赸出脚都逃走得影迹无踪。畔房小姐也觉心慌意乱,畔进房中去了。

门上大叔只得报知轻脚鬼。查起根由,才晓得是扮作强盗去抢来的。依了官法,非但一棒打杀,并且要问切卵头罪的,怎不惊惶? 还喜得没有知觉,忙使人把死尸灵移去丢在野田堵里。自己又最喜吃生人脑子,便向地下刮起来吃干净了,叮嘱众鬼不许七噪八谈。只道神不知鬼不觉的,谁知那门上大叔却与冤鬼是触穢朋友,见冤鬼来打听,弗瞒天,弗瞒地,原原委委,一本直说。冤鬼晓得了实细,忙回来报与豆腐羹饭鬼知道。

正是:

　　若要人不知,除非己莫为。

不知豆腐羹饭鬼得知了凶信,如何处分,且听下回分解。

缠夹二先生曰:

冒失鬼一味粗心浮气,目中无人,到处以强为胜,一遇鬼谷先生,早已束手缚脚,有力无用处。还亏他福至心灵,便肯改邪归正。然到底禀性难移,见了活死人细皮白肉,只道善人好欺,又复出言无状。岂知人不可以貌相,强中更有强中手乎? 至于色鬼,岂不知老婆平素日间所作所为,乃一听极鬼撺掇,就不顾违条犯法,飞得起叫他去干;遂把一个如花似玉的绝世佳人,送到西方路上去,岂非作尽灵宝孽哉?

第 九 回

贪城隍激反大头鬼　怯总兵偏听长舌妇

词曰：

　　好色原非佳士，贪财怎做清官？
　　听人说话起争端，赢得一刀两断！
　　城破何难恢复，关全尽可偷安。
　　谁知别有镇心丸，夫妇双双远窜！

——《白苹香》

　　话说豆腐羹饭鬼被强盗来抢了女儿去，晓得是色鬼所作所为，一味浅见薄识，巴望女儿做个少奶奶，将来好与他亲眷往来，担托心宽地坐在家里等怨①鬼来回音。不多几时，只见怨鬼气急败坏跑进门来，见了豆腐羹饭鬼说道："亏你还这等逍遥自在的！你女儿已被他们打杀了！"豆腐羹饭鬼还不相信，说道："我与他们前日无怨，往日无仇，无缘无故地来捉她去活打杀，天底世下也没有这款道理。"怨鬼便将门上大叔告诉的话，一五一十述与他听，道："如今你女儿的尸灵横骨，现②躺在怪田里。"

　　那时吓得魂不附体，夫妻两个跌搭跌撞地赶到怪田里去寻看。跳过了八百个麦棱头，只见几只瓮鼻头猪狗，正在那里龈③死人。忙上前赶开，看时，一吻弗差，正是女儿豆腐西施，打得头破血淋，眼乌珠都宕出来，躺在田沟角落里。大家号肠拍肚地哭了一场，算计要赶到色鬼家里去拼性舍命。

　　忽望见跑熟路上有鬼走过，认得是荒山脚下的迷露里鬼，晓得他会画策画计的，连忙横径直径追上去，请他转来，告诉他如此这般："今要思量打上大门去，可使得么？"迷露鬼道："动也动弗得！他侯门深似海的，你

---

①　怨——据上应作冤。
②　现——表现之现，非现在之现。
③　龈(kěn)——咬。

若打进去,他家里人多手杂,把你捉来锁头缚颈地解到当官,说你诬陷平人为盗;那时有口难分说,枉吃一场屈官司。再不其然,把你也像令爱一般,打杀在夹墙头里,岂不白送了性命?"豆腐羹饭鬼道:"老话头:王子犯法,庶民同罪。他们不过是哺退乡绅,怎敢日清日白便把人打死?难道是奉旨奉宪打杀人弗偿命的么?"迷露里鬼道:"虽说是王法无私,不过是纸上空言,口头言语罢了。这里乡村底头,天高皇帝远的。他又有财有势,就使告到当官,少不得官则为官,吏则为吏,也打不出什么兴①官司来。即或有个好亲眷,好朋友,想替你伸冤理枉,又恐防先盘水,先湿脚,反弄得撒尿弗洗手,拌在八斗槽里,倒要拖上州拔下县的吃苦头,自然都缩起脚不出来了。依我之见,还是捉方路走好。且到城隍老爷手里报了着水人命。也不要指名凿字,恐他官官相卫,阴状告弗准起来;只可浑同三拍地告了,等他去缉访着实。这才是上风官司,赢来输弗管的。"豆腐羹饭鬼道:"真是一人无得两意智。亏得与你相商,不致冒冒失失干差了事。"遂打发老婆先归,谢谢了迷露里鬼,一径望枉死城来。

到得城里,寻个赤脚讼师,写好白头呈子,正值城隍打道回衙,就上前拦马头告状。城隍问了口供,准了状词,一进衙门,便委判官乌糟鬼去相了尸,然后差催命鬼捉拿凶身。催命鬼领了牌票,差着伙计,三路公人六路行地各到四处去缉访;今朝三,明朝四,担担搁搁过了多时,方才访着是色鬼所为。忙来禀明饿杀鬼,便与刘打鬼一同商议。

原来刘打鬼收成结果了雌鬼,把活鬼的故老宅基也卖来喂了指头,弄得上无片瓦遮身,下无立锥之地,只得仍缩在娘身边。后来饿杀鬼升了城隍,接他娘两个一同上任,做了官亲,依旧体而面之了。

那日见饿杀鬼说起这事,便道:"那色鬼的老婆畔房小姐,是识宝太师的养娇囡,怎好去惹她?况你现亏太师提拔,方能做这城隍,也当知恩报恩,岂可瞒心昧己,做那忘恩负义的无良心人。依我算计,倒有个两全其美的道理在此。那荒山里有两个大头鬼:一个叫做黑漆大头鬼,就是前番在三家村戏场上打杀破面鬼的;一个叫做青胖大头鬼,闻说也曾杀人放火。他两个专干那不公不法的事,倒不如将他捉来,屈打成招,把这件事硬坐他身上;凭他贼皮贼骨,用起全副刑具来,不怕他不认账。一则结了

① 兴——发旺之意。

此案,二则捉住大伙强盗,又可官上加官,岂非一得而两便?"饿杀鬼听得可以加官进爵,便往耳朵管里直钻,不觉大喜;便叫催命鬼领了一群白面伤司,到荒山里去捉鬼。

那些伤司,巴不得有事为荣,欢天喜地地带了链条缧索,神哗鬼叫,一路行来。正在四栅街上经过,恰撞着黑漆大头鬼,吃得稀糊烂醉,歪戴了配头帽子,把件湿布衫敞开,露出那墨测黑的胸膛,上街撒到下街地骂海骂。催命鬼看见,因他曾打死兄弟破面鬼,正是仇人相见,分外眼睁,便迎上前来捉他。那黑漆大头鬼虽然酒遮了面孔,人头弗认得,见人来捉,便也指手画脚地四面乱打。众鬼哪里敢上身?不料他一个不小心,踏了冰荡,磕爬四五六,一跤跌倒。众鬼一齐上前揪住,还捉子头来脚弗齐;连忙拿出蛀空麻绳来,把他四马攒蹄,牢捉牢缚,捆好了扛头扛脚捉回城中。进了射角衙门,报知饿杀鬼。饿杀鬼出来,看见只得一个,便问道:"还有一个如何不捉?莫非你们得钱卖放了么?"催命鬼道:"这个是在路头上捉的。因他力大无穷,恐防走失,所以先解回来。如今还要去捉那个。"饿杀鬼道:"既如此,快去快来!"催命鬼只得领了伤司,仍望荒山里去了。

饿杀鬼看这黑漆大头鬼时,还醉得人事不省,便道:"原来是一个酒鬼,吃了一扑臭酒,连死活都弗得知的了。且把他关在监牢里,等捉了那个来,一同审罢。"牢头禁子便扛去,丢在慢字监里,不提。

且说那两个大头鬼,狐群狗党甚多;就是山脚下迷露里鬼、轻骨头鬼、推船头鬼,都是拜靶子兄弟。黑漆大头鬼被捉时,已有人报知迷露里鬼,便与轻骨头鬼两个来见青胖大头鬼,说知就里。青胖大头鬼大惊道:"此去定然凶多吉少,我们快去救他。"迷露里鬼道:"不可造次,且烦轻骨头鬼到那里打听为着何事,方好设法去救。"轻骨头鬼听说,便拿了一把两面三刀,飞踢飞跳去了。不多一个眼闪,只见催命鬼领了一群伤司,呼么喝六地拥进门来。青胖大头鬼喝道:"你们是什么鬼?到此何干?"催命鬼道:"我们是城隍老爷差来请你的。"便拿起链条望青胖大头鬼头骨上套来。青胖大头鬼大怒,提起升罗大拳头,只一拳,早把他打得要死弗得活!众伤司见不是头路,忙要逃走,被青胖大头鬼赶上脚踢手捧,尽都打死。就有个把死弗尽残,也只好在地下挣命。

迷露里鬼忙向前来劝,已经来不及,便道:"官差吏差,来人弗差。他们不过奉官差遣,打杀也觉冤哉枉也。如今一发造下弥天大罪,怎生是好?"青胖大头鬼道:"一不做,二不休! 索性聚集人众,杀入城中,救了黑漆大头鬼,再寻去路不迟。"便打发小鬼分头去把各路强鬼都聚拢来,一面收拾枪刀木棒。山中没有鬼马,便去捉只吃蚊子老虎来做了坐骑。等到月上半阑①残,那四处八路的强鬼都已到齐。大家饱餐战饭,青胖大头鬼拿了拆屋榔槌,豁上虎背,领头先进。推船头鬼也骑只头发丝牵老虎,拿根戳骨棒。迷露里鬼不会武艺,拿了一面挡箭牌,骑只灶前老虎。小喽罗都耍了阿罗罗枪,随在后面,趁着一汪水好亮月,望枉死城进发。

且说这黑漆大头鬼在慢字监里,一忽觉转,只觉得周身牵绊。开眼看时,方知满身绳捆跌弗撒,恼得他尽性命一跳,把些蛀空麻绳像刀斩斧截一般,都迸断了,跳起身来。两三个牢头忙上前来捉时,早被他一顿抽拔拳,都打得死去活转来,便就神哗鬼叫地打将出来。外面禁子听见,忙把牢门关紧,一面去报城隍得知。

饿杀鬼闻报,吓得魂飞天外,忙点起合班皂快壮健,尽到监里去捉鬼;再差刘打鬼到老营里去吊阴兵来协助。众鬼都踢枪弄棒地来到后北监门口,那黑漆大头鬼已经攻出牢门,看见众鬼都拿着手使家伙,自己赤手空拳,英雄无用武之地,不免有些心慌,忽见壁脚根头靠一个石榔槌,便抢在手里,一路打来。众鬼哪里拦挡得住? 被他打出衙门,正遇着刘打鬼领了一队阴兵,弓上弦,刀出鞘地杀来,就在衙门口敌住,里应外合,围裹住了。黑漆大头鬼虽然勇猛,无奈是空心肚里,又遇那些阴兵尽是取死之士,一个个越杀越上的,再不肯退。

那轻骨头鬼在城中,得知信息,自料孤掌难鸣,不能救应,欲回山报信。奔到城门口,早望见门口也有一簇阴兵守把,不能出去,看见路旁有一大堆柴料,便心生一计,上前放了一把无名火,霎时间鬼火唐唐着起来。阴兵望见起火,便向前来救,被他溜到门口,拽开了门。正待出城,凑巧遇青胖大头鬼兵马恰好到了。轻骨头鬼接着诉知前事,青胖大头鬼听得,便放出骑虎之势,冲到衙门口,正见无数阴兵,围住了黑漆大头鬼,喊杀连天。青胖大头鬼大怒,使起拆屋榔槌,冲入阵中。众阴兵杀了许久,都已筋疲力尽,怎当这青胖大头鬼犹如生龙活虎,使发了榔槌,如泰山压顶一般打来! 只得各顾性命,四散逃走。那刘打鬼正要想跑,不料夹忙头里膀

---

① 阑(lán)——将近。

牵筋起来,弄得爬滩弗动,寸步难移,被黑漆大头鬼一石榔槌打了下颏,连颈柱骨都别折了;趁势杀进衙门,把些贪官污吏,满家眷等,杀个罄①尽。然后商量走路。

迷露里鬼道:"如今也不必走了。索性据住城池,造起反来,杀上酆都城,连阎罗王也吵得他无脚奔。那时你们两个,一个据了酆都城,一个据了枉死城,平分地下,岂不好么?"二鬼大喜,道:"好计!"黑漆大头鬼便自称杜唐天王,青胖大头鬼号为百步大王,据住了枉死城,谋反叛逆,打账先去攻鬼门关。不提。

却说鬼门关总兵白蒙鬼,自从到任以来,正值太平无事,吃了大俸大禄,虽然不是三考里出身,也该做此官,行此礼;谁知他却一味里吃食弗管事,只晓得吹歌弹曲,饮酒作乐,把那军情重事,都搁在形容鬼身上;自己倒像是个闲下里人。

一日,正坐在私宅里一棵黄柏树底下,对了一只乡下臭蛮牛弹琴,只见形容鬼跑来说道:"亏你还有工夫鬼作乐!外面有一起枉死城逃来难民,说被两个大头鬼攻破了城池,将些醉官醉皂隶,尽都杀死,现在据住枉死城谋反。闻说还要来抢鬼门关。可作速算计,庶保无虞。"白蒙鬼听说大惊,忙教难民来问知始末根由,随即上关点兵把守,不许野鬼过关。一面奏闻阎罗王。

阎罗王闻奏,便与多官计议。只见识卵太保出班,奏道:"料想两个独脚强盗,做得出什么大事业来?那鬼门关兵精粮足,即着总兵白蒙鬼领兵收捕,自可指日成功。"阎王依奏,即发一道假传圣旨,着白蒙鬼剿捕贼完,收复城池。

白蒙鬼接着旨意,几乎魂灵三圣都吓落了,说道:"我虽文武官员俱曾做过,却文不能测字,武不能打米,怎当得这个苦差!"说罢,不觉呜呜咽咽地哭将起来。只见那个副总兵替死鬼,勃然大怒道:"你枉做了男子汉大丈夫,却如此贪生怕死。目今正在用兵之际,对了千人百眼做出这般小娘腔来,岂不慢了军心!你有眼泪向别处去落,待我领兵便了!"骂得白蒙鬼满面羞惭,穑启嘴弗不。

忽见几个阴兵,慌慌张张跑来报道:"大头鬼引兵已到关下了!"白蒙

----

① 罄(qìng)——空。

鬼只得同了众鬼,都上关来;看时,只见无数鬼兵,簇拥着那黑漆大头鬼,果然可怕。你看他身长一丈,腰大十围,头大额角阔,两眼墨测黑,面上放光发亮,胜如①涂了油灶墨;骑一只纸糊头老虎,手里拿个杀车榔槌,在关前耀武扬威。白蒙鬼看见,愈加吓得顿口无言。替死鬼也不免有些嘴硬骨头酥;无奈才说过了硬话,不好改口,只得装着硬好汉,说道:"兵来将挡,水来土掩,怕他则甚? 且待我去挡个头阵,掂掂斤两看。造化一战成功,也未可知。"便装枪骑马,硬着头皮,杀出关去。

黑漆大头鬼看见,迎上前来,也不打话,搯起榔槌就打。替死鬼举枪,急架相还。战不多几个回合,早被黑漆大头鬼一记杀车榔槌,打得头向洞肛里撒出来,死在马上;趁势抢上关来。形容鬼在关上,忙把砖头石块及棒槌木橛打将下去,黑漆大头鬼只得退回。各人守住老营。

白蒙鬼回到衙中,愁眉不展,与长舌妇商议。长舌妇道:"我们好好在枉死城做官,却调到这里来做什么总兵,反教那饿杀鬼去搅乱天朝,惹出这般飞来横祸来,带累我们担惊受怕。那大头鬼凶天凶地,关上又无强兵猛将,哪里守得住? 倘有些失差业户②,就使逃得小性命,也弄得拆家败散了。倒不如弃了这里,逃到他州外府,拣个人迹不到之所,隐姓埋名,住过几时,由他们羊咬杀虎,虎咬杀羊,我们只在青云头里看相杀,岂不消遥自在?"白蒙鬼听说,喜道:"家有贤妻,夫不遭横祸。你的算计,一点弗差。这关后有条尽头路,直通着仙人过岭,再过去便是无天野地。那里多见树木,少见人烟,足可安身立命。待我与形容鬼说知,叫他收拾同去。"长舌妇道:"那形容鬼是个吃狗屎忠臣,怎肯跟人逃走? 对他说知,反要泄漏天几③,瞒着他悄悄然去了,岂不安逸?"白蒙鬼听计,便将真珠宝贝,细软衣裳,打起两个私圆包,大家背上肩头,开了后门,一直望尽头路去了。

且说形容鬼在关上防守,一夜弗曾合眼;巴到大天白亮,忙回衙来,思量叫白蒙鬼拜本去请救兵。不料到得衙中,寻他夫妻两个,早已不知去向。忙使人四下里追寻,哪里有个影响? 谁知好事不出门,恶事传千里,

---

① 胜如——犹如。

② 失差业户——犹言不测。

③ 几——应作机。

一霎时满关都晓得了。那些阴兵见主将逃走，便都弗怕军法从事，乱窜起来；也有拿了衣包伞向关后逃命的，也有反把关门大开，让兵马进来的。形容鬼哪里禁遏得住？只得拼此微躯，尽忠报国，扑通一声，跳在清白河水里，沫星弗曾泛一泛，早已变了落水鬼。

黑漆大头鬼进了关，便与迷露里鬼商议进兵。迷露里鬼道："此去只有阴阳界，是个险要之所，其他都不打紧。如今且把关前关后各路地面都收服了，使无后顾之忧，方可放心托胆杀上前去。"黑漆大头鬼听计，便差人知会青胖大头鬼，叫他领了枉死城兵马抄上手，自己与迷露里鬼领了鬼门关兵马抄下手，去抢各路未服地面，都到阴阳界会齐。那些小去处，兵微将寡，自然抵挡不住。于是孟婆庄土地讨债鬼、恶狗村土地白日鬼、血污池土地邋遢鬼、望乡台土地恋家鬼、陷人坑土地一脚鬼、温柔乡土地杀火鬼，俱递了降书降表，望风降附。

只有大排场土地自话鬼，不肯投降，与鬼谷先生徒弟摸壁鬼兄弟，算计迎敌；摆端正一个迷鬼阵，准备擒兵捉将。等到青胖大头鬼兵到，摸壁鬼自信凶，只道使的短枪神出因没，便目中无人；骑一匹移花马，使起短枪，冲出阵来，迎着青胖大头鬼，搭上手就杀。战到十数合，渐渐抵敌不住。摸索鬼看见大阿哥枪法乱了，便使起七缠八丫权杀来夹攻。战不多几合，摸索鬼手脚迟钝，早被青胖大头鬼一椰槌拍昏了头丬骨，一个连趾斤斗跌下马去，摸壁鬼吓得魂胆俱消，拍马落荒而走，望阴阳界去了。青胖大头鬼也不来追赶，引兵杀入阵中。自话鬼料无生路，只得拔根卵毛吊杀在大树上，变了一个吊杀鬼。青胖大头鬼得了大排场，便望阴阳界进发，恰遇黑漆大头鬼也引兵到来，在三岔路口撞着，合兵一处，望阴阳界杀来。

正是：

　　将军不下马，急急奔前程。

不知阴阳界可曾攻破，且听下回分解。

缠夹二先生曰：

　　饿杀鬼听了刘打鬼有情无理一派鬼画策，就不顾是非曲直，冒冒失失去干。谁知撞了黑漆大头鬼，不唯自己弄得全家消灭，还带累无数文武官员军民人等，尽都家破人亡，岂非利令智昏乎？白蒙鬼不能做此官,行此礼,只知清风高调,对牛弹琴;及至兵临城下,将至濠边,非但一筹莫展,反听了老婆舌头,只顾自己,不顾别人,逃走得无影无踪,致令形容鬼投河落水。这般鬼头鬼脑,抗只星心使惑突,真难相与也。

第 十 回

阎罗王君臣际会　活死人夫妇团圆

词曰：

> 女扮男妆逃性命，何期闯入餐人境？
> 剥衣亭上见雌雄，夫妇巧相逢。
> 从军挂印征强寇，一鼓而擒皆授首。
> 功成名遂尽封官，从此大团圆。

　　　　　　　　　　　　　　　　　　　——《庆功成》

　　话说两个大头鬼，攻破鬼门关，降了许多地面，引兵杀到阴阳界来。那守界的两个将官：一个叫做倒塔鬼，骑一只豁鼻头牛，使一把花斧头，有万夫不当之勇；一个叫做偷饭鬼，使一个饭榔槌，骑一匹养瘦马，足智多谋。自从摸壁鬼逃入界来，已晓得兵马将近，连夜端正压火砖，将要道所在，教鬼兵打好界墙，只空一个鬼门出入。

　　那倒塔鬼一团筋骨，技痒难熬，摩拳擦掌地专等兵马到来，思量杀得他马仰人翻，片甲不回。偷饭鬼道："凡事小心为主。我们只宜守住老营，且奏闻阎罗天子，请发救兵到来，然后出战不迟。"倒塔鬼爆跳如雷，道："你只长他人志气，灭自己威风。不过两个养发强盗，又不是三头六臂七手八脚的天神天将，就这等怕如折捩！岂不闻胆大有将军做？若如此胆门小，怎做得将军？"

　　话声未绝，只听得扑通的一个了铜铳，破锣破鼓一齐响起来，那大头鬼兵马已到。倒塔鬼便骑上豁鼻头牛，拿着花斧头杀出界来。黑漆大头鬼上前接住便杀。战了几十回合，倒塔鬼使尽了三十六板斧还敌不住，巴望偷饭鬼来助一臂之力，只听得已在那里打收兵锣，晓得后手兵弗应，心里慌张，被黑漆大头鬼一拆屋榔槌，把头都打扁了，便趁势杀过界来。偷饭鬼已将鬼门钉住，牢不可破，只得就在墙外安营。偷饭鬼便差赍奏鬼连夜上酆都来求救。

　　阎王闻奏大惊，忙与众官计议。甘蔗丞相道："闻得两个大头鬼凶不可当。倒塔鬼尚然被赶,朝中将官料无敌手。若勉强差他们前去,终归一败涂地。不如出道招贤旨意,倘有奇才异能之士,应募前来,庶可一战成功。"识宝太师道:"救兵如救火。若专靠招募,未免远水救不得近火,还当先差一将前去,与偷饭鬼并胆同心,守住老营;一面出榜招募,方可万无一失。"阎王依奏,便差无常鬼领兵前去;随即出了王榜,各处张挂:"如有降杀好汉前来应募者,俱到酆都城外点鬼坛取齐。"命甘丞相专司其事,不提。

且说那臭鬼,自从活死人起身之后,也便收拾些出门弗认货,各处去做那露天生意。忽闻得大头鬼据了柱死城谋反,已将鬼门关攻破,恐怕妻孥老小举家惊惶,急急赶回家中。正值青胖大头鬼争田夺地之时,各处村坊百姓,尽都扶老携幼,弃家逃命,路上络绎不绝。臭鬼见了这般形势,便教妻女也收拾出门逃难。臭花娘自道标致,恐怕路上惹祸招非,便把臭鬼的替换衣裳穿着起来,扮了男子,宛然一个撒屁后生。大家出门,不知天东地西,随了许多难民一路行去,正撞着青胖大头鬼大队人马过来,把他一家门冲得东飘西散。

臭花娘不见了亲爷娘活老子,只得跟了蓦生鬼走路。无如走得甚慢,众鬼哪里来顾她?你东我西,各自去了。幸亏身边藏有活死人送的辟谷丸。倒也不愁饥饿,只得拣着活路头上,缓缓而行。碰霜露雪行了几日,来到一个山脚根头,见有一棵千年不长黄杨树,树底下滚一个蛮大的磨光石卵子。她看得大树底下好遮荫,便坐下少憩,不觉靠在树上困着了。

谁知这个山,名为撮合山。山里有个女怪,叫做罗刹女,住在湾山角络一间剥衣亭里,专好吃男子骨髓,时常在山前山后四处八路巡视,遇有男子走过,便将随身一件宝贝,名为熄火罐头,抛来罩住,凭他铜头铁额的硬汉,都弄得腰瘫背折,垂头丧气,不能动弹;由她捉回亭中,把根千丈麻绳打个死结缚住了,厌烦时便来呼他的骨髓吃。呼干了将人渣丢落,再去寻一个。不知被她害了多少男子。

那日走到山脚下,看见一个俊俏书生,坐在树荫底下打瞌睡,喜之不胜,走上前来,不费吹灰之力,抱了就走。臭花娘惊醒,开眼看时,见是一个粗眉大眼、双肩抱力的拖牙须堂客,打扮得妖妖娆娆的,抱着她飞跑。须臾,来至一间亭子里,放在牙床上,便来呼她的骨髓吃;见是个女子,不觉大怒,拿起一把软尖刀来,架在她颈骨上,骂道:"你是哪里来的穷鬼?

连卵都穷落了！还要衣冠济楚地装着体面来戏弄老娘！是何道理？"臭花娘只得哀求苦脑告诉她："实系为着逃难，所以女扮男妆，并非有心来戏弄奶奶。"罗刹女见称她奶奶，不觉欢喜道："你既这等知文达礼，晓得敬重我，若肯住在这里，与我做个好淘伴，便饶你性命。"臭花娘明知不是伴，事急且相随，只得应承了，罗刹女方拿开刀，放她起来。臭花娘见她喜欢鬼奉承的，就只管"奶奶长""奶奶短"地趋奉他。罗刹女愈加快活，便教会她使软尖刀并许多拿人法则，臭花娘也心领神会。

　　住了几日，那罗刹女又出去捉一个男子回来；臭花娘看见，吃了一惊，原来正是活死人。

　　却说活死人在冒失鬼家住了几时，听得大头鬼反了，心中掉弗落臭花娘，便辞别冒失鬼，起身往温柔乡来。到得臭鬼家里，但见墙坍壁倒，鬼脚指头不见一个。近地里又弄得断绝人烟，无处访问。心里着急，只得瞎天盲地各处去追寻。偶在撮合山边经过，恰被罗刹女下山撞见，便拿出熄火罐头罩来。一声响，把他连头搭脑罩住。幸亏他曾吃过仙丹，有些熬炼，但觉得浑身麻木，不致就倒。罗刹女见弄他不翻，忙解下臭脚带来，把他扎手缚脚，周身嬲①住，抱回亭中，将他骨髓慢慢地呼来吃。臭花娘看在旁边，真是眼饱肚中饥，敢怒而不敢言。罗刹女吃了一个畅快，方向活死人头上取下熄火罐头来。却因抱着活死人上高下堑跑了一回路，也觉得有些吃力，便横在床上困着了；那罐头也丢在床边，未曾收拾。

　　臭花娘看这罐头时，宛似个小和尚帽模样，便轻轻偷来，坑在身边，方拿起软尖刀来，把活死人身上臭脚带一刀割断。活死人便手脚活动，忙向臭花娘手里接过刀来，就有刀杀得人，往着罗刹女颈骨上斩去。不料误斩了面孔，斩得火星直迸。原来那罗刹女炼就的一副老面皮，真是三刀斫弗入，四刀白坎坎的一些不动。罗刹女梦中惊醒，跳起身来。活死人乘势往她心口里一刀戳去，早已白刀进红刀出，挖去一块心头肉，连搭子血都抠了出来，死在床上。便放下刀，向臭花娘称谢。

　　臭花娘见他不认得了，便将自己来踪去迹告诉他。活死人方知是臭花娘假扮的，大喜道："真是踏破铁鞋无觅处，得来全不费工夫。"也将别后事情，粗枝大叶说与她听了。臭花娘喜之不胜。活死人道："这里不是

_____

①　嬲（niǎo）——缠。

安身之所。目今各处只有黑甜乡里最为太平,不如同到那里去住几时,再作道理。"臭花娘听说,便要向罗刹女身上剥死人衣裳下来,改换妆束。活死人止住道:"这里到黑甜乡,还有许多脚边路。若男女同行,反要被人盘诘,耽搁工夫;不如依旧男妆,只说是兄弟陶里①,哪里便有人来扳桩相脚?"臭花娘欣然乐从。活死人便搀着她,走到山下,往黑甜乡一路行来。

将近冒失鬼家里,正撞着冒失鬼骑只无笼头马,拿着大木关刀;后面地里鬼也骑着两头马,拿把杀手锏,自骑马自喝道地在大官路上跑来。见了活死人,忙下马相见。冒失鬼道:"你如何到今日之下才来? 我们望你,连颈柱骨都望长了!"指着臭花娘道:"此位又是何人?"活死人道:"这是我同胞兄弟,叫做雌雄人。你们要望我来做什么? 这般行径,却到哪里去?"地里鬼便道:"你难道不听闻? 目今阎罗王出榜招贤,我们思量去投军,干功立业;等你不见来,只得想先去了。如今你来得正好,便可一同去罢。"

活死人道:"同去固好,只是你们骑着马,叫我两个哪里跟得上? 若叫你们放着马步行,又觉弗讲情理。"地里鬼道:"这也容易。近地里有个马鬼,一向在七国里贩牛,近来又在八国里贩马,前日贩了一群鬼马,回来发卖。就是我们骑的马,也是问他买的。只消再去买两匹就是了。"活死人笑道:"有的不知无的苦。叫我们穷人穷马,哪里买得起?"地里鬼一头笑,指着冒失鬼道:"有空心大老官在此。他惯买马别人骑;就是我骑的马,也是他买的。索性一客弗烦两主,等他做个出钱施主何如?"冒失鬼也道:"你只去拣中意,待我出钱便了。"遂大家一同来到马鬼家里,问他要马看。马鬼道:"可惜你们来迟脚短,马已卖完了。"地里鬼见门槛底下露出马脚来,便道:"这门里的不是马蹄? 怎说卖完?"马鬼道:"这是两只拣落尽残的驴子,怎说是马?"活死人道:"老话头:无马狗牵犁。狗尚可当马用,驴子倒怕不如着狗。譬如步行,就是驴子便了。我们会骑只驴子喊马来的。且到前路看,倘有五马换六驴的人来,卖只驴买马骑,也来得及。"马鬼便牵出两只驴子来:一只是木驴,一只是别脚驴子。地里鬼故意千嫌百比,马鬼便不敢争多论寡,就烂狗屎价钱买成了。活死人让臭花

———
① 陶里——犹言辈。

娘骑了木驴，自己骑了别脚驴子，冒失鬼地里鬼都上了马，骑出大路，马不停蹄，往酆都城来。

哪消几日工夫，到了城外；转到点鬼坛前，见有个铁将军把门，便上前报了名。将军见说是鬼谷先生徒弟，又见他们人材出众，不敢怠慢，忙报知甘蔗丞相。丞相便传他们进见，讲道些兵法武艺，尽皆问一答十，应对如流，喜出望外；就领他们进城，来到朝门外伺候。自己入朝，奏知阎王。阎王传旨，宣入四鬼，来至森罗殿上，一双空手见阎王。

阎王见冒失鬼魁梧奇伟，活死人雌雄人美秀而文，地里鬼精奇古怪，谅必有些本事。正欲与他们计议战守之策，忽见朝门外传进无常鬼奏章来，说："两个大头鬼见臣钉住鬼门关固守不战，便教贼兵爬墙摸壁，在界墙上对壁撞，掘壁洞，拆壁脚，千十六样錾凿，弄得墙坍壁倒，危在旦夕。请速发救兵，庶保无虞。"阎王见奏，怒道："那大头鬼有都大本领，却敢如此猖獗！"活死人见阎王发怒，便奏道："臣虽不才，愿领阴兵前去。誓必将那大头鬼生擒活捉回来，凭殿下把他斩头沥血，抠心挖胆地治罪，方见手段。"阎王大喜道："卿若果能成功，寡人自有重赏。"便即点起阴兵，教活死人挂了骑缝印，做大元帅，冒失鬼为开路先锋，地里鬼雌雄人为参谋，引兵前去救应。四鬼谢恩受职，活死人又奏讨军器马匹，阎王便差护身将领他到武库中去，任凭拣选。

活死人来到库中，见十八般武艺，一应俱全。千中拣一，只有一枝戳空枪，趁手好使，便拿了回到殿上。只见阶前一个拽马鬼，牵只异兽，生得身高六尺，有头无尾，周身毛羽，像是扁毛众生，却又四脚着实。阎王指示活死人道："这是独人国进贡来的，名为衣冠禽兽，捋顺了毛，倒也驯良。今赐卿做个坐骑，壮壮威风。"活死人谢恩领受，陛辞起身，扯足顺风旗，鸦飞鹊乱，望阴阳界进发。

将近界上，忽望见前路烟尘抖乱，手铳齐响，晓得界上交战。忙催兵向前救应，正见两个大头鬼，把无常鬼偷饭鬼摸壁鬼追得八只脚跑弗及。冒失鬼便举起大木关刀，拍马上前，敌住青胖大头鬼；活死人挺着戳空枪，来战黑漆大头鬼；地里鬼也舞起杀手铜，上前助战。对阵迷露鬼轻骨头鬼一齐杀来。无常鬼偷饭鬼摸壁鬼也都掇转马头来，大家混战。

且说活死人与黑漆大头鬼两个，正在棋逢敌手，一个半斤，一个八两。战够多时，被活死人捉个破绽，一枪戳去，把纸糊头老虎戳穿。那老虎痛极,薄屎直射,一个虎跳,把黑漆大头鬼掀下背来。活死人乘势对肚皮一枪,把他那条烂肚肠也带在枪头上抽了出来,变做个空心鬼,死在地下。再说那冒失鬼,与青胖大头鬼战了数十合,抵挡不住,回同马便走。青胖大头鬼纵虎赶来,雌雄人看见,忙取出熄罐头来,望准青胖大头鬼抛去,一声响,将他罩住,把个青筋饱绽的大头,弄得软瘫热化,眼泪撒撒落,不能动弹。冒失鬼缩身转来,将根臭皮条把他连皮搭骨捆定,活捉住了。迷露里鬼也被地里鬼一杀手铜打得头八丫爿。只有轻骨头鬼骨头无得三两重,手轻脚健地跑得快,被他溜个眼弗见,逃回枉死城去了。那些无名小卒,尽都解甲投降。

活死人收兵来至界上,便差地里鬼无常鬼摸壁鬼分头去平服各路地面,自与雌雄人冒失鬼偷饭鬼过了鬼门关,往枉死城来。

且说轻骨头鬼虽然逃得小性命,那把两面三刀又被杀人场上偷刀贼偷了去,赤手空拳,来到枉死城中,欲与推船头鬼算计,走清江所路。那些无名头百姓,闻得大头鬼已死,便将他两个捉住;等到活死人兵到,便香花灯烛,迎接入城,解上二鬼。活死人便教冒失鬼押去斩首示众。冒失鬼押到十字街底里,举起大木关刀,犹如破瓜切菜,一刀一个,都已头弗拉颈上,结成碗大的疤,变做两个无头鬼。

活死人安民已毕,恰好地里鬼等也平定了各处,俱到枉死城来会。活死人便教无常鬼权署城隍事,自己领了众鬼,奏凯还朝。恐怕青胖大头鬼路上发强,出空一个石灰又①袋,把他袋入里面,捆在马背上。青胖大头鬼落了鬼袋,在内爬擽弗穿,又被石灰撒瞎了眼睛,好不气闷。

活死人回到鄷都城,将兵马屯住,自与众鬼入朝献俘。阎王大喜,慰劳了一番,便教将青胖大头鬼押赴市曹,剥皮蹬卵子,拆了骨头。就在森罗殿上排下太平筵宴,君臣同乐,尽欢而散。

次日,又宣众鬼入朝,论功行赏,便封活死人为蓬头大将,地里鬼为狗头军师,同辅朝政;冒失鬼为拧盆将军,镇守鬼门关;偷饭鬼为尽盘将军,摸壁鬼为冬瓜将军,同守阴阳界;雌雄人为塞杀将,护守鄷都城各阴门;无常鬼实授枉死城城隍;阴兵犒赏酒肉白米饭,散归营伍。众鬼都谢恩领职,只有雌雄人红着鬼脸不谢。阎王问道:"汝独不谢恩,莫非嫌官小

---

① 又——当作叉。

么?"

活死人忙上前代他奏道:"她实非男子,原是臣之聘妻,叫做臭花娘。"便将她女扮男妆,移名换姓,及擒兵捉将前后事迹,一一奏闻。阎王便改封为女将军,叫宫娥领她入宫,改换装束。宫娥引了臭花娘来至宫中,朝见王妃,奏知其事。王妃便将出长裙短袄,凤冠霞帔与她替换;又教宫娥替她梳头攒鬓,插花戴朵,搽粉点胭脂,改了女妆;又赏了一副竖头铺盖,一座虚花镜架,一个箍旧马桶。臭花娘谢了王妃,回到殿上,阎王已教活死人戴了掼纱帽,穿了挂挂朝衣,就在森罗殿上朝了阎王四双八拜,做了亲。钦赐一个起家宅基,与他居住。夫妻谢了恩,来到新宅基里看时,但见檐头高三尺;许多门窗闼,尽皆朱红惨绿;一应家伙什物,也都千端百正。满心欢喜,就安居乐业地住在里头,生儿哺种。后来养了两个送终儿子:叫做活龙活现,俱做蚂蚁大官。夫妻两个,直到头白老死。此是后话,不提。

正是:

吃得苦中苦,方为人上人。

要知大概结局,且俟后来续编。

诗曰:

文章自古无凭据,花样重新做出来。
拾得篮中就是菜,得开怀处且开怀。

缠夹二先生曰:

臭花娘女扮男妆,出门逃难,只道凡人弗识,偏遇着罗刹女,被她扳桩相,现了原形。活死人为了臭花娘,心忙胆碎,东奔西走;不料狭路相逢,也遭她臭脚带瓗住,不免弄得束手待毙。幸亏天无绝人之路,恰得臭花娘一刀割断,便撒手放脚,可以借刀杀人。罗刹女虽有三刀斫弗入的老面皮,也不免白刀进了红刀出矣。从此夫妻双双,无挂无牵,远走高飞,而又适逢世乱荒荒,得以登坛拜将,建功立业,夫妻偕老,青史留名。若不是一番寒彻骨,哪里有梅花扑鼻香哉?

跋

　　《何典》一书,上邑张南庄先生作也。先生为姑丈春蕃弍尹之尊人,外兄小蕃学博之祖。当乾嘉时,邑中有十布衣,皆高才不遇者,而先生为之冠。先生书法欧阳,诗宗范陆,尤劬书①:岁入千金,尽以购善本,藏书甲于时。著作等身;而身后不名一钱,无力付手民。忆余韶龄②时,犹见先生编年诗稿,蝇头细书,共十余册。而咸丰初,"红巾"据邑城,尽付一炬;独是书幸存。夫是书特先生游戏笔墨耳,乌足以见先生? 然并是书不传,则吉光片羽,无复留者,后人又何自见先生? 爰商于缕馨仙史,代为印行,庶后人借是书见先生,而悲先生以是书传之非幸也。光绪戊寅端午前一日,海上餐霞客跋。

---

　①　劬(qú)书——勤于读书。
　②　韶(tiáo)龄——儿童时期。